dtv

Professor Jakob Cäsar, Chef des Kinderwunschzentrums Bayrischzell, wird in der Silvesternacht tot am Münchner Friedensengel gefunden. Er wurde erdrosselt. Die Schlierseer Hauptkommissarin Joe Lautenschlager und ihr Münchner Kollege Volker Storz ermitteln in einem sensiblen Umfeld. Mit seinen unorthodoxen Methoden konnte der berühmte Reproduktionsmediziner zwar vielen Paaren helfen, hat sich aber unter Kollegen und auch Eltern viele Feinde gemacht. Joe erhält Unterstützung von ihrer Freundin Stella Felix, einer Journalistin, und von deren Mutter Irma, die so gut wie jeden in der Region um den Schliersee kennt. Und dann geschieht ein weiterer Mord …

Rosemarie Bus, geboren in der Pfalz, hat als Journalistin bei diversen Zeitschriften gearbeitet. Sie lebt und schreibt am Schliersee. Bei dtv ist u. a. erschienen: ›Gefährliches Gelände‹ (21531).

PROLOG

Silvester wurde überschätzt, fand Stella. Wie Weihnachten, Hochzeiten, Fußball oder Yoga. Was sprach dagegen, die Jahreswende gemütlich im Bett zu verschlafen, statt sich um Mitternacht in der Menschenmenge am Münchner Friedensengel der Gefahr auszusetzen, einem irregeleiteten Böller in den Weg zu laufen?

Nichts, außer einer Freundin, deren Mann mit Hilfe einer dilettantisch blondierten Fahrlehrerin eine Ehekrise bewältigte. Was den Trotz seiner Frau aktivierte. Jetzt erst recht, so Joes Motto, mit dem sie Stella zum Feiern zwangsverpflichtet hatte.

Von Schliersee nach München nahmen sie die Bayerische Oberlandbahn. Ein Verkehrsmittel, das die Parkplatzsuche erübrigte und Alkoholgenuss bis zum Vollrausch zuließ.

Durchgefroren und stocknüchtern betrachtete Stella die goldene Siegesgöttin, die stoisch einen Olivenzweig in den von tausend Feuerwerken bunt gefärbten Himmel hob. Es schneite leicht. Schemenhafte Gestalten wankten durch den dichten Pulverdampf der Böller und Raketen. Geschütznebel wie in der Schlacht von Waterloo. Dazu geeignet, Sterbende und Tote gnädig zu verhüllen. Einen Moment befürchtete Stella, unter die Hufe von General Blüchers Schimmel zu geraten. Joe prostete ihr mit einer Flasche Cremant von Aldi zu. »Waterloo, Waterloo, where Napoleon did surrender.« Ein Gesang wie Zähneklappern. Stella hatte Abba noch nie gemocht, selbst mit Unterstützung von Sekt brachte sie es nicht über sich mitzusingen. Nicht mal mitzugrölen.

»Ich hab nur einen Vorsatz«, versuchte Joe das Geballere zu übertönen. »Mein Leben muss sich grundsätzlich ändern. Ich weiß nur noch nicht, wie.«

»Mehr Sex, Drugs and Rock 'n' Roll«, schrie Stella zurück.

Ein guter Plan, wenn auch etwas altmodisch.

Stella nahm einen Schluck aus der Flasche. Mitleidig musterte sie Joes uniformierte Kollegen, dazu abkommandiert, die Straßenabsperrung um den Friedensengel zu bewachen. Dienst an Silvester, Grund genug für eine offensichtlich nicht gerade blendende Laune. Eine Ambulanz näherte sich mit rotierenden Lichtern, die Sirene kaum hörbar im Feierlärm. Dahinter raste ein Streifenwagen die Maximilianstraße herauf und bremste forsch vor der Absperrung.

Wahrscheinlich wegen irgendeinem Idioten, der mit Böllern nicht umgehen konnte, interpretierte Stella das Sanitäteraufgebot.

»Volker.« Die Sektflasche schwenkend rannte Joe zum Streifenwagen.

Stella folgte in gemessenerem Tempo. Von Joes ehemaligem Seitensprung Volker hatte sie schon gehört. Die Möglichkeit, dass sich nun ein Mann in ihren Mädelsabend drängen könnte, behagte ihr überhaupt nicht. War doch nett, so zwei Freundinnen allein. Es musste doch nicht immer ein Mann dabei sein.

Volker platzierte zwei Küsschen auf Joes Wangen und nannte den Grund seiner Anwesenheit. »Ein Toter. Hinterm Bauzaun am Friedensengel.«

»Das schauen wir uns an.« Joe zog Stella am Arm hinter Volker her.

»Ich nicht.« Stella versuchte, sich zu befreien. Der Anblick von bislang zwei Leichen in ihrem Leben reichte ihr. Sie brauchte bis auf Weiteres nicht noch eine. Danke sehr.

Volker schlüpfte durch eine schmale Öffnung in dem drei Meter hohen Bauzaun, der die Renovierungsarbeiten am Unterbau des Denkmals vor dem Silvesteransturm schützen sollte. Was aber ein paar Feierlustige nicht davon abgehalten hatte, sich ein Plätzchen in der kleinen Torhalle am Fuß des Friedensengels zu suchen, unbehelligt vom Schneefall. Außerdem war die Sicht auf die Stadt besser.

Volkers Kollege stellte sich Joe beim Betreten des Tatorts so demonstrativ in den Weg, dass Volker eingreifen musste. »Schon okay, Martin. Sie ist eine von uns.«

Zwei Sanitäter hievten eine Trage zwischen den Gittern hindurch. Spätestens jetzt hatte jeder der Umstehenden bemerkt, dass hier etwas passierte, was interessanter sein könnte, als das langsam erlahmende Feuerwerk. Ein paar besonders Vorwitzige versuchten, sich hinter Joe durch den Bauzaun zu schmuggeln, wurden aber energisch zurückgedrängt. »Sie haben hier nichts zu suchen. Stella, pass auf, dass keiner durchkommt. Die Spurensicherung ist unterwegs.«

Von ihrem Platz am Eingang zur Baustelle lugte Stella vorsichtig um die Ecke, dorthin, wo die Sanitäter am Boden knieten. Der Schnee wehte durch die Ritzen der Planen und deckte einen dicken älteren Mann im graugrünen Lodenmantel zu, der mit ausgebreiteten Armen auf den Mosaiken im Säulengang lag. Auf dem Rücken. Gegen die Kälte gut geschützt mit grauem Schal, Winterstiefeln und einer Pelzmütze mit Ohrenklappen.

Mit etwas Wohlwollen hätte er noch als lebendig durchgehen können, hätte er sein Auffindungskomitee nicht mit offenen Augen angestarrt. Das dicke gelbe Kunststoffseil, das oberhalb des Kaschmirschals seinen Hals zierte und sehr eng zugezurrt zu sein schien, wies allerdings brutal auf die Ursache seines offenkundigen Ablebens hin.

Der junge Mann, der neben ihm lag, hatte dagegen die Augen geschlossen. In Jeans, Hemd, einer offenen Jacke, Turnschuhen und ohne Kopfbedeckung würde er sich über kurz oder lang auf den kalten Fliesen den Tod holen. Noch aber atmete er. Einer der Sanitäter half ihm, sich aufrecht hinzusetzen und wickelte ihn in eine Decke.

»Benny ist so sensibel. Er ist in Ohnmacht gefallen.« Ein hübsches blondes Mädchen im Minikleid und mit blau gefrorenen Lippen wackelte beängstigend auf ihren hohen Absätzen, aber wer sich in Netzstrümpfen in die Kälte traut, verträgt auch sonst einiges. Sie hatte beim Anblick der Leiche die Nerven behalten und einen Notruf abgesetzt. »Benny fand, dass man hier das Feuerwerk am besten sieht«, erklärte sie Volker ihre Anwesenheit hinter der Absperrung. Das Spitzenkleidchen zierte Fell am Saum, ihr einziges Zugeständnis an die Jahreszeit.

»Kennen Sie den Toten?«

Das Mädchen schüttelte so heftig den Kopf, dass die blonden Strähnen um sie herumwirbelten. »Nie gesehen.«

»Stella, kommst du mal.« Joe kniete neben dem Toten und betrachtete ihn so intensiv, wie es sich für eine Kriminalhauptkommissarin gehört, die ihren Beruf ernst nimmt. »Das musst du dir ansehen.«

Stella musste sich gar nichts ansehen.

»Stella, den kennen wir.«

»Ach ja?« Volker kniete nun ebenfalls.

»Stella!«

Widerwillig überließ Stella ihren Posten einem uniformierten Profi.

»So viel kann ich schon mal wild spekulieren.« Volker stand ächzend auf. »Der Mann wurde erwürgt.«

»Mit dem Seil von der Plane da.« Joe zeigte auf die Plastikfolie, mit der die Restauratoren die Wandmosaiken abgedeckt hatten. An einer Seite hing sie herunter, weil dort das Stück Seil fehlte, das den Hals des Toten einengte.

»Abgeschnitten.« Volker hielt die Enden wie ein Zauberer in die Runde.

Stella stellte sich so weit wie möglich weg von dem Toten. So, dass sie sein Gesicht mehr erahnen als sehen konnte. Wenigstens hatte ihm jemand die Augen geschlossen.

»Du musst näher ran«, sagte Joe.

Stella bewegte sich zwei Zentimeter nach vorn.

»Noch näher.«

»Brauch ich nicht, ich sehe auch so, wer es ist.«

»Professor Doktor Jakob Cäsar«, kam es unisono von Joe und Stella. Wie beim Gedichtaufsagen in der Schule. Mit vergleichbarer Andacht.

»Wer ist das denn?« Nicht nur Volker, auch sein Kollege, die Sanitäter und die soeben eingetroffenen Spurensicherer hielten inne, als würden sie gerade einen magischen Moment erleben.

»Ein berühmter Gynäkologe«, klärte Joe sie auf.

»Ein Spezialist für künstliche Befruchtung«, ergänzte Stella.

»Der Sperminator aus Bayrischzell«, fügte Joe hinzu.

»Seid ihr sicher?«

Beide nickten.

Joe deutete auf den zierlichen Goldschmuck am Revers des Lodenmantels. »Diese beiden Spermien trägt er immer. Wenn die Anstecknadel schon auf seinen Beruf hinweisen soll, müssten es doch eigentlich Same und Ei sein, oder nicht?«

Alle anwesenden Männer lachten.

Stella sagte nichts. Sie stand nur da und betrachtete den Toten, verwundert darüber, dass sie nichts empfand, was als Trauer bezeichnet werden konnte. Sie sah ihn, wie man eben einen schlafenden alten Mann betrachtet, der unvermutet ins Blickfeld gerät. Im Zug oder auf einer Parkbank. Sie hätte sich hinknien und ihm über die Wange streicheln können, so wie er es damals bei ihr getan hatte. Die Geste, wegen der sie mit ihm ins Bett gegangen war. Sie war davon überrascht worden. Von seiner Zärtlichkeit, seinem liebevollen Blick und seinem verständnisvollen Lächeln. Also hatte sie sich mit ihm eingelassen, obwohl er überhaupt nicht ihr Typ war. Nicht mal ein bisschen.

Aber die gleiche Geste jetzt von ihr wäre ihr verlogen vorgekommen. Hilflos. Als Versuch, Trauer auszudrücken, ohne das passende Gefühl dazu. Das Einzige, was sie spürte, war Verwirrung. Was war hier passiert? Und Zorn. Warum hatte er es so weit kommen lassen?

»Volker, können wir mal unter sechs Augen mit dir reden?« Joe schob die Neugierigen beiseite, die inzwischen von einer ganzen Handvoll Polizisten in Schach gehalten werden mussten, ging durch die Absperrung, durchquerte das Silvesterschlachtfeld und öffnete die Türen von Volkers Dienst-Audi. Ein Ort, an dem niemand es wagen würde, sie zu belästigen. Sie setzte sich auf die Rückbank und winkte Stella einladend neben sich. Volker nahm auf dem Vordersitz Platz.

»Es geht nicht anders. Du musst es ihm sowieso sagen, also am besten gleich.« Joe legte Stella einen Arm um die Schulter. Als Mutter von drei Kindern wusste sie, wann Mitgefühl nötig war. Volker musterte Stella neugierig. Er wartete.

Stella schaute rechts an seinem Gesicht vorbei. Der Friedensengel stand unbeirrt an seinem Platz. »Also«, sie zögerte. »Ich hatte mal was mit Dr. Cäsar. Ist aber schon ewig her.«

»Eine Affäre«, sagte Joe, »letzten Sommer.«

»Affäre ist übertrieben«, protestierte Stella. »Ich habe ihn bei einem Interview kennengelernt.«

»Echt?« Volker brauchte einen Moment, um die Information zu verarbeiten. »Der könnte doch locker Ihr Vater sein.«

Was sollte Stella dazu sagen. Gute Beobachtungsgabe.

»Volker, guck mal.« Ein Mann von der Spurensicherung klopfte ans Seitenfenster und hielt, noch bevor die Scheibe ganz heruntergesurrt war, Volker mit einer Stahlzange ein kariertes Tuch mit einem Wattebausch darauf unter die Nase. Volker schnupperte daran. Der medizinische Geruch breitete sich im Innenraum des Autos aus.

»Chloroform«, stellte Joe fest.

Beide Männer nickten.

»Erst betäubt und dann erwürgt. Dieser Mörder mag keine halben Sachen.« Joes Ermittlungseifer war nur mit dem kriminalistischen Entzug in den langen Monaten ihrer Elternzeit zu erklären. Die endete mit dem Neujahrstag. Schön, wenn jemand seinen Job so liebt, dass er sich freut, zurückkehren zu dürfen.

»Chloroform?« Stella betrachtete das Taschentuch. »Damit hat er immer seine Ratten umgebracht.«

»Wie bitte?« Volker ließ das Fenster versehentlich wieder hochsurren, konnte es aber noch stoppen, bevor es den Arm des Kollegen einquetschte.

»Auf dem Taschentuch steht Dior. Made in China.« Der Mann von der Spurensicherung hielt das Taschentuch direkt vor Volkers Nase, damit er das Etikett entziffern konnte.

»Packen Sie das Ding endlich ein, bevor wir hier alle noch in Ohnmacht fallen.« Joe war in ihrem Element. »Lassen Sie das Tuch auf Spermaspuren untersuchen.«

»Hallo«, warf Volker ein, »ist das dein Fall oder vielleicht doch zufällig meiner?«

»Okay«, sagte Joe. »Nicht auf Spermaspuren untersuchen.«

»Selbstverständlich auf Spermaspuren untersuchen.« Volkers Stimme stieg um zwei Dezibel, um den Machtanspruch zu verdeutlichen.

»Ich weiß nicht.« Beim Gedanken an den toten Doktor auf

den Fliesen wurde Stellas Stimme nun doch etwas zittrig. »Ich meine, eigentlich ist das unnötig. Die Samenspenden hat er nicht selbst eingesammelt. Das hat Frau Malinowskowa für ihn erledigt.«

»Aha.« Volker betrachtete sie mit neu angefachtem Interesse. »Uns steht tatsächlich eine sachverständige Zeugin zur Verfügung.«

»Kennt ihr das Kinderspiel, wenn man sich auf den Rücken in den Schnee legt und mit den Armen seitlich rauf- und runterwischt. Der Abdruck im Schnee sieht dann aus wie ein Engel.« Stella hätte jetzt gut einen Schluck Sekt vertragen können. Die Wirkung stellte sie sich tröstlich vor. Aber leider hatte Joe die Flasche neben der Leiche abgestellt und dort vergessen.

»Engel habe ich irgendwie zierlicher in Erinnerung«, sagte Volker.

Stella ignorierte ihn. »Embryos, die aus einer künstlichen Befruchtung entstehen und eingefroren werden, bis sie dann in eine Gebärmutter eingepflanzt werden, heißen *frozen angels*. Cäsars Spezialität.«

Sie rieb eine Stelle auf der beschlagenen Fensterscheibe frei. Ein schwarzer Leichenwagen glitt langsam durch die Menge, die ehrfürchtig Platz machte. »Bestattungsunternehmen Traugott« stand auf den Seitentüren. Ob Doktor Cäsar an Gott geglaubt hatte? Sie wusste es nicht. »Kinder, die aus einer künstlichen Befruchtung entstanden sind, nennen sich selber aber auch so«, sagte sie. »*Frozen angel.* Gefrorener Engel.«

ERSTER TEIL

Sommer

1

Professor Doktor Jakob Cäsar, der Halbgott in Weiß, der Beglücker aller Frauen mit unerfülltem Kinderwunsch, die große Hoffnung verzweifelter Möchtegernmuttis. Zum ersten Mal hörte Stella von ihm in einem jener Berliner Hinterhöfe, den eine Frau mit etwas Überlebenswillen meiden sollte. Vor allem nachts. Ein schmaler, schwarzer Gang zwischen hohen Mauern, gesäumt von den Müllcontainern der umliegenden Häuser. Das abgetretene Kopfsteinpflaster, zuletzt zu DDR-Zeiten mit Teer ausgebessert. Glasscherben, verfaulende Essensreste und sonstiger Müll, der statt in den Tonnen versehentlich daneben landete. Es stank.

»Ältere Leute schwärmen immer, dass New York in den 80ern so ausgesehen hätte.« Energisch stakste Linda mit ihren veilchenfarbenen, zwölf Zentimeter hohen Sandaletten aus einem komplizierten Riemchenwerk über faulende Salatblätter.

Stella folgte ihr zögernd. »Hier gibt's Ratten. Wetten?«

Linda lachte. Würde sie Nagetiere fürchten, hätte sie längst von Berlin nach München umziehen müssen.

Stella lebte in Oberbayern. Die einzige Ratte, die sie je gesichtet hatte, war eine indische Palme hochgeklettert. Auch schon Jahre her. »Bist du sicher, dass es hier zum Restaurant geht?«

Linda hörte sie nicht. Sie kletterte schon die Stufen zu einer Betonrampe hoch. Ihr Minikleid aus Silberpailletten, das leider etwas an den Hüften spannte, glitzerte in der düsteren gelblichen Beleuchtung von Energiesparlampen, die spärlich verteilt auf einem riesigen Lüster saßen. Früher hatte er wahrscheinlich einen adeligen Ballsaal in der Uckermark erleuchtet, nun wies er im Hinterhof den Weg zum Restaurant. Hauptstadtästhetik. Deswegen fand alle Welt Berlin so spannend.

Unbelastet von allen Eindrücken, die ihr Wohlbefinden stören könnten, klingelte Linda an einer Eisentür, deren schwarze Lackierung abblätterte. Nach einer kurzen Konversation mit einer weiblichen Lautsprecherstimme summte der Türöffner und sie waren drin in dem Geheimtipp für vermögende Berliner Vegetarier, die standesgemäß speisen wollten. So jedenfalls hatte Linda das Lokal, in das sie Stella zum »Dinner« einlud, angepriesen. Sie stiegen eine Betontreppe hoch. Stella vermied Handkontakt mit dem rostigen Eisengeländer, wusste der Kuckuck, welches Kleinstgetier sich darauf tummelte. Dagegen musste ein New Yorker Speakeasy während der Prohibition ein Luxusschuppen gewesen sein, dachte sie, behielt ihre Bedenken aber für sich. Schließlich war sie eingeladen.

Im zweiten Stock wurde es tatsächlich besser. Ein großes Loft mit hohen Kassettenfenstern, deren Ausblick in den Hinterhof die Nacht gnädig im Dunkeln verbarg. Die kahlen Wände weiß verputzt. Weiße Stühle und weiß eingedeckte Tische. Das Silberbesteck und die Gläser funkelten im Kerzenlicht. Makellos, soweit das zu erkennen war. Lilien, verschwenderisch über den Raum verteilt. Die einzigen Blumen, deren Geruch auch den Hinterhofgestank überlagern konnte.

»Ist doch toll hier.« Linda war Zahnärztin. Eine ordentliche, nahm Stella an. Die einzige Erklärung, warum Linda sich auch nach ihrer Scheidung die große Altbauwohnung in Charlottenburg und ihre Liebe für Prada leisten konnte. Die Ehe war kinderlos geblieben. Lindas Exmann, ein auf mysteriöse Weise erfolgreicher IT-Unternehmer, musste nicht mal Alimente zahlen, was Lindas sonniges Gemüt nur vorübergehend belastet hatte. Sie wühlte gern in fremden Mündern herum, wenn auch nur drei Tage die Woche. Das reichte, ihren Lebensstil zu sichern.

Stella und Linda kannten sich aus der Schule und, keine Frage, ihre Karrieren hatten sich sehr unterschiedlich entwickelt. Linda fuhr viermal im Jahr in Urlaub und scheute auch die Ausgaben für Businessclass-Tickets und Fünfsternehotels nicht. Stella wohnte das ganze Jahr über bei ihrer Mutter in Schliersee. Diese Unterschiede hatten sich schon in der Schule angedeutet. Linda bestand das Abitur mit 1,2. Stella rutschte gerade so durch. Linda nutzte ihre guten Noten für eine lukrative Medizinerlaufbahn, Stella wurde Journalistin. Beide waren sie nun Ende dreißig und moderat frustriert. Einmal im Jahr lud Linda ihre alte Freundin Stella nach Berlin ein, »Großstadtluft schnuppern«, und ließ sich dabei nicht lumpen. Großzügigkeit war eine ihrer Stärken.

An diesem Abend im »Biscuit« bestellte sie eine Flasche Badischen Grauburgunder zum Viergängemenü und, ganz unüblich für sie, eine große Flasche Wasser, und kam noch vor dem Amuse bouche zur Sache. »Ich bin schwanger.« Sie hob ihr Wasserglas.

»Das ist ja toll. Herzlichen Glückwunsch.« Stella beugte sich über den Tisch und gab ihr einen Kuss auf die Wange. Und sagte nach einer angemessen kleinen Pause, damit die Neugierde nicht gar zu penetrant wirkte: »Du hast mir noch gar nicht verraten, dass du einen neuen Mann hast.«

Linda seufzte. Glücklich sah anders aus.

»Im wievielten Monat bist du denn?«

»Im vierten. Fast schon fünften.« Linda zog ein zerknülltes, kariertes Männertaschentuch aus ihrer cremefarbenen Tasche.

»Freust du dich denn nicht?« Linda wünschte sich seit Ende ihres Studiums Kinder. Am liebsten drei Jungs und ein Mädchen. Als Ausgleich zu der Fron am Bohrer, hatte sie immer verkündet. Aber trotz eifrigen Bemühens war sie in acht Jahren Ehe nicht schwanger geworden.

Und dann verhielt Michael, ihr Mann, sich absolut klischeekonform. Er begann ein Verhältnis mit seiner Sekretärin. Einer alleinerziehenden Mutter, deren kleine Tochter Linda so lange entzückend fand, bis sie erfuhr, dass die erneute Schwangerschaft der Sekretärin von Michael verursacht worden war. Während eines tränenreichen Sonntagnachmittags hatte er um Lindas Verständnis gebeten, ihr angeboten, immer für sie da zu sein, ihr großzügig seine Hälfte der Charlottenburger Wohnung überlassen und sich in die Dreizimmerwohnung der Sekretärin in Schöneberg verabschiedet.

Zum ersten Mal hatte Linda zur Kenntnis nehmen müssen, dass das Leben nicht daran dachte, sich immer ihren Wünschen zu beugen.

Aber offenbar hatte jetzt doch noch alles wunschgemäß geklappt. Neuer Mann, gleich schwanger. Super. Aber Freudentränen sollten von einem anderen Gesichtsausdruck begleitet sein, nicht von diesem gequälten Schniefen ohne Blickkontakt.

Um die Urheberschaft von Lindas Zustand zu klären, man lebte schließlich in modernen Zeiten, in denen folgenreiche sexuelle Begegnungen auch ohne Austausch der Kontaktdaten schon mal vorgekommen sein sollen, fragte Stella vorsichtig: »Wer ist denn der Vater?«

Linda hob die Schultern, was durchaus als keine Ahnung interpretiert werden konnte. Jetzt schluchzte sie.

Die junge, hübsche und sehr aufmerksame Kellnerin servierte als Vorspeise ein aufgeschäumtes grünes Süppchen und entfernte sich diskret.

Kajal und Wimperntusche lösten sich in Lindas Tränen auf. Sie schob die Suppe unangetastet zur Seite und zerbröselte nervös ihr Mini-Brioche auf dem Brotteller. »Stella, du musst mir helfen. Ich werde sonst noch verrückt.«

Stella löffelte ihr Süppchen.

»Ich hab Angst vor dem, was da in mir wächst.«

»Ein Baby. Das wolltest du doch immer, sogar mehrere.«

»Aber nicht so.«

Stella hatte keine Ahnung, was »nicht so« bedeutete. Ungeachtet ihrer momentanen Tränenflut sah Linda aus wie das blühende Leben. Gerade wegen der Pölsterchen um die Hüften. »Gibt's Probleme mit dem Vater?«

Linda schüttelte den Kopf und erstickte ihre Schluchzer im Taschentuch, damit die Leute am Nebentisch nicht auf sie aufmerksam wurden.

»Kannst du dich erinnern, dass ich die letzten zwölf Monate immer mal wieder in Bayrischzell war, in dieser schicken kleinen Kurklinik?«

Stella nickte. »Wegen deines Burn-outs.« Darüber hatte Stella sich schon gewundert. Nur drei Tage die Woche Praxis, viermal im Jahr Urlaub und zwischendurch immer mal wieder ein paar Wellnesstage gegen Erschöpfung, das Herumwerkeln an fremder Leute Zähnen schien Linda über Gebühr zu schlauchen. Trotz allem Mitgefühl hatte Stella aber nie verstanden, warum sie ausgerechnet in Bayrischzell Erholung suchte, es gab erholsamere Ausblicke als den auf die Sudelfeldstraße.

Stella wohnte nur ein paar Kilometer von Bayrischzell entfernt am Schliersee, in einer Gegend, die Immobilienmakler gern mit »leben, wo andere Leute Urlaub machen« anpriesen. Allerdings campierte sie nicht freiwillig in ihrem alten Kinderzimmer bei ihrer Mutter, sondern wegen einer existenzgefährdend niedrigen Auftragslage. Lindas privat bezahlte sogenannte Kuren im »Birkenhof« entsprachen ungefähr dem Gegenwert von Stellas Jahreseinnahmen. Inklusive Mehrwertsteuer.

Linda beugte sich zu Stella hinüber. »Ich hab mich in Bayrischzell künstlich befruchten lassen. In-vitro-Fertilisation.« Sie flüsterte.

»Wie bitte?«

Linda lächelte jetzt trotz ihres Kummers. Wenn Stella nicht alles täuschte, mit einem gewissen Stolz.

»Hat Ihnen die Suppe nicht geschmeckt?« Die nette Bedienung irritierte Lindas schlechter Appetit.

»Doch, doch. Sie war wunderbar«, antwortete Stella. »Aber meiner Freundin geht es nicht so gut.« Die Bedienung räumte die Teller weg und schenkte Wein und Wasser nach.

»Kennst du Professor Doktor Jakob Cäsar?«

Stella schüttelte den Kopf.

»Gynäkologe, Endokrinologe und Reproduktionsmediziner. Spezialist für assistierte Insemination.« Linda deutete Stellas Blick richtig und übersetzte. »Künstliche Samenübertragung. Er hat seine Praxis in Bayrischzell. Eine international anerkannte Koryphäe in der Kinderwunschmedizin. Seine Patientinnen von außerhalb wohnen alle im Birkenhof.«

»Und von dem hast du dich künstlich befruchten lassen?«

Linda nickte, schon wieder den Tränen nahe. »Wegen meiner verdammten Endometriose, den Wucherungen meiner Gebärmutterschleimhaut. Samenspende, Eizelle von mir, in der Petrischale vereint. Wie bei einem Hollywoodstar. Nur ohne Leihmutter. Ich wollte das Kind selbst auf die Welt bringen. Wäre außerdem sonst doch zu teuer geworden.«

Sie griff zu ihrer Handtasche, sehr edel, aber zu wuchtig zum Paillettenkleid. Dafür geräumig genug für die Aktenmappe, die sie daraus hervorzog. Nach einigem Herumblättern gab sie Stella eine Plastikhülle mit dem Foto eines etwa vierjährigen Jungen, der unter einem mit lila Kugeln und Kerzen dekorierten Tannenbaum saß und nachdenklich eine für seine kleinen Hände viel zu unförmige Holzlokomotive betrachtete. Eher ratlos als erfreut. Auf der Rückseite stand in einer fremden Schrift *24.12.1990*. Ein hübscher Junge. Große braune Augen, ein zart olivfarbener Teint und eine erstaunliche Pracht brauner Locken.

»Weißt du, was merkwürdig ist?« Linda nahm Stella das Foto aus der Hand und studierte es mit einer Hingabe, als könnte sie sich nicht von dem Anblick des Kindes losreißen. »Ich habe ihn wegen der lila Kerzen genommen. Lila ist doch meine Lieblingsfarbe. Ich wollte immer ein Mädchen, das Viola heißt.«

Stella verstand überhaupt nichts mehr. Sie wiederholte das einzige Wort, das in Lindas sprunghafter Erzählung wirklich interessant war. »Samenspende?«

»Na ja. Ein Student hat sich in einer Kabine einen abgewichst. Das Ganze kam für ein paar Wochen auf Eis. So lange, bis die Untersuchungsergebnisse bestätigten, dass das Sperma gesund ist. Dann wurde es wieder aufgetaut und mittels Pipette von Dr. Cäsar in zwei meiner Eizellen bugsiert. Den einen Embryo hat er dann in meine hormonell stimulierte Gebärmutter eingepflanzt. Ich hätte auch zwei haben können, oder sieben, aber für den Anfang hat mir einer gereicht. Ich bin doch keine dieser Wahnsinnigen, die auf einen Schlag eine Großfamilie in die Welt setzen. Der Ersatzembryo wurde eingefroren. Damit kann ich mir ein zweites Kind machen lassen, wenn ich nicht doch noch einen liebevolleren Beschäler auftreibe. Oder ich spende ihn einem anderen Paar. Ich kann ihn natürlich auch einfach in den Müll schmeißen lassen.«

Linda neigte immer schon dazu, medizinische Prozeduren sehr drastisch zu veranschaulichen.

Stella seufzte.

»Als dann diese Tussi sich von Mitch hat schwängern lassen, dachte ich, dir zeige ich es, du Arschloch. Was du kannst, kann ich schon längst.«

Die Bedienung näherte sich mit dem nächsten Gang, Wildkräutersalat mit gebackenem französischem Edelkäse. Vorsichtig sondierte sie die Lage. Keine Tränen mehr.

Linda achtete nicht darauf. »Die Spender bei Dr. Cäsar sind alle medizinisch durchgecheckt, genetisch gesund, hochintelligent und attraktiv. Das ist doch was anderes als so eine hergelaufene Bürokraft aus der Lausitz. Immer hat Mitch mich vertröstet. Ach Schatz, wir sind doch noch jung. Warten wir ab, bis ich mit der Firma aus dem Gröbsten raus bin. Als ob er insgeheim was dagegen hätte, mit mir Kinder zu kriegen. Er wollte sein verdammtes Sperma einfach nicht rausrücken.« Linda redete sich in Rage. »Er wurde doch auch nicht jünger. Und dieses ewige Fahrradfahren. Jeden Tag eine Stunde ins Büro, eine zurück und am Wochenende am liebsten den ganzen Tag. In diesen Radlerklamotten aus Polyester. Darin werden die Hoden zu hoch erhitzt, und die Spermien sterben ab. Ist medizinisch erwiesen. Aber er sagt, er braucht den sportlichen Ausgleich für das ewige Rumsitzen im Büro. Auf dem Stuhl sitzen, auf dem Rad sitzen, wo ist da der Unterschied? Das hat er nun davon. Die Sekretärin hat keine Endometriose. Die hat nicht mal Abitur. Und er fährt Tandem mit ihr.« Immer noch wütend gabelte sie ein einzelnes Rucolablatt auf. »Der Käse riecht komisch.«

»Jetzt mal eins nach dem anderen.« Stellas Hang zur Pedanterie verlangte dringend nach mehr Ordnung in diesem Erzählchaos. »Du hast dich künstlich befruchten lassen, um dich an Michael zu rächen?«

Sie war schockiert. Obwohl sie sich gern als weltoffenen, liberalen Geist sah, strapazierte dieses Geständnis ihre Toleranz. Ein Kind von einem anonymen Mann, von dem man sich nicht mal einbilden konnte, ihn attraktiv, liebenswert und ausreichend intelligent zu finden, und sei es nur für eine Nacht. Oder war so viel Romantik in Zeiten moderner Medizin nur noch Kitsch?

Stella hatte die Debatte über die Segnungen der Reproduktionsmedizin bislang ignoriert. Ohne Mann und festes Einkommen war Kinderwunsch kein Thema, das sich aufdrängte. Beim Nachdenken darüber kam sie sowieso schnell an die Grenzen ihrer Vorstellungskraft. Wie bei Dokumentationen auf Arte über Astrophysik. Kein Wunder, dass Linda Anzeichen von Hysterie zeigte. Aber jetzt, da das Kind nicht nur im metaphorischen Sinne des Wortes schon im Brunnen gelandet war, blieb nur, die eigenen Bedenken zu ignorieren, ihr gut zuzureden und muntere Zustimmung zu heucheln. »Freu dich einfach.«

Linda stocherte in ihrem Salat. »Trotz extrem hoher Spermienzahl des Spenders drei erfolglose IUIs. Erst mit der IVF hat es endlich geklappt. Und mit Samenspender 148, den wollte ich erst nicht, weil die Quersumme vier ist, nicht gerade meine Glückszahl. Der vierte April war mein Hochzeitstag. Aber Doktor Cäsar und seine Embryologin haben so geschwärmt von dem Mann, dass ich dachte, ach scheiß auf den Aberglauben. Am Anfang habe ich mich trotz der endlosen Kotzerei wegen der Hormone ja auch gefreut. Aber jetzt sind die Hormone abgesetzt, ich kotze nicht mehr, stattdessen habe ich Albträume. Ich träume, in mir wächst ein riesiger Kloß aus schwarzer Pampe, in den 148 eingebrannt ist. Aus der Nummer auf dem Kloß raucht es wie aus der Hölle. Der Kloß wächst und wächst. Ich sehe entsetzt zu und weiß, ich kann ihn nicht stoppen. Wenn er so weiter macht, wird er mich sprengen. Er wird mich umbringen. Und dann wache ich von meinen eigenen Schreien auf. In der Praxis haben sie mich nach meinem Mittagsschläfchen schon gefragt, ob auch wirklich alles in Ordnung ist.«

Sie schob den Salat, plus dem einen, auf die Gabel gespießten Rucolablatt, auf die Seite. »Ich wollte nie als alleinerziehende Mutter enden.«

Stella streichelte tröstend über Lindas kalte Hand neben dem Salatteller. Sie fühlte sich hilflos. Ohne die geringste Ahnung, wie sie ihrer Freundin helfen konnte. Eine Abtreibung vorschlagen? Im vierten Monat dürfte das noch kein Problem sein. Aber sie wagte es nicht.

»Natürlich habe ich an eine Abtreibung gedacht«, sagte Linda. »Aber dummerweise habe ich das Gefühl, dass der liebe Gott mich dann dafür bestrafen wird. Erst will ich unbedingt ein Kind, jetzt krieg ich es und will es nicht mehr. Ich bin ja nicht mehr die Jüngste, vielleicht ist das meine letzte Chance. Ich befürchte, er semmelt mir fürchterlich eine rein. Mein Vater würde mich zusätzlich aus dem Grab mit einem Fluch belegen.«

Lindas Vater war evangelischer Pastor gewesen. Wahrscheinlich litt schon ihre Mutter an Endometriose, jedenfalls war Linda als Einzelkind aufgewachsen, was einerseits ihre Sehnsucht nach einer großen, fröhlichen Familie erklärte und andererseits ihre Furcht vor göttlichen Vergeltungsmaßnahmen.

Linda und Stella seufzten gleichzeitig.

Die Bedienung hatte aufmerksam die Tränenpause abgepasst und brachte Parmesanknödelchen in Koriandersauce.

»Meine können Sie gleich wieder mitnehmen«, sagte Linda. »Mir wird von dem Geruch schon schlecht.«

»Probier doch wenigstens.« Stellas Empathiepotenzial wurde an diesem Abend stark gefordert.

»Kann ich Ihnen einen Kamillentee bringen?« Auch die Bedienung empfand den Druck zum Mitleid.

Linda schüttelte den Kopf. »Lieber einen Rooibostee. Mit zwei Spritzern Bio-Zitrone und einem halben Teelöffel Rohrohrzucker.«

»Sehr gern.« Die Launen schwangerer Zicken perlten an der hauptstadtgestählten Kellnerin ab.

Linda wühlte schon wieder in ihrer Tasche und förderte ein rosa Lipgloss mit Pinselchen und ein goldenes, aufklappbares Spiegelchen zutage. »Du musst mir helfen, Stella«, nuschelte sie, während sie sich die Lippen nachzog und im Spiegel kontrollierte. »Du bist doch Journalistin.« Mit dem Taschentuch entfernte sie die Tränenspuren am Augen-Make-up. »Du kannst doch gut recherchieren.« Versteckt hinter dem Spiegelchen war sie kaum zu verstehen. »Du kannst auf Leute zugehen, mit ihnen reden, sie überzeugen. Du kannst Sachen rauskriegen, die sonst niemand erfährt. Du kannst an Türen klingeln und wenn sie dir vor der Nase zugeschlagen werden, noch schnell einen Fuß auf die Schwelle stellen. Ich habe dich immer um deinen tollen Beruf beneidet. Viel aufregender, als jeden Tag Gebisse kitten.«

Sie klappte entschlossen das Spiegelchen zu. »Stella, du musst diesen Samenspender für mich finden. Ich muss den Vater meines Kindes wenigstens kennenlernen. Ich muss wissen, wer er ist. Vielleicht kann ich mit seiner Hilfe eine Beziehung zu dem Kind aufbauen.«

»Bitte, verlang das nicht von mir.« Stella versuchte, Stärke und Überzeugungskraft in ihre Stimme zu legen, trotzdem hörten sich die Worte verdammt nach Feigheit an. »Ich bin keine investigative Superreporterin aus einem Schwedenkrimi.«

»Doch, du kannst das. Du bist die Einzige, der ich das zutraue. Lass mich nicht im Stich. Und das Baby hat doch ein

Recht darauf zu erfahren, wer sein Vater ist.« Linda war schon wieder den Tränen nahe.

»Weißt du schon, was es wird? Junge oder Mädchen?«

»Ein Mädchen. Viola eben.«

Stella schwieg lange. Am liebsten hätte sie auch geweint. Über die fragwürdigen Startbedingungen dieses Wunschbabys. Über Lindas Vertrauen in ihre alte Freundin, das durch nichts gerechtfertigt war. Und auch aus Selbstmitleid, weil sie sich wieder einmal nicht genug gerüstet fühlte für die Herausforderungen, mit denen das Leben sie aus der Defensive zu zwingen versuchte. Sie kämpfte hart mit sich, aber sie schaffte es, Zweifel und Einwände zurückzudrängen. »Also gut, ich helfe dir. Keine Ahnung wie, aber ich versuche es. Versprochen.«

2

Mit dem schönen Gefühl, die Verantwortung weitergereicht zu haben, hatte Linda sich am nächsten Morgen gut gelaunt in ihre Praxis verabschiedet. Stella verbrachte den Vormittag mit ihrem Laptop in der S-Bahn, auf dem Weg zum Flughafen. Versunken in den Anblick der Website von Dr. Cäsars Kinderwunschzentrum. Eine schick aufgemachte, aber doch seriöse, mit weißbekittelten Menschen bevölkerte Werbeaktion für alles, was den Wissenschaftlern eingefallen ist, um den guten alten Sex überflüssig zu machen. IVF, ICSI, IUI, PID. Die Parallelwelt der künstlichen Kinderproduktion öffnete sich, in der, das wurde Stella schnell klar, eine komplexe Kombination aus Idealismus, Verzweiflung, Egozentrik, Geld und der Suche nach dem Glück alle Beteiligten miteinander verband. Stella bereute erneut ihr Versprechen und den vorausgegangenen Genuss von zu viel Grauburgunder. Aber eine Absage kam nicht infrage. Versprochen war versprochen.

Noch im Restaurant hatte Linda ihr ein weiteres Foto gezeigt, diesmal auf ihrem Smartphone. Der vergrößerte Ausschnitt eines Geschenkanhängers an dem zerknüllten Einwickelpapier der Holzlokomotive. Drei Buchstaben auf einem Nikolaus aus Pappe, so stark hochgezoomt, dass die Schrift entziffert werden konnte. Ein Name oder zumindest der Teil eines Namens, *m a n*, Lindas Meinung nach. Stellas Hinweis, das Papier sei mitten im ersten Buchstaben abgeknickt, das *m* also nicht eindeutig zu identifizieren, es könnte auch ein h sein, demnach würde der Name auf dem Geschenkanhänger auf *h a n* enden, hatte Linda verärgert. Sie beharrte auf dem *m*.

Ihrer Überzeugung nach hieß der kleine zukünftige Samenspender auf dem Foto Herrman. Für einen in den Achtzigerjahren geborenen Jungen kein Vorname, der sich aufdrängte, aber auch nicht so ungewöhnlich, dass es völlig ausgeschlossen war. Außerdem hieß Lindas Vater Herrman.

Linda nahm diese drei Buchstaben als Zeichen. Wie die lila Kerzen. So, wie sie überhaupt immer nach einem Fingerzeig Gottes suchte, wenn sie vor einer Entscheidung stand.

Das Foto des kleinen Jungen hatte Linda von Doktor Cäsars Embryologin in Bayrischzell erhalten. Der Frau, die Lindas Eizelle aus dem Eileiter punktiert und mit dem Samen befruchtet hatte. Als Einzige verstand sie Lindas Wunsch nach einem Bild des Spenders. Heimlich, ohne dass ihr Chef davon wusste, hatte sie eine Kopie des Bewerbungsfotos aus dem Archiv geschickt. Weil Linda ihr so leidtat. Vor allem aber, weil sie der Meinung war, dass die anonyme Samenspende endlich verboten gehörte. Vielleicht auch, um die nervenden Telefonanrufe aus Berlin endlich abzustellen. Und mit Lindas heiligem Versprechen, Doktor Cäsar diese Gefälligkeit zu verschweigen.

Ein Versprechen, an das Linda sich nicht mehr gebunden fühlte. Sollten Stellas Nachforschungen Frau Malinowskowa bei ihrem Arbeitgeber in Schwierigkeiten bringen, war ihr das egal. »Wenn ich die Wahrheit wissen will, muss ich doch kein schlechtes Gewissen haben.«

Ihre Furcht vor dem Kloß in ihrem Bauch wuchs mit jedem Tag der Schwangerschaft. Und war auch nicht mit der vertraglich zugesicherten und extra bezahlten Möglichkeit zu besänftigen, dass Viola nach ihrem 18. Lebensjahr Anspruch darauf hatte, ihren Vater kennenzulernen. »Bis dahin bin ich längst in der Klapse.«

Die Spendernummer von Violas biologischem Vater stand ganz offiziell in den Unterlagen: 148. Das Spenderprofil dazu entsprach dem Wunschdenken der angehenden Mutter. Männlich. Weiß. Deutsch. Schlank. Ein Medizinstudent, der gern Klavier spielte. Das Foto des lockigen Kindes gab Samenspender 148 aus dem Kinderwunschzentrum Oberland ein Gesicht und einen, wenn auch bislang unbestätigten, Vornamen. Herrman. Niemand schrieb auf den Geschenkanhänger für ein vierjähriges Kind den Nachnamen. Absolut ausgeschlossen.

Damit besaß eine erfahrene investigative Journalistin schon wichtige Anhaltspunkte, um die Identität von Violas Vater herauszufinden. War zumindest Lindas Meinung. Den Rest erledige ein bisschen hartnäckige Recherche. Mit der gleichen Willensstärke, mit der sie schwanger geworden war, trieb Linda nun ihre beste Freundin in Gewissensnöte.

3

Aufgrund einer göttlichen Eingebung, bei der vielleicht Lindas verstorbener Pastorenpapa seine Hand im Spiel hatte, machte Stella in der Warteschlange am Check-In-Schalter mit der Sekretärin von Otto, dem Chefredakteur ihres Vertrauens, einen Termin aus.

Wenn sie sich in eine so sensible Szene wie die der Reproduktionsmedizin begab, so ihr Kalkül, dann nur mit Rückendeckung eines bekannten Zeitschriftenverlags. Im Ernstfall bekam sie dort Schützenhilfe aus der juristischen Abteilung. Außerdem war Otto ein versierter alter Hase, der wusste, wann die Grenzen überschritten werden konnten und wann sie respektiert werden mussten. Ein Spesenetat für ihre Ausgaben wäre auch nicht schlecht.

Zurückgelehnt in seinen ledernen Chefsessel hörte Otto sich ein paar Stunden später in seiner Münchner Redaktion Stellas Themenvorschlag an: eine Geschichte über eine neue Spezies moderner Frauen, die nicht mehr darauf wartet, zufällig den zukünftigen Vater ihrer Kinder zu treffen. Stattdessen baut sie sich aktiv, kontrolliert und zielbewusst mit Hilfe der modernen Reproduktionsmedizin ein selbstbestimmtes Leben als Mutter auf.

Unkritisch sollte der Artikel aber auf keinen Fall sein, sondern auch die negativen Auswirkungen der medizinischen Möglichkeiten auf den Menschen zeigen. Stella erzählte Otto von Lindas befruchteter Eizelle, die nun als Embryo namens Viola Angst und Schrecken verbreitete. Sie spannte den Bogen über die Gebärmutterschleimhautwucherungen und den Kloß bis hin zu dem eingefrorenen Ersatzembryo und dem Weihnachtsfoto. Auch der Grund für Lindas Schwangerschaft fand Erwähnung. Michaels Sekretärin.

Otto hörte geduldig zu. Sein Handy meldete sich kein einziges Mal. Stella fasste Hoffnung. So viel Konzentration signalisierte Interesse, sogar an einem Thema, das ihm nicht selbst eingefallen war. »Schwerer Fall von Schwangerschaftsdepression«, sagte er schließlich. »Hört sich verdammt nach ›Rosemarys Baby‹ an. Nur dass heutzutage Satanisten überflüssig geworden sind. Der Teufel kann seinen Samen per Pipette verstreuen, das erleichtert die Sache. Macht aber weniger Spaß.«

Stella saß ganz vorn auf der Stuhlkante vor seinem Schreibtisch und hätte gern ein Glas Wasser gehabt. Ihr Mund war ganz ausgetrocknet vom Reden, aber sie wollte Otto nicht ablenken. Das Risiko, seine Aufmerksamkeit zu verlieren, war zu groß.

»Bring mir ein Promi-Kind aus der Samenbank oder einen Promi-Spender, ist mir egal wer, von mir aus Uli Hoeneß oder Heiner Lauterbach, und ich nehme dir die Geschichte ab. Vor allem, wenn das Baby zwei Hörnchen und einen Hinkefuß hat.« Der Vorschlag hatte für den Chef eines Klatschblattes eine gewisse Logik.

»Das ist nicht dein Ernst«, sagte Stella trotzdem.

Er überlegte. »Ist deine Freundin hübsch?«

Stella ahnte, was kommen würde.

»Lässt sie sich fotografieren?«

»Auf keinen Fall. Sie will in dieser Geschichte weder mit Namen und schon gar nicht mit Bild erscheinen, nur völlig anonymisiert, damit sie sich nicht zum Gespött ihrer Patienten macht.«

»Ach ja, eine Zahnärztin. Zahnärzte sind immer furchtbar langweilig.« Otto dachte ungewöhnlich lange nach. »Okay, hier mein Vorschlag. Du schreibst mir ein schönes Konzept für die Geschichte. Du bringst mir Fallbeispiele von Personen, die bereit sind, sich fotografieren zu lassen und auch so aussehen, dass die Leserinnen sich nicht zu Tode erschrecken, wenn sie das Blatt aufschlagen. Alle Beteiligten geben ihr Einverständnis, in der Geschichte mit Wort und Bild aufzutauchen, schriftlich. Du machst mir eine Liste mit den Ärzten, Wissenschaftlern und sonstigen Experten, die du zu befragen gedenkst. Und einen Kostenvoranschlag für deine Spesen. Das schickst du alles an den Ressortleiter ›Leben‹. Der präsentiert das Thema in der Konferenz und wenn die anderen Ressortleiter es abnicken, kriegst du den Auftrag.«

Stella rückte auf ihrem Stuhl nach hinten, bis die Lehne sie stoppte. Konzept. Fallbeispiele. Liste. Kostenvoranschlag. Worte, die Stella verabscheute. Den Ressortleiter Leben konnte sie auch nicht leiden.

Otto bemerkte ihre Ungeduld. »Sorry, so läuft das. Missachten wir die Regeln und es gibt Ärger, muss ich den Kopf hinhalten. Darauf habe ich nicht die geringste Lust.«

Stella sah ihr Thema in der Konferenz abgeschmettert, nur um dann in leicht veränderter Form von einem der noch übrig gebliebenen festangestellten Redakteure aufgegriffen zu werden. Die kostengünstigere Lösung. Keine Chance, Otto umzustimmen. Sie würde wohl andere Wege finden müssen.

4

Da Doktor Cäsars Bereitschaft, achtzehn Jahre und fünf Monate vor Violas Volljährigkeit den Namen des Samenspenders preiszugeben, höchstwahrscheinlich gegen Null tendierte, versuchte Stella gar nicht erst, ihn mit investigativem Eifer zu belästigen. Reiner Aktionismus half jetzt nicht weiter. Es musste strategisch geplant werden.

Ein Journalist ist nur so gut wie sein Netzwerk, diese Weisheit von Otto machte Stella zum Ausgangspunkt ihrer Recherche. Beim Abendbrot in Schliersee fragte sie ihre Mutter Irma und ihre Freundin Joe um Rat.

Joe, die sich bis zum Ende ihrer Ehekrise in Irmas Ferienappartement eingemietet hatte, stillte Lottchen, ihre Jüngste. Das Schmatzen des Babys förderte eine zufriedene Grundstimmung aller Anwesenden. Sogar Irma hielt sich zurück, statt nach dem ersten, einigermaßen passenden Stichwort aus ihrem reichen Erfahrungsschatz zu referieren.

Während Lottchen gedankenverloren an einer blonden Haarsträhne ihrer Mutter zuppelte und sich dabei in den Schlaf saugte, wurde Joe immer wacher. Sie befand sich zwar noch im Mutterschaftsurlaub, aber wie ein Rennpferd vor dem Start konnte sie die vier Monate kaum noch abwarten, bis sie Anfang Januar endlich wieder ins Büro durfte, um der Menschheit bei der Aufklärung von Gewaltverbrechen unter die Arme zu greifen.

Beim Anhören von Lindas Geschichte scharrte sie quasi mit den Hufen. Auch ohne kriminalpolizeilichen Ermittlungsbedarf. »Jeder Mensch hat ein Recht auf Kenntnis der eigenen Abstammung«, zitierte sie auswendig ein entsprechendes Urteil. »Bundesverfassungsgericht 1989.« Sie legte Lottchen über die Schulter und klopfte ihr auf den Po, um dem Kind das Bäuerchen zu erleichtern. Dabei kam sie zu einer für eine Kriminalbeamtin nicht weiter überraschenden Erkenntnis. »Linda muss geholfen werden.«

Irma teilte diese Meinung. Nach der ersten Empörung über die neumodische Form der Kinderproduktion, »in was für einer Welt leben wir eigentlich?«, fand sie an Stellas Versprechen nichts auszusetzen. Erstens, weil sie prinzipiell der Auffassung war, unter Freunden hilft man sich. Zweitens, weil sie jegliche Aktivität begrüßte, durch die ihre Tochter endlich den

Hintern hochbekam. Und drittens, weil sie Abenteuern prinzipiell nicht aus dem Weg ging.

Während Lottchen genüsslich auf Joes Schulter kotzte und Stella Eiersalat löffelte, ohne Brot, um Kalorien zu sparen, scannte Irma gedanklich ihr eigenes Netzwerk und produzierte mindestens so schnell wie ein Computer einen passenden Ansprechpartner. »Nike Huber.«

Diesen Namen hatte Irma zuvor noch nie erwähnt. Stella hätte sich daran erinnert. Die Kombination aus ambitioniertem Vornamen und bayerischem Nachnamen galt im Landkreis Miesbach immer noch als avantgardistisch.

Irma hatte Nikes Mutter Edith im Philosophiekurs an der Volkshochschule kennengelernt. Edith Huber saß neben ihr. Eine Lehrerin für Deutsch und Kunst am Gymnasium Miesbach, die sich mit Ende 50 auf die baldige Frühverrentung vorbereiten wollte und sich schon mal nach sinnvoller Beschäftigung umschaute, für die Zeit, wenn sie nicht mehr pubertierende Schüler am Simsen während des Unterrichts hindern musste. Eine Auffrischung ihrer humanistischen Bildung war da schon mal ein guter Anfang.

Diese Frau Huber also schlug ein Diskussionsthema vor, das leider der katholisch geprägte Rest der Kursteilnehmer einstimmig ablehnte. Bis auf Irma, die das Thema durchaus interessant fand, wenn auch etwas theorielastig. Wer sind die wahren Eltern eines Kindes? Die biologischen Eltern oder die Sorgeeltern? Für eine weltoffene Frau und Mutter, die in den noch von der sexuellen Revolution profitierenden späten Siebzigerjahren ihre Tochter auf die Welt gebracht hatte, durchaus überlegenswerte Fragen. Auch Irma hatte schließlich ab und zu mit fremden Männern geflirtet, obwohl sie sich nie endgültig dazu hatte hinreißen lassen, ihre Verpflichtung als Ehefrau zu vergessen. Sie war ihrem Mann immer treu geblieben, hatte nur manchmal in Gedanken vielleicht mit einem ihrer Verehrer …

»… geliebäugelt. Ja, Mama.« Wenn Irma sich in ihrer glorreichen Vergangenheit verlor, reagierte Stella ungeduldig. Zu viele der Geschichten hatte sie einfach schon zu oft gehört.

Irma ließ sich nicht aus dem Konzept bringen. »Die anderen wollten lieber die frühen Schriften von Papst Benedikt lesen. Frau Huber ist mit ihrem Themenvorschlag so was von abgeblitzt. Hier in Oberbayern würde nicht nur der Pfarrer rotieren, wenn die sozialen und die biologischen Eltern nicht identisch sind. Wie heißt noch mal dieser Professor in Bayrischzell, der mit der Samenbank, bei dem auch deine Freundin war? Kein Wunder, dass den im Landkreis Miesbach keiner kennt. Der ist wahrscheinlich nur in München ein Begriff.«

»Dr. Cäsar«, sagte Stella mit vollem Mund.

»Ich bin mit der Frau Huber damals nach dem Kurs noch einen trinken gegangen. Sie hat mir dann beim Weißbier erzählt, dass eine Freundin ihrer Tochter Nike das Ergebnis einer Samenspende sei, das arme Kind, und sie das Thema seither beschäftige. Nach dem zweiten Weißbier hat sie sich dann verplappert und immer von Nike gesprochen, als ginge es um ihre eigene Tochter. Sie war immerhin schon über 40, als sie das Kind gekriegt hat.«

»Was soll das denn heißen?« Da Joe Lottchen mit 44 auf die Welt gebracht hatte, reagierte sie hochsensibel auf das Thema Ultraspätgebärende.

»Das hat doch nichts mit dir zu tun.« Irma tätschelte Joe die Hand. »Du als dreifache Mutter bist doch ein ganz anderes Kaliber. Nur wenn eine Frau mit Ende 30 noch kein Kind hat, wird es allerhöchste Eisenbahn. Aus reiner Hysterie greift sie dann zu den ungewöhnlichsten Methoden.«

Lotte wachte von ihrem Nickerchen nach der Mahlzeit wieder auf und schaute mit beneidenswert blauen Augen, aber einem leicht glasigen Blick in die Runde. Es bollerte. Irma, deren Instinkte als Großmutterersatz einwandfrei funktionierten, schnupperte nur kurz. Unerschrocken übernahm sie das Baby zum Windeln wechseln. »Ruf diese Nike an«, befahl sie Stella. »Die müsste heute so 25 sein, vielleicht weiß die mehr. Die Frau Huber ist ja tragischerweise an Krebs gestorben und ihr Mann kann auch nicht mehr viel dazu sagen. Der hat Alzheimer.«

5

Nike Huber aufzutreiben erwies sich als unproblematisch. Erste Informationen lieferte die Website der Firma »The Fall Girl, Stunts, Sports & Events«, deutsch und englisch. Ein paar Sekunden später sprang Nike auf YouTube von einem Kirchturm, wechselte Pferde im jagenden Galopp, raste mit Skiern Steilhänge hinunter, kämpfte mit drei Schwertern gleichzeitig, zwei in den Händen, eines im Mund, und schwang sich dabei im dritten Stock von Balkon zu Balkon. Für ihre Spezialität, den Schiffsmaststunt, hielt sie sich, auf der Motorhaube eines Autos liegend, an zwei Schlaufen an den Türklinken rechts und links fest und schrie bei 200 Stundenkilometern wild und gefährlich.

Beruflicher Alltag einer in Los Angeles ausgebildeten Stuntfrau, die als *crash and smash double* in internationalen Actionfilmproduktionen immer dann antrat, wenn es für die Hauptdarstellerin zu gefährlich oder zu sportlich wurde.

Insgesamt also schien Nike Huber die wohlgeratene Tochter ihres Vaters zu sein. Viktor Huber war, auch das verriet Nike auf ihrer Website, ein Weltklasse-Skirennläufer, zweimaliger Weltmeister im Riesenslalom, Bronzemedaillengewinner in Lake Placid.

So die offizielle Version ihres Lebens, das nach ein paar weiteren Klicks aber erst richtig interessant wurde. Auf der deutschen Website einer weltweit agierenden Non-Profit-Organisation namens »Gifted Kids« fand Stella ein Forum mit dem Titel »Baby4U/Kinderwunschzentrum Oberbayern«. Eröffnet von einer Teilnehmerin, die sich »Falling Girl« nannte. »Mir ist klar, dass viele Eltern ihre Kinder über die Umstände ihrer Entstehung nicht informieren. Sollte aber jemand von euch wissen, dass seine Eltern bei Doktor Cäsar Hilfe suchten, meldet euch bitte. Ich bin selbst das Produkt einer künstlichen Befruchtung und möchte wissen, wer mein genetischer Vater ist.«

Falling Girls Aufruf löste die übliche Mischung an Reaktionen im Netz aus: von Nörglern (Sind die Nachkommen von Samenspendern nicht schon traumatisiert genug? Lass sie in Ruhe.), Clowns (Ich zitier hier mal Dieter Hildebrandt: Du suchst Kinder mit Masturbationshintergrund? #grins#) und Dauerempörten (Wieso nennst du dich Falling Girl, eine künstliche Befruchtung hat nichts, aber auch gar nichts mit Prostitution zu tun.)

Woraufhin sich Falling Girl entschuldigte, sie habe weder an ein gefallenes Mädchen gedacht noch an die tragischen »falling men nine eleven« vom World Trade Center. Der Name sei eine Reminiszenz an die Fernsehserie ›Ein Colt für alle Fälle‹, im Originaltitel ›The Fall Guy‹. Deren Hauptfigur arbeite wie sie als Stuntman beim Film.

Von den 18 Forumsteilnehmern outete sich allerdings keiner als Produkt des Fruchtbarkeitszentrums Oberbayern. Gut möglich jedoch, dass Betroffene sich direkt mit Nike in Verbindung gesetzt hatten.

Das alles fand Stella in weniger als 20 Minuten heraus.

Irma hatte also wieder einmal den richtigen Riecher bewiesen.

Nike Huber zu treffen, dauerte dann etwas länger, da sie sich gerade zu Dreharbeiten eines amerikanischen Actionfilms in Prag aufhielt, wie ein junger Mann in ihrem Haushamer Büro erklärte.

Am nächsten Morgen rief Nike Huber zurück. Es rauschte in der Leitung, als würde der russische Geheimdienst immer noch mithören. Stella hielt sich nicht lange mit Erklärungen auf und kam gleich zur Sache. Sie schilderte Lindas IVF durch Doktor Cäsar, ihre Angst und ihren verzweifelten Wunsch, die Identität des Samenspenders zu erfahren. Stella verschwieg auch nicht ihr journalistisches Interesse an dem Fall, gestand aber auch, im Moment ohne Auftrag zu handeln.

Es blieb einen Moment still in der Leitung, selbst das Knistern stoppte. »Sind sie noch dran?« Stella durchfuhr plötzlich die Angst, der Geheimdienst könnte die Verbindung unterbrochen haben.

»Selbstverständlich.« Nike schlug ein Treffen nach den Dreharbeiten vor, ein paar Tage später in Hausham.

6

Ein vierstöckiger Wohnblock aus den Sechzigerjahren. Für eine glamouröse Filmschaffende wohnte Nike unspektakulär. In einer schnell hochgezogenen Unterkunft für Bergarbeiter im ehemaligen Kohledorf Hausham, in dem die Schächte längst stillgelegt waren, aber immer noch die Kumpel lebten und jetzt als Rentner in konkurrenzlos billigen Unterkünften die Nähe zu den oberbayerischen Seen und Bergen genossen. Wäre alles normal verlaufen, wäre Nike von ihrer Lehrerinnenmutter und dem Olympionikenvater mit einem abgezahlten

Reihenhäuschen in Haushams beliebteren Nachbarorten am Schliersee oder Tegernsee abgesichert worden.

Doch bei Nike war nach einer idyllischen Kindheit nichts mehr normal verlaufen. »Das Pflegeheim meines Vaters ist teuer. Meine Mutter hat das Haus verkaufen müssen«, erklärte sie ungefragt, als sie Stella an der Haustür abholte.

Stella hatte ein paarmal erfolglos geklingelt und sich schon gefragt, ob Nike vielleicht den Termin vergessen hatte, bis ein Pick-up zügig die enge Auffahrt hochkam und vor einer Reihe Garagen bremste. Mit geübtem Truck-Driver-Schwung entfaltete Nike ihre 180 Zentimeter aus dem Auto, ließ die Tür ins Schloss knallen und brachte viel frischen Wind mit. Salsaklänge wehten durch die offenen Fenster. Ein Husky auf der Ladefläche musterte Stella mit gletscherblauem Blick. »Zappa«, stellte Nike ihn vor und sang erklärend dazu »Don't you eat the yellow snow. Watch out where the huskies go.«

Stella zwang sich, Nike nicht so fasziniert anzustarren, als sei sie gerade einer fliegenden Untertasse entstiegen. Ein Bild von einer Frau. Perfekt konstruiert und durchtrainiert, außer mit langen Beinen auch mit schmalen Hüften und einer vorbildlich modellierten Schulterpartie versehen, an der das verschlissene Männerunterhemd wie maßgeschneidert saß. Auch die schlabberige, ölverschmierte Handwerkerlatzhose konnte sie nicht verunstalten. Farbe in die Erscheinung brachte der tätowierte Dschungel aus Grünpflanzen und bunten Blüten, der sich um Arme und Oberkörper rankte. Ihre schwarzen Locken hatte Nike auf dem Kopf aufgetürmt und kreuzweise mit einem roten Gummiband festgezurrt. Insgesamt die moderne Reinkarnation einer griechischen Amazone.

Als Tochter eines berühmten Sportlers deutete Nike Stellas bewundernden Blick familiengerecht. »Die Leute sagen immer, ich sei meinem Vater wie aus dem Gesicht geschnitten.«

Sie grinste. »So kann man sich irren.« Sie wuchtete einen Ölkanister von der Ladefläche und trug ihn mit großen Schritten zu einem Schuppen aus bröseligen Backsteinmauern. Drinnen war Platz für einen roten, alten Mercedes, einen neuen 500er Fiat und einen klapprigen, gelben VW-Bus. Nikes Fuhrpark. Unter dem aufgebockten Mercedes ragten ein paar Beine in blauen Monteurshosen hervor. »Wahan hilft mir«, sagte Nike. Der Mann unter dem Auto ließ sich nicht stören.

An einem Tischchen mit einer Heizplatte goss sie heißes Wasser in eine Thermoskanne, hängte zwei Beutel grünen Tee hinein und setzte sich mit Stella auf eine Bank unter einer orangefarbenen Kletterrose. Die Sonne am blauen Himmel ließ sich von keinem Wölkchen trüben, die Vögel zwitscherten, der Blick auf die Huberspitz konnte durchaus mit berühmteren Ansichten in den Voralpen konkurrieren. Nike setzte eine Sonnenbrille auf. »Was für eine Nummer hat der Spender deiner Freundin?«

»148.« Stella nahm einen Schluck Tee.

»Meine ist 21.«

»Hast du von Anfang an gewusst, dass Viktor Huber nicht dein Vater ist?«

Nike zog einen Tabakbeutel und Zigarettenpapier aus dem Latz ihrer Hose. »Viktor ist mein Vater. Und nein, ich wusste lange nicht, dass sein Samen an meiner Zeugung nicht beteiligt war.« Sie rollte sich routiniert eine dünne Zigarette, zündete sie an und nahm einen Zug. »Mein Vater war immer militanter Nichtraucher. Das hat er ebenfalls vergessen. Er mopst alle Zigaretten, die er in die Finger kriegt. Jetzt vergisst er Gott sei Dank, dass man Zigaretten auch anzünden muss. Er isst sie lieber. Das ist ungefährlicher für das Pflegeheim.« Sie schaute dem Rauch nach. »Ich dachte immer, dass ich so sportlich bin, hätte ich von meinem Vater geerbt. Er hat mir

Skilaufen, Schwimmen, Klettern und Karate beigebracht. Als ich die Aufnahmeprüfung für die Stuntausbildung in LA bestanden habe, ist er fast geplatzt vor Stolz.«

»Und du hattest nie Zweifel, dass ihr nicht genetisch verwandt sein könntet?«

»Nie, nie, nie. Ich hab mich mit meinen Eltern immer sehr wohlgefühlt.«

»Und ich wollte als Teenager immer ins Internat, weil ich dachte, ich passe nicht zu meinen Eltern. Die wären so anders als ich, vielleicht wäre ich ein Findelkind oder man hätte mich in der Klinik vertauscht. Verrückt oder?« Stella sah einem alten Mann zu, der sich mit einem Rollator von rechts nach links durch ihr Blickfeld schob. Zappa rannte begeistert auf ihn zu, einen Moment sah es aus, als würde der Hund ihn umrennen. Stattdessen bremste er ab, ließ sich den Kopf tätscheln und trottete ein paar Schritte voraus, blieb aber immer wieder stehen, um zu sehen, wo Viktor blieb.

»Tja.« Nike winkte dem Duo zu. »Mein Paps macht seinen Nachmittagsspaziergang. Wenn ich hier bin, hole ich ihn für ein paar Stunden aus dem Pflegeheim.« Der Hund wedelte mit dem Schwanz, ohne Viktor aus den Augen zu lassen. »Er weiß nicht mehr, dass ich seine Tochter bin. Vielleicht ganz gut so.« Nike zögerte, als sei der nächste Gedanke ein Verrat. »Manchmal frage ich mich, ob er mich noch erkennen würde, wenn ich genetisch mit ihm verwandt wäre.« Sie suchte in ihren Hosentaschen, bis sie ein zerknittertes Papier fand, das sie auseinanderfaltete und sorgfältig glatt strich, bevor sie es Stella gab. »Hier, hab ich dir mitgebracht.«

Eine Karte mit der Zeichnung einer Wiege auf der Vorderseite. Darüber schwebte ein Klapperstorch, der mit seinem Schnabel die Zipfel einer Windel trug, in der ein Baby lag. Eine Karte, mit der üblicherweise die Geburt eines Kindes verkündet wird. »Gutschein für eine künstliche Befruchtung bei Dr. Cäsar« stand auf der Innenseite, darunter drei gemalte Herzchen.

»Mein Daddy hatte Humor. Er war der beste Paps der Welt.«

»Wieso war? Er lebt doch noch.« Stella gab die Karte zurück.

»Ja, er ist der beste Paps der Welt.« Nike streichelte die Herzchen. »Meine Mutter hatte Angst, ich könnte die Alzheimer-Gene von ihm geerbt haben. Deswegen wollte sie nach 22 Jahren doch noch wissen, ob ich wirklich von Viktor abstamme.«

Edith lag schon im Krankenhaus. Auf ihren dringenden Wunsch hin war Nike aus Los Angeles eingeflogen. Sie erschrak über den Verfall ihrer immer so starken Mutter. Nur noch Haut und Knochen. Aber mit einer Kraft, die Nike ihr nicht mehr zugetraut hatte, packte sie gleich beim ersten Besuch das Handgelenk ihrer Tochter und bat flüsternd, das Rückenteil des Bettes hochzustellen. »Mit mir geht es zu Ende, Kind.«

Nike widersprach nicht.

Schwer atmend, von Kissen gestützt, erzählte Edith von ihrem unbedingten Wunsch nach einem Baby, von dieser Leerstelle in ihrem Leben und von Viktor, der ihr aus Liebe geholfen hatte, diese Leerstelle zu füllen.

Seine Krankheit lag in der Familie. In Ediths Familie gab es eine deutliche Linie uralter Frauen. Warum ausgerechnet sie eine Ausnahme bildete, war nach dem jetzigen Stand der Forschung nicht festzustellen. Die Möglichkeit bestand, dass Nike ein ebenso langes Leben wie ihren Ahninnen beschieden sein könnte. In Kombination mit der Alzheimeranfälligkeit ihres Vaters keine erfreuliche Zukunftsaussicht. Sie ließ einen Gentest machen.

»Kann man Alzheimer denn genetisch feststellen?«

»Nur bei einer bestimmten, eher seltenen Sorte.« Nein, Edith suchte nicht das Alzheimer-Gen bei Nike. Sie wollte ein

Rätsel lösen. Endlich eine Wahrheit wissen, vor der sie immer zurückgeschreckt war. Hatte sie 22 Jahre lang gehofft, dass Nike Viktors Kind sei, hoffte sie nun das Gegenteil. Sie wollte den Beweis, dass Viktor und seine Tochter nicht miteinander verwandt waren.

Und so erfuhr Nike, dass sie ein Samenspenderkind ist.

Die Karte mit dem Klapperstorch hatte Viktor Edith 1988 zu Weihnachten geschenkt. Damals waren sie schon über zehn Jahre verheiratet, ohne dass sich Nachwuchs eingestellt hätte. Viktors Spermien waren schuld. Die Schwachstelle seines kraftstrotzenden Körpers.

Edith beklagte sich nie über ihre Kinderlosigkeit, aber Viktor wusste, wie sehr sie sich ein Baby wünschte. Lange unternahmen sie nichts, manchmal sprachen sie von Adoption, und dann hörte Viktor in seiner Physiotherapeutenpraxis von den geradezu magischen Fähigkeiten des Doktor Cäsar aus Bayrischzell. Dem Gynäkologen, der in diesem entlegenen Winkel Bayerns eine Samenbank betrieb und jeder Frau, die zu ihm kam, zu einer Schwangerschaft verhalf. Dieser Koryphäe der Reproduktionsmedizin traute er zu, seinen schlappen Samen so weit auf Trab zu bringen, dass er noch rechtzeitig auf Ediths Eizelle traf.

Aber gleich beim ersten Blick auf eine Ejakulatsprobe unter dem Mikroskop konfrontierte ihn Doktor Cäsar mit der Wahrheit. Es war nicht mehr viel auf Trab zu bringen. Viktors Samenproduktion tendierte gegen Null. Trotzdem wollten sie es probieren. Edith schluckte also Hormone. Der Doktor injizierte Viktors frisch im Spenderzimmer gewonnenes Sperma direkt in Ediths Gebärmutter. Vier Mal ohne Erfolg. Beim fünften Mal schlug er einen Kompromiss vor. Die 50:50 Lösung. Einen Cocktail aus 50 Prozent Viktor, 50 Prozent Samenspender. Gott blieb es überlassen, den Sieger zu bestimmen.

»Und dann wurde meine Mutter tatsächlich schwanger. Mit mir.«

Viktor am Rollator schlurfte nun von links nach rechts durchs Bild. Das Umdrehen hatte Stella verpasst.

»Baby, hast du irgendwo den 26er-Schlüssel gesehen?« Im Halbdunkel der Werkstatt suchte der Mann, der bislang unter dem alten Mercedes gehämmert hatte, an einem Tisch voller Werkzeug herum. Metall klirrte, aber der Mann war von draußen nicht zu erkennen. Nur ein großer, schlanker Schatten küsste Nike, als sie ihm den Schraubenschlüssel brachte, den er selbst neben dem Mercedes abgelegt hatte. »Schussel«, sagte sie. Er verschwand wieder geschmeidig unter dem aufgebockten Auto.

»Wer ist das denn?« Stella schaffte es nicht, ihre Neugier zu zügeln.«

»Mein Freund.« Nike drehte sich noch eine Zigarette.

»Hast du ihn in den USA kennengelernt?«

»Nein.«

»Ist er auch Stuntman?«

»Nein.«

»Oder sonst was beim Film?«

»Nein.«

Stella gab sich geschlagen. Nike wollte nicht über ihren Freund reden. Schon okay.

Derweil ließ Nikes Vater sich von Zappa wieder in die umgekehrte Richtung locken. Der Hund bellte und ging voraus. Viktor am Rollator folgte ihm. Von rechts nach links.

Viktors Alzheimererkrankung wurde festgestellt, kurz nachdem Nike mit dem zweitbesten Notendurchschnitt Bayerns Abitur gemacht hatte. Statt BWL zu studieren, wie ihr Klassenlehrer ihr empfohlen hatte, träumte sie davon, von Kränen zu springen. Freunde, Verwandte, keiner verstand sie, nicht mal Edith, die ihre Enttäuschung offen zeigte. Nikes Berufswunsch sei eine Vergeudung von Talent und gesellschaftlich irrelevant. Nur Viktor war stolz. Sportlichkeit sei schließlich auch ein Talent. »Warum soll meine Tochter nicht auch was von mir geerbt haben, wenn schon Schönheit und Intelligenz von der Mutter stammen.« Nicht einmal Edith gegenüber hatte er je Zweifel an seiner Vaterschaft geäußert. Keiner weiß, was in den Jahren in ihm vorging, bevor er seine eigene Geschichte vergaß.

Ediths Gebärmutterkrebs wurde spät entdeckt. Eine besonders aggressive Variante. Sie wusste, was es bedeutete, auch ohne die offenen Worte des Arztes, einem alten Freund. »Du hast vielleicht noch ein Jahr. Kümmere dich drum, dass deine Tochter gut versorgt ist.«

An jenem Frühlingstag im Krankenhaus, während die Maiglöckchen dufteten, erfuhr Nike vom Geheimnis ihrer Eltern, das auch ihres war. Zwanzig Jahre hatten sie es für sich behalten, weil es keinen Grund gab, es auszusprechen. Ein Geheimnis, das sie beide seit dem Moment, als der Doktor den Plastikbecher mit dem Ejakulat entgegennahm und im Labor verschwand, in den hintersten Winkel ihres Gedächtnisses gedrängt hatten. Aber obwohl sie nie darüber sprachen, blieb es immer da. Gut versteckt. Eine Zeitbombe.

In ihren letzten Wochen war Edith davon überzeugt, dass Viktors jahrzehntelanges Schweigen seine Krankheit ausgelöst hatte, und Doktor Cäsars hormonelle Stimulationen den Krebs in ihrer Gebärmutter. Am Ende entdeckte sie die Religion. Schuld und Sühne. Ein Thema, so ausweglos, dass sie verzweifelte. Und niemand da, der ihr helfen konnte. Viktor, ihr Seelengefährte, eine Hülse, die sie ansah, ohne dass sie wie früher in seinen Augen lesen konnte. Weder Zuversicht noch Trauer noch Trost. Edith war allein.

Eines nachts im Traum streckte sie noch einmal auf Doktor Cäsars Liege die Beine V-förmig in die Luft. Er hantierte da unten in ihr herum, sie sah nur seine Haare, die sich schon merklich lichteten. Und dann hob er plötzlich den Kopf, sah sie mit diesen durchdringenden Augen an. Und zwinkerte. Frech, wie Edith fand. »Als ob er mit mir flirten wollte.«

Beim Aufwachen wusste sie, dass Doktor Cäsar Nike ein Erbe geschenkt hatte, das ihr am meisten helfen würde. Lebensversicherungen, Aktienpakete, ein Haus, all das hatte Viktors Betreuung gekostet, finanzielle Sicherheit konnte sie ihrer Tochter nicht mehr bieten, aber sie konnte ihr die Angst nehmen vor der genetischen Belastung durch seine Alzheimerkrankheit.

Sie ließ die DNA von Mann und Tochter überprüfen. Schriftlich wurde ihr bestätigt, was sie sich erhofft hatte. Viktor und Nike waren nicht miteinander verwandt.

»Ist doch egal, von wem du abstammst, du wirst kein Alzheimer bekommen. Du brauchst keine Angst zu haben.«

Das allein zählte noch. Ediths Vermächtnis an ihre Tochter.

Nicht mal eine Woche nach diesem Gespräch starb Edith. Für Viktor änderte sich nichts. Hatte er vielleicht geahnt, dass er nicht Nikes genetischer Vater war? Gut möglich. Viktor war trotz seiner sportlichen Erfolge das Sensibelchen der Familie. Der Esoteriker, der an Gedankenübertragung glaubte, mit einer Wünschelrute spazieren ging und die Menschen nach ihrer Aura bewertete. Zwar ein aggressiver Skifahrer, aber immer auch ein sanfter Mann, viel zu pflichtbewusst und liebevoll, um seine Frau oder gar seine Tochter mit Mutmaßungen zu drangsalieren.

Und nun konnte Nike ihn nicht mehr fragen. Hatte er Zweifel entwickelt, so waren auch sie vergessen.

»Meine Mutter hatte recht. Es ist egal, wer seinen Samen zu meiner Produktion beigesteuert hat. Was soll ich mit der Information anfangen, dass irgendein spätpubertärer Sack sich einen abgewichst hat? Es berührt mich nicht. Es ändert nicht das Geringste.« Nike betrachtete ihre vom Autoreparieren schwarz geränderten Fingernägel. »Mal ehrlich, welcher Mensch kennt schon die Umstände seiner Empfängnis.«

Nichts sei Kindern peinlicher als das Sexualleben ihrer Eltern. Sie wollten davon nichts wissen. Fürsorgliche Eltern respektierten diese Scheu. Vielleicht eine weise Einrichtung der Natur, damit Heranwachsende nicht mit Bekenntnissen fertig werden mussten, die sich überhaupt nicht romantisch anhören.

»Was ich damit sagen will: Die Umstände einer Zeugung sind völlig unwichtig. Es hat keinerlei Bedeutung, ob du aus einem Reagenzglas stammst oder ob du auf die sogenannte natürliche Art und Weise entstanden bist.«

»Hauptsache, ein Kind sieht das Leuchten in den Augen seiner Eltern«, zitierte Stella den berühmten Satz einer Psychologin.

»Genau.« Nike zündete endlich die Zigarette an, die sie seit ewigen Zeiten zwischen den Fingern drehte. »Aber so weit war ich noch nicht, als meine Mutter starb. Ich war voller Zorn und Trauer. Ich habe Cäsar die Schuld gegeben, an Viktors Krankheit, am Tod meiner Mutter und an meinem genetischen Kuddelmuddel. Ich wollte, dass er mir den Namen des Mannes nennt, der seinen Samen gespendet hat. Aber er behauptete, das dürfe er nicht und er könne es auch gar nicht. Ein Brand in seiner alten Praxis habe alle Unterlagen aus der Zeit vernichtet, das Einzige, was er noch nachvollziehen könne, sei die Spendernummer. Deswegen habe ich im Internet nach anderen Spenderkindern aus seiner Praxis gesucht.«

An der Wegkreuzung am Horizont bellte Zappa zweimal und stupste Viktor sanft, aber beharrlich zur Werkstatt.

»Ich geh duschen, Baby.« Zu spät bemerkte Stella, dass Nikes Freund auf dem Weg ins Wohnhaus war. Sie hätte ihn gern kennengelernt, sah aber nur einen schlanken Rücken im Overall und einen Hinterkopf mit verstrubbelten, schwarzen Haaren.

»Sorry, ich muss Viktor zurück ins Pflegeheim bringen.« Hinter der Wiese ging die Sonne unter. Nike zog sich ein Kapuzenshirt über die tätowierten Schultern und ging ihrem Vater entgegen.

»Und? Hast du andere Spenderkinder gefunden?« Stella lief ihr nach.

Nike fischte in den unergründlichen Tiefen ihrer Hosentaschen nach Leckerlis für den Hund. »Ein paar.« Sie gab Zappa ein paar Bröckchen, die er ohne zu kauen verschluckte.

»Mit welcher Spendernummer?«

»Jedes mit einer anderen.«

»War deine drunter?«

»Nein.«

»Und die 148?«

»Glaube nicht.«

»Bist du immer noch sauer auf Doktor Cäsar?«

Enttäuscht betrachtete Zappa die leeren Hände, die vor seinen Augen herumwedelten. »Könnte man so sagen.« Nike betrachtete Stella aus den gleichen unergründlichen, gletscherblauen Augen wie ihr Hund. »Je mehr ich über Cäsar erfahre, desto wütender werde ich.«

7

Um Nike besser zu verstehen, wurde ein Ausflug in den Chiemgau nötig. Das Gewirr aus Wirtschaftswegen und Weilern dort sei allerdings ungefähr so übersichtlich wie die Slums von Bombay, nur weniger bevölkert und die Luft besser, sagte Nike. Sie brachte Stella im Pick-up hin.

Nach einer Stunde Fahrt durch eine Idylle wie vom bayerischen Fremdenverkehrsamt erfunden, mit stattlichen Bauernhäusern unter üppigem Geranienschmuck, Kruzifixen mit Blumenbouquets, nach jeder Kurve einem noch herrlicheren Blick auf zartblau getönte Bergketten, hielten sie vor einem renovierten Vierkanthof aus dem 18. Jahrhundert. Dem verglasten Fachwerk der Tenne nach zu urteilen bewahrten großzügige moderne Wohnräume die neuen Besitzer davor, sich in dem niedrigen Haupthaus ducken zu müssen, wie die Generationen von Bauern vor ihnen.

Mechthild fanden sie im Garten. Das Geräusch eines Schwingschleifers wies ihnen den Weg. Zappa lief voraus, reagierte dann aber verstört angesichts der mit Atemmaske, Schutzbrille und Ohrschützern vermummten Person, die auf einer Leiter stand und eine meterhohe Betonfigur bearbeitete. Er bellte.

Mechthild stellte den Schwingschleifer ab, schob die Feinstaubmaske auf die Stirn, kletterte von der Leiter und begrüßte zuerst den Hund und dann die Gäste. Bei näherer Betrachtung erwies sie sich als sehnige Mittfünfzigerin, gestählt vom künstlerischen Umgang mit Baumaterialien. Ihr ärmelloses schwarzes T-Shirt gewährte Blicke auf einen passablen Bizeps. Betonieren war offenkundig gut für die Figur.

Sie arbeitete an einem Brunnen in Rokoko-Manier. Die Anregung dazu stammte aus einem Skulpturenkurs mit modernen Materialien, den sie bei einem Bildhauer in der Eifel absolviert hatte. Der Anstoß für eine neue Phase in ihrer künstlerischen Entwicklung, erklärte sie. Seither betonierte sie mit Leidenschaft und konnte das viele Grün ihres Gartens kaum noch ertragen. Die aktuelle Arbeit sei eine Reaktion auf persönliche, traumatische Erfahrungen, aber auch eine Auseinandersetzung mit einem gesellschaftlich relevanten Thema.

Ein Wasserspiel mit sechs meterhohen Embryos in verschiedenen Entwicklungsstadien. Inspiriert von der chinesischen Terrakotta-Armee des Kaisers Qin Shihuangdi, gedacht als Denkmal zur Erinnerung an die täglich wachsende Reservearmee der Menschheit, die vielen überzähligen Goldbärchen. So nannte Mechthild die eingefrorenen Embryos, ein liebevollerer Name als *frozen angel.* »Die Bezeichnung lässt einem doch das Blut in den Adern gefrieren.«

Unvorstellbar, was passieren könnte, wenn nicht entsorgte Goldbärchen von eifrigen Archäologen nach Jahrhunderten zum Leben aufgetaut würden. Finstere Wesen aus der Vergangenheit der Menschheit, in eine Zukunft versetzt, der sie nicht angehören, aber ohne Erinnerung an die Zeit, in der sie entstanden sind. »Halbwesen«, sagte Mechthild, »verschlagen in eine zeitlose Existenz.« Der Satz stammte nicht von ihr, sondern von einer berühmten Dichterin, die damit einen Skandal ausgelöst hatte. Was Mechthild entrüstete. »Ich stimme ihr voll und ganz zu.«

Das Grundgerüst des Brunnens, muschelförmige Becken mit diversen Zu- und Abläufen, war schon fertig. Im Moment interessierte sie die einzige voll ausgereifte menschliche Figur der geplanten Anlage. Ein nackter, dicker Mann, konstruiert nach den Idealmaßen des goldenen Schnitts, wenn auch mit gewissen, figurbedingten Abweichungen. »Sein Wanst passt nicht in die mathematischen Berechnungen.« Eine Abbildung des vitruvianischen Menschen von Leonardo da Vinci hing an der Wand. Wie die Vorlage, allerdings mit wesentlich mehr Masse, stand auch Mechthilds Skulptur mit gespreizten Beinen da, streckte die Arme aber nach vorn aus. Der Betonmann musste ein Wasserbecken stemmen. Ein Symbol für den nie versiegenden Quell des Lebens, der später von den wasserspeienden Embryos eingerahmt werden würde.

»Der Dicke sieht Doktor Cäsar ähnlich«, sagte Stella.

Leider sei ihr die Statue etwas zu realistisch geraten, bestätigte Mechthild. Ihre selbst entwickelte Technik aus mehreren Lagen Beton, dem sie im gehärteten Zustand mit dem Schwingschleifer Ecken und Kanten zufüge, erfordere ein so hohes Maß an Kraft und Konzentration, dass sie an der kreativen Herausforderung fast verzweifele. »Aber Kunst«, dozierte sie und tätschelte Doktor Cäsars Kopie mit betonverschmierten Handschuhen die Wampe, »die nach Kunst aussieht, kann ja jede Hausfrau.«

Stella betrachtete den Betonpenis, der aussah, als sträube er sich gegen Mechthilds Visionen und schlug vor, ihm doch auch eine Wasserleitung zu verpassen. »Manneken Piss im Chiemgau. Das könnte eine Touristenattraktion werden.«

Mechthild lehnte den Vorschlag ohne Anflug eines Lächelns ab. Aus Rücksicht auf die katholische Nachbarschaft wollte sie das Geschlechtsteil mit einem Gewinde zum Abschrauben versehen, sie dachte an Peggy Guggenheims Marino-Marini-Reiter in Venedig.

Mechthild betrachtete prüfend einen riesigen Holzhammer und donnerte ihn, einer plötzlichen Eingebung folgend, gegen Doktor Cäsars Hintern. Er ließ sich nicht erschüttern. »Ethan, Eddie!«, rief sie unvermittelt. Ihre Stimme hatte die körperliche Ertüchtigung beim Betonieren ebenfalls gekräftigt. Mechthilds Zwillinge ließen sich erst nach mehrmaligem Gebrüll blicken. Zwei zehnjährige, rotblonde Kugeln, mit einer französisch sprechenden Haushälterin im Gefolge, die Apfeltarte mit Sahne brachte. Auf ihre Bitte hin halfen die Jungs beim Aufdecken des Kaffeegeschirrs auf schmiedeeisernen Gartenmöbeln mit Blick auf das unvollendete Kunstwerk ihrer Mutter. Ein erstes Stück Kuchen stopften sie wortlos in sich hinein, ein zweites legten sie, nach dem französischen Hinweis auf Mamans Verbot, widerspruchslos zurück.

Maman war wieder mit ihrem Schwingschleifer beschäftigt und griff nicht in die Erziehungsbemühungen der Haushälterin ein.

Verständlich, dieses Kalorienzählen bei den Zwillingen, fand Stella. Die beiden Kinder erinnerten sie an ihre Schulfreundin Miss Piggy, die sich inzwischen zum zweiten Mal den Magen hatte operieren lassen, ohne sichtbare Wirkung, weder auf ihre Figur noch auf ihre Fresssucht. Aber bei zehnjährigen Jungs konnte sich das Mollige noch auswachsen. Die roten Haare dagegen eher nicht. Die Chance, dass Eddie und Ethan im Erwachsenenalter der Idealvorstellung eines schottischen Metzgers entsprechen würden, bestand durchaus.

»Ethan, Eddie, wie oft soll ich das noch wiederholen. Hände auf den Tisch. Gerade hinsetzen und nicht so schlingen. Mit Essen wird nicht rumgealbert.« Der Befehlston des Mannes, der aus dem Haus kam, ließ die Zwillinge auf einen Schlag erstarren. Sie hörten auf, Kuchenkrümel zu mopsen, sie kicherten nicht mehr und saßen, als hätten sie jeder ein Lineal verschluckt, die Hände vorschriftsmäßig an der Tischkante abgelegt. Selbst die französische Haushälterin richtete sich auf, als dächte sie daran zu salutieren. Nur die Künstlerin im Schaffensrausch reagierte nicht auf den Neuzugang im Garten.

»Hallo, Rick«, begrüßte ihn Nike. Sie lächelte so strahlend, dass es nur unecht sein konnte.

Er lächelte nicht zurück. Aber er bedachte sie mit einem Blick, den eine wohlwollende Frau durchaus als anerkennend hätte auffassen können. Um Nike auf Augenhöhe zu begegnen, hätte er sich allerdings auf die Zehenspitzen stellen müssen.

Stella, die weder für kleine noch für alte Männer besondere Zuneigung hegte, gestand sich ein, dass er gut aussah, auf eine männlich zierliche Art. Die schlohweißen Haare in gerade noch schicklicher Länge für einen Senior um die 70 schienen von Haarausfall verschont und standen ihm gut. Allerdings verdarb ihm sein Erziehungsberechtigtenton sofort wieder die Sympathien, die sie ihm aufgrund seines Aussehens geschenkt hätte.

»Rick, Mechthilds Mann«, stellte Nike ihn vor. Er schüttelte Stellas Hand mit einer Arroganz, die ihn noch mehr Sympathien kostete. Erst als Nike das Wort Journalistin fallen ließ, leuchtete so etwas wie Interesse in seinen Augen auf.

»Sie schreibt eine Geschichte über Mechthilds Skulpturen«, log Nike.

Das war Rick total egal. Er wandte sich an die Zwillinge. »Wieso seid ihr noch hier? Ihr müsstet doch im Chinesischunterricht sein.«

»Herr Li hat abgesagt.«

»Schon wieder?« Er wandte sich an seine Frau. »Mechthild, du musst einen zuverlässigeren Lehrer finden.«

»Was hast du gesagt?« Immerhin erreichte er, dass seine Frau den Schwingschleifer abstellte und die Ohrschützer abnahm.

»Rick schreibt einen Erziehungsratgeber. Er ist ja emeritierter Pädagogikprofessor.« Da ihr niemand Kuchen anbot, nahm Nike ein Stück und reichte ein zweites an Stella weiter.

»Wie spannend.« Stella setzte sich. »Haben Sie denn schon einen Titel?«

Natürlich hatte er: »Strenge Liebe.« Er setzte sich neben seine verstummten Kinder. Die Haushälterin servierte ihm ein Stück Apfelkuchen, das er unter Nichteinhaltung seiner eigenen Tischmanieren mit großen Bissen verschlang. Sein Monolog über die Verschwächlichung der heutigen Jugend wurde fast von seiner Gattin übertönt, die den Schwingschleifer wieder in Betrieb nahm.

»Zuviel Freiheit, Fürsorge und Verwöhnung schadet Kindern viel mehr, als es ihnen nützt.« Sahne hing in Ricks akkurat gekürzten Dreitagesbartstoppeln. »Für welche Zeitung arbeiten Sie denn?«

Stella schluckte einen Bissen der wirklich vorzüglich karamellisierten Tarte. »Och, für alle möglichen.«

»Auch für ›Die Zeit‹? Mein Buch wird im November erscheinen. Genau das richtige Thema für ein anspruchsvolles Blatt. Provokant und kontrovers. Ich stelle mir ein großes Interview vor. Können Sie das dort unterbringen?«

Stella schüttelte den Kopf. »Ich schreibe nur über Kunst.«

»Schade.« Er schaute auf seine Uhr. »Ich wollte ja schon längst zur Hütte unterwegs sein. Fahnen korrigieren. Der Verlag wartet.« Er stand auf. »Vielleicht fällt ihnen noch ein Ansprechpartner ein.« Er gab Stella die Hand, küsste Nike auf die Wange, was ganz einfach ging, da sie sich keine Mühe gab, zum Abschied aufzustehen, und ignorierte seine Frau. Vielleicht wagte er sich aber auch nicht in ihre Nähe, weil sie wieder die Kettensäge schwang.

»Ist er weg?« Mechthild schaltete alle elektrischen Gerätschaften aus, ließ sich auf das Sofa fallen und nahm sich einen Kuchenteller.

Als hätte er nur die Abfahrt des Hausherrn abgepasst, betrat ein gerade der Pubertät entronnener Junge mit sanftem Gesichtsausdruck, tief liegenden Hosen und der Mürrischkeit eines Popstars den Garten. Der britische Au-pair. Er brachte bunte Schwimmreifen und Badehandtücher mit, Mechthild brüllte wieder »Ethan, Eddie« und eine Minute später waren die drei Jungs gehorsam, aber ohne sichtbare Begeisterung in Richtung Griessee verschwunden, um den Sportaktivitäten nachzugehen, die Rick als Ausgleich für den ausgefallenen Chinesischunterricht angeordnet hatte.

Die Haushälterin stellte Zappa eine Schüssel kaltes Wasser hin und ging ebenfalls.

»Entzückende Buben«, rang Stella sich ein Kompliment ab.

Die Mutter entblößte kurz ein perfekt gepflegtes Gebiss, wenn auch mit zu viel Zahnfleisch. Mehr ein Grinsen als ein Lächeln. Mutterstolz zeigte sich normalerweise deutlicher. »Leider entwickeln sie sich etwas anders als geplant.«

Dass Eddie und Ethan ihre Geburt dem gesamten Maßnahmenkatalog der modernen Reproduktionsmedizin, Stand frühes 21. Jahrhundert, verdankten, hatte Nike schon angedeutet. Nun lieferte Mechthild die Details.

Die Eizelle stammte von einer Studentin aus Texas, die in Berkeley studierte. Ein sogenanntes *Ivy League Egg*, ein Eliteei also, das ein Vermögen gekostet hatte. Den Samen steuerte Rick bei, »kostenlos« ätzte Mechthild, nur für das Einfrieren und den Flug der kostbaren Fracht nach Kalifornien ins kooperierende Kinderwunschzentrum wurden finanzielle Aufwendungen erforderlich, »aber immer noch weniger, als wenn Rick selbst geflogen wäre. Und Urlaub hätte er auch nehmen müssen, er war ja damals noch an der Uni.«

Injektion von Ricks Sperma in das amerikanische Eliteei. Nach erfolgreicher Befruchtung die Einpflanzung der beiden Embryos in den gemieteten Bauch einer Soldatenfrau aus Tampa/Florida, die den Aufenthalt ihres Mannes in Afghanistan für ein Nebeneinkommen nutzte. »Mehr als ihr Mann im Jahr verdiente.«

Geburt der Zwillinge in San Diego, in Anwesenheit der *intended parents*, der angehenden Eltern, was juristische Komplikationen in Deutschland vermied und den Kindern einen amerikanischen Pass bescherte. All das zählte Mechthild auf. »Hab ich was vergessen, Nike?«

Rein theoretisch teilten sich also drei Mütter die Zwillinge. Die Berkeleystudentin als biologische Mutter, die Soldatenfrau als Leihmutter und Mechthild als soziale Mutter. In der Praxis kümmerte sich allein Mechthild um die Kinder. Die beiden anderen wurden vertragsgemäß ausbezahlt und verschwanden nach getaner Arbeit wieder aus dem Familienidyll.

»Ich dachte, Eizellenspende und Leihmutterschaft seien in Deutschland verboten«, sagte Stella.

War es auch. Deswegen die Klinik in San Diego. Die Amis

gingen bekanntlich mit jeder neuen Technik lockerer um als die Deutschen. Ricks Samen war per UPS in die USA verschickt worden. Ein ganz alltäglicher Vorgang. Nicht nur bei Menschen, das noch viel größere Geschäft war der Handel mit Tiersperma. Hunde, Pferde, Kühe, Pandabären, Greifvögel und ähnlich sperrige Lebewesen mussten nicht mehr aufwendig durch die Gegend transportiert werden, sie wurden längst per Post vermehrt.

»Auch eine Art Postillon d'Amour«, sagte Stella.

Mechthild nahm ein Stück rote Kreide aus einer Schachtel und umrundete den Betoncäsar wie ein Boxer, der seinen Gegner für einen K.o.-Schlag taxiert. Beim Thema blieb sie trotzdem.

Der Handel genetisch exzellenter menschlicher Eizellen und Samen steige jährlich in zweistelligen Prozentsprüngen. Die weltbesten Kryobanken in den USA, Dänemark und der Schweiz machten Millionen-Umsätze. In Zukunft werde Sex endgültig von der Last der Zeugung befreit sein. Und Frauen seien nicht länger Sklavinnen ihrer Biologie. »Eine wunderbare Vorstellung.«

Doktor Cäsar sah nun aus, wie von Pfeilen durchbohrt. Mit Wunden übersät, wenn auch ohne Pfeile.

»Was machst du da eigentlich?«, fragte Nike.

»Ich markiere die Stellen für seine Deformationen.« Nach längerem Überlegen verpasste Mechthild Cäsar noch eine Schramme auf der Wange. »Oder findet ihr das zu viel?« Sie trat zurück und studierte ihr Werk. »Möglich. Er soll ja Furcht verbreiten, nicht Mitleid erregen.«

Stella nahm sich einen Fotoband vom Arbeitstisch. Ein Buch mit Abbildungen von Ungeborenen, fotografiert im Mutterleib. Geheimnisvolle, wächserne Wesen, verschlungen in die Nabelschnur, in der Gebärmutter schwebend wie im All. Sie kannte die Bilder schon, und trotzdem staunte sie aufs

Neue darüber, wie Leben entsteht. Eine Faszination, die sich nie erschöpfte. »Warum habt ihr eigentlich Doktor Cäsar für die Produktion der Zwillinge eingeschaltet, statt direkt in die USA zu gehen?«

Mechthild tupfte den Schmiss auf Cäsars grauer Wange mit einem Lappen wieder weg. »Rick fand, wir müssten die deutsche Wissenschaft unterstützen. So von Professor zu Professor. Cäsar ist unglaublich gut vernetzt. Er hat eine Kooperationsvereinbarung mit der Kinderwunschklinik Fertility Forever in Kalifornien und da er lange in den USA geforscht hat, ist er Gründungsmitglied der American Society for Reproductive Medicine.« Cäsars Wange verunstaltete nun keine Wunde mehr, sondern nur noch ein blasser roter Fleck, den Mechthild mit Spucke wegzuwischen versuchte.

Rick habe schließlich selbst lange auf einen Ruf an eine Universität in den USA oder wenigstens in England gehofft. Doch als er mit Ende fünfzig immer noch in Bielefeld festhing, gelangte er mangels beruflicher Auslastung zu der Erkenntnis, seine wertvollen Gene der Menschheit nicht länger vorenthalten zu dürfen. Nun wollte er die Familienplanung endlich nachholen.

Stella hörte eine gewisse, nur leicht angedeutete Verbitterung aus Mechthilds Worten heraus, mit unverkennbar ironischem Beiklang.

In den zwölf Ehejahren zuvor hatte Rick den Kinderwunsch seiner Frau stoisch ignoriert. Nie war die richtige Zeit dafür gewesen. Sie hatte gehorsam die Pille geschluckt, weil sie ihren Kindern keinen gleichgültigen Vater zumuten wollte. Außerdem führten sie eine Fernbeziehung, Rick in Bielefeld an der Uni, Mechthild mit ihrer Kunst im Chiemgau. Was die Chancen auf eine Schwangerschaft minimierte.

Als Rick seine Frau mit dem Plan überraschte, sich nun doch Nachwuchs anzuschaffen, war sie 42. Zu alt für eine

Schwangerschaft, fand er, und eine Abtreibung wegen behinderter Nachkommenschaft war ihr nicht zuzumuten. Ihre labile psychische Verfassung lauerte trotz der schweren bildhauerischen Arbeit latent in ihr und konnte jederzeit wieder ausbrechen. Nachgewiesenermaßen wurde auch Depression vererbt. Außerdem sah eine deutsche Gesetzesnovelle vor, nur Frauen unter 40 eine künstliche Befruchtung zu genehmigen.

In diesem Punkt hielt er sich streng an die geltende Rechtsauffassung. Bei allem anderen erlaubte er sich eine individuelle Auslegung, da sich seiner Meinung nach die gesamte Reproduktionsmedizin in einem nicht genau definierten Rahmen von Recht und Unrecht bewege. Was in dem einem Land erlaubt sei, werde in einem anderen verboten. Was die Deutschen als sittenwidrig betrachteten, würde den Amerikanern nur ein müdes Lächeln entlocken. Und was gestern überall illegal war, würde morgen überall alltäglich sein. Auch der Rechtsprechung blieb nichts anderes übrig, als sich an die öffentliche Meinung und den medizinischen Fortschritt anzupassen. Moral, Ethik und Gesetze, alles eine Frage der Zeit.

Rick dachte nicht daran abzuwarten, bis sich die Gesetze zu seinen Gunsten geändert hatten. Bis dahin wäre er zu alt, um sich noch aktiv um die Erziehung seiner Kinder zu kümmern. »Ha.« Mechthild versetzte dem Mann aus Beton einen Tritt, ohne erkennbar künstlerische Gründe.

»Warum hast du denn mitgemacht?« Stella war der Meinung, dass jeder Mensch für sein Tun selbst verantwortlich ist, auch in Partnerschaften. Zumindest bis zu einem gewissen Maß, das sie im vorliegenden Fall noch nicht ausgenutzt sah. Die muskulöse Bildhauerin wirkte nicht, als könne sie einem Geisteswissenschaftler keine Grenzen setzen.

»Das frage ich mich heute auch.« Lärmend suchte Mechthild auf ihrem überfüllten Arbeitstisch nach einem Messer, das ursprünglich zum Häuten von Wildbret gedacht war und schabte Striemen in Cäsars Rücken. »Sex haben wir schon ewig nicht mehr. Für mich ist das Kapitel erledigt.«

Stella hielt mitten im Umblättern des Embryobuches inne, Nike verschluckte sich am Zigarettenrauch. Beide starrten Mechthild an, als sei plötzlich das Exemplar einer ausgestorbenen Tiergattung in ihrem Blickfeld aufgetaucht. Ein Brontosaurier oder ein Archaeopteryx.

»Guckt nicht so. Ihr seid zu jung, ihr könnt euch das jetzt noch nicht vorstellen, keinen Sex zu wollen.«

»Und Rick?« Stella war froh, dass Nike diese Frage stellte. Sie selbst hätte das aus ganz unjournalistischer Höflichkeit nicht gewagt, obwohl die Antwort sie brennend interessierte.

»Wir haben derlei Aktivitäten schon vor Jahren einvernehmlich eingestellt. Irgendwann muss mal gut sein. Was er sonst so treibt, keine Ahnung. Ist mir auch egal.«

Stella erinnerte sich an etliche Artikel über die Lust am Sex im Alter, die sie überflogen und als irgendwie tröstlich empfunden hatte. Alles gelogen?

»Rick ist ja immerhin vierzehn Jahre älter als du«, versuchte Nike eine Erklärung zu finden, die in ihren Erfahrungshorizont passte.

Mechthild zuckte gleichgültig mit den Schultern. »Er hat sich eigentlich sowieso nur für seine Statistiken interessiert.« Sie fixierte den Betonpo mit zusammengekniffenen Augen. »Und für seine Spermien natürlich.«

Rick war besessen von der Idee, mittels der modernsten Methoden der Reproduktionsmedizin Nachwuchs nach seinen Vorstellungen zu erzeugen. In nächtelangen Computersitzungen klickte er sich durch sämtliche amerikanischen Kinderwunschkliniken, bis er die ideale Eizellenspenderin gefunden hatte. WASP, Rhodes-Stipendium wie amerikanische Präsidenten, hochintelligent, beste Noten, Physikstudium,

Cheerleader. Selbstverständlich blond und so ansehnlich, wie der Samenträger sich das erträumte.

»Eine waschechte amerikanische Schnepfe. Erstklassige Zuchtstute. Wenn auch mit operierter Nase und gelifteten Brüsten. Aber für so was haben Männer keinen Blick. Cäsar war auch begeistert.« Nur der Beton verhinderte, dass Mechthild ihrer Schöpfung das Messer in den Allerwertesten rammte.

Zur Produktion der Zwillinge steuerte sie einzig und allein das von ihrem Vater geerbte Vermögen bei. »Dafür würde man am Tegernsee ein Haus in Hanglage kriegen. Mit Seeblick. Reproduktionsmedizin ist nur was für Reiche.«

Ob Doktor Cäsar zusätzlich einen Risikoaufschlag berechnete, weil er sich in einer rechtlichen Grauzone betätigte, entzog sich Mechthilds Kenntnis. »Kann aber gut sein, obwohl er immer nur sein wissenschaftliches Interesse betonte.« Außerdem gab es ein 20-seitiges Vertragswerk, das ihn vor allen Regressansprüchen absichern sollte, aber im Ernstfall, das wussten alle Beteiligten, bei Weitem nicht das Honorar des Anwalts wert war, der das Ganze ausgeklügelt hatte. Doch alle vertrauten auf das Schweigen von allen. Schließlich steckten sie gemeinsam in der Sache drin.

Mechthild warf das Messer zurück auf den Tisch. »Rick und Cäsar haben mich einer regelrechten Gehirnwäsche unterzogen. Ich fasse es nicht, dass ich so blöd war, mich darauf einzulassen.«

»Jetzt hast du immerhin zwei hübsche, intelligente Kinder«, versuchte Stella einen Trost, der den Vorteil hatte, nicht streng an der Wahrheit ausgerichtet sein zu müssen.

»Ja, ja. Ich liebe meine Kinder. Endlich hat mein Leben einen Sinn. Sie sind mein Glück, das Beste, was mir je passiert ist.« Mechthild leierte, als deute sie an, dass alles, was eine Mutter eben so sagt, wenn sie nur einen Funken Verantwortungsbewusstsein im Leib hat, sie unendlich langweilte. »Du hasst deinen Mann, nicht deine Kinder«, stellte Nike klar.

»Bist du dir da sicher?« Mechthild ließ sich neben Nike auf die Gartenbank fallen.

»Natürlich liebst du deine Kinder.« Nike streichelte Mechthilds Bizeps in einer Art Beschwörungsritual.

»Warum verlässt du Rick nicht einfach?« Stella wunderte sich schon gar nicht mehr über die geheimen Kräfte von Beziehungen, die seit Jahren zusammenklebten, obwohl alle Anzeichen dafür sprachen, dass die Einzelteile den Beteiligten schon längst um die Ohren fliegen müssten.

»Weil die Zwillinge genetisch nicht Mechthilds Kinder sind.« In Nikes Mundwinkel klemmte schon wieder eine Zigarette. Vergebens versuchte sie, dem Feuerzeug einen Funken zu entlocken. »Und juristisch auch nicht. BGB § 1591. Mutter eines Kindes ist die Frau, die es geboren hat. Die Leihmutter gilt in Deutschland als die gesetzliche Mutter.«

»Die Gebärmaschine«, wie Mechthild die Frau bezeichnete, die in der Produktion ihrer Zwillinge die Hauptarbeit übernommen hatte.

Da Rick offiziell die Vaterschaft anerkannt hatte, entstammten Eddie und Ethan nach der Auffassung deutscher Behörden einer außerehelichen Beziehung Ricks zur austragenden Frau. Er war biologisch und juristisch auf der sicheren Seite. Bei einer Trennung würden die Kinder ihm zugesprochen werden. Mechthild hatte keine Rechte.

»Meine Kinder sollen nicht als Scheidungswaisen aufwachsen. Ich weiß, was das bedeutet. Meine Eltern haben sich getrennt, als ich acht war.« Mechthild rumorte wieder auf ihrer Werkbank herum. »Hier muss irgendwo ein Feuerzeug rumliegen. Nur wo?«

»So ein Zippo-Dings? Hab ich gesehen. Das lag neben dem Buch.« Stella stand auf, um ihr zu helfen.

»Ich wollte immer gern Kinder haben. Ich dachte, Mutterliebe wächst automatisch. Mein Fehler. Aber auch wenn ich sie nun nicht besonders gut leiden kann, habe ich doch die Verantwortung für sie. Sie können ja nichts dafür.« Mechthilds Stimme zitterte leicht. Sie gab Nike das Feuerzeug, kramte ein verknülltes Papiertaschentuch aus ihrer Jeans und schnäuzte sich. »Vorher dachte ich, das wuppe ich mit links. Ich habe ja genug Geld für Kindermädchen, Haushälterin, Au-pair, alles kein Problem.«

Tränen bahnten sich den Weg über ihre Wangen. Sie hielt sich am Tisch fest und konnte ein Schluchzen nicht unterdrücken. Nike legte die Zigarette weg und umarmte sie. »Ist ja gut«, sagte sie, »ist ja gut.«

Mechthild in Nikes Armen schüttelte den Kopf. »Ja«, sagte sie schließlich. »Ja.«

Über den blauen Bergen am Horizont zogen sich faserige Wolken zu einem milchigen Dunst zusammen und bedeckten langsam die Sonne.

Stella fröstelte. »Alle Eltern hadern immer mal wieder mit ihren Kindern.« Sie nahm zwei Babyrasseln von Mechthilds Werkbank. Etwas verbeult und zugestaubt. Sie schüttelte die silbernen Kugeln ganz leicht, ein zärtlicher Klingelton schwebte durch den Raum.

»Woher weißt du das? Du hast doch keine.« Mechthild hörte auf zu schluchzen.

»Hat mir mal eine Psychologin gesagt, als ich eine Geschichte über glückliche Kinder recherchierte. Kinder halten viel aus.«

»Ja, mal Knatsch, aber nicht Lieblosigkeit das ganze Leben. Ich weiß, wovon ich rede. Ich hatte solche Eltern.« Mechthilds raue Stimme übertönte das Klingeling der Babyrasseln. Sie ging ins Haus, Taschentücher holen.

»Wenn ich mir vorstelle, dass sie seit zehn Jahren dieses

schlechte Gewissen mit sich rumschleppt, kriege ich eine Stinkwut auf Rick.« Nike nahm Stella eine der Rasseln aus der Hand. »Und Cäsar handelt auch unverantwortlich.«

»Er ist Mediziner und Wissenschaftler.« Stella studierte die eingravierten Samen mit schlängelndem Schwänzchen auf dem Rasselgriff. Eine Inschrift umrundete das Pärchen. »Kinderwunschzentrum Oberbayern«. Nirgends eine Eizelle verewigt. »Vielleicht auch Geschäftsmann, aber auf jeden Fall kein Psychotherapeut. Ihm kannst du die Schuld an Mechthilds Gefühlsverwirrungen nun wirklich nicht in die Schuhe schieben.«

Mechthild an der Tür hatte mitgehört. Sie raschelte mit einer Packung Papiertaschentücher. »Rick hört nicht auf mich. Und was haben die Kinder davon, wenn ich gegen ihn kämpfe. Streit schadet ihnen nur noch mehr.« Sie kraulte Zappa, der sich tröstend neben sie gestellt hatte. »Ich muss klug vorgehen, um sie zu retten.«

»Wieso retten? Sind sie in Gefahr?«, fragte Stella.

Mechthild streichelte Zappa, als müsste sie ihn trösten. »Nikes Mutter hat mich auf die Idee gebracht. Eigentlich wollte ich nur wissen, ob Rick und die Zwillinge wirklich schottischer Abstammung sind. Rick sieht doch eher spanisch aus, oder wie ein Korse. Ich hab mich gefragt, ob die roten Haare vielleicht ein Wikingererbe sein könnten. Ob ein Wikinger vielleicht vor Jahrhunderten auf Korsika mal eine Frau vergewaltigt oder geliebt hat und ob man das in der DNA der Nachkommen, also bei Rick und den Zwillingen noch feststellen kann. Ich dachte an ein künstlerisches Projekt über Migrationsströme, über die Vermischung der Ethnien im Laufe der Jahrtausende.«

»Du hast für ein Kunstprojekt einen Gentest machen lassen?«

»In der Kunst ist alles erlaubt. Im Internet kann jeder

Mensch in einer Art digitalem Stammbaum herausfinden, welche Vorfahren er hat. Hugenotten zum Beispiel, Kasachen oder Mongolen. Dafür braucht er aber seinen DNA-Bescheid. Deswegen der Gentest. Auch dafür gibt es Internet-Firmen. Die suchen nach irgendwelchen Übereinstimmungen der Marker, was immer das ist.«

»Chromosomenorte«, erklärte Nike.

»Zuerst dachte ich, man muss ein Wattestäbchen voll Spucke einschicken, wie die Polizei das in den Krimis immer macht.«

»Wangenzellen«, sagte Nike. »Nicht die Spucke ist wichtig, sondern der Abrieb von der Mundschleimhaut.«

Mechthild vergaß, Zappa zu streicheln. Er stupste mit der Schnauze ihren Handrücken, um sie an ihre eigentliche Aufgabe zu erinnern. Sie gehorchte. Die kräftigen Betonierhände pflügten durch sein Fell. »Ich hätte auch abgeschnittene Fingernägel, gebrauchte Zahnseide oder Haare aus der Bürste einschicken können. Aber dann haben Rick und die Kinder sich diese schwere Erkältung beim Eishockeytraining zugezogen. Der Trainer nimmt die Kinder nicht hart genug ran, findet Rick, sie müssen lernen, sich durchzusetzen, notfalls mit Gewalt. Sie müssen lernen, ihre Aggression rauszulassen, aber kontrolliert. Bodycheck als Schule fürs Leben. Typisch Rick. Er geht immer mit zum Training und hetzt die Kinder gegeneinander auf. Die Mütter haben sich schon beschwert.« Mechthild zerrte an Zappas Fell. »Wie auch immer. Drei Papiertaschentücher voller Rotz liefern 95-prozentige Sicherheit beim Vaterschaftstest. Ein noch besseres Ergebnis würde nur sein Sperma erreichen. Aber das habe ich schon ewig nicht mehr gesehen.«

»Und was ist bei dem Vaterschaftstest rausgekommen?«

»Combined direct Index, Zero«, sagte Mechthild. »Probability Percentage, zero Percent.«

»Rick ist mit hundertprozentiger Wahrscheinlichkeit nicht der Vater der Zwillinge«, übersetzte Nike. »Klarer Fall von vertauschtem Sperma.«

»Vertauschtes Sperma? Hat die Klinik geschlampt? Oder etwa Cäsar selbst?« Stella erinnerte sich an den Grund ihres Besuches bei Mechthild. Nikes Zorn auf den Doktor.

»Vertauschtes Sperma, so ein Quatsch.« Mechthild ließ den Hund in Ruhe.

»Was war es dann?«

»Cäsar hat sich genauso in die Zuchtstute aus Berkeley verknallt wie Rick. Das ist Fakt.« Mechthild starrte Stella an. »Kennst du Cäsar?«

Stella schüttelte den Kopf.

»Ein Reproduktionsmediziner kann in seiner Praxis Samen von jedem hergelaufenen Hansel benutzen. Niemand kann ihn wirklich kontrollieren. Er spielt Gott. Vielleicht fühlt er sich ja wie Gott. Vielleicht glaubt er irgendwann, er ist Gott.«

»Wer weiß schon, wie so ein Reproduktionsmediziner tickt. Es sind schließlich auch nur Männer«, sagte Stella.

Die Sonne war weg. Die Nebelwand zog näher. Ein kühler Wind kam auf. Nike nahm die beiden Rasseln vom Tisch, schüttelte sie leicht und lauschte dem Klang wie einer lange verloren geglaubten Melodie.

8

Nikes Babyrassel lag, eingeschlagen in rosa Seidenpapier, in einer der Kisten, die seit Ediths Tod in ihrem Keller standen. Das gleiche Modell wie das der Zwillinge. Am Griff hing an einem roten Faden ein Etikett. »Handmade Navajo Sterling

Silver Rattle. Crafted by Navajo Monica Smith«, las Stella vor. »Viel benutzt hast du die Rassel ja nicht.«

»Meine Mutter fand sie zu wertvoll für ein Spielzeug. Sie benutzte sie als Briefbeschwerer.«

Eigentlich war eine Babyrassel ein konservatives Geschenk, fand Stella. Aber dann diese Gravur im Rapper-Slang. »Baby 4 U. Findest du das nicht einen ziemlich flapsigen Firmennamen für ein medizinisches Unternehmen?«

»So hieß Cäsars Kinderwunschzentrum früher. Er hat doch lange in den USA gelebt. Vielleicht deswegen.« Nike räumte die Kiste weiter aus, zuletzt ein paar Aktenordner. Hausbau, Steuer und einer mit der Aufschrift »Viktoria«.

»Die weibliche Form von Viktor«, sagte Nike. »So sollte ich ursprünglich heißen. Aber mein Vater lehnte die Unsitte ab, sein Kind wie Adelige oder amerikanische Neureiche nach sich selbst zu benennen. Schließlich hat er sich mit meiner Mutter auf Nike geeinigt. Dieselbe Siegesgöttin, nur griechisch statt lateinisch.«

Eine ähnliche Ansammlung von Zeitungsausschnitten, Dokumenten, Fotos hatte Stella zuletzt bei Linda gesehen. Für die ungeborene Viola. Noch mehr als natürliche Eltern fühlten offenbar von der Reproduktionsmedizin beglückte Eltern die Verpflichtung, den Werdegang ihres Nachwuchses zu dokumentieren, auch wenn dieser selbst über ein paar nicht ganz unwesentliche Details seiner Zeugung nie informiert wurde. Insbesondere, wessen Gene an der Produktion beteiligt waren.

»Ein schönes Paar, meine Eltern.« Nike hob ein Hochzeitsfoto hoch. Die Braut im aquamarinblauen Seidendirndl, der Bräutigam im schwarzen Nadelstreifenanzug. Beide groß, blond und sportlich. »Wie von Leni Riefenstahl gecastet.« Aber das Bild stammte aus den Siebzigerjahren. Nikes Eltern feierten Hochzeit in einer Hippiekommune, die damals schon ökologischen Anbau auf einem Bauernhof im Chiemgau betrieb. »Links, liberal und lebenslustig«, aber sie verschwiegen schamhaft die Umstände von Nikes Entstehung. In den Achtzigerjahren glaubten Psychologen, Mediziner, Wissenschaftler, all die Fachleute im gerade erst beginnenden Babybusiness, es sei besser, die Kinder mit einer Lüge aufwachsen zu lassen. Ihnen vorzugaukeln, sie seien Teil einer ganz normalen Familie. Auch nicht anders als die Nachbarn.

Ihre Eltern ähnelten sich wie Geschwister, auch die Tochter entwickelte sich in dieselbe Richtung, auf diese »alpine Skilehrerart«, wenn auch brünett statt blond. Trotzdem, typisch die Mama oder typisch der Papa, je nach Erkenntnis des Betrachters.

Nike gab Stella einen gelochten Zeitungsausschnitt mit dem Schwarz-Weiß-Foto eines Mannes im Ärztekittel, der mit Gummihandschuhen an einem vor Kälte dampfenden Metallfass stand und ein Reagenzglas hochhielt. Doktor Frankenstein alias Doktor Cäsar, 30 Jahre jünger als sein aktuelles Alias auf der Website des Kinderwunschzentrums.

Ihm hatte Viktor damals einen Plastikbecher seines Ejakulats übergeben, das er in einem Nebenzimmer der Praxis mit Hilfe einer zerfledderten Playboy-Ausgabe produziert hatte. In einem weiteren Spenderzimmer mit vergleichbarer Ausstattung produzierte der anonyme Samenspender seinen Anteil am 50-50-Cocktail.

Nikes Mutter lag während der männlichen Bemühungen vor den Play-Girls auf dem gynäkologischen Stuhl und wartete, dass der Doktor mit der fertigen Spritze aus seinem Labor wieder auftauchte.

Die monströse Kühlbox von dem Zeitungsfoto kam damals nicht zum Einsatz. In den frühen Jahren seiner Besamungspraxis bevorzugte Doktor Cäsar frisches Sperma, da das Einfrosten beim Auftauen noch zu viel Matsch produzierte.

Gleich nach der Injektion empfahl er Edith und Viktor, nach Hause zu fahren und sich zu lieben, da seiner Überzeugung nach der weibliche Orgasmus die Empfängnis unterstütze.

Stella betrachtete das Foto des schon damals vollschlanken Doktors.

»Meine Mutter fand ihn unsympathisch«, sagte Nike. »Sie konnte es nicht leiden, wenn ein Mann nicht auf seine Figur achtete.«

Doktor Cäsar hingegen fand Gefallen an seiner Patientin, auch das hatte Edith an jenem Tag im Krankenhaus angesprochen. Sie war eine schöne Frau gewesen und hatte es immer gespürt, wenn sie einem Mann gefiel. Wenn Doktor Cäsar ihre Brüste abtastete oder die Lage ihrer Eierstöcke, fühlte es sich wie ein begehrliches Zwicken an. Und die Hingabe, mit der er das Gel für den Ultraschall auf ihrem Bauch verstrich, kam ihr wie Streicheln vor. Doktor Cäsar war verliebt in sie gewesen, damals, als Nike auf den Weg gebracht wurde. Davon war Edith mehr als zwanzig Jahre später immer noch überzeugt, ungeachtet der Tatsache, dass so viele Patientinnen glauben oder hoffen, dass ihr Arzt in sie verliebt ist, dass es schon ein Klischee ist.

Als Nike vorsichtig die Möglichkeit einer Patienten-Arzt-Übertragung ansprach, hatte sie empört reagiert. »Cäsar hat mich angewidert.« Sie sah ihren Gynäkologen rein sachlich, ein Geschäftspartner, der ihr ein Baby verkaufte. Sie wollte das durchziehen und sie zog es durch.

Nike blätterte so energisch in dem Aktenordner, dass ein Blatt einriss. Sie gab es Stella.

Unter dem Briefkopf »Baby4you. Kinderwunschklinik Bayrischzell, Inhaber Professor Dr. Jakob Cäsar«, stand in Großbuchstaben: SPENDERPROFIL 27. Darunter, getippt mit einer Schreibmaschine, wie es zu Nikes Entstehungszeit noch üblich war, die Buchstaben holprig auf Linie. Geschlecht:

männlich, Hautfarbe: weiß, Nationalität: deutsch, Statur: schlank, Ausbildung: Medizinstudent, Hobbys: Skifahren.

»Bei den Samenspendern hat sich seither nicht groß was getan«, sagte Stella. »Das Profil von Violas Vater liest sich ähnlich.« Sie betrachtete wieder das Schwarz-Weiß-Foto von Doktor Cäsar am Stickstoffbottich. »Welche Haarfarbe hat er eigentlich?«

»Ich kenne ihn nur mit weißen Haaren.«

»Ich bin mal gespannt, ob Linda zur Geburt von Viola auch eine Babyrassel geschenkt kriegt.« Stella packte die Sachen zurück in den Karton, nur die Babyrassel ließ sie draußen. »Hat deine Mutter nie den Verdacht geäußert, dass der anonyme Samenspender Doktor Cäsar höchstpersönlich sein könnte?«

»Nie.«

»Obwohl sie überzeugt war, dass er in sie verknallt war?«

»Vielleicht hat sie den Verdacht verdrängt, weil sie ihn nicht mochte.«

»Und was denkst du?«

»Mir ist eigentlich egal, wer an meiner Produktion beteiligt war. Egal, ob ich es weiß oder nicht, es ändert nichts an mir und auch nichts an meiner Situation.« Nike wuchtete die Kiste zurück an ihren alten Platz. »Aber dann liege ich nachts wach und grübele. Ob ich vielleicht tatsächlich die ganze Zeit gewusst habe, dass Viktor nicht mein Vater ist. Irgendwie. Nur ich wollte es nicht wahrhaben. Ich wollte einfach keinen anderen Vater haben. So wie meine Mutter keinen anderen Vater für ihr Kind wollte.«

»Hast du mal versucht, mit Doktor Cäsar darüber zu reden?«

»Selbstverständlich. Er hat mir eine Psychologin empfohlen.«

»Du könntest dich in einem Gentest mit den Zwillingen vergleichen lassen. Dann wüsstest du schon mal, ob ihr den gleichen Vater habt oder nicht.«

»Wozu soll das gut sein? Dieses ganze Gerede von genetischer Sehnsucht ist Quatsch. Für mich jedenfalls. Manchmal denke ich, ich sollte Ruhe geben.«

»Warum tust du es dann nicht?«

»Ein Mediziner, der seine Patientinnen zum Narren hält. Das kann wahrscheinlich die Feministin in mir nicht ertragen. Ich werde ihm das Handwerk legen.«

»Und wie?«

»Ist zwar noch nicht spruchreif. Aber ich hab da eine Idee für einen Dokumentarfilm über Cäsars Machenschaften. Wenn der rauskommt, das gibt einen Skandal. Wir bräuchten noch einen Drehbuchautor. Hättest du Lust, mitzumachen? Zwar erst mal ohne Bezahlung, aber wenn wir einen Sender finden, kriegst du selbstverständlich deinen Anteil.«

»Wer ist wir?«

»Mechthild, mein Freund und ich.«

»Und wie willst du einen Skandal auslösen?«

»Da gibt es nur eine Möglichkeit. Cäsars DNA klauen, testen lassen und ihn vor laufender Kamera mit den Ergebnissen konfrontieren.«

9

Als DNA-Räuberin kam Nike selbst nicht in Betracht. Doktor Cäsar kannte sie zu gut. Sie brauchte unbelastete Komplizinnen. Stella, der wegen einer wahrscheinlich genetisch bedingten, weit verbreiteten weiblichen Besonderheit das Wörtchen »nein« schwerfiel, sagte ihre Unterstützung zu. Trotz der ungeklärten Honorarfrage, rein aus Neugierde. Joe jedoch hatte ihre Durchsetzungsfähigkeit in Verhören trainiert. Da sie befürchtete, Lottchen zu vernachlässigen, wenn sie erstmal Blut geleckt hatte, lehnte sie es ab, mit kriminalistischem Knowhow auszuhelfen.

Stella aktivierte den einzigen männlichen Beistand, den sie kannte. Luis, mit dem sie schon ganz andere Abenteuer durchgestanden hatte. Er mit der Kamera vorneweg, sie schreibend in seinem Windschatten. Er meldete sich am Telefon zu Hause in Basel. Allein das war ein gnädiges Entgegenkommen des Schicksals. Die Chance, dass er sich gerade auf den Andamanen oder auf Sansibar herumtrieb, war mindestens genauso groß. Auf Stellas Erzählungen von den Babyrasseln, der ungeklärten Herkunft des Spermas und Mechthilds Verdacht reagierte er mit nur einem Wort »Wahnsinn.«

Einen Tag später rollte er mit seinem Renault-Kastenwagen die Auffahrt in Schliersee hoch und brachte seine Yogamatte und eine Tasche mit Fotoapparaten mit.

Schon eine Stunde später saß Stella mit ihm im Auto. Ortsbesichtigung. Sie wollten Doktor Cäsars Praxis sehen und den Birkenhof, in dem die Patientinnen auf die Behandlung warteten. Sich ein Bild machen, wenigstens von außen. Sich inspirieren lassen.

Irma kam mit. »Sechs Augen sehen mehr als vier.«

Die Praxis lag ganz unspektakulär am Ende eines Parkplatzes in einem der üblichen oberbayerischen Satteldachhäuser, zusammen mit diversen anderen Arztpraxen. Das ideale Versteck für ein auf Diskretion bedachtes Unternehmen. Betraten Doktor Cäsars Patientinnen das Haus, konnten sie ebenso gut zum Orthopäden oder zum Dermatologen unterwegs sein. Direkt am Hinterausgang führte ein Spazierweg über einen bewaldeten Hang die paar hundert Meter bis zum Birkenhof hinüber. Auch hier fühlte niemand sich beobachtet. Wichtig in einem so kleinen Ort wie Bayrischzell, in dem sich alle Einwohner kennen und Großstädter, die zum dritten

Mal am Tag denselben Gesichtern begegnen, Paranoia entwickeln.

Zu Unrecht. Während ihrer langen Tradition im Wander- und Skitourismus hatten sich die Einheimischen eine gelassene Toleranz im Umgang mit Fremden antrainiert. »Das Bayrischzeller Sperma hat sich auch ohne medizinische Hilfe in der ganzen Welt verbreitet, nur dank fescher Skilehrer und Wanderführer.« Irma starrte vom Auto aus zu den Praxisfenstern im zweiten Stock.

»Mutter, du bleibst hier.« Bevor Irma von der Rückbank klettern konnte, stand Stella schon auf dem Parkplatz, schob Luis vor sich her, öffnete die unverschlossene Haustür und holte mit einem energischen Knopfdruck den Fahrstuhl nach unten. »Wir gehen da jetzt als Ehepaar mit Kinderwunsch rein und fragen nach Broschüren.«

»Okay.« Im Ernstfall behielt Luis verlässlich die Nerven.

Vor der Praxistür mit dem Schild »Professor Dr. Jakob Cäsar, Professor Dr. Gerd Gebhardt, Praxis für Gynäkologie und Reproduktionsmedizin« verließ sie dann doch ihre Forschheit. »Termine nur nach Vereinbarung«, flüsterte sie. »Ob überhaupt jemand da ist?«

Aber Luis hatte schon geklingelt.

Die Tür öffnete sich mit einem leisen Summen. Ein Aquarium, das auf einem Sockel stand und fast bis zur Decke reichte, teilte die Lobby in zwei Bereiche. Bunte Fische trieben gemächlich zwischen Schlingpflanzen und Felsbrocken. Wasserblasen blubberten, die Sauerstoffanlage röchelte. Links dahinter verbarg sich, mit einem kleinen Schild mit Pfeil gekennzeichnet, das Wartezimmer. Rechts davor schaute ihnen hinter einem Tresen eine blonde junge Frau entgegen. Hinter ihr ordnete eine zweite ältere Frau im weißen Kittel Akten in ein Hängeregister.

Stella ließ Luis vorgehen.

»Haben Sie einen Termin?« Die blonde Sprechstundenhilfe versuchte, streng zu klingen. Sie klickte auf ihrem Computer herum, als könnte sie es nicht fassen, dass tatsächlich zwei leibhaftige Menschen, potenzielle Patienten, sie vom Daddeln ablenkten.

»Entschuldigen Sie, dass wir Sie einfach so überfallen, oder.« Luis schob sachte die Vase mit Gladiolen auf dem Tresen zur Seite. Er rollte das Schweizer R noch prägnanter als üblich. Aus Erfahrung vertraute er auf dessen beruhigende Wirkung und seine Signalkraft als vermögender Ausländer. Stella hoffte, dass keine der Damen den verschrabbelten Kastenwagen auf dem Parkplatz wahrgenommen hatte. Der hätte die seriöse Wirkung noch mehr unterminiert als Luis' Pferdeschwanz und seine gestreifte Pyjamahose, sein bevorzugtes Kleidungsstück bei allen Temperaturen über dem Gefrierpunkt.

Jetzt drehte sich auch die Frau am Aktenschrank um. Stella spürte förmlich ihren Blick, der sie abtastete wie ein Laserstrahl. Schwarze Haare, zu einem Knoten festgezurrt, so was hatte zuletzt Schneewittchens Stiefmutter schick gefunden. Der vorbildlich gebügelte Kittel vorschriftsmäßig bis oben zugeknöpft. Sie schaute abschreckend, als läge ihr »wir kaufen nichts« auf der Zunge, überließ das Reden aber ihrer Kollegin.

Diese besann sich auf ihre Rolle als Empfangsdame. »Womit kann ich Ihnen dienen?«

Luis lächelte sie gewinnend an. »Wir haben so viel Gutes über Doktor Cäsar gehört, dass wir uns jetzt die Praxis mal ansehen wollten. Wir sind am Spitzingsee in Urlaub und waren am Sudelfeld wandern und als wir auf dem Heimweg den Wegweiser zur Praxis sahen, haben wir einfach ganz spontan beschlossen vorbeizuschauen. Stimmt's, Chérie?«

Stella nickte, traute sich aber den Schweizer Dialekt nicht zu und schwieg lieber.

»Sie wissen schon, um was für eine Praxis es sich hier handelt?«, fragte die Frau mit dem Haarknoten.

»Klar.« Das R rollte noch dramatischer. »Meine Frau und ich wünschen uns schon so lange ein Kind. Aber leider, ich bin ja nicht mehr der Jüngste …«, Luis flüsterte jetzt, »und bei meiner Frau tickt auch schon die biologische Uhr. Deshalb denken wir ernsthaft über eine In-vitro-Fertilisation nach. Natürlich nur bei einem renommierten Spezialisten. Baronin Schlesinger, eine gute Freundin in Basel, hat uns auf Doktor Cäsar aufmerksam gemacht. Sie hat zwei entzückende Buben von ihm.«

»Baronin Schlesinger?« Der Name beruhigte sofort die Gemüter. Mit geübter Hand sammelte die blonde Sprechstundenhilfe vier verschiedene Broschüren ein, die sich auf dem Tresen stapelten, und drückte Luis das Päckchen in die Hand. »Hier drin finden Sie alle notwendigen Informationen über die Leistungen unserer Praxis. Wir werden garantiert eine Lösung für Ihren Kinderwunsch finden, darauf können sie vertrauen. Professor Cäsar und Professor Gebhardt gehören zu den Besten ihres Faches. Sehen Sie hier, die Liste ihrer internationalen Auszeichnungen. Außerdem, hier«, sie faltete eines der Schriftstücke auseinander und legte es offen vor Luis hin, »Referenzen unserer zufriedenen Eltern.«

Luis musterte die Broschüren flüchtig. »Baronin Schlesinger hat uns schon alles Wesentliche erzählt. Meiner Frau ist das peinlich, aber ich habe noch eine zusätzliche Bitte. Könnten wir die Räumlichkeiten sehen, in denen der Eingriff vorgenommen wird? Schließlich geht es um unser Baby, es soll in einer angemessenen Umgebung gezeugt werden.«

Der blonden Sprechstundenhilfe blieb vor Staunen über dieses Ansinnen der Mund offen stehen. Anscheinend hatte vorher noch niemand diesen Wunsch geäußert.

Stella befürchtete schon, dass Luis in seinem Rechercheeifer die Sache überzogen hatte.

»Sie meinen, so wie Schwangere sich den Kreißsaal anschauen möchten«, sagte die Frau mit dem Haarknoten, die jetzt aufmerksam neben ihrer Kollegin stand.

Luis nickte. Stella mit etwas Verzögerung auch.

Die Frau mit dem Haarknoten schaute auf ihre Armbanduhr. »Ich kann Ihnen sogar einen noch besseren Vorschlag machen. Doktor Cäsar ist zwar gerade in einer Besprechung, aber sie könnten warten, bis er wieder frei ist. Er wird Sie persönlich herumführen und Ihnen auch seine Behandlungsmethoden erklären.«

»Ja, aber …«, versuchte die blonde Sprechstundenhilfe Protest einzulegen.

Die Dunkelhaarige ignorierte sie. »Ich rede mit Doktor Cäsar. In einer Viertelstunde ist er bei Ihnen. Nehmen Sie doch bitte so lange im Wartezimmer Platz.«

10

Die Fische schwammen schön. Stella konnte sich von ihrem Anblick nicht losreißen. Sie hätte ihnen den ganzen Tag zuschauen können. Ruhe senkte sich in ihr aufgeregtes Herz. Luis tat, als würde er die Broschüren lesen, aber er hatte sich so gesetzt, dass er den Eingang gut im Blick behielt. Das lenkte ihn ab. Stella spürte, wie er, im Gegensatz zu ihr, immer nervöser wurde.

Nach knapp zehn Minuten öffnete sich summend die Praxistür für einen großen, drahtigen Mann Anfang vierzig, der durchaus als gut aussehend bezeichnet werden konnte. Stella mit ihrer Aufgeschlossenheit für regelmäßige männliche Gesichtszüge in Kombination mit einem gut sitzenden

Anzug ließ sich für einen Moment von den Fischen ablenken. Doktor Cäsars Kompagnon, wie sie seit dem Besuch auf der Praxiswebsite wusste. Schon sein Foto hatte ihr Interesse geweckt. Das taten grau melierte Haare immer, so lange das Grau noch nicht vorherrschte und vorausgesetzt, sie bedeckten nicht verdächtig lichte Stellen. Beides war bei Doktor Gebhardt nicht der Fall. Allerdings ließen seine Umgangsformen zu wünschen übrig. »Anrufe?« Das einzige Wort, das er seiner Sprechstundenhilfe zuwarf.

»Nein, Herr Professor.«

Er verschwand im Gang neben dem Tresen. Die blonde Sprechstundenhilfe eilte ihm nach.

»Doktor Cäsar ist gleich bei Ihnen.« Schneewittchens Stiefmutter übernahm die Aufpasserrolle am Tresen.

»Baronin Schlesinger hat Professor Gebhardt gar nicht erwähnt. Ist er ebenfalls Reproduktionsmediziner?« Luis nutzte die Gelegenheit, um die Domina unter den Sprechstundenhilfen als Informanten anzuzapfen.

»Professor Gebhardt ist seit knapp einem Jahr bei uns. Professor Cäsar möchte in Zukunft ein bisschen kürzertreten. Wir gestalten die Praxis gerade zur Kinderwunschpraxis nach amerikanischem Vorbild um. Mit repräsentativen Räumlichkeiten im Arabellapark in München. So müssen unsere Patientinnen nicht mehr die lange Reise nach Bayrischzell auf sich nehmen. Aktive, moderne Frauen haben nicht mehr die Zeit, sich tagelang ins Bett zu legen, sagt Professor Gebhardt. Sie bevorzugen eine ambulante Behandlung.« Sie schaute Luis mit ihrem Laserblick in die Augen. »Sogar die Zeugung von Wunschkindern muss heute schnell, schnell gehen. Aber Abgeschiedenheit und Ruhe sind ein wesentlicher Aspekt von Doktor Cäsars langjährigem Erfolg. Unsere Patientinnen empfangen fernab von Hektik und Alltagsstress. Der positive Einfluss unserer wunderbaren Natur auf die noch ungeborenen

Babys darf doch nicht unterschätzt werden. Außerdem ist der Birkenhof ein sehr angenehmes Hotel. Ich kann Ihrer Gattin während der Behandlung einen Aufenthalt nur empfehlen. Im Wettbewerb mit den großstädtischen Kliniken wurden in mehreren Studien die Ruhe und Beschaulichkeit in Doktor Cäsars Therapie eindeutig als ganz wichtige Vorteile nachgewiesen.«

»Ihr Unique Selling Point.« Als Ex-Banker beherrschte Luis immer noch vereinzelte Vokabeln des Managergeschwurbels, auch wenn ihm das wegen seiner Pyjamahose kein Mensch zutraute.

»Sozusagen.« Sie schaute sich um, ob Doktor Gebhardt nicht vielleicht hinter ihr stand, dann beugte sie sich zu Luis vor. »Wenn ich ihnen einen Rat geben darf.« Sie senkte merklich die Stimme. »Absolvieren Sie die Behandlung, solange Doktor Cäsar noch praktiziert. Er arbeitet nur noch drei Tage die Woche, mit entsprechend langer Warteliste. Aber wir werden sicher einen Termin finden, der in Ihren Zeitrahmen passt.«

Ihr Verkaufsgespräch wurde vom Auftritt Doktor Cäsars jäh unterbrochen.

Obwohl er auf seiner Website nur mit Passfoto abgebildet war, hatte Stella nach dem Zeitungsfoto mit dem Stickstoffbottich und dem Anblick von Mechthilds Betonskulptur mit einem dicken Mann gerechnet. Dass er aber einen solchen Bauch vor sich her schob, erschreckte sie dann doch. Sein Kittel hing offen an den Seiten herunter, wahrscheinlich weil er beim Versuch, ihn zu schließen, die Knöpfe abgesprengt hätte. Außerdem war er kahl bis auf ein Kränzchen weißer Resthaare auf der hinteren unteren Kopfhälfte.

»Cäsar.« Er gab Luis die Hand. »Wo ist denn Ihre Gattin, Herr äh …«

»Sprüngli. Beat Sprüngli.« Dafür, dass Luis lange genug Zeit gehabt hatte, sich einen passenden Namen auszudenken, hatte er eine verwegene Wahl getroffen. Er schüttelte Cäsars Hand und zog ihn gleichzeitig zum Aquarium. »Chérie, Doktor Cäsar ist da.«

Stella verließ ihr heimeliges Plätzchen neben den Fischen. Sie hatte vergessen, sich einen falschen Namen zuzulegen. Aber auch das hatte Luis schon erledigt. »Meine Frau Stefanie.«

»Sie interessieren sich für eine In-vitro-Fertilisation, sagte mir Frau Malinowskowa?« Doktor Cäsar sah Stella mit einer solchen Intensität an, dass sie fast erschrak. Er hatte tatsächlich strahlend blaue Augen und außerdem ein sehr interessiertes Lächeln. »Mit eigenem Samen oder mit Spendersamen?«

»Je nachdem, was Sie empfehlen«, sagte Luis.

Stella fand es merkwürdig, dass Doktor Cäsar solche Fragen in der Lobby stellte, wo potenziell jeder mithören konnte. Die strenge Frau Malinowskowa war schon ganz Ohr.

»Das können wir ganz schnell herausfinden.«

»Jetzt gleich?« Zum ersten Mal seit sie die Praxis betreten hatten, klang Luis etwas verzagt.

»Natürlich. Wenn Sie es wünschen.« Doktor Cäsar war offenbar so sehr an sein Geschäft gewöhnt, dass er die Hemmungen seiner Patienten gar nicht mehr registrierte. »Die Analyse der Spermiendichte dauert nur ein paar Sekunden.« Jetzt erst schien er sich zu erinnern, dass Luis dafür tätig werden musste. »Natürlich hängt es insgesamt davon ab, wie schnell Sie ejakulieren können.« Er musterte Luis freundlich. »Sie sehen nicht so aus, als ob es Ihnen Schwierigkeiten bereiten würde.«

»Das ist doch toll, Schatz.« Angesichts Luis' zunehmender Verunsicherung war Stella sofort Feuer und Flamme für die Idee. Aus freundschaftlichem Sadismus, falls es so etwas gab. »Dann wissen wir endlich Bescheid.«

»Na, ich weiß nicht …«

»Frau Malinowskowa, wo ist denn Fräulein Winklhofer schon wieder? Sie soll ihren Platz am Tresen nicht verlassen. Wie oft soll ich ihr das noch sagen.«

»Bin schon da.« Das blonde Fräulein Winklhofer kam leicht erhitzt aus den Tiefen des Ganges geeilt. Im Laufen öffnete sie die obersten Knöpfe ihres Kittels, der blütenweiß strahlte und figurbetont saß. Ein spitzenbesetzter schwarzer BH-Träger wurde freigelegt.

Doktor Cäsar vergaß bei diesem Anblick seinen Ärger und musterte seine Angestellte wohlwollend. »Bringen Sie bitte Herrn Sprüngli für ein Spermiogramm in eines der Spenderzimmer.« Er nahm Luis am Arm und schob ihn sanft, aber bestimmt in Richtung Fräulein Winklhofer. »Diesen kleinen Gefallen sollten Sie Ihrer Frau schon tun. Es geht ganz schnell und unkompliziert. Das Procedere kennen Sie ja seit ihrer Pubertät.«

Luis verschwand merkwürdig breitbeinig mit Fräulein Winklhofer im Gang hinter dem Tresen. Stella schaute ihnen hinterher, verblüfft über Luis' Gehorsam, und bemerkte bei der Gelegenheit, dass die Sprechstundenhilfe nicht nur ein tolles Dekolleté, sondern auch sensationelle Beine hatte. Was die Netzstrümpfe mit Naht und ein paar gefährlich hohe Lackpumps noch unterstrichen. Ihr Kittel hörte ein paar Zentimeter zu weit über dem Knie auf, um noch als arztpraxenschicklich durchzugehen. Ob sie den Samenspendern dezent ein paar authentische Wichsvorlagen ins Blickfeld rückte, statt nur auf die Pornoindustrie zu vertrauen?

Das energische Klingeln hörte Stella erst, als Frau Malinowskowa den Türöffner hinter dem Tresen drückte.

»Wo bleibt ihr denn so lange?« Irma betrat mit ihrem üblichen Schwung die Praxis.

»Mama.« Stella hatte ihre Mutter im Auto total vergessen.

11

Luis atmete tief durch. Er spürte, er verlor die Contenance, das war ihm schon lange nicht mehr passiert. Um Atmung, Stimme, zitternde Hände und Gefühle unter Kontrolle zu bekommen, hatte er vor dreißig Jahren mit Yoga begonnen. Und jetzt ein Rückfall in die alten Zeiten des wackeligen Selbstbewusstseins. Wie konnte einen Mann im gestandenen Alter das Ansinnen zu masturbieren derart in Verlegenheit bringen. Nichts leichter als das, doch eigentlich. Sich einen runterzuholen praktizierte er schließlich länger als Yoga.

Mit festem Blick auf Netzstrümpfe, Lackpumps und ein perfekt geschwenktes Hinterteil ging er hinter Fräulein Winklhofer her und kam sich albern vor. Er musste diese Farce nicht länger aufrechterhalten, er hatte sie selbst aufgebaut, er konnte sie auch selbst zerstören. Dem Doktor einfach die Wahrheit beichten. Aber etwas hielt ihn davon zurück. Scham vielleicht oder doch so etwas wie journalistische Neugierde. Jedenfalls war dieses Etwas stärker als seine Verwirrung.

»So, bitte sehr.« Fräulein Winklhofer öffnete eine Tür, lockerte mit einem Handgriff ihre sorgfältig geföhnte Lockenpracht und lächelte ihn an. Ihr tiefrot geschminkter Mund, der keusche Kittel, aus dem der Brustansatz herausschaute, Push-up, mutmaßte Luis, all das bekam plötzlich eine so eindeutig erotische Note, dass er einen leichten Anflug von sexuellem Interesse verspürte.

Geilheit war wirklich das Allerletzte, womit er in dieser Praxis gerechnet hatte.

Sie stellte einen Plastikbecher in Milchkaffeegröße auf einen Couchtisch, den Deckel daneben. Dafür beugte sie den Oberkörper leicht nach unten und drehte ihm den Rücken zu, die netzbestrumpften Beine kerzengerade nebeneinander. So kam ihr rundes, kleines Hinterteil noch besser zur Geltung. Für das Abstellen eines Plastikbechers nahm sie sich erstaunlich viel Zeit.

Luis verfluchte seine Erektion. Sie kam ihm vor wie eine Kapitulation. Hoffentlich sah Fräulein Winklhofer nicht in diese Richtung.

Wenn sie etwas registriert haben sollte, ließ sie es sich nicht anmerken. »Waschlappen, Handtücher, Seife, hier unter dem Waschbecken.« Sie lächelte, bückte sich nochmal, diesmal noch etwas tiefer.

Luis versuchte, nicht zu starren.

Sie deutete auf die Fernbedienung für den Fernseher. »Zeitschriften werden uns leider immer gestohlen. Es gibt drei Filme zur Auswahl. Lassen Sie sich Zeit.« Mit der Zunge wischte sie die Farbe von den Zähnen. »Aber wenn Sie dann soweit sind, stellen Sie bitte den gefüllten Becher hier hinein.« Sie pochte auf eine Durchreiche. »Je schneller Doktor Cäsar die Spermien zählen kann, umso besser. Machen Sie es sich bequem. Und viel Erfolg.«

Sachte fiel die Tür hinter ihr ins Schloss.

Luis setzte sich auf die Couch, die mit einer pflegeleichten, aber flauschigen Decke vor Verunreinigungen aller Art geschützt war. Auf der gegenüberliegenden Wand hielt ihm eine Frau mit enormen Brüsten auf einem Poster ihren entblößten Unterleib entgegen und lächelte viel weniger gekonnt als Fräulein Winklhofer.

Seine Erektion hatte sich wieder gelegt.

Vor knapp dreißig Jahren hatte er schon einmal in einem ähnlichen Zimmer unter einem ähnlichen Poster sein Sperma in einen ähnlichen Plastikbecher gespritzt. In der Praxis des Reproduktionsmediziners in Zürich lagen damals noch abgegriffene ›Penthouse‹-Exemplare im Spenderzimmer, die er nicht gebraucht hätte und nur durchblätterte, um den Spaß zu intensivieren. Er hatte sich beim Masturbieren fotografiert, mit der Absicht, sich mit einer aufsehenerregenden Reportage einen Namen zu machen. Sein Samen als Gegenleistung für die Kooperation des Arztes, das war der Deal gewesen, in den er ohne groß nachzudenken eingewilligt hatte. Der Arzt brauchte echten Schweizer Samen und Luis wollte berühmt werden.

Der Arzt bekam, was er wollte, das mit der Berühmtheit klappte allerdings nicht nach Plan. Keine Zeitschrift in der Schweiz wollte die Fotoreportage drucken. Zu unappetitlich, hieß es. Zu pornografisch. Und die Deutschen wollten einen deutschen Mediziner und keinen Schweizer, aber leider fand sich keiner, der mit Luis denselben Deal wiederholt hätte. Die Deutschen waren einfach verklemmter als die Schweizer.

Jetzt peinigten Luis auf der Acryldecke die Erinnerungen. Irgendwo auf dieser Welt, wenn auch wahrscheinlich in der Nähe von Zürich, lebten Kinder aus seinem Samen. Er hoffte, dass sie, anders als mit ihrem Erzeuger, mit ihren echten Eltern ein besseres Los gezogen hatten. Nicht um seinetwillen, er neigte nicht zur Überschätzung seiner Rolle in dieser Angelegenheit, sondern wegen der Kinder. Die Vorstellung, dass der Zeugungsakt zur rein mechanischen Selbstbefriedigung eines gedankenlosen Jünglings degeneriert war, behagte ihm nicht. Mein Vater, der Wichser, modern interpretiert.

Jahrelang hatte er nicht mehr daran gedacht. Und jetzt? Jetzt schämte er sich. Der Raum hatte nicht mal ein Fenster, das er hätte öffnen können. Er konnte nur die Nackte mit den Silikonbrüsten anglotzen. Keine Möglichkeit, den Erinnerungen an den jungen Mann, der er einmal war, zu entfliehen.

Er verließ das Spenderzimmer und übergab vorn am Tresen Fräulein Winklhofer den leeren Plastikbecher ohne Deckel. »Tut mir leid. Es geht nicht.«

»Das kommt aber selten vor.« Sie klang überrascht. »Vielleicht ein anderes Mal.« Wenigstens schien sie ihm nicht böse zu sein, dass ihr Theater bei ihm keine Wirkung gezeigt hatte. »Ihre Schwiegermutter ist auch gerade angekommen.«

12

Angesichts der Gefahr, als Betrügerin aufzufliegen, wuchs Stella über sich hinaus. Bei Irmas Auftauchen in der Praxis reagierte sie ausnahmsweise schnell genug. »Meine Mutter, Frau Greiner«, stellte sie vor, noch bevor Irma nach drei Stockwerken die Treppe hoch, wieder richtig zu Atem kam.

»Wieso? Ich …«

Stella trat ihr auf den Fuß.

Irma kapierte. Worüber man nicht reden kann, darüber sollte man schweigen, entsprach zwar nicht ihrer Überzeugung, aber sie hielt den Mund.

Doktor Cäsar begrüßte Irma altmodisch mit knapper Verbeugung und Handschlag. Er bat beide Damen in sein Zimmer. Wahrscheinlich nicht mal das merkwürdigste Kinderwunschpaar seiner Karriere.

Das Auffälligste in Doktor Cäsars Praxiszimmer war eine ganze Wand voller Babyfotos. Die üblichen Bilder, womit Eltern nach der Geburt ihren Verwandten- und Freundeskreis traktieren. In der Annahme, jeder könne sich an ihrem Nachwuchs so ergötzen wie sie selbst. Hinter Doktor Cäsars Schreibtisch warben sie für seine medizinischen Verdienste, arrangiert zu einem Tableau, das den Kunden vor seinem Schreibtisch geradezu ins Gesicht schrie, ihr könnt auch so ein putziges, niedliches, süßes, knuddeliges, kleines Ding in Strampelhosen haben, wenn ihr euch mir anvertraut.

Stella, die Kinderfotos normalerweise langweilten, trat interessiert vor die Wand.

»Die sehen ja ganz normal aus.« Auch Irma studierte die Ausstellungsstücke.

Doktor Cäsar lächelte. »Selbstverständlich, gnädige Frau.« Er lud zum Sitzen ein. Auf Chippendale mit Lilienmuster auf den Polstern. Am verschnörkelten Mahagonischreibtisch glänzten vergoldete Putten. Barock. Ob echt oder ein Stilmöbel, wagte Stella nicht zu entscheiden. Sah jedenfalls teuer aus. Auch wenn die Praxis nicht überrannt wirkte, warf sie offenbar genug ab, um dem Doktor einen repräsentativen Lebensstil zu ermöglichen.

»Ich bringe diese vielen Abkürzungen immer durcheinander. Können Sie die einer alten Frau wie mir bitte so erklären, dass ich sie verstehe.« Irma übernahm die Investigation.

Mit Hilfe eines aufklappbaren Plastikmodells einer Gebärmutter, das griffbereit auf seinem Schreibtisch stand und wie die moderne Skulptur eines minderbegabten, aber pingeligen Künstlers aussah, erklärte der Doktor die populärsten Praktiken. Mit einem Bleistift zeigte er den Weg, den die Spermien bei einer Befruchtung »während des Geschlechtsaktes« nehmen, bis das schnellste Spermium auf das fruchtbare Ei trifft, das im Eierstock reift.

Bei den Paaren, die seine Hilfe suchten, passiere das nicht. In der Regel aus drei Gründen: Entweder sei das Sperma des Mannes nicht zahlreich und flink genug, um den langen Weg bis zum Ei zu schaffen, oder aber die Frau produziere keine befruchtungsfähigen Eier. Auch Verwachsungen in den Eileitern konnten eine Befruchtung verhindern. In all diesen Fällen sei eine assistierte Reproduktion nötig.

Er zog ein Din-A4-Blatt aus der Schublade seines Schreibtisches und malte für Irma die Kürzel der Inseminationsmethoden in großen Buchstaben auf.

IVF für In-vitro-Fertilisation. Die künstliche Befruchtung in der Petrischale. Zu Beginn der Forschung wurden dafür in dem Gefäß Sperma und Eizelle mehr oder weniger sich selbst überlassen. Den Weg zueinander mussten sie, verkürzt zwar, aber doch von allein finden. Was häufig nicht gelang.

Diese altmodische und ineffiziente Methode wurde von der treffsicheren Intrazytoplasmatischen Spermieninjektion abgelöst. ICSI schrieb Doktor Cäsar auf das Blatt. Dabei werde unter dem Mikroskop Sperma in die Eizelle injiziert. Er malte eine fette runde Eizelle und ein kleines Röhrchen, das die Eizelle anpiekst. »Die feinen Pipetten für die ICSI hat Frau Malinowskowa, unsere Embryologin, anfangs selbst herstellen müssen. Es gab lange keinen Produzenten dafür. Inzwischen hat sie über 10 000 Samen zur Eizelle geleitet. Auch im internationalen Vergleich ein sensationeller Erfolg. Eine Virtuosin an der Petrischale.« Er tupfte kleine Bleistiftpunkte in das Röhrchen. Das Sperma.

Erst wenn klar sei, dass die Befruchtung geklappt habe, werde das Ganze, der Embryo also, in die Gebärmutter gepflanzt. Zur Sicherheit oft mehrere, sogar Vierlinge und Fünflinge seien in der Anfangsphase kein großes Problem. Nur das Austragen habe die Medizin bislang nicht wirklich im Griff. Aber zwei eingepflanzte Embryos seien inzwischen schon fast die Regel, weshalb die Zahl der Zwillingsgeburten nicht nur unter Hollywoodstars auffällig angestiegen sei.

»Wobei Hollywoodstars eine Leihmutter künstlich befruchten lassen, auch wenn bei ihnen und ihrem Partner alles tipptopp funktioniert. Die wollen sich nur nicht die Figur verderben.« Stella konnte sich diesen Seitenhieb auf hysterische amerikanische Zicken nicht verkneifen.

»Leihmutterschaft?« Der Doktor lächelte gewinnend. »Ein weites Feld.«

»Jedenfalls ist eine künstliche Befruchtung eine praktische

Sache«, sagte Irma. »So schlägt man zwei Fliegen mit einer Klappe und braucht nur einmal schwanger zu werden. Das hätte es damals bei St … bei meiner Tochter schon geben sollen. Zwillinge, das hätte mir gefallen.«

»Haben Sie denn nur diese Tochter, Frau Greiner?« Doktor Cäsar lächelte immer noch eisern. Irma gefiel ihm, stellte Stella fest. Sie waren ja auch beide ungefähr im selben Alter.

Irma nickte nicht mal, das Thema Tochter interessierte sie im Moment nicht. »Und was passiert, wenn der Mann keinen mehr hochkriegt, also kein Sperma mehr produziert? Soll ja vorkommen.«

»Wenn es nur eine funktionelle Impotenz ist, also noch Sperma produziert wird, das nur nicht mehr nach außen gelangt, entnehmen wir es inzwischen direkt aus den Hoden.«

»Aua.« Irmas Empathie für Männer scheute auch vor den intimsten Bereichen nicht zurück.

»Und was kostet die Prozedur?«, fragte Stella.

»Das kommt darauf an, welche Methoden angewandt werden.« Doktor Cäsar entnahm einer Broschüre ein loses Blatt. Die Preisliste.

»Die billigste«, sagte Stella.

»Eine IUI ohne Hormonbehandlung.«

»IUI hatten wir noch nicht«, sagte Irma.

Doktor Cäsar malte IUI auf das Papier und erklärte, dass bei einer intrauterinen Insemination das Sperma während der fruchtbaren Tage direkt in die Gebärmutter gespritzt werde.

»Statt mit Penis mit Spritze. Warum auch nicht.« Fremden gegenüber protzte Irma gern mit ihrem Alt-68er-Liberalismus.

»Eine inzwischen etwas altmodische Therapie, da die meisten Paare doch die Möglichkeit einer genetischen Untersuchung des Embryos in Anspruch nehmen. Das geht nur nach IVF. Natürlich richten sich die Kosten für die PID, die Präimplantationsdiagnostik, nach dem Untersuchungsaufwand.« Er wandte sich direkt an Stella. »Bei Ihnen, Frau Sprüngli, können wir uns auf die Routinemaßnahmen beschränken. Das senkt die Ausgaben deutlich. Allerdings würde ich eine Hormonbehandlung vor der Insemination empfehlen, dadurch steigen die Chancen einer Befruchtung signifikant. Wir rühmen uns bei der klassischen IUI einer sensationellen Baby-take-home-Rate von 87 Prozent. Auch im internationalen Vergleich ein Spitzenwert.«

»Meine Freundin Linda glaubt, dass sie von den Hormonen den Schwangerschaftsblues gekriegt hat.«

»Linda? Frau Doktor Linda Kerner aus Berlin?«

Während Stella noch starr vor Schreck dasaß, hatte Irma schon geschaltet. »Deine Saarbrücker Freundin heißt doch Kunz, wenn ich mich recht erinnere. Oder, Stella?«

»Ja dann. Hatte Ihre Freundin eine IVF?« Doktor Cäsar reagierte nicht auf Stellas Namensänderung.

»Eine ICSI, homolog, mit dem Samen ihres Mannes«, log Stella, um ihn noch weiter von Lindas Fährte wegzulocken.

Irma half ihr. »Arbeiten Sie denn auch mit Spendersamen, Herr Professor?«

»Selbstverständlich. Ich habe die erste Spermabank Deutschlands gegründet. Das können Sie alles auf unserer Website nachlesen, Frau Greiner.«

Stella glaubte, jetzt doch eine gewisse Ungeduld über die mangelnde Vorbereitung auf das Gespräch mit ihm zu hören.

Irma ließ sich davon nicht irritieren. Sie war auch stolz darauf, keine Furcht vor hohen Tieren zu zeigen. Vor allem nicht vor männlichen. »Jetzt mal ehrlich, wer sind denn Ihre Samenspender?«

Cäsar musterte sie mit einem unmerklichen Zucken in den Mundwinkeln, das entweder als genervt oder amüsiert interpretiert werden konnte. »Gnädige Frau, wenn Ihre Tochter sich für eine Behandlung bei uns entscheidet und eine donogene Insemination erforderlich sein sollte, werden wir sie in einem umfassenden Beratungsgespräch über alle medizinischen und juristischen Belange aufklären und ihr selbstverständlich auch die Kriterien unserer Spenderauswahl detailliert erläutern. Nur so viel vorab: Wir achten auf gewisse genetische Gemeinsamkeiten mit den Empfängereltern, also Ethnie, Körpergröße, Figur, wenn gewünscht auch Haar- und Augenfarbe. Bis zu einem gewissen Maß können wir auch Talent anbieten. Sportlichkeit etwa oder Musikalität.«

»Toll«, sagte Irma. »Ich wollte schon immer mal einen Saxophonspieler in der Familie haben.«

»In Ihrem Fall können wir selbstverständlich auch einen passenden Schweizer Spender anbieten. Mir fällt da auf Anhieb ein attraktiver Medizinstudent aus Genf ein. Ein sehr gefragter junger Mann.«

»Schweizer?« Irma war kurz davor, die Tarnidentität auffliegen zu lassen. »Wir sind hier aus der Gegend, aus …«

»Holzkirchen, Mama. Lu … ich meine Beat kommt aus Bern, deswegen hat der Doktor doch ganz recht, uns einen Schweizer Spender anzubieten.«

»Erst mal müssen wir überhaupt feststellen, ob Ihr Mann beziehungsweise Schwiegersohn in der Lage ist, ein Kind zu zeugen. Nur wenn dies tatsächlich absolut unmöglich sein sollte, müssen wir uns über die Herkunft des Spendersamens Gedanken machen«, beruhigte Doktor Cäsar Mutter und Tochter.

Es klopfte und Luis stand mit Fräulein Winklhofer in der Tür. Sie hatte wirklich eine Superfigur.

»Ich schlage vor, wir machen mit Herrn Sprüngli noch einmal einen Extratermin, damit er sich in aller Ruhe konzentrieren kann. Heute geht es doch etwas hektisch zu«, sagte sie.

»Sprüngli?«, flüsterte Irma ihrer Tochter zu.

Stella schüttelte nur leicht den Kopf. Sie wandte sich an Doktor Cäsar. »Wir sind ja noch vierzehn Tage hier. Ich melde mich noch mal, dann haben wir auch einen besseren Überblick über unsere Termine. Nicht wahr, Chérie?«

Luis nickte stumm. Irgendetwas musste in diesem Spenderzimmer passiert sein, das ihm total die Sprache verschlagen hatte. Stella hoffte, dass es nicht mit dem figurumschmeichelnden Kittel von Fräulein Winklhofer zusammenhing. Luis reagierte durchaus auf weibliche Reize, hatte sich ihrer Beobachtung nach aber immer so weit im Griff, dass er nicht irgendwelche Grenzen überschritt. Aber wer wusste schon so genau Bescheid über die Grenzen einer Sprechstundenhilfe in einer Fruchtbarkeitsklinik. Der schöne englische Ausdruck *cockteasing* bekam in diesem Ambiente eine interessante Komponente.

13

Erleichtert darüber, dass dieser Ausflug in den investigativem Journalismus ohne größere Peinlichkeit abgelaufen war, hatte Stella es eilig, sich von Doktor Cäsar zu verabschieden. »Vielen Dank, dass Sie sich die Zeit genommen haben, uns so umfassend aufzuklären.« Sie hielt ihm die Hand hin.

Aber er achtete nicht auf sie. Abgelenkt von Frau Malinowskowa, die vor Betreten des Zimmers keine Zeit mit Klopfen verschwendet hatte. Zügig steuerte sie seinen Schreibtisch an, beugte sich zu ihm hinunter und flüsterte ihm etwas ins Ohr, das dem Zischen einer Klapperschlange ähnelte.

»Ach ja?« Er hörte interessiert zu. »Ts, Ts.« Während er den

Kopf schüttelte, schaute er Stella so aufmerksam an, dass ihr ganz mulmig wurde. Was war jetzt passiert? Sie tauschte mit Luis einen besorgten Blick. »Es wird wirklich Zeit. Kommt Leute.«

Ungewöhnlich gehorsam stand Irma auf.

»Hiergeblieben!«, kommandierte Frau Malinowskowa. »Alle drei.«

Ihr Chef mischte sich nicht ein.

»Von wegen Frau Greiner.« Sie zielte mit ihrem Zeigefinger auf Irma. »Sie haben uns schändlich belogen.«

»Na ja.« Irma dachte kurz nach. »Nur ein bisschen.«

»Ts, ts.« Doktor Cäsar schüttelte noch einmal den Kopf.

Stella, als Under-cover-Agentin eine Niete, setzte sich wieder. Auf die Hände, um das Zittern zu verbergen, während ihr Gehirn in Hochgeschwindigkeit nach einer Ausrede suchte, die ihre Anwesenheit in der Praxis glaubwürdig begründete.

Aber Irma als gewieftere Strategin hatte sich schon entschlossen, wenigstens einen Zipfel Wahrheit einzugestehen. Um von der ganz großen Lüge abzulenken. »Meine Tochter ist Reporterin«, begann sie eine herzzerreißende Geschichte über eine talentierte aber leider unterbeschäftigte Journalistin, die über eine befreundete Filmemacherin die Chance erhalten habe, an einem Dokumentarfilm über Reproduktionsmedizin mitzuwirken. Eine Riesenchance für ihre Tochter, ins Fernsehgeschäft einzusteigen, die sie als Mutter selbstverständlich mit allen Kräften unterstütze.

»Hm, hm.« Wenigstens schüttelte Doktor Cäsar jetzt nicht mehr den Kopf. Im Gegenteil. Er nickte. Sein Blick änderte sich in Richtung wohlwollend. Hoffte Stella.

Sie vertraute auf ein Phänomen, das sie zwar kannte, aber bislang nicht wirklich geschätzt hatte. Ältere Männer, wesentlich ältere Männer, zu alte Männer mochten Stella. Vielleicht, weil die meisten, nach Jahren des Jagens nach den Barbiepuppen dieser Welt, auf die harte Tour gelernt hatten, was der Spruch des kleinen Prinzen bedeutet. Man sieht nur mit dem Herzen richtig. Oder weil bei den Traumfrauen die Konkurrenz zu groß war. Oder weil sie sich von den leichten Anflügen von Krähenfüßen bei einer Frau von 35 täuschen ließen und sie als auch schon nicht mehr ganz taufrisch einordneten. So wie sich selbst. Doktor Cäsar war Ende 60, hielt sich aber garantiert für einen guterhaltenen Mittvierziger, in ungefähr der körperlichen Verfassung seines 30 Jahre jüngeren Kompagnons, Doktor Gebhardt.

Unterstellte Stella ihm. Sie bedachte ihn mit einem dankbaren Lächeln. Die einzige Möglichkeit, die ihr einfiel, um sich aus dieser Situation zu retten.

Frau Malinowskowas Nachsicht für weibliche Wesen, egal welchen Alters, hielt sich dagegen in Grenzen. Vielleicht weil sie mit zu vielen davon täglich in der Praxis konfrontiert war. »Alles Unsinn«, schnarrte sie.

Doktor Cäsar nahm kommentarlos den Hörer des Festnetztelefons auf seinem Schreibtisch, drückte eine gespeicherte Nummer und stellte den Lautsprecher an.

»Hallo Cäsar«, sagte Nike. »Schön von dir zu hören.«

In wenigen Worten schilderte Doktor Cäsar die jüngsten Ereignisse in seiner Praxis, beschrieb die anwesenden Personen und betonte, dass er sich in der Vergangenheit immer verständnisvoll verhalten habe. Was aber nicht bedeute, dass dies auch in Zukunft der Fall sein müsse. Er verbiete sich die ständigen Versuche, in seiner Praxis herumzuschnüffeln. Dokumentarfilm hin oder her. Seine Geduld sei jetzt aber wirklich am Ende.

Sein Ton erinnerte an einen genervten Papi, der seine halbwüchsige Tochter mit Erziehungsmaßnahmen drangsaliert. Vorsichtig, damit sie ihm nicht echt böse ist.

Nike war zwar der Pubertät schon entwachsen, verhielt sich

aber trotzdem rollengerecht als aufmüpfige Tochter. »Jetzt stell dich nicht so an, Cäsar. Ist doch alles harmlos. Ich will deinem Geschäft ja nicht schaden. Im Gegenteil. Wahan und ich brauchen nur Material für unser Projekt.«

»Und da schickt ihr eine alte Dame los?«

Stella sah genau, dass Irma diese Frage auf verschiedenen Ebenen nicht goutierte. Das hässliche Wort alt hing plötzlich im Raum wie ein ranziger Geruch. Obwohl Cäsar mindestens gleich alt war. Noch interessanter fand sie, dass der Doktor über das Filmprojekt informiert war. Ein Detail, das Nike bislang nicht für erwähnenswert gehalten hatte.

Am interessantesten aber war, dass Cäsar und Nike sich duzten. Wie gut kannten sie sich eigentlich? Duzten alle Reproduktionsmediziner die Kinder aus ihrer Tätigkeit? Fühlten sie sich gewissermaßen als Vaterausweitung? Leiteten sie daraus eine entsprechende Verpflichtung zum Kümmern ab? Oder war die Nähe, die Doktor Cäsar hier zu einem seiner Setzlinge zeigte, doch eher ein Hinweis darauf, dass Mechthilds Verdacht auf Doktor Cäsars biologische Vaterschaft den Tatsachen entsprach?

»Bis dann, Liebes.« Doktor Cäsar legte den Hörer auf.

»Und was machen wir jetzt?« Als erfahrener Kursleiter hatte Luis die Ratlosigkeit aller Beteiligten erkannt und in einer Frage zusammengefasst, die konstruktive Energien freisetzen sollte. Plus Offenheit für mögliche Lösungsvorschläge. Immer dann von Vorteil, wenn einem selbst nichts einfiel. Nicht mal was nicht Gescheites.

»Wir rufen die Polizei.« Frau Malinowskowa blieb unversöhnlich. »Wir lassen alle«, sie zeigte nacheinander auf die betreffenden Personen, »wegen Hausfriedensbruch festnehmen.«

Stella fiel nicht zum ersten Mal auf, dass sie einem Lebewesen ähnelte, auf das der Name Rottweiler passte.

»Na, na, Frau Malinowskowa, wir wollen jetzt nicht übertreiben.« Doktor Cäsar zeigte Menschlichkeit. »Wir sollten auf Nikes fixe Ideen gar nicht erst einsteigen. Oder sie gleich mit ihren eigenen Waffen schlagen.« Er bedachte Stella wieder mit seinem gütigen Patriarchenblick. «Nike macht ihre Dokumentation oder was auch immer mit ihren Methoden. Da reden wir ihr nicht rein. Wir setzen einfach die Wahrheit dagegen. Hier ist Ihre Chance, eine große Reportage zu schreiben, Frau …« Er schaute hilfesuchend Frau Malinowskowa an.

»Felix«, half sie aus. »Stella Felix.«

»Frau Felix, wie klingt das? Ich werde Sie mit allen Informationen versorgen, die Sie dafür brauchen. Offen und unvoreingenommen. Ich werde Ihnen Türen öffnen, von Spenderkindern und deren Eltern. Ihnen alles zeigen, was Sie wissen möchten. Mit meiner Hilfe werden Sie eine fundierte und anrührende Geschichte verfassen können über die Art und Weise, wie die moderne Medizin verzweifelten Menschen Sinn im Leben gibt und sie glücklich macht. Eine Geschichte über die Errungenschaften der Reproduktionsmedizin, über den Segen donogener Insemination, Eizellenspende, Social freezing und Kryokonservierung. Machen wir doch gleich einen Termin. Wann haben Sie Zeit, Frau Felix? Ich zeige Ihnen sogar die Samenbank. Dort, wo alles begann. Die hat noch nie ein Journalist gesehen. Hier ist ihre Chance, den Pulitzerpreis zu gewinnen. Danach können Sie problemlos zum Fernsehen wechseln. Nun?«

»Ich … ähh.« Die Entwicklung der Ereignisse überforderte Frau Felix.

»Abgemacht«, sprang Irma ein.

»Pulitzerpreis«, sagte Stella. »Den kriegen nur Amerikaner.« Nach einer weiteren Denkpause. »Wieso wissen Sie eigentlich, wer ich bin?«

Frau Malinowskowa knurrte.

Doktor Cäsar lächelte. »Meine liebe Frau Malinowskowa kennt jede relevante Person im Landkreis Miesbach. Sie liest jeden Tag den ›Alpenboten‹ von vorne bis hinten.«

»War ich mal im ›Alpenboten‹?« Stella konnte sich nicht erinnern.

»Mit mir.« Irmas ganzer Stolz, ihre Geranien am Balkon, hatten ihr vor zwei Jahren den dritten Platz beim jährlichen Wettbewerb des Gartenbauvereins Schliersee eingebracht. Sie war zwar danach wütend ausgetreten, weil sie sich unfair behandelt fühlte und es Machenschaften hinter den Kulissen zuschob, dass sie nicht gewonnen hatte, aber ihr Foto war im ›Alpenboten‹ noch erschienen. Vor der Geranienwand mit, laut Bildunterschrift, Tochter Bella etwas verwackelt im Hintergrund.

Der Rottweiler hatte ein einwandfrei funktionierendes Gedächtnis. Nicht mal ein schlampiger Lokalreporter mit schlechtem Namensgedächtnis konnte ihn austricksen.

Doktor Cäsar studierte den Terminkalender auf seinem Smartphone. »Wie wäre es gleich am Dienstag.«

14

Ungeachtet der medizinischen Fortschritte der vergangenen Jahrzehnte und der Quantensprünge in der Aufbewahrungstechnik bewahrte Doktor Cäsar das Rohmaterial seiner Tätigkeit immer noch bei sich zu Hause auf. Die Samenbank befand sich in seinem Garten.

Bei Stellas Ankunft lag Doktor Cäsars Wohnhaus im Scheinwerferlicht der spätsommerlichen Nachmittagssonne. Er hatte Anfang der Achtzigerjahre in Bayrischzell gebaut. Im selben

Stil wie alle seine Nachbarn. Außer gedrechselten Balkonbalustraden erlaubten das begrenzte Budget eines jungen Mediziners und das Bauamt keine Mätzchen.

Schon als sie ihren Ford neben seinem dunkelblauen Mercedes parkte, öffnete er die Haustür. Von seinem Wohnzimmer aus hatte er die Verkehrslage im Tal gut im Blick.

Zu seinen üblichen schwarzen, locker fallenden Hosen und dem weit geschnittenen weißen Hemd, einer Art Männer-Burka, trug er Turnschuhe, die an ihm ein bisschen lächerlich wirkten, weil er nicht danach aussah, sie zweckbestimmt einzusetzen. Er klimperte einladend mit einem Schlüsselbund und machte den Vorschlag, Stella als Erstes die Samenbank zu zeigen. »Danach können wir reden, so lange wie es nötig ist. Bis Sie alles haben, was sie brauchen.«

Ein ungewöhnlicher Vorschlag. Schön, dass Doktor Cäsar auch in dieser Beziehung altmodisch geblieben war und Zeit opferte, ohne einen Master in Public Relations als Wachhund neben sich.

Sie folgte seinem breiten Rücken in den Garten. Schon die paar Meter den Hang hinauf, zu einer Gruppe Kiefern oberhalb seines Hauses, brachten ihn an den Rand seiner Kondition. In der Ferne rasten die Motorradfahrer die Straße am Sudelfeld hinauf und wieder hinunter. Man hörte sie in den Serpentinen abbremsen, Gas geben, abbremsen. Das Schönwettergeräusch, das Bayrischzell beschallt wie andernorts Meeresbrausen.

Cäsar öffnete eine dunkelgrüne Eisentür, die in den Hang hineinführte. Ein Neonlicht flackerte auf. Als er die Tür hinter sich wieder schloss, stieg Stellas Pulsfrequenz für einen Moment. Rein theoretisch könnte sie als Mordopfer enden, überfallen, geknebelt, gefesselt und der langsamen Verrottung überlassen. Oder gleich ganz abgemurkst. Aber da sie Medizinern prinzipiell eine gewisse Grundintelligenz unterstellte, nahm sie nicht an, dass Cäsar sich so weit gehen lassen würde. So dumm, eine Leiche hier unten abzulegen, konnte er nicht sein. Und sie tot wieder nach oben zu befördern, um sie im Wald zu vergraben, wäre für seine kaputten Knie ein zu schmerzhaftes Unterfangen.

Beruhigt stieg sie hinter ihm eine Wendeltreppe hinunter. Er öffnete noch eine Eisentür, und sie standen in einem fensterlosen, weißen Raum, dessen Temperatur Stella bedauern ließ, keine Strickjacke mitgenommen zu haben. Sie fröstelte, nur in ihrem T-Shirt. Von jaulenden Motorrädern war nichts mehr zu hören, stattdessen setzte sich an der Decke schnarrend eine Lüftung in Bewegung. An einer Wand brummte ein weißer Schrank. Die Tiefkühltruhe für das Sperma. Kleine grüne Lichter blinkten. Beruhigende Signale dafür, dass die Spermien in der für sie angenehmen Temperatur von 196 Grad Minus vor sich hin schlummerten. Auf einem Tisch stand ein Mikroskop, daneben lag medizinischer Kleinkram. Fläschchen, Pipetten, Zangen, Papiertücher und eine Maschine in der Größe einer Springform für Kuchen, die Doktor Cäsar als Spermienschleuder bezeichnete. Keine Pornografenpoesie, sondern der Name einer Zentrifuge, mit der er männliche Chromosomen von weiblichen trennte. Spermasortierung. In vielen Ländern eine Dienstleistung für jene Eltern, die sich beim Geschlecht ihres Embryos nicht von göttlichen Zufallsentscheidungen überraschen lassen wollen.

»Ist das nicht verboten?« Eine Frage, die bei Doktor Cäsars Aktivitäten nicht zum ersten Mal auf der Hand lag.

»Noch. Nach deutschem Embryonenschutzgesetz.« Deshalb interessiere ihn Mikroseparation rein als Wissenschaftler, beteuerte er und gab Stella eine zartgelbe Damenstrickjacke, die an einem Haken neben dem Eingang hing. Ihn selbst schien die Kühle nicht zu stören. Wahrscheinlich reichte seine Fettschicht als Isolierung. »Die Asiaten sehen das nicht so eng.«

»Weswegen China und Indien schon jetzt einen Männerüberschuss haben.« Zweifädiges Kaschmir mit dezentem Mimosenduft, der Stella bekannt vorkam, sie wusste nur nicht, woher. Welche Frau hielt sich so oft hier unten auf, dass sie eine Strickjacke von Armani einfach so am Haken hängen ließ wie einen Laborkittel.

»Gehört Frau Malinowskowa«, sagte Doktor Cäsar. »Die Kühlschränke für die Eizellen und die Brutkästen für die Embryos stehen in der Praxis, aber sie hat auch immer noch ein Auge auf die Spermien hier unten.« Längst hatte Frau Malinowskowa sich weitergebildet zur Embryologin, aber die Beschaffung des Ejakulats gehörte immer noch, wie in ihren Frühzeiten als Laborantin, zu ihren liebsten Aufgaben. Obwohl sie nur für masochistisch veranlagte Männer sexy aussähe, wie ihr Chef meinte, habe sie eine Schwäche für intelligente junge Männer. Um sie zu überzeugen und zu überreden, entwickele sie die Eloquenz einer echten Überzeugungstäterin. Immens erfolgreich, »trotz ihres uncharmanten Äußeren. Aber das bleibt unter uns.«

Doktor Cäsar zog ein paar Einweghandschuhe aus Plastik aus einem Spender und öffnete eine Schublade des Tiefkühlschranks. Etwa fünfzig schmale, längliche Plastikbehälter steckten darin. Von Frost weiß überzogen. Auf jedem klebte ein Etikett mit einem handschriftlichen Datum und einer Buchstabenfolge. Der Zeitpunkt der Samenabgabe und die verschlüsselte Identität des Spenders. Er hielt eines der durchsichtigen Schächtelchen hoch, damit Stella den roten Plastikhalm darin sehen konnte. Der *straw* mit dem tiefgefrorenen Sperma. Genetisch untersucht, HIV-geprüft, garantiert gesund. Zwischengelagert, bis ein Paar zu Hause am Computer sich dafür entschied und für die Vereinigung mit einer weiblichen Eizelle orderte.

Mit routinierter Fingerfertigkeit holte er einen zweiten

Halm aus einem Plastikbehälter mit warmem Wasser und zog den Inhalt auf eine Spritze, die er Stella zur Begutachtung hinhielt. »Das Sperma.« Schon ein Spritzer davon auf einem Glasplättchen unter dem Mikroskop zeigte seine Qualität.

»Beste Ware«, sagte Doktor Cäsar. »Die Kerlchen platzen fast vor Kraft.« Er machte den Platz am Mikroskop frei.

Sogar die schlängelnden Samenschwänzchen entsprachen den Filmbildern, die Stella aus dem Biologieunterricht kannte, stellte sie beim Blick auf das Gewimmel unter dem Glasplättchen fest. »Was machen Sie jetzt damit?«

»Wegwerfen.« Er schaute noch einmal durchs Mikroskop. »Wirklich außergewöhnlich hohe Spermienzahl. Den jungen Mann sollten wir uns merken. Wollen Sie noch mal durchsehen?«

Stella schüttelte den Kopf. So wahnsinnig spannend war das Sperma nun auch wieder nicht. Immerhin gehörte noch eine weibliche Eizelle dazu, damit aus ihm was wurde.

Doktor Cäsar spülte das Glasplättchen im Waschbecken ab und warf es in den Mülleimer.

»Wieviel müssen Ihre Patientinnen für so eine Samenspende bezahlen?«

»250 Euro die Dosis«, sagte er. »Behandlungskosten extra. Aber das zahlt in bestimmten Fällen die Krankenkasse. Wenn es Sie interessiert, lasse ich Frau Malinowskowa eine Liste ausdrucken.«

»Und nur für mich haben Sie jetzt 250 Euro in den Mülleimer geworfen?«

»Was tut man nicht alles für die Presse.«

Er öffnete den oberen Teil eines weiß lackierten Medizinschranks und zeigte auf eine Ansammlung Flaschen und Gläser. Offenbar machte er es sich gern hier unten gemütlich. »Whisky?«

Stella schüttelte den Kopf.

»Sicher?« Er stellte eine Flasche und zwei Gläser auf den Tisch. »Lieber einen Cognac?«

»Nein danke. Aber vielleicht ein Wasser.« Nichts in diesem Raum eignete sich als Material für einen Gentest. Sie konnte dem Doktor ja schlecht ein paar Haare auszupfen.

Nike, der Stella ihre Praxiserlebnisse geschildert hatte, war begeistert von ihrem Vorschlag, den Besuch zu nutzen, um Doktor Cäsars DNA zu rauben. Sich die Toilette zeigen lassen, die sich bestimmt im Bad befand oder zumindest daneben, ein Paar Haare aus der Bürste mitgehen lassen, fertig. Nichts einfacher als das. Dummerweise gab es in Doktor Cäsars blitzblankem Labor weder Bad noch Haarbürste. Nur ein paar zerknüllte Papiertücher im Abfalleimer neben der weggeworfenen Samenprobe. Alles unter strenger Aufsicht. Keine Möglichkeit, etwas davon unbemerkt einzustecken.

»Eine Journalistin, die Wasser trinkt?« Er holte noch eine Flasche. »Noilly Prat. Französischer Wermut.«

Obwohl Stella abwehrte, schenkte er großzügig ein und ließ sich ächzend in einen Bürostuhl fallen, der unter seinem Gewicht weit ausladend federte.

Eigentlich war er sympathisch. Trotz seiner molligen Handgelenke und der kräftigen Oberschenkel, die sich in der Hose leicht surrend aneinanderrieben. Damit sein Bauch sich entspannt ausdehnen konnte, lehnte er sich im Stuhl ein wenig zurück und rückte den Hosenbund zurecht. Er schob die Brille auf die Stirn und schaute sie an. »Was wollen Sie wissen?«

Seine blauen Augen funkelten.

Der Blick überraschte Stella. Sie spürte plötzlich eine Verlegenheit, die nur eines bedeuten konnte. Der Doktor flirtete mit ihr, dezent zwar und höflich, aber doch zu spüren. Darauf war sie nicht vorbereitet.

Es soll Männer geben, die scharf auf dicke Frauen sind. Aber sie kannte keine einzige Frau, sie selbst eingeschlossen, die von einem üppigen Mann träumte, bei dem sie was in der Hand hat. Dick war ein Schimpfwort. Sex mit einem dicken Mann? Unvorstellbar. In der Theorie. In der Praxis musste es sehr wohl Frauen geben, denen die Figur ihrer Männer egal war. Übergewichtige Kandidaten liefen schließlich genug herum und nicht alle lebten enthaltsam, kauften sich Sex oder hatten erst in der Ehe zu viel Pfunde angesetzt. Außerdem gab es noch das unerforschte Phänomen dicker Seriendarsteller im Fernsehen, die ihre schlanken Konkurrenten an Beliebtheit weit übertrafen.

Vielleicht war auch das eine Altersfrage. Frauen über 40 fanden sich mit der Realität ab und entdeckten die Schönheit männlicher Leibesfülle.

Aber noch war Stella nicht so weit. Ein fast 70-jähriger Zweizentner-Mann hatte bislang nicht zu ihrem Beuteschema gehört. Sie nahm einen Schluck Noilly Prat. »Haben Sie denn so was wie einen Bestseller unter ihren Samenspendern?«

»Ein Meter 84, blond, Oberbayer, Student für Ingenieurswissenschaften an der TU München, Skilehrer und Golfer.« Doktor Cäsar brauchte keine Sekunde nachzudenken. »Typ Markus Wasmeier, nur ohne Goldmedaillen.« Zu große sportliche Erfolge der Spender schrecke zukünftige Eltern ab, aus Angst, sie könnten das Kind nicht genug fördern. Genau wie ein überdurchschnittlicher IQ, der auch nicht so beliebt sei, wie immer wieder kolportiert werde.

Er lobte Frau Malinowskowa, die im Laufe der Jahre alles an Genen herbeigeschafft hatte, was potenzielle Eltern begehrten. Graue, grüne, blaue, schwarze Augen, Locken oder glatte Haare, Juden, Österreicher, Skandinavier, Araber, Chinesen, alles im Angebot. Klavierspieler, die BWL studierten, Fußballspieler, die sich in sozialen Einrichtungen engagierten. »Altenpfleger, die gern Fußball spielen, sind dagegen nicht so gefragt.«

Immer wieder zeige sich aber auch, behauptete Doktor Cäsar, dass Frau Malinowskowa sich unnötig anstrenge, da diese Bandbreite an Möglichkeiten eigentlich nicht notwendig sei. Die meisten Eltern entschieden sich am Ende für Äußerlichkeiten, von denen sie sich am wenigsten Probleme für ihr Kind erwarteten. Schlank, sportlich, gutaussehend, intelligent und gern blond. Sogar kleine, zur Pummmeligkeit neigende Paare bevorzugten solche Kinder. »Und warum auch nicht. Damit fällt man in unserer Gesellschaft nun mal am wenigsten auf.«

Das Konzept einer Angleichung des Phänotypus von Spendern und Eltern, wie in den USA üblich, hielt er für überschätzt. Die Natur denke doch auch nicht daran, sich menschlich beschränktem Wunschdenken zu beugen. Sie schenke kleinen Eltern große Kinder, dünnen dicke, blonden dunkelhaarige, gescheiten dumme und umgekehrt. Warum also sollten Mediziner konsequenter sein als die Natur selbst?

Einzig die Auswahl der Ethnie überzeuge ihn. Asiaten, Schwarze, Weiße, darauf achte er. Wenn es in dieser Hinsicht Verwechselungen gebe, »mein Gott«. Er wage nicht mal daran zu denken, so sehr schrecke ihn die mögliche Klageflut.

Doktor Cäsars rundes Gesicht ruhte rosig über dem Doppelkinn und sah nicht danach aus, als könnte ihn irgendetwas wirklich in Aufregung versetzen.

Kein Wunder, dass er grundsätzlich wenig Wert auf das Aussehen seiner Spender legt, dachte Stella. Sein Sperma, ehrlich kategorisiert, bekäme bei seinen Patienten keine Chance. »Nehmen Sie auch ältere Männer?«

»Denken Sie an Nobelpreiskandidaten? An Robert Graham und sein Repository for Germinal Choice, die berühmte Nobel Prize Sperm Bank?«

Nein, daran dachte Stella nicht.

Aber Doktor Cäsar erwärmte sich bei einem zweiten Whisky für das Thema. Er bewunderte Robert Graham als

Pionier in der Geschichte der donogenen Insemination. Graham, ein Optiker, hatte die Kontaktlinsen aus Plastik erfunden. Sein Vermögen wollte er zur Rettung der Menschheit einsetzen. Zehn Superhirnen gelingt das eher als 1000 Idioten, so seine Überzeugung. Also warum nicht einfach das, was sich bei Pflanzen und Tieren längst bewährt hatte, auch auf den Homo sapiens anwenden. Die Besten auswählen und mit ihnen den perfekten Nachwuchs züchten. *A brave new world.*

Keine neue Idee, zugegeben. Selbst im provinziellen Oberbayern waren schon zwei Jahrzehnte vor Graham in Lebensborn-Einrichtungen vergleichbare Ziele verfolgt worden, wenn auch mit primitiver Technik. Die Nazis hielten für ihre rassistischen Zwecke die körperliche Vereinigung von Mann und Frau noch in hohen Ehren.

Graham dagegen begeisterte sich, nicht untypisch für einen protestantischen Amerikaner, für die Idee, die Menschheit ohne Sexualkontakte zu perfektionieren. Sauber, einfach, effizient.

Der entscheidende Faktor schien ihm dabei nicht die Rasse zu sein, sondern der Intelligenzquotient, den er immerhin als gleichmäßig unter den Ethnien verteilt sah. Und bei beiden Geschlechtern. Er war weder Rassist noch Sexist. Folgerichtig träumte er davon, Nobelpreisgewinner, in der Regel männlich, mit den weiblichen Mitgliedern des Superhirn-Clubs »Mensa« zu kreuzen.

Graham entwickelte seine Utopie in den Fünfzigerjahren des 20. Jahrhunderts. Im 21. Jahrhundert hatte sich die Menschheit durch die Präsenz durchoperierter Schönheitsideale so weit zurückentwickelt, dass sie, gäbe ihr eine gottähnliche Instanz die letzte Kontrolle, wieder bei den Rasseidealen der Nazis landen würde. Groß. Blond. Blauäugig.

»Tut sie doch schon.« Stella erinnerte den Doktor an seinen eigenen Verkaufsschlager unter den Samenspendern.

Die Gefahr bestand, das gab er zu. »Designerbabys zeichnen sich am Horizont ab.« Aber noch waren Embryos mit einer DNA nach den Wünschen der Eltern zusammengesetzt Zukunftsmusik. Die Präimplantationsdiagnostik fühle sich medizinischen Zielen verpflichtet. So weit, die frühe Selektion genetischer Anomalien als moderne Euthanasie zu verteufeln, mochte Doktor Cäsar nicht gehen. Er verstand die Argumente der Befürworter und der Kritiker. In den USA konnten Eltern 80 Parameter ihrer DNA testen lassen, Gendefekte, aber auch chronische Krankheiten wie Rheuma oder Asthma. In Tierversuchen war es gelungen, den genetischen Defekt einer Mutter durch das gesunde Chromosomenpaar eines ansonsten unbeteiligten zweiten weiblichen Wesens zu reparieren. Bald würde diese Möglichkeit auch bei Menschen angewandt werden. »Medizinischer Fortschritt lässt sich nun mal nicht aufhalten.« Alles nur noch eine Frage der Zeit bis auch Herzfehler, Senkfüße oder Fettsucht schon im Zellkern repariert werden konnten. »Ich …«, Doktor Cäsar strich sich mit beiden Händen über den Bauch, »würde dann so nicht mehr geboren werden. Alle meine Fettzellen eliminiert.« Er sah Stella schon wieder direkt in die Augen. »Eigentlich keine üble Vorstellung.«

Sie fühlte vom Wermut eine angenehme Wärme, die sich langsam im ganzen Körper ausbreitete. Kaum noch nachvollziehbar, die Wut von Mechthild und Nike auf den Doktor. Nike hatte Unrecht. Cäsar war weder Zyniker noch ein böser Mann. Ihre Sicht auf ihn war rein subjektiv, beeinflusst von den Umständen ihrer eigenen Entstehung, möglichen Behandlungsfehlern in der Praxis und den Phantasien von Mechthild. Solange Doktor Cäsars Beteiligung nicht erwiesen war, galt die Unschuldsvermutung. Und so lange konnte man ihn mit einem gewissen Wohlwollen betrachten. Oder wirkte der Alkohol? Begann sie wieder mal, sich einen Mann schönzutrinken?

»Wie wäre es mit einer Kleinigkeit zu essen? Sie bleiben doch noch?« Etwas mühsam stieg Doktor Cäsar die Wendeltruppe hoch.

Froh, das klaustrophobische Gefühl loszuwerden, das sie unter der Erde nicht ganz hatte abschütteln können, atmete Stella auf, als sie wieder im Freien standen und von der Sudelfeldstraße die Motoren röhren hörten. Richtung Österreich zogen Wolken schwanengleich über den vom Abendrot gefärbten Himmel. Linda fiel ihr ein. Die hatte sie glatt vergessen. »Bewahren Sie dort unten eigentlich auch die Unterlagen der Samenspender auf?«

»Aber nein, die liegen im Tresor in meiner Praxis und in Kopie beim Notar. Früher haben wir die Unterlagen nach ein paar Jahren geschreddert, heute dürfen wir das nicht mehr. Was enorme zusätzliche Kosten verursacht.« Doktor Cäsar hakte sich bei ihr ein und führte sie, als würde sie den Weg über die Maulwurfshügel nicht allein schaffen, in Richtung Haus zurück. Dabei plauderte er über die Zeit, als er Anfang der Achtzigerjahre nach dem passenden Platz für sein Kinderwunschzentrum suchte. Ursprünglich wollte er nach Tegernsee. Ein Ort mit genügend vermögenden Patienten, um seiner Praxis zum Erfolg zu verhelfen. Aber schon damals zu teuer für einen jungen Gynäkologen ohne ererbtes Vermögen. Ein Makler zeigte ihm das Grundstück in Bayrischzell. Leer, bis auf den Bunker aus dem Zweiten Weltkrieg, den sich ein SS-Mann hatte graben lassen. Zum Bau des Wohnhauses hatte die Zeit im Tausendjährigen Reich nicht mehr gereicht. Der Boden war wegen des unappetitlichen Vorbesitzers billig und der Bunker bestens geeignet für die Stickstoffbehälter mit den Samenspenden.

»Und was ist aus der Spermabank der Nobelpreisträger geworden?«, fragte Stella. Sie standen wieder vor der Eingangstür des Wohnhauses.

»Es hat nur ein einziger Nobelpreisträger seinen Samen gespendet, und der war schon nicht mehr ganz richtig im Kopf.« Doktor Cäsar ließ sie vorgehen.

15

»Ratten.« Stella spürte die Gänsehaut, noch bevor sie das richtige Wort für den Auslöser fand. Sie stand mit Doktor Cäsar in der Diele, als etwas Kleines, Weißes um ihre Füße huschte, an seinem stämmigen rechten Unterschenkel hochkletterte, am Knie vorbei, senkrecht den Oberschenkel entlang, Hüfte und Taille passierte, den Oberkörper überquerte, den linken Unterarm hinunterraste und mit einem Satz in dem Ärmel seines Hemds verschwand, den er einladend offen hielt.

Wie gebannt starrte Stella auf den nackten, rosa Schwanz der weißen Ratte, deren Weg sie auf Doktor Cäsars schwarzer Hose mühelos verfolgen konnte. Der Hocker im Flur stand günstig. Handy, Brillen und Schlüssel fielen scheppernd aufs Parkett, als sie darauf sprang.

Vom Lärm verschreckt, schoss ein zweites weißes Nagetier unter einem Schrank hervor und nahm den gleichen Weg zu Doktor Cäsars rechtem Arm hinauf.

»Ratten.« Stella wiederholte sich. Schreiend. Es ging nicht anders. Sie hatte völlig die Kontrolle über sich selbst verloren und zitterte am ganzen Körper. Lediglich der Wille, Bodenkontakt zu vermeiden, hielt ihren Kreislauf davon ab zusammenzubrechen. Am liebsten wäre sie auf den Schrank gesprungen, aber bis zur Decke war nicht genügend Platz.

Vorsichtig zog Doktor Cäsar aus jedem Ärmel eine Ratte. Vorne aus seinen Fäusten schauten spitze Schnauzen hervor, mit malerischen Barthaaren. »Juno und Izumo«, stellte er vor. Vier Knopfaugen betrachteten Stella, als wunderten sie sich, was diese Frau da für eine seltsame Akrobatik aufführte. Auf der Rückseite der Fäuste umarmten zwei Schwänzchen liebevoll Doktor Cäsars Handgelenke.

Stella stellte sich auf ein Bein wie ein Storch. Sollten sich hier noch weitere Ratten herumtreiben, wollte sie so wenig Angriffsfläche wie möglich bieten. Direkten Kontakt mit ihnen würde sie nicht überleben.

»Fürchten Sie sich vor Ratten?«, erkundigte sich Doktor Cäsar so neugierig, als wäre er einer äußerst seltenen Krankheit auf der Spur.

»Fürchten ist gar kein Ausdruck!«, brüllte Stella. »Ich ekele mich brutal davor. Tun Sie die Dinger endlich weg.«

»Oh, sorry.« Wenn Stella nicht alles täuschte, fand er das alles sehr lustig.

Er verschwand in einem Zimmer, die Fäuste rechts und links auf die Hüften gesetzt. Die beiden Rattenschwänze strichen zärtlich über sein Hinterteil. Stella sah ihm nach. »Gibt es hier noch mehr davon?«

»Nein. Nur die beiden.« Er kam ohne Ratten zurück und reichte ihr galant die Hand, damit sie gefahrlos vom Hocker springen konnte. »Wie hätte ich denn ahnen sollen, dass eine unerschrockene Journalistin sich vor süßen, weißen Laborrättchen fürchtet. Juno ist so schlau, sie kann mit ihrem Schnäuzchen sogar das Schloss an ihrem Käfig öffnen.«

Stella war schon wieder bereit, auf den Hocker zu hüpfen.

»Keine Sorge, ich bin noch ein bisschen schlauer. Ich kann den Käfig so schließen, dass sie nicht mehr rauskommt.« Er zog sie an der Hand hinter sich ins Wohnzimmer und drückte sie auf eine rot-weiß gestreifte Schutzburg von Sofa. Vor dem Panoramablick auf den Seeberg fand ihr Herz langsam in seinen normalen Rhythmus zurück.

Er setzte sich neben sie, nahm ihre Hand in seine Hände und tätschelte sie. Stella wollte ihn nicht daran erinnern, dass er damit gerade eine Ratte gestreichelt hatte, aber sie rückte ein Stück von ihm weg.

Die Wolken zogen immer noch gelassen vorbei.

»Tief durchatmen.« Doktor Cäsar machte vor, wie das geht, ließ endlich ihre Hand los und ging in die Küche. Stella betrachtete die Wolken. Sie hörte Leitungswasser rauschen. Nun wusch er sich hoffentlich die Hände. Eine Kühlschranktür klackte. Tief durchatmen half tatsächlich. Das Zittern hörte auf, nur ihre Hände flatterten noch in einem leichten Nachbeben. »Juno und wie?«, fragte sie, als Doktor Cäsar mit einer Flasche und zwei Sektgläsern wieder zurückkam.

»Izumo. Benannt nach den beiden Proteinen auf Samen und Eizelle, die sich bei der Befruchtung magisch anziehen.« Doktor Cäsar drehte den Champagnerkorken ohne einen Laut aus der Flasche. »Ich mag es, wenn etwas sich magisch anzieht.« Er schenkte konzentriert ein, hob aber kurz die Augen und lächelte.

So weit zurückzulächeln, war Stella noch nicht. Besser, sie grätschte in diesen neuerlichen Flirtversuch, bevor er auf dumme Gedanken kam. »Wie findet ihre Frau denn die Mitbewohner?«

»Die Zuneigung zu Ratten ist eine der wenigen Vorlieben, die wir teilen«, sagte Doktor Cäsar. »Da wir leider keine Kinder haben, zieht sie es seit einigen Jahren vor, in München zu wohnen. Bayrischzell ist ihr zu langweilig. Wir haben uns, wenn Sie so wollen, auseinandergelebt. Sie ist ein großer Kulturfan, Oper und so. Im Gegensatz zu mir.«

Er überließ Stella sich selbst und der Aussicht auf die Sudelfeldstraße und zog sich in die Küche zurück. Öl zischte in der Pfanne. Sie roch geröstete Butter und bekam Hunger.

Eigentlich gemütlich, von einem Mann umsorgt zu werden,

während man auf einem Sofa mehr lag als saß und zusah, wie die Sonne bergab wanderte und verschwand. Wie schade, dass ein Mann in ihrem Leben fehlte. Mit einem als Begleitung würde sie sich nicht länger wie in einem improvisierten Zwischenstadium fühlen, als immer noch nicht angekommen im richtigen Leben. Aber vielleicht war das alles nur eine Illusion und ihr richtiges Leben fand statt, während sie sich nach einem anderen sehnte.

Allerdings einem ohne Ratten, so viel war klar.

»Der mag uns.« So hatte Irma nach dem Desaster in der Praxis Doktor Cäsars ungewöhnlich gnädiges Verhalten interpretiert. Da man ihr eine gewisse Menschenkenntnis zubilligen musste, allein schon wegen ihres Alters, konnte an dieser Erkenntnis etwas dran sein. Stella nahm ihr Glas und ging in die Küche. Warum sich nicht in aller Unschuld ein bisschen anhimmeln lassen.

Sie wusch sich die Hände, um auch die letzten forensischen Spuren eines Kontaktes mit Doktor Cäsars Haustieren zu beseitigen, setzte sich an den Küchentisch und schaute ihm beim Kochen zu. Oberschränke, Schubladen, Kühlschrank öffnen und schließen, mit einem großen Messer Koriander und Zitronengras hacken, Garnelen in der Pfanne wenden, Tomaten köcheln, all das zelebrierte er mit der Konzentration eines Sumoringers. Elegant war vielleicht nicht das passende Wort dafür, aber es machte Spaß, ihm zuzusehen.

Wie Sex mit ihm sein könnte? Stella fand den Gedanken immer weniger abschreckend.

»Tisch decken«, befahl Doktor Cäsar in vollendeter Chefmanier und drückte ihr zwei weiße Teller in die Hand, Silberbesteck und Stoffservietten.

Die Garnelen entpuppten sich als aromatisch fein abgestimmtes Meisterwerk asiatischer Art, »low carb«, da der Doktor sich beim Blick auf seine Blutzuckerwerte doch zum

Abnehmen entschlossen hatte. Leider bisher ohne messbaren Erfolg. Er verschlang die Hälfte der Portion auf seinem Teller, um sich dann sichtlich zu bremsen, damit er nicht fertig war, während Stella noch am zweiten Bissen kaute. Aufmerksam war er also auch.

Und unterhaltsam. Ohne sich übers Nachfragen Gedanken machen zu müssen, erfuhr sie, dass er aus einer traditionsreichen schwäbischen Ärztefamilie stammte. Trotz der familiären Vorbelastung hatte er seine Berufung zum Reproduktionsmediziner erst relativ spät entdeckt. Sein »Erweckungserlebnis« war das Schicksal seiner ältesten Schwester Marion, die keine Kinder bekommen konnte. Als ihr Mann sie verließ, um mit einer anderen Frau in schneller Folge drei Jungs in die Welt zu setzen, sprang sie von einem Hochhaus. Sie hielt sich für überflüssig. Für eine unfruchtbare Frau hatte Gott keine Verwendung.

In den Labors der Reproduktionsmediziner wurde längst mit In-vitro-Fertilisation experimentiert, aber der Durchbruch kam für Marion zu spät. Der junge Jakob Cäsar, der damals, wenn auch etwas lustlos, Medizin studierte, identifizierte die Tote im Auftrag seiner Familie. »Blau«, sagte Doktor Cäsar. »Sie war ein einziges großes Hämatom.«

Gut vierzig Jahre später schaute er Stella mit einer solch hilflosen Traurigkeit an, dass sie schon die Hand hob, um ihm den Arm zu tätscheln. Es dann aber doch nicht tat.

Damals, beim Anblick seiner toten Schwester auf der Bahre in der Gerichtsmedizin, schwor er sich, Frauen wie Marion zu helfen. Damit keine mehr wegen Kinderlosigkeit verzweifeln musste. Zwei Jahre später promovierte er über die Entwicklung von Rattenembryos.

Schon wieder Ratten. Stellas Nagetierphobie war einer der Gründe, warum sie nie eine Sekunde an eine Berufsausbildung in medizinischer Richtung gedacht hatte.

»Sehr intelligente, nette Tiere, die der Menschheit mehr nutzen als schaden. Wir sollten ihnen ein Denkmal setzen.« Cäsar gestand, »auch das bleibt jetzt bitte unter uns«, dass er die Tiere künstlich befruchtete, sie in den verschiedenen Phasen der Schwangerschaft mit einer Überdosis Chloroform tötete und die Embryos sezierte. »So zwischen 20 und 30 die Woche.«

Seine Forschungen betrieb er mit einem derart schlechten Gewissen, dass er nach Abschluss seiner Promotion die beiden letzten verbliebenen Ratten der Versuchsreihe mitnahm, um ihnen zu Hause ein besseres Leben zu ermöglichen. Sex inklusive.

Juno und Izumo, die Nachkommen von Doktor Cäsars einstigen Opfern, zwei außergewöhnlich wohlgeratene Exemplare ihrer Rasse, bewiesen, dass liebevolle Aufzuchteltern, gutes Essen und genügend Bewegung eine Spezies zum Blühen brachten. Vorausgesetzt, das Erbmaterial stimmte.

»Können wir bitte das Thema wechseln?« Stella befürchtete, bei noch längerem Verweilen bei der Rattenzucht, die exzellenten Garnelen auf dem Klo wieder von sich zu geben.

Doktor Cäsar lächelte sie eine Spur zu mitleidig an, nahm aber bereitwillig den Faden seiner Erzählung an einer ungefährlicheren Stelle wieder auf. Die Veröffentlichungen über seine Forschungen öffneten ihm die Türen der Bourn Hall Clinic in Cambridge. Dort arbeiteten der Biologe Robert Edwards, und der Gynäkologe Patrick Steptoe an der Entwicklung der IVF. »Und dann kam Louise Brown auf die Welt«, sagte Doktor Cäsar. »Davon haben Sie aber sicher schon mal gehört?«

Stella nickte. »Das erste Retortenbaby.«

»Am 25. Juli 1978. Komisch, Luise Browns Geburtsdatum bereitet mir nicht die geringste Mühe, aber den Geburtstag meiner Frau vergesse ich immer.«

Er war also zur richtigen Zeit am richtigen Ort gewesen. Begeistert von der rasanten Entwicklung eröffnete er als junger Arzt seine Praxis in Bayrischzell. Dreißig Jahre hatte die Forschung gebraucht, um eine Eizelle im Reagenzglas zu befruchten. Noch einmal dreißig Jahre später konnte eine Eizelle mit einem einzelnen Spermium, das dem Mann aus dem Hoden entnommen wurde, befruchtet werden. Das Leihmuttergeschäft boomte. Für Eizellen hatte sich ein eigener Markt entwickelt. Lesbische und homosexuelle Paare erfüllten sich ihren Kinderwunsch. Junge Frauen ließen ihre Eizellen einfrieren, für später, sollte sich doch noch die Sehnsucht nach Nachwuchs oder der richtige Mann einstellen. Millionen Babys wurden dank der Wissenschaftler aus Cambridge jedes Jahr geboren. Und mit der Präimplantationsdiagnostik hatte sich ein Sektor geöffnet, dessen medizinische und ethische Ausmaße noch völlig unklar waren.

»IVF ist inzwischen erfolgreicher als der gute alte Geschlechtsverkehr«, beendete Doktor Cäsar seinen Überblick. »IUI hat eine noch höhere Trefferquote. Langweile ich Sie?«

»Nein, nein.« Stella nahm noch einen Schluck, merkte aber, dass es Zeit war aufzupassen. Sie spürte den Alkohol deutlicher als ihr guttat. Der gute Doktor füllte sie ab. Eindeutig. Mit welchem Hintergedanken war nicht ersichtlich. Noch nicht.

»Wie viele Kinder haben Sie eigentlich gezeugt? Nur so ungefähr.«

»Zeugen ist ein Wort, das ich nie benutze. Ich bin nicht Gott. Gebhardt, mein Kompagnon, sagt immer, er produziere Embryos. Ich sage lieber, ich helfe Paaren, Eltern zu werden.« Trotz Stellas Protest öffnete er noch eine Flasche Champagner. »Ich könnte auch sagen, ich helfe Frauen, ihre Bestimmung zu finden, aber das schreiben Sie bitte nicht. Ich möchte nicht, dass eine Abordnung Feministinnen mit Protestplakaten vor meiner Praxis aufmarschiert oder meine Website unter einem Shitstorm zusammenbricht.« Diesmal ließ er den Sektkorken knallen. »Wie vielen Eltern ich geholfen habe? 10 000 vielleicht. Inzwischen ein einfacher Vorgang. Das Befruchten erledigt die Embryologin.«

»Frau Malinowskowa?«

»Sie ist die Beste. Nur für das Einsetzen der Embryos bin immer noch ich zuständig. Und für den Kontakt mit den Patientinnen.«

»Und alle kriegen als Geschenk eine silberne Babyrassel?«

Doktor Cäsar hielt mit dem Ausschenken inne und schaute Stella überrascht an. Die Flasche schwebte waagerecht über den Gläsern. »Hat Nike Ihnen das erzählt? Anfangs habe ich den Eltern tatsächlich noch eine Rassel geschenkt. Aber diese schöne Gepflogenheit habe ich bald aufgeben müssen. Meine erste Klinik, Baby4U, ging nach vier Jahren in Konkurs. Dank großzügiger Investoren konnte ich zwar mit dem Kinderwunschzentrum Oberbayern neu beginnen, aber 10 000 mal 100 Euro, das hätte meine Vermögensverhältnisse ungebührlich strapaziert.«

Warum hatte er dann bei Mechthilds Zwillingen eine Ausnahme gemacht? Sie waren ja erst zehn Jahre alt. Stella gab sich einen Ruck und fragte nach.

»Wer hat das behauptet?« Er stand auf und nahm die leeren Teller mit. »Nun, von wem auch immer die Rasseln sein mögen. Von mir sind sie nicht.«

Stella folgte ihm mit der Schüssel in die Küche. Er räumte die Spülmaschine ein. Nicht nach der üblichen Männermanier. Einfach kreuz und quer, so wie ihnen die Einzelteile in die Hände kamen, sondern systematisch und überlegt. Auch wo die Pads verstaut waren, wusste er.

»Um ehrlich zu sein«, lässig drückte er das Spülprogramm. »Ich habe ja die Mutter von Ethan und Eddie in Verdacht, sich ein bisschen in mich verguckt zu haben. Normalerweise verlieben sich die Mütter in ihr Phantasiebild des Spenders. Sie kennen ihn ja nicht. Sie wissen nur, er ist jung, attraktiv und intelligent. Sie haben ihn gemäß ihrem Wunschzettel ausgesucht. Ihr Ehemann zu Hause bleibt dagegen der gleiche mürrische Griesgram, der er schon seit Jahren ist. Plötzlich haben sie jemanden, den sie sich stattdessen erträumen können. Ist das nicht ihr gutes Recht? Die besondere Verbindung zum Samenspender besteht nun mal. Wenn ich aber beobachte, dass eine Frau ein zu großes Problem damit entwickelt, empfehle ich ihr einen Psychologen. Da Frau Werners Kinder homolog inseminiert wurden, mit dem Sperma ihres eigenen mürrischen, alten Ehemannes, sucht sie vielleicht in mir den Ersatzvater. Ihre Telefonanrufe und SMS lassen diese Deutung zu. Aber ich kann ihr doch unmöglich eine Therapie empfehlen, weil ich sie verdächtige, in den Arzt vernarrt zu sein, der ihr zu ihren Kindern verholfen hat.« Er ließ die Spülmaschine endlich in Ruhe. »Was würden Sie mir raten?«

Unter normalen Umständen hätte Stella einen Blick in den Spiegel empfohlen. Mechthild verabscheute jedes Gramm Körperfett an sich selbst, wieso sollte sie die Leibesfülle eines anderen akzeptieren. Sie hatte sogar ihre Kinder auf Diät gesetzt. Andererseits war Rick trotz seiner annehmbaren körperlichen Erscheinung ein ziemliches Scheusal. Während Doktor Cäsar bei genauerem Hinsehen gewann.

»Ich sehe, Sie haben auch keine Idee, was in der komplizierten Psyche von Frau Werner vor sich geht. Kaffee?«

Nein, Stella wollte keinen Kaffee. »O je, jetzt ist es aber schon sehr spät geworden.« Sie deutete auf die Küchenuhr. Acht Uhr. Schon über drei Stunden mit Doktor Cäsar verplaudert. Sie ließ sich die Tür zur Gästetoilette direkt neben dem Eingang zeigen. Bei dem Versuch, so leise wie möglich zu pinkeln, um Doktor Cäsar nicht mit eindeutigen Geräuschen zu belästigen, auch wenn er als Gynäkologe abgehärtet sein sollte, überlegte sie, ob er recht haben konnte. War Mechthilds Verdacht vielleicht wirklich nur das Hirngespinst einer hartnäckig verliebten Sorgemutter? Hatte Doktor Cäsar als professioneller Frauenversteher die Wahrheit erfasst? Oder verleumdete ein skrupelloser Arzt eine unschuldige Patientin?

Um all diese Fragen zu klären brauchte es in der Tat ein Fitzelchen auswertbaren Genmaterials. Stella betrachtete das Ablagebrett unter dem Spiegel. So leer und blitzblank wie das gesamte Gästeklo. Doktor Cäsars Putzfrau verstand ihren Job. Sie trocknete sich die Hände am einzigen Handtuch ab. Es sah unbenutzt aus. Wenn Doktor Cäsar so gern onanierte wie Mechthild ihm das unterstellte, dann nicht auf dem Gästeklo.

»Ich muss nach Hause«, sagte sie, als sie wieder im Flur stand. Er half ihr widerspruchslos in den Mantel, aber als sie ihm die Hand zum Abschied gab, zog er sie so nah an sich heran, dass sie seinen Bauch spürte. Nur seinen Bauch. »Bevor Sie gehen, habe ich noch einen Vorschlag.« Er küsste sie ganz sanft. »Wie wäre es, wenn Sie sich ihren Dämonen stellen würden.«

»Meinen Dämonen?«

»Nun, zwei sind auf den ersten Blick offensichtlich.«

»Welche?«

»Ratten.«

Er hielt sie noch immer im Arm und küsste sie noch einmal. Diesmal schob er ihr sanft seine Zunge zwischen die Lippen. Es fühlte sich überraschend angenehm an.

»Und?«

»Sex mit einem dicken Mann.«

ZWEITER TEIL

Winter

1

»Den Rest können Sie sich ja denken«, sagte Stella.

»Nö, kann ich nicht.« Volker sah keine Veranlassung, nett zu sein, obwohl sie mit einer für sie untypischen Geduld seine Fragen beantwortete, allerdings unter Auslassung allzu intimer Details.

Joe sah ihr an, wie sie sich zusammennahm, um nicht gereizt auf Volkers aggressiven Polizeiverhörston zu reagieren, der so längst nicht mehr gelehrt wurde. Seit der Entdeckung von Doktor Cäsars Leiche im Silvestertrubel am Friedensengel waren gut zwölf Stunden vergangen.

Da Joes Mutterschaftsurlaub praktischerweise gerade zu Ende ging, hatte Volker sie noch in der Nacht gebeten, gemeinsam mit ihm die Ermittlungen im Mordfall Cäsar voranzutreiben. Sie vor Ort in Bayrischzell, er mit seiner Mannschaft in München. Als Sonderkommission Friedensengel. Die Vorgesetzten nickten den Vorschlag im Großen und Ganzen ab. Erleichtert, am Neujahrstag mitten in der Feiertagsruhe keine weitreichenderen Entscheidungen treffen zu müssen. »Volker Storz, der Draufgänger, und Joe Lautenschlager, die Einfühlsame, das ist doch ein perfektes Ermittlerduo.« So hatte Joes Vorgesetzter Mayer, der Leiter der Kripo Schliersee, noch vor dem Kirchgang am Neujahrstag die Personalie abgesegnet. Die offizielle Bildung der Sonderkommission wurde auf einen späteren Zeitpunkt vertagt. Fürs Erste musste eine Interimslösung genügen.

Gemeinsam hatten sie der geschockten Frau Cäsar in ihrer Bogenhausener Wohnung noch vor Sonnenaufgang die Nachricht vom Tod ihres Mannes überbracht. Über die Gründe des Mordes und erst recht die Identität des Täters konnte sie keinerlei Angaben machen. Ja, nicht einmal Vermutungen anstellen.

Zwar seit Jahren getrennt, lebten Herr und Frau Cäsar in freundschaftlichem Einvernehmen, wie sie immer wieder betonte, damit die Herrschaften von der Polizei nicht auf falsche Gedanken kamen. Sie hatte nicht einmal gewusst, dass ihr Mann sich an Silvester in München aufhielt, sondern ihn in seinem Haus in Bayrischzell gewähnt, da Juno und Izumo auf die Silvesterknallerei panisch reagierten. Da Doktor Cäsar seine Nagetiere so liebte, wie andere Leute ihre Hamster oder Hunde, hatte Frau Cäsar selbstverständlich angenommen, dass er zu Hause geblieben war, um den Ratten einen Hauch von Sicherheit zu vermitteln. Sie bat, ihre Lieblinge zu sich nehmen zu dürfen, »sie sind wie Kinder für mich«, und wollte sofort nach Bayrischzell fahren und sie holen.

Dafür waren die Ermittlungen noch nicht weit genug vorangeschritten. Volker versprach Frau Cäsar, einen seiner Beamten mit der Versorgung der Tiere zu beauftragen.

Noch am Tatort hatte Volker außerdem Stella für eine Aussage am nächsten Mittag zu sich zitiert und damit ihren Trotz provoziert. Was wollte der Typ von ihr. Sie hatte ja schließlich nichts Schlimmes getan. Seit wann war Sex unter Erwachsenen ein Verdachtsmoment in einem Mordfall. Egal, ob der Tote zu Lebzeiten an dem Sex beteiligt war oder nicht.

Joe, die Stellas impulsive Reaktionen kannte, vor allem, wenn sie männliches Dominanzverhalten witterte, schaltete sich vermittelnd ein. Sie wusste, wenn sich bei vermeintlichem Widerstand während einer Befragung das Alphatier in Volker nicht richtig gewürdigt fühlte, übte er noch mehr Druck aus als üblich. Diese schlechte Angewohnheit hatten auch diverse Workshops zum Kommunikationsverhalten in Vernehmungssituationen nicht wesentlich verbessert. Der letzte Kriminalpsychologe hatte das Coaching als sinnlos abgebrochen. Für Volker eine Auszeichnung. Fortan erwähnte er bei jeder verbalen Entgleisung seine Beratungsresistenz, quasi als Entschuldigung, als Ausdruck seines starken, authentischen Charakters. Darauf war er stolz. Damit hatte er es zu einem gewissen Ruhm in der bayerischen Kripo gebracht.

Stella erzählte ausführlich und so genau wie möglich alles, was sie über Doktor Cäsar wusste. Inklusive Interview im Labor, Babyrasseln und Nikes Informationen.

»Die Dame müssen wir uns vorknöpfen.« Volker ließ sich den Namen buchstabieren.

Mechthilds bizarren Verdacht über Cäsars Spermamanipulationen behielt Stella erstmal für sich, um ihre Aussagen nicht noch verworrener zu gestalten, als sie sowieso schon klangen. Außerdem wusste Joe ja Bescheid. Sollte sie doch die Ermittlungen damit anreichern, wenn sie es für wichtig hielt.

Volker hörte mehr oder weniger geduldig zu, bis die Rede auf Stellas sexuelles Verhältnis mit dem Doktor kam.

»Also ihr habt's miteinander getrieben. Wie oft?«

»Das geht Sie nichts an.«

»Wie? Oft?«

Stella schaute ihn mit der Verachtung einer Frau an, die zeigen will, wie gewaltig ihr dieser Kerl auf den Wecker ging.

»Das ist nicht ermittlungsrelevant, Volker«, versuchte Joe ihr zu helfen.

Auch Volker konnte verächtlich schauen. Es gelang ihm besonders eindrucksvoll, wenn er einer Frau demonstrieren wollte, was er von ihren dilettantischen Einmischungen in seinen Hoheitsbereich hielt. Er brauchte gar nichts weiter zu sagen, Joe hielt den Mund. Obwohl Stella ihre Freundin war, sich vor einer aussagenden Person mit einem Kollegen zu streiten kam nicht in Frage. Für diese Erkenntnis brauchte sie keinen Workshop.

»Wie oft hatten Sie Sex mit Doktor Cäsar?« Wenigstens bemühte Volker sich jetzt um einen verbindlicheren Ton.

»Vielleicht zwei-, dreimal.«

»Können Sie nicht bis drei zählen? Wie oft?«

»Zweimal.« Mit der Einfachheit der schwanzgesteuerten Spezies hatte dieser Macho die falsche Frage gestellt, fand Stella. Viel interessanter war doch, warum sie überhaupt mit Doktor Cäsar ins Bett gegangen war. Wenn man sein Alter und seine figürliche Beschaffenheit bedachte, durchaus keine Selbstverständlichkeit für eine Frau Mitte dreißig. Da gab es andere Optionen. Nicht viele, aber doch.

Nachdem sie es geschafft hatte, geschützt in seinen Armen fünf Sekunden lang den Ratten in ihrem Käfig beim Nagen an einer Handvoll Körnern zuzusehen, was sie mehr Überwindung gekostet hatte, als alles andere zuvor in ihrem Leben, hatte er sie wie eine Gläubige in Lourdes, an der gerade ein Wunder geschehen war, zurück zum Sofa geführt und ihr zur Belohnung noch ein Glas Champagner eingeschenkt. Das wirksamste Gegenmittel gegen zitternde Knie. Dann hatte er sich neben sie gesetzt und wieder ihre Hand genommen. Als Heiland machte er eine gute Figur. »Sehen Sie, war doch gar nicht so schlimm. Man überschätzt seine Dämonen.« Er hielt ihre Hand und strich ihr mit einer Zärtlichkeit über die Wange, die sie in einem anderen Moment vielleicht abgelehnt hätte. Jetzt war sie nur dankbar dafür. Sie rückte noch etwas näher an ihn, um das Bild der wuseligen Nagetiere zu verscheuchen, das sich aufdringlich in ihrem Gehirn festgesetzt hatte. Er hielt sie nur im Arm und ließ ihr Zeit, sich zu beruhigen. Er roch gut. Er war sanft. Er flüsterte ihr »mein tapferes kleines Mädchen« ins Ohr. So hatte zuletzt ihr Vater sie vor 30 Jahren gelobt, als sie sich ohne zu weinen eine Schürfwunde am Knie hatte desinfizieren lassen. Vor dem großen Wohnzimmerfenster passte der Vollmond auf sie auf. Doktor Cäsar küsste liebevoll ihre Haare, ihren Hals, »so hübsche Ohren« und ihre Schultern. Vielleicht lag es am Champagner, aber als er sie auszog, fiel ihr nicht ein, dagegen zu protestieren. Ganz im Gegenteil, sie fand die Entwicklung der Dinge folgerichtig.

Wie es sich für einen Arzt mit Grundkenntnissen der weiblichen Anatomie gehört, wusste er all die richtigen Stellen, ließ sich Zeit und als sie wieder die Augen aufschlug, merkte sie, sie hatte Sex gehabt mit einem Mann, in den sie keine Sekunde verliebt gewesen war. Befriedigenden Sex. Das ging also, stellte sie fest. Das war nicht nur ein Mythos.

»Lag's am Pulver?«

Volker mit seiner sensiblen Fragetechnik holte Stella zurück ins Hier und Jetzt. Ein schlechter Liebhaber, darauf hätte sie wetten können. Was hatte Joe nur an diesem Typen sexy gefunden, um einen One-Night-Stand mit ihm durchzuziehen. »Pulver?«, fragte sie verständnislos.

»Zaster, Schotter, Knete, Kohle.«

»Ach so.« Nein, daran hatte Stella nicht einen Moment gedacht. Männer mit Geld hatten sie ihr Leben lang nicht interessiert. Hätten sie das getan, würde sie mit 36 ganz sicher nicht bei ihrer Mutter hausen, sondern in einem gut ausgestatteten Eigenheim residieren, mit Zweitwagen und einer Daseinsberechtigung als aufopferungsvolle Mutter zweier Sprösslinge im schulpflichtigen Alter. So wie Volkers Ehefrau, nahm sie an. Obwohl es sicher bessere Partien als ihn gab. Auch finanziell gesehen.

Stella stand mehr auf Künstlertypen. Das war ja das Problem. Auch Doktor Cäsar mit seinem merkwürdigen medizinischen Betätigungsfeld war eher ein Freigeist. Trotz der hübschen Biedermeiermöbel in seinem Wohnzimmer. »Ich hab Hunger«, sagte sie. »Könnte ich bitte ein Butterbrot haben?«

Es klopfte und eine uniformierte Blondine steckte ihren Kopf ins Zimmer. »Die Ergebnisse der Spurensicherung sind da.«

Volker ignorierte sie. Er hatte sich an Stella festgebissen. »Wie hat der Fettsack Sie rumgekriegt?«

Mit Einfühlungsvermögen, Interesse, Charme und Aufmerksamkeit, also Mittel, über die du nicht verfügst, du Holzkopf, dachte Stella und schaute auf den Boden, damit er ihre Empörung über seine Wortwahl nicht in ihren Augen lesen konnte.

Nach dem Sex war sie am nächsten Morgen erstaunt über sich selbst aufgewacht. Zu welchen Abenteuern ihre Neugierde sie doch immer mal wieder verleitete, besonders wenn Alkohol die Bedenken wegschwemmte. Sie hatte sogar bei ihm übernachtet, weil er ihr strikt verboten hatte, sich nach dem unfallträchtigen Gemisch aus Champagner und Noilly Prat ans Steuer zu setzen. An der Sudelfeldstraße machte die Polizei oft Jagd auf Motorradfahrer, hatte aber nichts dagegen, mal eine Autofahrerin zu erwischen, gern eine blonde, trotz ihres rentnertauglichen Fords.

Morgens war der Doktor schon früh in seine Praxis verschwunden. Das bewahrte Stella vor postkoitalem Small Talk beim Frühstück mit einem Mann, der sich in nüchternem Zustand vielleicht als peinlich herausgestellt hätte. Sie blieb noch etwas liegen und dachte an genetisches Material. Aber Doktor Cäsar hatte das Kondom schon beseitigt.

Nur aus Neugierde sah Stella im Abfalleimer im Bad nach. Bingo. Sie ließ es liegen, um sich nicht schämen zu müssen.

Auch die Zahnbürste und die Haarbürste rührte sie nicht an. DNA zu stehlen kam ihr nach der gemeinsamen Nacht als Missbrauch seines Vertrauens vor. Genauso schlimm, wie wenn sie die silberne Teekanne in der Küche hätte mitgehen lassen, weil sie so ein Kleinod immer verlangend in Wohnzeitschriften betrachtete. Das machte man einfach nicht. Trotz des Versprechens, das sie Nike gegeben hatte. Sie fühlte sich nicht wirklich verpflichtet, es einzuhalten. Zumindest nicht an diesem Morgen. Auch bei Versprechen gab es eine Rangordnung.

Trotzdem inspizierte Stella noch den Rest der Wohnung. Das war schließlich nicht so verboten wie Stehlen. Höchstens unhöflich. Vielleicht gab es doch noch einen Hinweis, der nützlich sein konnte. Irgendeinen. Irgendwie. Einen, der Linda half, oder Nike, oder ihr selbst, das Rätsel Doktor Cäsar besser zu verstehen, ohne dass sie ihn beklauen musste.

Sie wagte sich sogar ins Arbeitszimmer mit dem Rattenkäfig, näherte sich ihm aber nur rückwärts und vermied jeden Blick in die Richtung. Das Desensibilisierungstraining hatte nicht nachhaltig funktioniert.

Im Aktenschrank staubte eine Schachtel ein. Achtzehn identische silberne Babyrasseln, fein säuberlich einsortiert wie Weihnachtskugeln. *Made in USA.* Das gleiche Navajokunsthandwerk wie bei Nikes Exemplar. Zwei fehlten. Die Kontoauszüge in der Schreibtischschublade wiesen Doktor Cäsars Guthaben bei der Kreissparkasse Miesbach mit 651,27 Euro aus. Nicht sein gesamtes Vermögen, hoffte Stella. Die Eingänge von 8000 Euro im Monat wurden fast völlig aufgebraucht von Ölkosten, Versicherungen, Strom, der Telekom und Kreditkartenabbuchungen von Feinkostläden und Weinhandlungen im Internet. Ute-Marie Cäsar bekam monatlich 4000 Euro mit dem Vermerk bek. an eine Hypovereinsbankfiliale in Bogenhausen überwiesen. Sollte das ihre einzige

Apanage sein, lohnte sich die Ehe mit einem weltbekannten Inseminationsspezialisten nicht wirklich.

Deshalb also war Cäsar so vertrauensvoll in seine Praxis enteilt. Er wusste, dass selbst eine sehr neugierige Journalistin nichts finden würde. Blieben nur zwei Fragen: Weil er nichts zu verbergen hatte? Oder weil er brisante Unterlagen anderswo bunkerte?

Vielleicht sollte sie ihren Erkundungsgang etwas ausweiten. Sie betrachtete die Ablage auf dem Schreibtisch. Dort hatte Doktor Cäsar am Abend zuvor in ihrem Beisein den Schlüssel zur Samenbank deponiert.

Er war nicht mehr da.

»Wart ihr schon im Luftschutzkeller?«, fragte sie Joe.

»Liebe Frau Felix, ich wäre Ihnen sehr verbunden, wenn Sie mir zuhören würden«, sagte Volker. Er konnte es eindeutig nicht leiden, wenn man ihn ignorierte.

»Können Sie die Frage bitte noch mal wiederholen?« Stella gab sich alle Mühe, höflich zu erscheinen.

»Luftschutzbunker?«, fragte Joe.

»Warum ließen Sie sich auf Sex mit Doktor Cäsar ein?«

»Weil er so schön über künstliche Befruchtung erzählen konnte, außerdem Garnelen gekocht hat, thailändisch, mit Zitronengras und Koriander, und mir Champagner serviert hat. Mein Lieblingsgetränk. Kann ich mir selber nicht leisten. Journalisten sind käuflich.« Diese Antwort galt dem Kriminaloberkommissar.

»Na da, wo er sein Sperma aufbewahrt.« Das war an die Kriminalhauptkommissarin gerichtet.

»Die Spermabank befindet sich in den Räumen der Praxis.« Jetzt wechselte endlich auch Volker das Thema. »Das habe ich mit Frau Malinowskowa geklärt. Doktor Cäsar hat früher tatsächlich Sperma im Luftschutzkeller auf seinem Grundstück aufbewahrt. Aber schon vor Jahren wurde in der Praxis eine hochprofessionelle Spermabank eingerichtet, mit modernster Technik. Gemäß den sehr strengen Richtlinien für eine reproduktionsmedizinische Praxis in Deutschland.«

»Doktor Cäsar hat mir im Bunker Sperma gezeigt.«

»Liebe Frau Felix, sorry, dass ich Ihnen das so deutlich sagen muss. Was immer er Ihnen da gezeigt hat, er hat Sie verarscht.«

2

»Entschuldige meine Ausdrucksweise, aber dein Ex-Lover ist ein Knallkopf.« Selbst nach der überstandenen Befragung regte sich Stella noch auf. Sie befreiten vor dem Münchner Polizeipräsidium Joes Dienstpassat vom Schnee, da seit dem Morgen leichte, aufgeplusterte Flocken der ganzen Stadt ein bildhübsches Winterkleid verpassten.

»Eigentlich ist er kein übler Kerl«, sagte Joe. »Er kann sogar witzig sein. Zumindest meine ich mich daran zu erinnern.«

Der kalte Wind hatte nicht nur den Schnee gebracht, sondern in der Nacht auch der Spurensicherung am Friedensengel zugesetzt. Immerhin hatte der Gerichtsmediziner die mutmaßliche Todesursache schon bestätigt. Betäubt durch Chloroform, anschließend mit dem gelben Nylonseil von der Abdeckplane des Denkmalschutzamtes erdrosselt. Ein verwirrender Tod, wie Joe im Auto erklärte, während sie bibbernd die Heizung auf die höchste Stufe stellte. Trotzdem fror die gerade freigekratzte Windschutzscheibe gleich wieder zu.

Der Gerichtsmediziner, seine Kollegin von der Kriminalpsychologie und Joe hatten sich gemeinsam vor der Leiche von Doktor Cäsar darüber gewundert, dass der Täter an Silvester Chloroform bei sich trug, aber das Seil zur Vollendung seiner Tat nicht auch noch mitbrachte, sondern offenbar darauf vertraut hatte, dass er am Tatort ein Mordwerkzeug finden würde. Was wiederum auf einen sehr unentschlossenen Mörder hinwies. Oder einen, der spontan handelte. Nur passte dann das Chloroform nicht ins Bild. Wer trug schon ein altmodisches Betäubungsmittel ohne besonderen Anlass mit sich herum. Nicht mal mehr ein Arzt.

Dass der Täter außerdem mit einem Messer das Seil abgeschnitten hatte, steigerte die Wahrscheinlichkeit, dass es sich um einen Mann handelte. Frauen trugen seltener ein Messer bei sich.

Die Heizung verschaffte dem Innenraum des Passat endlich erträgliche Temperaturen, der Schnee schmolz auf der vom Gebläse angewärmten Windschutzscheibe.

»Also mal ehrlich, Stella. Zweimal. Warum war eigentlich so schnell wieder Schluss mit Doktor Cäsar?«

Da das Gebläse auf der Beifahrerseite nicht richtig funktionierte, wischte Stella sich ein Guckloch in die beschlagene Scheibe. »Er hat sich nicht wieder gemeldet.«

»Hat dich das geärgert?«

»Ein bisschen gekränkt war ich vielleicht schon, aber dann war ich auch wieder erleichtert. Verstehst du, was ich meine?«

Joe nickte, ohne den Blick von der Straße zu wenden. »Du hast dich nicht entscheiden müssen, ob du dich wirklich mit ihm einlassen willst oder nicht.« Sie fuhr extrem vorsichtig die Kurve am Friedensengel hoch.

»Er war überhaupt nicht mein Typ.« Stella seufzte so tief, dass Joe es wagte, einen Moment den Blick von der vereisten Straße abzuwenden.

»So schlimm?«

Stella zog die Schultern hoch.

Zwei Polizisten im Streifenwagen bewachten den Tatort.

Ein paar Spaziergänger, die trotz der Kälte mit dem Hund raus mussten, ignorierten das Rot der Fußgängerampeln an den Grünanlagen und überquerten frierend die Straße. Der Rest von München schlief den Silvesterrausch aus.

Joe parkte den Passat in der Maria-Theresia-Straße. Sie wollte sich den Tatort noch einmal anschauen, ohne Volker im Nacken. Seine ständige Besserwisserei hatte dazu geführt, dass sie ihre Meinung für sich behielt, da er lautes Nachdenken ihrerseits mit belehrenden Besinnungsaufsätzen erwiderte, die ihre Geduld überforderten.

Das Gelände um den Friedensengel sah noch nach Kriegswirren aus. Der Schnee zertrampelt und schwarz vom Ruß der Silvesterraketen, übersät mit Glasscherben, Plastikbechern und Flaschenbatterien, aus denen die Raketen abgeschossen worden waren. Leise und beharrlich deckte der Schnee die Überreste der Schlacht zu. Die Straßenreinigung hatte es noch nicht bis hierher geschafft, oder vielleicht war sie auch von der Polizei zurückgehalten worden.

In diesem Tohuwabohu die wichtigen Indizien zu erkennen würde keine leichte Sache sein. Doktor Cäsars Mörder hatte bei der Wahl des Tatorts eine gewisse Kaltblütigkeit gezeigt, die für die Polizei eine zusätzliche Herausforderung war.

Joe klopfte an die Scheibe des Streifenwagens, zeigte ihren Ausweis und fragte nach besonderen Vorkommnissen. Keine. Niemand hatte sich für den Tatort interessiert. Wegen des feiertagsbedingten Schweigens der polizeilichen Pressestelle nicht mal die Presse.

Joe schloss die Augen. Kein Laut war zu hören. Silvester und der Schnee schafften es, eine Großstadt lahmzulegen, sie einzulullen auf die Betriebsamkeit eines bayerischen Weilers. Nur die Plastikplanen an der Baustelle knatterten leise.

»Was er wohl am Friedensengel gesucht hat«, überlegte Stella. »Er lief nicht gern. Er hatte kaputte Knie.«

Joe hob das gelb-schwarz gestreifte Absperrband hoch und ließ Stella durchschlüpfen. Jetzt, am frühen Nachmittag, schien das Tageslicht durch die Schlitze zwischen den einzelnen Planen. Dahinter war es hell genug, um noch etwas zu sehen, ohne eine Taschenlampe einzuschalten. Einen Tag zuvor, um fast die gleiche Uhrzeit, wenn der Gerichtsmediziner recht hatte, musste Cäsar ebenfalls hier gestanden haben, wartend auf jemanden, vor dem er keine Angst zu haben schien. Warum sonst hätte er sich mit ihm im dezenten Dämmerlicht einer Baustelle verabredet, zwar zwischen sehenswerten Statuen, aber in einer Gegend, die nur kurze Zeit später von Münchnern in Feierlaune überflutet werden würde. Der Friedensengel war einer der Hauptpartypunkte der Stadt zum Jahreswechsel. Das wussten auch Doktor Cäsar und sein Mörder. Die Gefahr, entdeckt zu werden, war groß.

»Was glaubst du, hat er öfter Frauen wie dich abgeschleppt?« Joe schaute Stella nicht an, sondern lugte zwischen zwei Plastikplanen durch.

Stella reagierte gefasst. »Das habe ich mich damals auch gefragt. Er ging ziemlich routiniert vor. Ich hatte nicht den Eindruck, dass er das zum ersten Mal tat.«

»Eine wesentlich jüngere Frau zu verführen?«

Stella lächelte. »Na ja, verführen. Ich bin ja nicht mehr 17, ich wusste, was ich tat. Könnte der Mörder denn auch eine Frau sein? Was meinst du?«

»Wenn sie ihn dazu brachte, das Chloroform einzuatmen.« Joe ließ die Plane los. »Das heißt, es ihm unter die Nase zu pressen. Was Kraft voraussetzt. Ihn dann betäubt zu erwürgen schafft zwar kein altes, schwaches Mütterchen, aber eine an Klettersteigen geübte Frau vielleicht schon.«

Ein Windstoß fegte durch die Plastikplanen und wirbelte sie an der Stelle hoch, an der der Mörder das Seil abgeschnitten hatte. Schnee wehte durch die Schlitze. Joe stellte sich in die mit Kreide gekennzeichneten Umrisse auf dem Mosaikboden. »Er stand hier. Der Mörder kam von da. Er hat ihm entgegengesehen. Vertrauensvoll. Sie haben miteinander geredet. Er muss ihn gekannt haben«, murmelte sie vor sich hin. »Vielleicht hat ihm der Mörder sogar den Arm um die Schultern gelegt.« Sie schwankte ein paar Mal hin und her, hob theatralisch die Arme in die Höhe und sank als einigermaßen anmutiger sterbender Schwan auf das Mosaik. Trotz der Erkältungsgefahr.

»Was machst du da?«, fragte Stella. »Butoh tanzen?«

»Ich versuche mir vorzustellen, wie Doktor Cäsar gestorben ist.« Joe lag jetzt mit geschlossenen Augen auf dem Rücken. »Bist du sicher, dass er nicht schwul war?«

»Wie bitte?«

»Na ja, zwei Männer treffen sich am Nachmittag versteckt hinter einer Plane.« Joe lächelte entschuldigend für diesen klischeehaften Gedanken und setzte sich auf.

»Wenn er schwul wäre, wäre er nicht mit mir ins Bett gegangen«, erinnerte Stella sie, »aber …«

»Was aber?«

»Er hat mir angeboten, mir ein Kind zu machen. Weil seine Frau keine Kinder wollte und sich auch nicht als Versuchskaninchen für seine medizinische Forschung benutzen ließ. Genauso hat er mir das erklärt. Er hätte immer schon gern Kinder gehabt. Und nun sei es allerhöchste Eisenbahn. Er sei ja nicht mehr der Jüngste. Ich könnte mir das Geschlecht des Babys aussuchen, zu heiraten bräuchte ich ihn nicht, auch nicht mit ihm zusammenzuleben, wenn ich dazu keine Lust hätte. Er würde sich gut um uns beide kümmern. Er versprach mir, dass ich nie mehr in meinem Leben finanzielle Schwierigkeiten hätte.« Sie schüttelte in Gedanken an das Gespräch den Kopf. »Er hat es ernst gemeint.«

»Hast du das nicht komisch gefunden? Ausgerechnet er sagt so was? Er, der jeden Tag Kinder macht.« Joe rollte sich auf den Bauch und suchte mit den Augen den Fußboden ab. Ihrem Mantel bekam der Schneematsch nicht gut. Sie robbte in Richtung Treppe. »Es müssen zwei gewesen sein. So ein massiver Mann plumpst ganz schön, wenn er betäubt umfällt. Er hat aber keine Hämatome, auch keine Beulen oder ähnliches. Der Mörder hat ihn also aufgefangen und auf den Boden gelegt und erst dann erwürgt. Wie viel wiegt Doktor Cäsar? Mehr als 100 Kilo, ohnmächtig eine ziemliche Bürde. Das schafft nicht einer allein.« Nun stand sie doch auf. Der Steinboden war empfindlich kalt, eine Grippe würde den Ermittlungen nicht wirklich nutzen. »Es müssen zwei gewesen sein. Mit einem Taschentuch von Dior. Das hat auch nicht jeder.« Sie klopfte sich den Schnee vom Mantel.

Der Wind hatte an Stärke zugelegt und rüttelte am Baugerüst. Mit bloßen Händen suchte Joe den Fußboden ab und hob dabei Plane für Plane hoch. Zu oft hatte sie erlebt, dass die Spurensicherung nicht wirklich sorgfältig arbeitete, aus welchen Gründen auch immer. Schlamperei, weil sich die Kollegen nicht gut genug bezahlt fühlten, wegen einer Migräneattacke oder weil die Kinder morgens schon beim Frühstück genervt hatten. Sie verließ sich lieber auf sich selbst.

Das kleine Stück Papier auf dem Fußboden erwischte sie gerade noch rechtzeitig, bevor der Wind es in die Stadt hinuntertrug. »Zwei Spezi«, las sie vor. »Eine 10er-Packung Schokoladencroissants. Sechs Fruchtzwerge, sechs Leckermäulchen, zwei Packungen Miracoli, ein Beutel Gummibärchen, ein Deo Axel Intensiv. 12 Euro 73. Vielen Dank für Ihren Einkauf. Oberlandmarkt Agathaied.« Sie schaute Stella an. »Kann der von Cäsar sein?«

»Bestimmt nicht. Der ist Gourmet. Fruchtzwerge? Leckermäulchen? Sowas essen nur Frauen, eher noch ihre Kinder.«

»Aber kauft eine Frau ein so scheußliches Männerdeo?«

»Nur, wenn sie einen Mann hat, der das mag.«

»Oder sie gern wie ein Mann duften würde.«
»Welche Frau will das schon.«

3

Wegen eines Termins mit Doktor Cäsar, gleich in der ersten Januarwoche, hielt Linda sich über die Feiertage im Birkenhof auf. Angereist aus Berlin. In einem neuen SUV, in dem der schicke Kinderwagen Platz hatte, ein englisches Modell, das auch Victoria Beckham nutzte. Der Kloß in Lindas Bauch hatte sich inzwischen in einen vier Wochen alten Säugling verwandelt. Viola, die wegen Lindas Angst vor nicht mehr wettbewerbsfähigen Brüsten mittels veganer Babynahrung prächtig gedieh.

Wie alle Eltern ignorierte Linda bei Betrachtung ihres Kindes die weniger vorteilhaften Züge, aber Violas Speckfalten drängten sich doch zu sehr ins Blickfeld, um übersehen zu werden. Außer Veilchen nannte sie ihre Tochter auch Möpschen. Da sie aus einer drahtigen Familie stammte und immer dünn gewesen war, gesegnet mit einem rasanten Stoffwechsel, mutmaßte sie ein Erbe des Samenspenders. Offenbar hatten sich bei dem perfekten Medizinstudenten aus Doktor Cäsars Angebot doch irgendwo ein paar nicht ganz perfekte Gene versteckt. Pech für Möpschen. Obwohl ihre Mutter noch auf die kalorienzehrende Wirkung des Laufenlernens hoffte.

Mit fortschreitender Schwangerschaft hatte sich, wie von Doktor Cäsar vorausgesehen, Lindas Mutterinstinkt entwickelt und ihre Angst beruhigt. In den ersten Tagen nach der Geburt fremdelte sie noch ein wenig beim Anblick ihres Babys. Die Hebamme gab dem Kaiserschnitt die Schuld, da er das postnatale Bonding schwächte. Mit der Zeit würde sich das geben. Sie behielt recht. Die winzigen, filigranen, beweglichen Babyhändchen weckten ihre Hoffnung. Vielleicht würde aus Viola eine Medizinerin werden wie ihre Mutter. Es musste ja nicht Zahnärztin sein, Herzchirurgin mit eigener Privatklinik wäre sowieso lukrativer. In der Freizeit könnte Möpschen musizieren. Schließlich hatte sie beim Samenspender auch auf ein schönes Hobby geachtet.

Dank dieser vielversprechenden Zukunftsaussichten für ihr Kind hatte Linda Frieden geschlossen mit Doktor Cäsar, ihrem Komplizen in der Erschaffung ihres Mutterglücks. Den Aufenthalt im Birkenhof sah sie als Versöhnungsgeste. Sie wollte ihm Viola vorstellen.

Bei der Terminvereinbarung hatte Frau Malinowskowa sie zu Doktor Cäsars Silvestertisch eingeladen, wo er in einem Kreis von Patientinnen und Freunden traditionell die Jahreswende verbrachte. Geschmeichelt hatte Linda zugesagt. Aber dann schlief sie, ermüdet vom nachmittäglichen Spaziergang mit Möpschen in der frischen Bergluft, in ihrem Zimmer ein und wurde erst wieder von den Silvesterknallern geweckt. Da hatte sie dann auch keine Lust mehr, sich festlich herauszuputzen und unter die Feiernden zu mischen.

Am Neujahrstag raste die Neuigkeit von Doktor Cäsars Tod schon beim Frühstück von Tisch zu Tisch. Wer zuerst davon wusste und sie verbreitete, war im Nachhinein nicht mehr festzustellen, aber jeder hatte sich gewundert, warum der Gastgeber unentschuldigt dem Silvesteressen ferngeblieben war. Einige der Gäste im Birkenhof versuchten geradezu hysterisch, mehr zu erfahren, doch in der Praxis meldete sich nur der Anrufbeantworter.

Linda reagierte entsetzt auf Doktor Cäsars Ableben. Hatte sie vor Silvester noch gehofft, Doktor Cäsar mit Feingefühl und Ausdauer überreden zu können, die Identität von Möpschens Vater vorzeitig zu lüften, entwickelte sie nach Silvester erneut Panikattacken bei dem Gedanken, ihr Kind müsste noch knapp 18 Jahre mit ungeklärten Verwandtschaftsverhältnissen über die Runden kommen. Was geschah mit den Patientenunterlagen in der Praxis? Gerieten die jetzt endgültig in die Hände dieses grässlichen Doktor Gebhardt, dieses eiskalten Technokraten und Paragrafenreiters, der sich strikt an die Richtlinien der Bundesärztekammer hielt? Durfte jetzt dieser sexistische Feigling, der aus Angst, er könnte wegen einer strafbaren Handlung belangt werden, nur Ehepaaren Nachwuchs gönnte, über Möpschens Zukunft entscheiden?

Doktor Cäsar dagegen war eine starke Persönlichkeit, das hatte Linda sofort erkannt. Je länger sie mit ihm zu tun hatte, desto mehr empfand sie auch sein unattraktives Äußeres als Vorteil. Keine Gefahr, sich wie eine unbedarfte Patientin in den Doktor zu verlieben. Ein Phänomen, mit dem sie als Zahnärztin leider nie konfrontiert war. Als Linda während der Schwangerschaft die Angst vor der zukünftigen Viola entwickelte, hatte Doktor Cäsar sich jedoch leider als Enttäuschung erwiesen. Statt Hilfe und Verständnis anzubieten, hatte er Linda die Visitenkarte einer Psychotherapeutin in die Hand gedrückt.

Nur Frau Malinowskowa hatte geholfen. Nun, nach Doktor Cäsars Tod sah Linda in der Embryologin ihre einzige verbliebene Chance. Noch am Abend des Neujahrstages passte sie Frau Malinowskowa vor der Praxis ab und beschwor sie, endlich Namen und Adresse von Violas Vater zu verraten. Nur Schneematsch und Streugut im Hausflur hielten sie davon ab, ihren Wunsch mit einem Kniefall zu akzentuieren. Aber die Cheflaborantin ließ sich nicht beeindrucken. Wegen ihres Geschicks im Umgang mit empfindlichen Patientinnen hatte ihr in all den Jahren niemand den Job streitig machen können, obwohl immer wieder neue, junge Kolleginnen versuchten, sie auszubooten. Sie hatte alle Intrigen überlebt. Ihre Loyalität zu ihrem Chef bleibe unerschütterlich, über den Tod hinaus, erklärte sie Linda vor der Praxistür, während Polizisten ein- und ausgingen.

Mit anderen Worten, sie ließ Linda abblitzen. Schon das Foto von Violas Samenspender sei ein Entgegenkommen gewesen, das sie jetzt bereue. Und im Übrigen, sie wies auf einen Mann, der einen Umzugskarton wegtrug, würde die Kripo im Zuge der Ermittlungen Doktor Cäsars Unterlagen an sich nehmen. Im Moment sah sie keine Möglichkeit, zu helfen.

»Ich werde einen Anwalt einschalten.« Lindas Drohung blieb ohne Wirkung auf die Embryologin. »Tun Sie das.« Energisch schob sie Linda zur Praxistür hinaus.

Auf der Suche nach Beistand in dieser hochemotionalen Situation fuhr Linda zu Stella nach Schliersee.

In Irmas Wohnzimmer waren Stella, Nike und der geheimnisvolle Schattenmann aus Nikes Garage versammelt. Wahan, ihr Freund, der so gut aussah, dass Stella sofort verstand, warum sie ihn von anderen Frauen fern hielt. Es war wohl als Vertrauensbeweis zu werten, dass sie ihn nun doch mitgebracht hatte. Schwarze Locken und schwarze Augen in einem nicht aufdringlich orientalischen Umfeld gehörten auch zu Stellas schlimmsten Schwächen. Einzig eine Tätowierung am Hals, die Zahl 81, so groß wie eine Männerpranke, störte den sehr positiven Gesamteindruck. Aber vielleicht gefiel er Nike genau deswegen.

»Bist du auch kü … kü … künstlich befruchtet?« In Momenten großer Anspannung klappte die Synchronisierung von Stellas Sprachzentrum und Gehirn nur bedingt.

»Sieht man das?«

Sie musste sich gewaltsam zurückhalten um ihm nicht vor Begeisterung über diese Schlagfertigkeit um den Hals zu fallen.

»Wahan hat auch eine silberne Babyrassel.« Nike zwinkerte.

»Seid ihr verwandt?«, wollte Irma wissen. Die beiden ähnelten sich tatsächlich, auf eine Art und Weise, die in anderen Eltern Zorn über Gottes Ungerechtigkeit entfachte. Zwei schöne Geschwister, wie unfair.

»Verwandt?« Nike küsste Wahan demonstrativ. »Höchstens seelenverwandt. Alles andere wäre doch Inzucht oder?«

Jetzt saßen sie alle gemütlich beisammen und nippten an Irmas kommunikationsfördernder Geheimwaffe. Eierlikör. »Klassisch und effektiv«, wie die Gastgeberin zu sagen pflegte. Dementsprechend schnell war die Betroffenheit über Doktor Cäsars abruptes Ableben umgeschlagen in ein heiteres Erinnern. Auch mögliche Täter und ihre Motive wurden erörtert.

»Eine Mutter, der er Kinder mit abstehenden Ohren angedreht hat«, vermutete Nike.

»Großeltern, die diesen neumodischen Sexersatz ablehnen«, sagte Irma.

Linda, der man viel nachsagen konnte, aber nicht, dass sie nicht auch Witze reißen konnte, beteiligte sich am Spekulieren und am Eierlikör. Sie durfte das, sie stillte ja nicht. »Ein Bruder, der verhindern will, dass noch mehr Miterben in die Welt gesetzt werden.«

Ihr eigener Bruder hatte ihr angesichts von Lindas Entschluss, sich vorläufig als alleinerziehende Mutter durchzuschlagen, Naivität und Verantwortungslosigkeit vorgeworfen. Durch ihre Mitgliedschaft bei »Single Mothers by Choice« sensibilisiert für männliche Untertöne, verdächtigte sie ihn daraufhin, insgeheim schon mit ihrer Wohnung als Erbe für seine beiden eigenen Kinder gerechnet zu haben.

Der Einzige, der an Irmas Wohnzimmertisch nicht lachte, war Wahan. Aufrecht saß er mit Nike auf der Eckbank eingeklemmt, hielt ihre Hand und schwieg. Die tätowierte Zahl auf seinem Hals leuchtete wie eine frisch vernarbte Wunde. Er nippte ab und zu an seinem Kaffee. Den Eierlikör lehnte er ab.

Wahan war über die Feiertage von Harvard eingeflogen. Das Dokumentarfilmprojekt unterstützte er mit seinem biologischen Wissen, seinen Kontakten in die biomedizinische Szene in den USA und mit Listen von Stammzellenforschern, Humangenetikern und Ethikprofessoren. Er stellte sich einen Film über die Gefahren und Chancen der biotechnologischen Entwicklung in der Reproduktionsmedizin vor. In Doktor Cäsar sah er nur einen Protagonisten unter vielen und nicht mal den wichtigsten.

Mechthilds Überzeugung von Doktor Cäsars Rückgriff auf sich selbst bei der Befruchtung lehnte er als Wahnidee ab. Ihren missionarischen Eifer teilte er nicht. Mechthild wollte anklagen, Wahan aufklären. Mechthild wollte Rache, Wahan Verständnis für die Situation der Spenderkinder wecken.

Diese unterschiedlichen Auffassungen kulminierten in einem Streit zwischen den beiden, in dem Nike sich zwar zögernd, aber letztendlich doch auf Wahans Seite stellte. Daraufhin nahm Mechthild ihre Finanzierungszusage für den Dokumentarfilm zurück. Ohne Geld schwebte das Projekt schon jetzt in Todesgefahr.

Für Stella, die sowieso nicht so recht an die Realisierung glaubte, keine große Überraschung. Eine Reportage für Otto blieb dagegen eine realistischere Möglichkeit. Auch wenn die Gefahr bestand, als Spielball in dieser Gemengelage egozentrischer Interessen Schaden zu nehmen.

Nach dem Zerwürfnis mit Wahan und Nike hatte Mechthild Stella in Sippenhaft genommen, sich die Aufbereitung ihres Schicksals in Druckerzeugnissen verbeten und auch Stella die Freundschaft gekündigt. Das kam insofern überraschend, da Stella vorher nicht bewusst war, mit Mechthild befreundet zu sein.

»Eltern mit einem Kind mit Down-Syndrom von einem von Doktor Cäsars Samenspendern könnte ich mir auch als potenzielle Mörder vorstellen«, sagte Wahan leise, mit seiner angenehmen Stimme, die das weibliche Geplauder auf einen Schlag verstummen ließ. Alle schauten ihn an. »Ich sag ja nur, das wäre möglich. Oder auch Muskoviszidose. Jede Art von Kind, das sich als nicht perfekt rausstellt, wäre ein Motiv.«

Trotz des Eierlikörs verlor die Stimmung am Tisch an Heiterkeit. War es eine positive medizinische Entwicklung, Embryonen mit unerwünschter genetischer Ausstattung auszusondern oder war es ein unangemessenes Hineinpfuschen in das göttliche Handwerk? Das man, so die allgemeine Übereinstimmung, jetzt mal so nannte, weil niemandem eine bessere Formulierung einfiel. Auch denjenigen nicht, die nicht an Gott glaubten. Schon war die Runde mittendrin in der Diskussion über Präimplantationsdiagnostik, moralische Grenzen und mögliche tragische Schicksale, die jedes Land mit eigenen gesetzlichen Raffinessen zu regeln versuchte.

Linda hielt sich merklich zurück. Bei der Vorstellung, Doktor Cäsar hätte bei ihr ein Fehler unterlaufen sein können, geriet sie wieder mal in Panik. Sie hatte von verwechselten Embryos gehört. Früher gingen Mütter mit einem fremden Baby aus der Geburtsstation nach Hause und merkten jahrzehntelang nichts. Bis irgendwann eine Blutuntersuchung fällig wurde. Heute konnte einem das Gleiche mit einem Embryo passieren. »Und was mache ich, wenn Doktor Cäsar mir das Sperma von irgendeinem alten Zausel untergejubelt hat?«

»Quatsch«, sagte Stella. »Viola ist doch süß.«

Linda fing an zu weinen.

»Linda.« Wahans angenehme, ruhige Stimme ließ sie aufmerken.

Unter Tränen schaute sie ihn an.

»Konzentrier dich auf dein Kind. Viola braucht dich. Der Vater ist nicht wichtig. Glaub mir, ich weiß, wovon ich rede.«

Linda betrachtete ihn interessiert. Nach einer Weile nickte sie.

Später, nachdem Nike und Wahan gegangen waren, konfrontierte sie die restliche Runde mit einer neuen Erkenntnis. »Wahan ist Violas Samenspender.«

Stella erschrak. »Wie kommst du denn darauf?«

»Hast du seine Wimpern gesehen? Möpschen hat die gleichen. Lang und dicht. Und angewachsene Ohrläppchen. Von mir hat sie das nicht.«

Als Beweis musste noch einmal das Foto des schokoladenverschmierten Kindes auf ihrem Smartphone herhalten. Zur Untermauerung der Theorie kam ein Porträt von Möpschen dazu, das Gesicht verschmiert mit biologisch zertifiziertem Gemüsebrei.

Stella konnte keine Ähnlichkeit zwischen den beiden Kindern erkennen. Und zwischen Violas Babyspeck und Wahans schlanker Eleganz schon überhaupt nicht.

Irma setzte ihre Lesebrille auf. »Die gleichen Wimpern. Tatsächlich.«

4

»Schön, dass du doch noch hergefunden hast.« Volker reagierte sarkastisch auf Joes verspätetes Eintreffen in Doktor Cäsars Praxis. Er schaute demonstrativ auf die Uhr.

»Ich hab dir eine SMS geschickt, dass ich mich ein bisschen verspäte.«

Er deutete auf Bernd. »Was wollen *Sie* hier?«

»Äh, ich ...« Bernd schaute Hilfe suchend Joe an.

»Er ist mein Partner. Schon vergessen? Wir arbeiten zusammen.« Joe nahm das Blickkampfduell auf. Sollte tatsächlich eine Sonderkommission gegründet werden, würde ihm wahrscheinlich die Leitung übertragen, aber bis dahin gab es keinerlei Notwendigkeit, Volkers Chefallüren widerstandslos zu ertragen.

»Wer im Team ist oder nicht, bestimme ich. Halten Sie sich bereit. Wenn ich Sie brauche, rufe ich Sie an.«

Bernd nickte und hatte schon die Türklinke in der Hand.

»Du bestimmst hier gar nichts.« Joe hielt Bernd fest und starrte Volker mitten ins Gesicht. »Du bist nicht mein Vorgesetzter.« Verärgert stellte sie fest, dass ihre Stimme ein paar Oktaven nach oben kletterte und auch der Tonfall sich unangemessen aufgeregt entwickelte für so eine Lappalie. Der Vorwurf mangelnder Impulskontrolle, den ihr Mayer, der Schlierseer Kripochef gern machte, stellte sich leider wieder einmal als nicht ganz ungerechtfertigt heraus. Sie schwieg jetzt besser. Aber sie starrte Volker immer noch an. Auf keinen Fall durfte er merken, dass sie sich über ihre eigene Reaktion mindestens genauso sehr ärgerte wie über seine. Wenn sie jetzt Schwäche zeigte, hatte er gewonnen. Das würde sie nicht zulassen.

Bernd stand stocksteif da. Er wusste überhaupt nicht mehr, wie er sich verhalten sollte.

Volker nahm Joe am Arm und zog sie in einen fensterlosen kleinen Raum mit dem Praxiskopierer. Joe ließ Bernd nicht los, so dass er wohl oder übel mitkommen musste. Volker schob ihn wortlos wieder raus, schloss die Tür, schaltete die Deckenbeleuchtung ein und starrte Joe schon wieder in die Augen, als müsste er sie mit seinem Blick niederringen. »Da täuschst du dich.«

»Worüber?« Joe verstand sehr wohl, was er meinte. Der Ortswechsel hatte ihr aber Zeit gegeben, ihre alte Stimmlage und ihre Besinnung wieder zu finden. Sie war jetzt die Ruhe selbst. Zumindest fast.

»Du weißt sehr genau, wer Chef der Sonderkommission werden wird. Also verhalte dich bitte dementsprechend kooperativ und nimm nicht unsere alte Geschichte zum Anlass, meine Autorität anzuzweifeln. Privates hat hier nichts zu suchen.«

Joe klammerte sich an den Kopierer, um Volker nicht eine Ohrfeige zu verpassen. Das Gerät brummte leise. Eingeschaltet, obwohl die Praxis seit Weihnachten geschlossen war. Sie atmete einmal tief durch. Und noch einmal. Sie legte die Hände auf den Kopierer. Warm, fast heiß, als hätte er erst kürzlich eifrig gearbeitet. Sie betrachtete den Papierkorb daneben. Leer.

»Also, dann sind wir uns einig.« Volker öffnete die Tür wieder. »Herr Wotan, Sie können gehen.« Er verschwand in Doktor Cäsars Büro. »Joe kommst du? Frau Malinowskowa wartet.«

»Bernd.« Joe verließ den Kopierraum. »Hol den Techniker und lass die Festplatte ausbauen.« Sie flüsterte.

»Jetzt gleich?« Er flüsterte ebenfalls. »Obwohl ich nicht zur SK gehöre?«

5

Frau Malinowskowa saß mit verweinten Augen auf Doktor Cäsars Besuchercouch. Die erste Frau, die wegen seines Todes Tränen vergoss. Ausgerechnet sie, die eher so wirkte, als wüsste sie über das menschliche Repertoire an Gefühlen nicht so recht Bescheid. Mit ihrer spröden Art hatte sie sich keine Position unter den beliebtesten Dorfpersönlichkeiten Bayrischzells erarbeitet.

Joe wusste, was über Doktor Cäsars Chefembryologin getratscht wurde. Dass sie verliebt sei in ihren Arbeitgeber und sich aus seiner Samenbank bedient hatte, weil kein Mann in der ganzen Gegend bereit gewesen war, sie mit echtem Sex zur Mutter zu machen. Da half es auch wenig, den Chor mit einer Altstimme anzureichern und bei der Verschönerung des Kindergartens freiwillig die Malerarbeiten zu übernehmen. Ihre Tochter Kerstin arbeitete als Fachverkäuferin in der Metzgerei Wimmer. Ein durchaus angesehener Beruf in einem Karnivorengebiet wie Bayern, der die Popularität der Mutter aber auch nicht steigern konnte.

Sie lebten in einem adretten Häuschen neben dem Birkenhof, das sich mit Lüftlmalerei und sommerlicher Blumenschau ebenfalls den örtlichen Gewohnheiten anpasste. Alles vergebens, für die Einheimischen blieben sie trotzdem Fremde.

Trotz des Feiertags trug Frau Malinowskowa ihren Laborkittel. »Samen und Eizellen halten sich nicht an Feiertage«, hatte sie ihre Anwesenheit in der Praxis begründet. Sie kontrollierte täglich den Stand der angesetzten IVFs, um eine optimale Entwicklung der punktierten Eizellen und den perfekten Zeitpunkt für das Einpflanzen in die Gebärmutter der austragenden Frauen zu gewährleisten. Nebenan im Birkenhof warteten die Mütter in allen Varianten, geliehen, biologisch und sozial, auf Frau Malinowskowas Okay. Erst dann wurden wahlweise Doktor Cäsar oder Doktor Gebhardt aktiv. Die Anwesenheit der Embryologin in der Praxis auch außerhalb der üblichen Arbeitszeiten war also absolut normal.

Das hatte sie Volker am Telefon erklärt, der sie über den Mord an Doktor Cäsar informierte. Zuerst wunderte er sich über ihren Arbeitseifer, fand ihre Erklärung dann aber sehr lobenswert. Sie wartete in der Praxis, bis Volker und seine Leute aus München angereist kamen. Letzten Endes also ein halber Tag Zeit, die Räume von jeder Art von Material zu säubern, das nicht in die Hände der Polizei fallen sollte. Joe fragte sich, ob es hier tatsächlich etwas zu verbergen gab.

Fast hatte Joe Mitleid mit der Labormanagerin. Aus unerklärlichen Gründen aber eben nur fast.

»Geht es wieder?« Volker legte Frau Malinowskowa die Hand auf die Schulter, in einem routinierten Mitgefühl, das er sich in einem Kommunikationsworkshop für Tod überbringende Berufe, Pfarrer, Soldaten oder Ärzte, antrainiert hatte. Ähnlich wie Hotelangestellte falsche Freundlichkeit lernen.

Frau Malinowskowa bemühte sich trotzdem dankbar um ein Lächeln.

»Wissen Sie, warum Doktor Cäsar in München war?«, fragte Volker.

Sie schüttelte den Kopf, stand auf und ging zu Doktor Cäsars Schreibtisch. Sie nahm auf dem Chefsessel Platz und deutete auf einen altmodischen, in Leder gebundenen Terminkalender der deutschen Ärzteversorgung. »Er hat nichts notiert. Die Praxis war über Weihnachten und Neujahr geschlossen. Ab morgen ist sie wieder offen.« Sie zeigte Volker die entsprechende, mit Terminen gefüllte Kalenderseite. »Frau Winklhofer, die Sprechstundenhilfe, hat ihm die Termine immer händisch eingetragen.«

Frau Winklhofer stand noch nicht zur Verfügung. Sie befand sich im Stau auf der Autobahn, auf dem Rückweg von ihren Eltern in Salzburg. 70 Kilometer Stop-and-go, das konnte dauern. Auch die Schleichwege total verstopft. Die Sprechstundenhilfe teilte dieses Schicksal mit Doktor Gebhardt, der in der umgekehrten Richtung, vom Flughafen München kommend, am Brunnthal-Dreieck nicht mehr weiterkam. Er hatte die Feiertage mit seiner Frau beim Heliskiing in Kanada verbracht und wollte zu seinem Gestüt bei Gmund-Ostin, wo er auch wohnte.

Joe studierte gelangweilt die Babyfotos hinter Frau Malinowskowa an der Wand. Volkers Fragen mochten faktisch in Ordnung sein, dass sie von Inspiration beseelt waren, konnte man ihm aber beim besten Willen nicht unterstellen. Sie entdeckte Linda mit Viola unter den Fotos. Eines der wenigen Bilder, auf denen auch die Mutter des Babys zu sehen war. Linda hielt Viola auf Kopfhöhe neben sich. Die Mutter trug ein großes Dekolleté, das Kind ein hässliches, beiges Strickmützchen, wahrscheinlich von einem hochpreisigen Label. Es wurde unter dem Kinn gebunden und versteckte Violas rotblonden Babyflaum, den Linda ästhetisch fragwürdig fand. Leider betonte die Mütze aber Möpschens sogar für ein Baby ungewöhnlich pausbäckiges Gesicht. Ein auffälliger Gegensatz zu ihrer schmalen Mutter. Joe suchte vergeblich nach Mechthilds Zwillingen auf der Fotowand. Wahrscheinlich lag deren Geburt schon zu lange zurück. Mit Bildern der Produktion der vergangenen zehn Jahre hätte Doktor Cäsar seine gesamte Praxis tapezieren können.

»Welche Haarfarbe hatte eigentlich Doktor Cäsar?«, platzte sie mitten in Volkers Befragung von Frau Malinowskowa. Sie glichen gerade miteinander Adressen und Telefonnummern aller Angestellten im Kinderwunschzentrum ab. Eine Fleißaufgabe, wie geschaffen für Bernd, aber nicht wirklich effizient bei einer Zeugenbefragung durch den Leiter der Ermittlungen. »Grau«, sagte Frau Malinowskowa. »Ich kenne ihn eigentlich nur grau.«

»Können Sie sich erklären, warum Doktor Cäsar sich am Silvestertag in München aufhielt?« Volker hatte Joe entweder nicht gehört oder er ignorierte sie. »Noch dazu in der Nähe der Bogenhausener Wohnung seiner Frau?«

»Vielleicht weiß Frau Cäsar Näheres darüber«, schlug Frau Malinowskowa vor. Sie schaffte es mühelos, zwei Ermittlungsbeamten mit unterschiedlichen Interessen gleichzeitig zu antworten.

Joe heftete wieder ihren Blick auf Lindas Foto. Violas Vater war ein Tipp von Frau Malinowskowa gewesen. Ein junger Mann aus bestem Hause. Die Embryologin selbst hatte ihn als Spender gewonnen, wie sie Linda erzählte, die es Stella erzählte, die es wiederum Joe erzählte. Während einer medizinischen Tagung über Bio-Stents aus abbaubarem Plastik, die Herzpatienten neuerdings eingesetzt wurden, statt der alten aus Metall, die auch im Grab ewig nicht verrotteten. Der junge Mann studierte zwar noch, interessierte sich aber trotzdem schon für Weiterbildung.

»Ich habe gehört, sie sind eine Meisterin im Auftreiben von Samenspendern.« Gnadenlos, wie immer, wenn sie eine Idee verfolgte, riss Joe Frau Malinowskowa und Volker aus ihrer Betrachtung der Telefonlisten. »Wie gehen Sie dabei vor?«

»Gute Frage.« Froh, sich einem ergiebigeren Thema widmen zu dürfen, stand Frau Malinowskowa vom Sofa auf, öffnete das Fenster trotz der Kälte draußen und zündete sich eine Zigarette an.

»Wir sind noch nicht fertig«, protestierte Volker.

Frau Malinowskowa beachtete ihn nicht länger. Während sie den Rauch aus dem Fenster wedelte, erklärte sie die Feinheiten der Anwerbung von Samenspendern. Geeignete junge Männer fand sie nicht einfach zufällig, sie jagte sie gezielt auf Veranstaltungen mit erstklassigem Genmaterial. An Universitäten, auf Kongressen, Tagungen und im Sommer sogar auf den Liegewiesen von Freibädern oder im Englischen Garten in München. Wo sonst hatte sie einen besseren Blick auf die physische Beschaffenheit der Spender. Manchen Kandidaten verfolgte sie wie ein Privatdetektiv über Monate, bis sie sich über seine Eignung sicher war. Beobachtete ihn in seinem täglichen Umfeld, begleitete ihn in Vorlesungen, unauffällig selbstverständlich, sah sich seine Freunde an. Hatte er eine ungute Neigung zu komplizierten, hysterischen, ungesunden

Menschen, was auf eigene psychische Probleme schließen ließ? Nahm er Drogen? Schlief er tagsüber und wurde erst nachts zum Ausgehen wach? Auch das Ansprechen war eine Kunst für sich. Niemand ließ sich einfach so von einer Fremden um Ejakulat bitten. Den richtigen Moment erwischte man nur mit Geduld. In der Bibliothek vielleicht, wenn man die Zielperson um Hilfe am Computer gebeten hatte. In einem Café, während einer scheinbar zufälligen Plauderei über einen Espresso, im Zugabteil. Für eine ältere Dame gab es viele Möglichkeiten, einen jungen Mann unauffällig anzusprechen und ihn zum Zuhören zu bewegen. Man musste dezent, interessiert und harmlos sein, ohne das geringste sexuelle Interesse. Jede Art von Flirt entsetze die jungen Männer, erklärte Frau Malinowskowa offen. »Sie fliehen schneller als aufgescheuchtes Rotwild am Hirschgröhrköpferl.«

Volker lachte. Den Anblick weiblicher Personen an der Schwelle zu den Wechseljahren fand er ebenfalls nicht besonders anziehend. Obwohl er höchstens fünf Jahre jünger war als Frau Malinowskowa, konnte er sich problemlos in die Gefühlswelt von Mittzwanzigern hineindenken. Die Telefonlisten interessierten ihn nicht mehr. Er hörte mit offenem Mund zu.

Die Rekrutierung von Spendern funktioniere am besten auf sachlicher Ebene, erklärte Frau Malinowskowa. Bewusst verzichte sie auf weite Ausschnitte, kurze Röcke und ärmellose Tops, obwohl sie sich das alles durchaus leisten könne, aber junge Männer erbleichten beim Anblick von zu viel weiblicher Haut, die sie älter als vierzig vermuteten.

»Die wollen nicht mit ihren Müttern vögeln.« Volker voller Empathie.

Frau Malinowskowa nickte ernsthaft. Bei so heiklen Themen wie Sperma, Masturbation und Fruchtbarkeit war jeder Gedanke an Sex eine hinderliche Assoziation. Krankenhaus statt Peepshow. Dienst am Menschen statt Selbstbefriedigung. Das seien die hilfreichen Schlagwörter. In langen Gesprächen appellierte sie an die Verantwortung der jungen Männer für das Fortbestehen der Menschheit. Im Laufe der Jahre hatte Frau Malinowskowa ihre Rekrutierungsmethode derart perfektioniert, dass kaum ein Kandidat ihre Bitte abschlug. Früher, in toleranteren Zeiten, hatte sie sogar immer einen tragbaren Stickstoffbehälter zur Frischhaltung des Spermas, ein paar Plastikbecher und Reagenzgläser bei sich getragen. Auf privaten Festen, Lesungen skandinavischer Krimiautoren oder im Theater. Alles Veranstaltungen, die sie gern besuchte. Auf diese Weise hatte sie sich unter den jungen Männern Bayerns geradezu Kultstatus erworben. Ihre Visitenkarte machte unter der Hand die Runde und wurde manchmal sogar an die nächste Generation weitergereicht. Längst meldeten sich potenzielle Spender auch dank Mundpropaganda. Sogar einige Beleidigte gab es, die von ihr ignoriert worden waren. Auf gut 70 Prozent schätzte Frau Malinowskowa ihre Erfolgsquote bei der Spermaaquirierung. »Darauf bin ich stolz.«

»Toll«, sagte Volker. »Wenn sie mal Not am Mann haben, rufen Sie mich an.«

»Sie sind zu alt.« Frau Malinowskowa musste für diese Einschätzung nicht mal nach seinem Geburtsdatum fragen.

»Läuft die Spenderanwerbung inzwischen nicht längst übers Internet?« Joe sprang ein, bevor sich zwischen Volker und Frau Malinowskowa Animositäten entwickeln konnten.

»Ich bin immer noch viel erfolgreicher als jeder Algorithmus, mit dem Doktor Gebhardt daherkommt.« Verächtlich blies Frau Malinowskowa den Zigarettenrauch zum Fenster hinaus.

Doktor Cäsar hatte ihr für die Anwerbetätigkeit in all den Jahren ein großzügiges Spesenbudget zur Verfügung gestellt. Das seit dem Einstieg von Doktor Gebhardt zunehmend gekürzt wurde, da er Frau Malinowskowas Methode für überholt hielt und gezielt im Netz potenzielle Spender ansprechen wollte, bei Facebook etwa. Das sei effizienter und billiger. Bislang war er den Beweis dafür jedoch schuldig geblieben. Die neue Website hatte ein kleines Vermögen verschlungen, Spender meldeten sich trotzdem nicht gemäß den Szenarien von Doktor Gebhardts Businessplan. »Nicht mal gemäß der konservativen Schätzungen.«

Joe fragte sich, was jetzt wohl aus Frau Malinowskowa werden würde. Mit dem Ableben des Chefs dürfte ihre Existenzgrundlage in Frage gestellt sein, wenn sie den Gesichtsausdruck richtig deutete, den sie jedes Mal bei der Erwähnung des Namens Gebhardt aufsetzte. Rollende Augen und ein genervter Zug um den Mund.

Resolut drückte Frau Malinowskowa die Zigarette auf der äußeren Fensterbank aus und schnippte sie in den Schnee vor dem Haus. Sie setzte sich aufs Sofa und holte ein Smartphone aus ihrer Kitteltasche. »Zugegeben, für die Eltern ist die Spenderauswahl durch das Internet einfacher geworden. Die können jetzt leichter das Angebot verschiedener Samenbanken miteinander vergleichen.« Mit ein paar Wischern fuhr Frau Malinowskowa die Website des Kinderwunschzentrums hoch. »Der Wettbewerb ist viel schärfer geworden. Umso wichtiger, dass die Beschreibungen der Spender die Eltern ansprechen. Auch darin bin ich besser als Doktor Gebhardts Schreibprogramm. Obwohl das für Schriftsteller entwickelt wurde.«

Da Frau Malinowskowa alle Samenspender persönlich kannte, hatte sie auch die Profile der über 1000 biologischen Väter in Doktor Cäsars Depot verfasst. Stolz zeigte sie Joe ein paar Kostproben. Volker las mit. Soweit auf die Schnelle erkennbar, schließlich genoss eine Polizistin keine linguistische Ausbildung, sachliche Porträts, aber gesprenkelt mit in der

Reproduktionsszene populären Adjektiven. »Großgewachsen, schlank, sportlich, attraktiv, überdurchschnittlich intelligent.« Frau Malinowskowa las die Worte laut und deutlich vor, wie eine Hexe ihre Zaubersprüche.

»Frau Malinowskowa, kann es sein, dass Doktor Cäsar bei einigen seiner Patientinnen seinen eigenen Samen verwendete?« Joe musste diese Frage jetzt loswerden, ohne Rücksicht auf Vernehmungstaktiken, allein um nicht daran zu ersticken.

»Wie kommst du denn auf die Idee?« Volker staunte.

Bei Frau Malinowskowa löste Joes Frage jene furchteinflößend eisige Miene aus, mit der sie in der Praxis komplizierte Patientinnen musterte. »Ach …, über diese bösartigen Gerüchte rege ich mich schon gar nicht mehr auf. Die gibt es seit dem Tag der Praxiseröffnung.« Sie schaltete ihr Telefon aus. »Haben Sie diese Information etwa von dieser hysterischen Bildhauerin. Wie war doch gleich ihr Name? Unsere Patientinnen entwickeln leider ab und zu abstruse Fantasien. Eine Künstlerin ist schon berufsbedingt anfällig dafür.«

»Sie wissen also von den Vorwürfen?«

»Selbstverständlich. Doktor Cäsar war schockiert. Ihm war völlig rätselhaft, wie eine Verwechslung des Spermas bei den Zwillingen passiert sein konnte. Auf jeden Fall nicht hier bei uns. Das muss ein Fehler im amerikanischen Labor gewesen sein. Ich habe ihn von Anfang an davor gewarnt, mit den Amerikanern zusammenzuarbeiten. Wissen Sie, wie viele Verwechslungen bei der Massenabfertigung in solchen Labors passieren? Die Qualität, die Sicherheitsstandards, die Kontrolle, alles keine EU-Standards. Aber Cäsar wollte jeder Patientin helfen, ihren Kinderwunsch zu verwirklichen. Er war da fanatisch.«

»Wie hat Doktor Cäsar auf die Anschuldigung reagiert?«

»Wie immer in solchen Fällen. Mit Verständnis. Es ist ihm in einem langen Gespräch gelungen, die Frau zu beruhigen.

Wie genau, weiß ich auch nicht. Jedenfalls habe ich seit Wochen nichts mehr von ihr gehört. Das allein ist doch schon ein Hinweis, dass sie sich alles eingebildet hat.«

»Hat er sich vielleicht auf einen DNA-Vergleich eingelassen?«

»Ganz sicher nicht. Das wäre ja noch schöner.«

»Und wieso erfahre ich von der obskuren Samenverwechslung erst jetzt?« Volker hatte sich so weit von seinem Ärger über die unzureichende Informationspolitik unter Kollegen erholt, dass er sich wieder einschalten konnte.

»Weil wir mit Streiten statt mit Ermitteln beschäftigt waren.«

Volkers strafender Blick perlte an Joe ab. Aus den Augenwinkeln sah sie draußen auf dem Parkplatz einen dunkelblauen Ford Fusion die Umgehungsstraße heranrasen, obwohl dort wegen der vielen Geschwindigkeitskontrollen alle vor sich hin bummelten. Auch angesichts der Streifenwagen auf dem Parkplatz drosselte die Fahrerin nicht das Tempo, sondern kam erst knapp hinter dem Einsatzwagen der Kripo Schliersee zum Stehen.

Dass Irma ausstieg, wunderte Joe nicht mehr. Stellas Mutter pflegte den forschesten Fahrstil aller Fordbesitzer im Landkreis Miesbach. Dass sie eine schreiende, strampelnde Lotte aus dem Kindersitz hob und mit ihr in Richtung Praxis rannte, ließ Joe ahnen, dass sie selbst das Ziel dieses Auftritts war.

Zehn Sekunden später stand Irma schwer atmend in der Tür. »Sie hat sich überhaupt nicht mehr beruhigen lassen.« Sie streckte Joe das völlig verweinte Kleinkind entgegen. »Die Zähnchen.«

Joe verdächtigte Irma zwar, die zahnende Charlotte nur als Vorwand benutzt zu haben, um sich in Bayrischzell höchstpersönlich über den Stand der Ermittlungen zu informieren, ihre Neugierde war legendär, aber sie schwieg, um die Sache nicht weiter zu verkomplizieren. Auf dem Arm ihrer Mutter beruhigte Lotte sich schlagartig. Mit großen blauen Augen schaute sie Volker an, der für weibliche Aufmerksamkeit grundsätzlich empfänglich war. »Ei, ei, ei, was haben wir denn da für ein süßes Püppchen.« Er klimperte vor Lottes Nase mit einer silbernen Babyrassel von Doktor Cäsars Schreibtisch.

Joe drückte Volker das charmant glucksende Lottchen in die Arme und hob die Karte auf, die unter der Rassel gelegen hatte. Auf dem Cover grinste ein moppeliges Baby in einer Wiege den Betrachter an. Herzchen rund um die Wiege forderten zum entsprechenden Glücksgefühl auf.

Joe klappte die Karte auf. »Liebe Frau Schumann«, der Name stand schwungvoll mit der Hand geschrieben in der Innenseite, »herzlichen Glückwunsch zur Geburt Ihres Babys«, dann hatte die Reinkarnation des Klapperstorchs offenbar die Inspiration verlassen. Ein Montblanc-Füller lag daneben, als hätte ihn Doktor Cäsar erst vor einem Moment aus der Hand gelegt.

»Das dürfen Sie nicht.« Frau Malinowskowa riss Joe die Karte aus der Hand und ließ sie in ihrer Kitteltasche verschwinden. »Die Namen fallen unter das Ärztegeheimnis.«

Auf die Karte konnte Joe verzichten. An den Namen würde sie sich erinnern. Sie hatte ein gutes Gedächtnis. Da Volkers Aufmerksamkeit immer noch voll von Lottchen beansprucht war, nutzte sie die Gelegenheit für eine halboffizielle Frage. »Frau Malinowskowa, was haben Sie denn heute so dringend kopieren müssen, dass der Kopierer ganz heiß gelaufen ist?«

»Ich? Gar nichts. Den hat bestimmt Frau Winklhofer vor den Feiertagen vergessen auszuschalten. Sie ist schrecklich zerstreut.«

6

Mit dem gleichen starken Willen, mit dem Linda zu einem Einser-Abitur, einer Zahnarztpraxis und einem Baby gekommen war, trieb sie nun die Suche nach dem Vater ihres Kindes voran. Ohne Stellas mangelndes Engagement in der Sache direkt anzusprechen, zeigte sie doch ihre Unzufriedenheit. Der Glaube an Wahans Spendertätigkeit entwickelte fanatische Züge, die auf ihre genetische Herkunft aus dem schwäbischen Protestantismus zurückgeführt werden konnte. Innerhalb von zwei Tagen fand sie seine Adresse heraus und wollte ihn unangemeldet überraschen. Von der Überrumpelungstaktik erhoffte sie sich spontane Ehrlichkeit. »Das gibt ihm keine Zeit, sich Lügen auszudenken.«

Stella versuchte, ihr den Plan auszureden, aber Linda konterte mit einer Drohung. »Dann fahre ich eben allein.«

Noch schlimmer. Stella kam mit.

Wenn er nicht in Harvard studierte, lebte Wahan in der Jugendstilvilla seiner Väter in Gmund. Schon vom schmiedeeisernen Tor aus, das einfach mit einem Niederdrücken der Klinke zu öffnen war, sah Stella ihn in dem tief verschneiten Garten. Keine Videokamera, kein Pförtner, keine übermannsgroße Hecke, nichts von dem üblichen Sicherheitsklimbim reicher Leute verstellte den phantastischen Blick auf den Tegernsee. Wahan schüttete Futter in ein Vogelhäuschen, das die in der Gegend verbliebenen Singvögel in einem unaufhörlichen Kommen und Gehen ansteuerten wie Holländer die Autobahnraststätte am Irschenberg. Einzig seine schwarze Zahl am Hals verdüsterte die weiße Glitzerwelt. Außer einer grauen Mütze war er unzureichend für einen Aufenthalt im Schnee gekleidet. Er fror trotz der Wintersonne. Neben ihm stand eine junge Frau im Lammfellmantel mit Kapuze und klatschte vor Begeisterung über das Treiben am Vogelhäuschen in die behandschuhten Hände. Stella hörte das poff, poff und spürte einen kleinen Stich von Eifersucht. Konnte man Wahan denn nie ohne Frau begegnen?

Wenn er sich über den Überraschungsbesuch wunderte, so zeigte er es nicht. Er umarmte sie, als hätte er sie erwartet. Stella spürte seine kalten Hände durch ihren Mantel auf den Schultern. »Lass uns reingehen, Herzchen«, rief er der jungen Frau zu, die ihre Handschuhe auf den Boden geworfen hatte, und mit vollen Händen Vogelfutter in den Schnee warf. Sie schüttelte den Kopf. Er nahm sie am Arm und wollte sie hinter sich herziehen, aber sie wehrte sich, riss sich los und rannte in den Garten hinein. Im wadenhohen Schnee kam sie nur ein paar Meter weit, bis sie lachend auf dem Boden lag. »Daisy fangen.«

Die Kapuze rutschte ihr vom Kopf. Eine junge Frau mit Down-Syndrom ahnte Stella mehr, als dass sie es sah. Vielleicht wegen ihrer Augen, vielleicht wegen ihrem fröhlichen Lachen, vielleicht wegen ihrer ungewohnten Ausstrahlung.

Wahan hob sie hoch und klopfte den Schnee von ihrem Mantel. Sie half ihm, aber nur bis sie ihm in einem unaufmerksamen Moment entwich und sich wieder in den Schnee warf. »Engel spielen.«

Wahan ließ es zu. »Der Samenspender meiner Schwester war wahrscheinlich zu alt«, erklärte er, ohne dass Stella oder Linda eine Frage gestellt hatten. »Heutzutage wäre Daisys Trisomie 21 schon in der vierten Woche durch einen einfachen Bluttest entdeckt worden.«

»Ein Glück, dass ich Viola jetzt erst gekriegt habe. So ein Schicksalsschlag hätte mich umgebracht.« Linda versuchte erfolglos, Daisy aus dem Schnee zu ziehen. »Sie wird sich noch den Tod holen.« Daisy wehrte sich so vehement, dass Linda sich vor den Schlägen in Sicherheit brachte. Erst die Ankunft eines alten Mercedes vor dem Gartenzaun lenkte Daisy von ihrem Engelsspiel ab. Begeistert rannte sie darauf zu. »Viktor. Viktor.«

Nike stieg mit Zappa an der Leine auf der Beifahrerseite aus. Daisy wartete nicht, bis der alte Mann sich hinter dem Steuer hervorgehievt hatte, sondern umarmte ihn noch im Auto. Nike versuchte vergeblich, ihrem Vater über seinen schwarzen Nadelstreifenanzug mit weißem Hemd und Weste einen Mantel wenigstens umzuhängen. Er schüttelte ihn immer wieder ab, während er sich von Daisy zum Vogelhäuschen ziehen ließ.

»Ganz schön stressig, diese Behindertentreffen«, rief Nike außer Atem. Aber sie lachte. Mindestens genauso heiter wie Daisy, trotzdem wäre niemand auf die Idee gekommen, ihren Geisteszustand in Frage zu stellen.

»Hat dein Vater nicht den Führerschein abgeben müssen?«, fragte Stella.

»Das hast du jetzt nicht gesehen.« Obwohl er sich oft hoffnungslos verirre, arbeiteten die Gehirnfunktionen für das Autofahren noch so weit, dass er mit seinem Automatik-Benz den Weg zu Daisy finde, erklärte Nike, vorausgesetzt, jemand saß neben ihm und soufflierte die Abzweigungen. »Manchmal, bei wenig Verkehr, lasse ich ihm den Spaß.«

Viktor setzte einer nackten Gipsvenus seine Mütze auf. Auch die Handschuhe versuchte er loszuwerden, aber Daisy zog sie ihm wieder über.

»Mein Dad frisst ihr aus der Hand.« Liebevoll beobachtete Nike die beiden, die Arm in Arm den Vögeln zuschauten. Ein krummer alter Mann mit widerborstigen, weißen Haaren und eine pummelige Zwanzigjährige mit einem schimmernden brünetten Pony.

»Viktor, Daisy! Kuchen!«

Beide kamen auf der Stelle angerannt. Viktor vorneweg.

Das Wort Kuchen löste wohl angenehme Erinnerungen in ihm aus. Daisy stolperte keuchend hinterher.

»Du hast wirklich tolle Wimpern.« Linda lief neben Wahan her. »Hast du auch schon mal Samen gespendet?«

»Wie kommst du denn darauf?« Wahan lächelte zwar freundlich auf diesen merkwürdigen Flirtversuch, aber er beschleunigte seine Schritte, als überlege er zu flüchten.

In der Edelstahlküche schnaufte und röchelte ein Hochseedampfer von einer Espressomaschine bei der Produktion individueller Kaffeewünsche. Obwohl Wahan damit beschäftigt war, Milch in Tassen zu schäumen, musste Stella dringend noch eine Frage klären. »Samenspender? Bei gleich zwei Vätern?« Da Nike über Wahans familiäre Situation in eiserner Solidarität geschwiegen hatte, konnte sie nur aus ihren dürren Informationen Schlussfolgerungen ziehen. Zwei schwule Väter, zwei Kinder, wo gab es da Probleme mit Spendersamen?

»Anoush, unsere Mutter, hat herausgefunden, dass Daisy nicht mit Erwin, Daisys Vater, verwandt ist. Als Krankenschwester hat sie sich gewundert, warum die Blutgruppe von Daisy zu niemandem in der Familie passt.«

Über seine Schwester Daisy hatte er nie zuvor geredet, nicht weil er sich für sie schämte, sondern weil er sie schützen wollte. Niemand sollte ihre Naivität und Zutraulichkeit für ein paar gemeine Fotos ausnutzen können. Von Anfang an hatten seine Eltern konsequent jeden Paparazzo und jede Zeitschrift verklagt, die es wagte, Fotos von Daisy zu veröffentlichen. Und jedes Mal gewonnen.

»Paparazzi?« Soweit Stella wusste, interessierten sich Klatschblattfotografen in der Regel nicht für Eltern mit Villa am Tegernsee, nicht mal, wenn sie über das nötige Kleingeld für die Ausbildung in Harvard verfügten. Nur reich genügte nicht für die Aufmerksamkeit von Klatschblattredaktionen.

Auch Schwulsein hatte längst seinen Skandalfaktor verloren. Die einzige Währung, die in diesen Kreisen zählte, war Prominenz. Egal welche.

Ohne direkt darauf angesprochen werden zu müssen, gab Wahan im kleinen Kreis am Küchentisch ein weiteres Stück Wahrheit preis. Kennen- und lieben gelernt hatten sich Erwin und Calouste als Mitglieder einer Boygroup, die sogar den European Song Contest gewann. Noch berühmter, noch reicher und noch mehr verfolgt von Groupies und Paparazzi wurden sie dann als Popduo Henry & George. Da lebten sie schon zusammen. Heimlich, da in den Achtzigerjahren Homosexualität sogar im Showbusiness noch als Karrierekiller galt. Die beiden hatten also Erfahrung im Verstecken vor der Presse, als sie ihre Familie gründeten. So wie Wahan war auch Daisy mit Doktor Cäsars Hilfe zur Welt gekommen. Seine Halbschwester, obwohl klassische Verwandtschaftsbezeichnungen in modernen Patchworkfamilien nicht immer genau passten. Daisy war das Kind von Erwin, dem Lebensgefährten von Calouste, Wahans Vater. Zumindest dachten das alle Beteiligten lange.

In Doktor Cäsar fanden sie einen verschwiegenen Verbündeten. Anoush, die Mutter ihrer Kinder, fanden sie in Caloustes armenischer Heimat. Zwar eine Leihmutter, aber mit ihren eigenen Eizellen involviert, wie das in den Anfängen der Reproduktionsmedizin üblich war. Nachdem Wahans Produktion komplikationslos verlaufen war, wollte Erwin zwei Jahre später das Procedere mit seinem Samen wiederholen. Diesmal sollte es ein Mädchen sein. Erwin war 30, Anoush 26, deshalb hielt Doktor Cäsar eine Fruchtwasseruntersuchung für unnötig.

Als Daisy mit Down-Syndrom geboren wurde, waren Erwin und Calouste schockiert, stellten sich aber ihrer Verantwortung. Anoush zog in die Villa in Gmund ein, als gleichberechtigte, mütterliche Bezugsperson für beide Kinder. Wahan entwickelte ein normales geschwisterliches Verhältnis zu Daisy. Er liebte sie. Daran änderte auch die Erkenntnis nichts, dass Daisy nicht Erwins genetische Tochter war. Aber immerhin hatte sie mit Anoush dieselbe Mutter.

»Hat Doktor Cäsar da geschlampt?« Linda, die über die Ermittlungen im Fall Cäsar nicht genau informiert war, hörte nun schon wieder Details, die sie weder als Ärztin noch als Mutter gelassen hinnehmen konnte. Nervös rutschte sie auf ihrem Stuhl hin und her.

Wahan wollte nicht lügen, sie aber auch nicht noch mehr beunruhigen. Er versuchte es mit einem barmherzigen »eventuell«, was Linda aber nicht mehr zur Kenntnis nahm.

Hektisch wischte sie auf ihrem Smartphone herum. »Guck mal.« Sie hielt es Wahan vors Gesicht. »Violas Papa als Kind.«

Wahan schaute kurz darauf und wechselte mit Nike einen Blick, der je nach Lage der Dinge als stoisch, warnend oder genervt interpretiert werden konnte.

»Er ist ungefähr so alt wie du«, sagte Linda.

»Ach wirklich? Wo hast du das Foto her?«

»Wetten, da hat die Malinowskowa wieder ihre Finger drin.« Nike konnte Doktor Cäsars Laborantin nicht verzeihen, dass sie von Anfang an jede Auskunft verweigert hatte. Aus Rücksicht auf ihren Arbeitgeber, wie Frau Malinowskowa schriftlich mitgeteilt hatte, außerdem könne sie keine wirklich relevanten Informationen geben, da nicht vertraut mit den Interna. Die ärztliche Schweigepflicht erstrecke sich selbstverständlich auch auf sie als Angestellte der Praxis. »Tut so verschwiegen und erzählt den Müttern heimlich irgendwelche Lügengeschichten.« Nike regte sich auf. »Was hat sie dir denn sonst noch alles gesteckt?«

»Jetzt machen wir hier mal Nägel mit Köpfen.« Linda zitterte vor Aufregung. »Violas Vater, Deutscher, Jahrgang 1984, weit überdurchschnittlicher IQ, zwei Klassen übersprungen,

Naturwissenschaftler, Masterstudiengang in Harvard. Davon gibt es nicht so wahnsinnig viele. Ich habe mir die Liste aller Deutschen in Harvard angeguckt. Vier. Du bist einer davon. Du kannst bestimmt ein Instrument spielen, wenn nicht mehrere, mit Musikern als Eltern. Du passt.« Die letzten beiden Worte schrie Linda fast. Ihr Gesicht rot vor Aufregung.

Ohne ein Wort zu sagen verschwand Wahan aus der Küche. Linda wollte ihm hinterherrennen, aber Nike hielt sie zurück. »Er kommt gleich wieder.«

Ein kurzes Damengerangel folgte. Linda riss sich los. »Ich muss das jetzt wissen.« An der Tür stieß sie mit Wahan zusammen. Er streckte ihr ein Foto hin.

Linda warf nur einen kurzen Blick darauf. »Wusste ich's doch.« So klang Triumph.

»Nichts weißt du«, sagte Nike.

Wortlos gab Linda das Foto an Stella weiter. Ein Duplikat zu dem, das sie schon in Berlin gesehen hatte, aber jetzt mit Wahans Vätern darauf. Voll elterlichem Stolz und Amüsement schauten sie ihrem Sprössling beim Zerlegen des Schokonikolaus zu. Einer hielt den altmodischen Drücker mit der weißen Schnur für den Selbstauslöser in der Hand.

»Jetzt hör mir mal zu.« Wahan stellte sich vor Linda hin, packte sie mit beiden Händen an der Schulter und schaute ihr ins Gesicht. »Mein Vater hat Doktor Cäsar in den vergangenen 28 Jahren jedes Jahr ein Foto geschickt. Als Dankeschön und als Beweis dafür, wie gut sich das Kind entwickelt. 1988 hat er eben das Weihnachtsfoto geschickt. Cäsar hat Tonnen solcher Fotos von stolzen Eltern bekommen.«

»Ich hab ihm auch schon ein paar von Viola geschickt.« Lindas Stimme klang verdächtig nach Tränen.

»Keine Ahnung warum, aber Frau Malinowskowa hat dir ein Märchen erzählt. Und dafür das Kinderfoto von mir benutzt. Ich schwöre, ich habe nie Samen gespendet. Weder bei

Doktor Cäsar noch sonst irgendwo. Es wäre wirklich das allerletzte, was ich tun würde.«

»Die Malinowskowa hat dich verarscht, Linda.« Nike benutzte für die Aktivitäten der Laborantin dasselbe prägnante Wort wie Volker schon für Doktor Cäsars moralische Grundeinstellung.

Linda konnte die Tränen nun doch nicht zurückhalten. »Aber wenn es nicht Wahan ist, wer ist es dann?«

Stella tat ihre Freundin leid. Zum ersten Mal wirklich in dieser verfahrenen Geschichte. Sie legte ihr den Arm um die Schultern. Linda bebte, als würde sie gleich zusammenbrechen.

Nike betrachtete sie kühl. »Hat Viola von Cäsar eine Babyrassel zur Geburt geschenkt bekommen?«

Linda schüttelte den Kopf. »Ist das wichtig?«

7

Volkers Antrag auf Bildung einer Sonderkommission Friedensengel war abgeschmettert worden. Dafür gebe es bislang keinen Handlungsbedarf, hatten sich die Leiter der zuständigen Dienststellen in München und Schliersee geeinigt. Ein ganz normaler Mord an einem älteren Herrn, durchgeführt mittels einer so traditionellen Methode wie erdrosseln, rechtfertige noch nicht den Aufwand an Personal und polizeitechnischen Ressourcen wie etwa ein Kindermord. Das sei der Öffentlichkeit nicht zu vermitteln, der Druck der Medien bewege sich in einem erträglichen Bereich, außerdem müsse auch die Polizei sparen. Leiter der Ermittlung sei doch auch ein schöner Titel.

Volker schmollte dezent. Er berief Bernd in seine Taskforce, immerhin ein Beamter mehr, an dem er seinen Führungsanspruch ausspielen konnte. Außerdem benutzte er, quasi als Entschädigung, den neuen Dienstaudi für seine Fahrten zwischen München und Bayrischzell. Dort richtete er im Untergeschoss des Rathauses ein provisorisches Büro ein, mit ausrangierten Büromöbeln, darunter einem fast neuen Schreibtischsessel aus Leder, den ein Ex-Bürgermeister wegen seines lädierten Rückens hatte anschaffen lassen und der von seinem Parteifreund und Nachfolger als viel zu prunkvoll in den Keller verbannt worden war.

In der rechten Hand einen Coffee to go, in der linken zwei Butterbrezn ließ Volker sich nun fast täglich in Bayrischzell sehen. Auf seinen Fahrten von München hatte er viel Zeit, Theorien zu entwickeln.

Zur besseren Veranschaulichung seiner Gedanken heftete er dazu Bilder an eine Styroporplatte. Ganz links, zum Auftakt, ein Foto des Friedensengels. Selbst geschossen, unter Beachtung der Regeln des Goldenen Schnitts. Der Engel schwebte, von hinten betrachtet, genau in der Bildmitte zwischen den kahlen Ästen der Baumreihen rechts und links, die ausladenden, goldenen Flügel über einen See aus Schnee gebreitet. Der graue Himmel drückte ihm in dem fahlen Winterlicht aufs Haupt. Leider störte das Zelt der Spurensicherung die ansonsten perfekte Komposition. Insgesamt aber sah München aus wie düsteres schwedisches Hinterland in der Verfilmung eines Mankell-Krimis. Eine Bildwirkung, auf die Volker stolz war.

Viktoria schrieb er mit einem dicken schwarzen Filzstift neben den Kopf des Engels auf die Wand und malte einen Pfeil, der auf das Hinterteil zeigte. »Fällt euch was auf?«, fragte er Joe und Bernd, die gehorsam auf der Fensterbank saßen, weil im Keller des Rathauses keine Stühle aufzutreiben waren.

»A saubere Scheibn«, schlug Bernd vor, der sich als nordbayerischer Franke im oberbayerischen Kommissariat um Inklusion bemühte.

Volker schaute ihn verächtlich an. »Der Friedensengel ist eigentlich die Siegesgöttin, lateinisch Victoria. Erbaut zum Gedenken an die kriegsfreie Zeit zwischen«, er spickte auf seinem Smartphone, »1896 und 1899. Woran erinnert euch das?« Er schaute erwartungsvoll in die Runde.

Joe und Bernd zuckten mit den Schultern.

»Ist doch klar.« Mit einer Reißzwecke heftete er das Bild einer jungen Frau neben den Friedensengel. »Die Münchner Viktoria ist eine Nachbildung der Nikestatue von Samothrake. Nike. So heißt die griechische Siegesgöttin. Nike, wie die schöne Stuntfrau, die so eifrig im Mordfall Cäsar herumgeistert.« Unter den Pfeil zwischen Nike und Friedensengel schrieb er *Viktoria = Nike*.

»Worauf willst du hinaus?« Joe kannte zwar die Theorie, dass Frauen entwicklungsorientiert, also umständlich sind, und Männer ergebnisorientiert, also sofort auf den Punkt kommen, aber für ihren Geschmack bewies Volker nur, dass auch Ergebnisorientiertheit sehr umständlich sein konnte.

Volker tippte energisch auf Nikes Foto. »Ich frage mich, was diese tätowierte Diva mit dem Mord an Doktor Cäsar zu tun hat. Der Tatort am Friedensengel ist ein derart deutlicher Hinweis auf sie, das kann kein Zufall sein.«

Joe wollte ein unwilliges Schnauben nicht unterdrücken.

»Bist du anderer Meinung?«

»Nein, nein.«

Volker brauchte eine gute Stunde, um seine Theorie zu entwickeln. Demnach musste der Mörder aus dem engeren Umfeld des Opfers stammen. Schon die Wahl des Tatortes wies darauf hin. Zwar hatte ihn die Assoziation von Stella Felix nicht ganz überzeugt. Der Tote sah nicht nach Engel aus, auch nicht in angefrorenem Zustand, aber ihre Überlegungen gingen in die richtige Richtung. Der Täter arbeitete mit Symbolik und zwar mit einer, die den Tatort betraf. Was war der Friedensengel im Winter anderes als ein *frozen angel*?

Und dann das Chloroform, die bevorzugte Tötungschemikalie des Doktors bei seinen Forschungen über Rattenembryos. Volker zitierte einen Satz, den Doktor Cäsar vor Jahren im ›Time Magazine‹ über seine Studienzeit geäußert hatte. »They called me the rat killer.« Wenn das kein Hinweis war, dann wusste Volker nicht mehr, was einer sein könnte.

Neben ein Foto des Opfers auf dem Mosaikboden hängte er das Porträt einer Ratte mit rosa Schnäuzchen und putzigen Schnurrbarthaaren. Auf den Pfeil zwischen beiden schrieb er Chloroform. Dann malte er noch einen Pfeil zwischen Cäsar und Nike, mit drei dicken Fragezeichen dazu. Die Fotos von Frau Malinowskowa, Doktor Gebhardt, Frau Winklhofer und Ute-Marie Cäsar ordnete er in einem Kreis um die Leiche an. Einzig Nike bekam einen Soloplatz außerhalb des Kreises.

»Warum der Täter sein Opfer erdrosselt hat, wissen wir noch nicht. Sehr wahrscheinlich wollte er der Polizei auch damit ein Zeichen geben, aber noch können wir nicht entschlüsseln, welches.«

Bernd studierte Nikes Foto, auf dem ihre Schönheit genauso gut zur Geltung kam wie ihre Körperbemalungen. »Drossel ist doch ein Vogel, oder? Vielleicht ist die Tötungsart ein Hinweis auf die Vögel an Nikes Oberarmen.«

Volker erging sich ebenfalls in der Betrachtung von Nikes Körper. »Ganz abwegig ist das nicht.«

»Oder der Täter meinte mit erdrosseln vögeln und es handelt sich hier um eine homosexuelle Beziehungstat, eventuell mit sadomasochistischem Hintergrund.« Joe konnte sich die Chance nicht entgehen lassen, sich über zwei Männer gleichzeitig lustig zu machen.

Sollte Volker ihren Hohn spüren, so ignorierte er ihn. »Es gibt keine Hinweise darauf, dass Doktor Cäsar homosexuell war. Ganz im Gegenteil. Seine Mitarbeiterinnen sagen übereinstimmend aus, dass er Frauen sehr gemocht hat. Das bestätigt auch seine Ehefrau. Schließlich hat sie sich wegen seiner ständigen Affären, zu denen ja bekanntermaßen auch deine Freundin Stella gehörte, von ihm getrennt.«

»Ständige Affären? Dieser Mops?« Bernd ignorierte gern, dass er selbst zur Pummeligkeit neigte.

»Gut möglich, dass der Täter oder die Täterin sich in seiner oder ihrer Selbstüberschätzung so sicher wähnt, dass er oder sie glaubt, mit der Polizei Spielchen treiben zu können«, sagte Volker.

»Wenn dem so ist, kann das keine Frau sein.« Joe suchte aus ihren Unterlagen den Einkaufszettel vom Tatort und heftete ihn neben Doktor Cäsar.

»Wo kommt der denn her?« Volker studierte ihn interessiert. Ein ermittlungsrelevantes Indiz erkannte er sofort, wenn man es ihm sauber unter die Nase pinnte. »Oberlandmarkt Agatharied. Donnerstag, 30.12., 10 Uhr 32, Kasse vier. Ist ja interessant. Sonst noch was Neues?««

»Alle Fotokopien von Doktor Cäsars Praxiskopierer aus den vergangenen vierzehn Tagen.« Bernd hob einen prall gefüllten Aktenordner in die Höhe. »Kurz vor Weihnachten wurde er leider generalüberholt. Dabei wurde die Festplatte gelöscht. Aber alles, was zwischen Weihnachten und gestern kopiert wurde, haben wir schon mal.«

Volker studierte immer noch den Einkaufszettel. »Wer hat das Knacken der Festplatte angeordnet?«

»Ich«, sagte Joe. Sie nahm den Packen von Bernd entgegen. »So viel? Trotz Betriebsferien?«

Bernd nickte.

»Diese Art von Ermittlungen fallen nicht in deinen Zuständigkeitsbereich, Joe.« Einem Wettbewerb im Sich-in-Szene-setzen ging Volker grundsätzlich nicht aus dem Weg. »Darf ich dich daran erinnern. Aktionen, die das ärztliche Schweigegebot betreffen, werden vorher mit mir abgesprochen. Wenn die Staatsanwaltschaft davon Wind kriegt, muss ich den Kopf hinhalten, also werde ich auch die Anordnungen geben. Ist das klar, Joe?«

»Absolut klar. Tut mir sehr leid, hab vergessen, dich zu informieren.«

»In Zukunft wird nicht im Nachhinein informiert, sondern vorweg gefragt. Klar?«

»Entschuldige.«

Joes Demut ließ Volkers Verärgerung über die Missachtung seiner Chefposition ins Leere laufen. Er beruhigte sich so weit, dass seine Neugier die Oberhand gewann. »Den Antrag auf Auswertung des Kopierers können wir nachreichen. Lass mal sehen.« Er riss Joe den Ordner mehr oder weniger aus der Hand, blätterte, las sich fest, murmelte wiederholt einen seiner Lieblingssätze, »ist ja interessant«, und blätterte weiter.

Joe schaute dem Schneien auf dem Parkplatz zu.

»Patientenunterlagen«, sagte Volker. »Von 1982 bis heute. Durchnummeriert. 368 Stück. Das können ja nicht alle sein.«

Joe verfolgte eine einzelne Schneeflocke auf ihrem Weg nach unten, bis sie gegen die Fensterscheibe tänzelte und schmolz.

»Er hat selbst von etwa 10 000 Patientinnen gesprochen. Und wenn man bedenkt, wie Ärzte schwarz abkassieren, dürften noch mal ein paar Hundert, wenn nicht Tausende dazukommen. Ausländerinnen zum Beispiel, oder Frauen, die ihren Männern nichts von der künstlichen Befruchtung erzählen und bar zahlen.«

Joe riss sich von dem Winteridyll los. »Warum sollten sie das tun?«

»Unfruchtbarkeit ist für einen Mann eine traumatische Erfahrung. Es gibt bestimmt Ehefrauen, die ihren Männern diese Erkenntnis ersparen wollen.«

»Und ihnen dafür lieber ein fremdes Kind unterschieben?«

»Ja klar. Soll schon mal vorgekommen sein. Kuckuckskinder heißt das.«

»Ein Kuckuckskind aus der Besamungspraxis?« Jetzt redete auch Bernd mit. »Na, ich weiß nicht.«

»Genau, nichts wissen Sie.« Volker mochte zwar als Amateurpsychologe eine Niete sein, aber eine Steilvorlage erkennen und dem anderen eine reinsemmeln, dieser Instinkt funktionierte einwandfrei.

Joe stand wortlos auf, nahm Volker den Ordner weg und setzte sich wieder.

Jede einzelne Akte bestand aus einem Deckblatt, in dessen rechte obere Ecke ein kleiner roter Kringel gestempelt war, der mit ein wenig Wohlwollen einer Babyrassel glich. Dazu flüchtig hingezeichnet die gängigen Symbole für feminin, ein Spiegel mit Handgriff, und für maskulin, ein Kreis mit phallischem Pfeil. Darunter drei Nummern. Zwei mit immer unterschiedlichen, die dritte mit immer denselben zwölf Ziffern.

Außerdem enthielt jede Akte ein Profil des Samenspenders, fein säuberlich getippt und anonymisiert als »der junge Mann«. Frau Malinowskowas einfühlsame Werbung für ihre donogenen Eroberungen. Schon beim flüchtigen Durchblättern fiel Joe auf, dass übliche männliche Wesen, so wie sie eines geheiratet hatte, begrenzt liebevoll, mit Hang zu schlechter Laune und einer nicht weiter trainierten Sportlichkeit, mit Geheimratsecken und den Rettungsringen eines Schreibtischarbeiters, in Doktor Cäsars Traumfabrik keinen Einlass gefunden hatten.

Die Mütter waren für diese Art Akte ohne Bedeutung. Und keines der Blätter enthielt Adressen, Krankenkassenunterlagen oder ärztliche Befunde, wie man sie in einer Patientenakte erwartete.

»Nun, zu welcher Erkenntnis bist du gekommen?«, fragte Volker.

»Wir sollten einen Dechiffrierungsspezialisten einschalten. Die Nummern und sinnlosen Buchstabenfolgen verbergen garantiert die Klarnamen von Mutter, Kind und Vater.«

»Genetischer oder Sorgevater?« Bernd bewies, dass er seit Silvester dazugelernt hatte.

»Wir werden sehen.« Joe hob einen jeweils vom Samenspender ausgefüllten Fragebogen hoch. »Und vielleicht sollte ein Graphologe sich die Schriften der Spender ansehen. Auf den ersten Blick sehen sie zwar unterschiedlich aus, aber schaut euch mal das große A an. Es ist oben immer extrem spitz und hat einen flotten, aber schrägen Strich in der Mitte. Als ob ein und derselbe Mensch das geschrieben hat.«

»Stimmt«, sagt Bernd.

»Kann ich so nicht sehen.« Nicht zielführende Ideen bereiteten Volker Unbehagen. Nicht zielführend hieß, der Nutzen für seinen weiteren beruflichen Werdegang war nicht eindeutig ersichtlich. »Ein Dechiffrierungsexperte und ein Graphologe, was das kostet. Selbst wenn wir nur LKA einschalten. Wozu soll das gut sein?«

»Vielleicht hat Mechthild recht und Doktor Cäsar hat mit seinem Samen ausgeholfen. Und vielleicht hat er auf diese Art und Weise«, Joe klopfte auf den Aktenordner, »Buch geführt. Wenn wir das entschlüsseln können, kommen wir vielleicht weiter.«

»Zu viele Vielleichts für das LKA«, sagte Volker.

»Ich stell den Antrag«, sagte Joe.

8

»Was ist für Sie das vollkommene irdische Glück?« – »An einem Frühlingsabend im Mai das wohltemperierte Klavier auf einem Bechsteinflügel spielen und die Tür zur Terrasse steht weit offen.« Bernd zitierte aus den Fotokopien. Draußen war es längst dunkel, wahrscheinlich schneite es immer noch.

Volker hatte sich auf dem Weg nach München die Kassiererin im Supermarkt vorgeknöpft, und war dann direkt weitergefahren in die Stadt. Seine Ermittlungsergebnisse passten nicht in sein Konzept, darüber musste er erst mal nachdenken. Die Kassiererin konnte sich an nichts erinnern. Weder an einen dicken Mann, »davon gibt es hier viele«, noch an irgendjemand anderes, der aussah, als ob er die Absicht hege, zwei Tage später als Mörder am Friedensengel die Münchner zu erschrecken. Die Spur mit dem Einkaufszettel stand kurz davor, ins Leere zu laufen. Eine Chance gab es noch. »Joe, du schaust dir bei nächster Gelegenheit die Videos an.« Alle Kassen im Supermarkt wurden mit Kameras überwacht, ebenso ein paar Regale, die erfahrungsgemäß Diebstahl provozierten. Die mit Alkohol, Süßigkeiten und Kosmetik.

Joe hatte die Anträge für Graphologen und Dechiffrierungsexperten losgeschickt und sich dann den ganzen Nachmittag mit Bernd durch die merkwürdig unvollständigen Patientenunterlagen gelesen.

Die Fragen, die alle Samenspender handschriftlich beantwortet hatten, waren in allen 368 Fällen dieselben. Sie kamen Joe bekannt vor, deshalb telefonierte sie mit Stella, die sich als Medienexpertin mit solchen Sachen auskannte. »Welche militärische Leistung bewundern Sie am meisten? Was soll man denn da drauf antworten? Die Schlacht bei Waterloo oder drei, drei, drei, bei Issos Keilerei?«

»Der proustsche Fragebogen ist einfach nicht totzukriegen.« Stella lachte. »Den hat Marcel Proust 18hundertwasweißich beantwortet, seither bestücken Redaktionen, denen nichts einfällt, ihre Blätter damit. Promis können mit den Antworten ihre Originalität beweisen. Eine unwiderstehliche Form der Selbstdarstellung.« Bevor sie wieder auflegte, versprach sie noch, den Babysitter für Lotte zu spielen. Irma konnte ihren monatlichen Schafkopfstammtisch auf keinen Fall im Stich lassen, auch nicht, wenn Joe ihren Einsatz als Mutter wieder einmal zugunsten ihres Berufs auf den späteren Abend verschieben musste. Seit ihrer Trennung von Dominik forderte der ständige Kampf mit zwei Arten von schlechtem Gewissen einen Großteil ihrer Energie. Dasjenige, das mit einem monatlichen Einkommen verbunden war, siegte in der Regel.

»Ihr größter Fehler?« Bernd war ganz vertieft in seine Lektüre. Sogar bei einem Liebhaber bewegter Bilder wirkte die Magie des Fragebogens. »Meine Ungeduld.« Er blätterte. »Diese Antwort kommt ziemlich oft. Scheint unter Studenten sehr populär zu sein.«

Joe verwunderte das nicht. Der Fragebogen entsprach in Doktor Cäsars Gewerbe einem Bewerbungsgespräch, entsprechend routiniert wurde bei den Antworten gelogen. Aber offenbar funktionierte die Strategie gerade deswegen. Zu versuchen, mit Originalität zu punkten, war in einer auf Massenerfolg getrimmten Gesellschaft eine schlechte Idee.

Einzig die ausschließliche Konzentration auf Studenten als Spender erstaunte Joe. Als ob eine Universitätsausbildung ein Garant für Intelligenz sei. Ein Trugschluss, wie sie aus ihrer langjährigen Erfahrung mit kriminellen Subjekten wusste. Vor allem aber sagte ein bestandenes Abitur nichts darüber aus, ob einem Menschen sein Leben glückte. Dafür bedurfte es anderer Qualitäten und Fähigkeiten.

»Ihre Helden der Geschichte? Mahatma Gandhi, Albert Schweitzer, Dalai Lama«, las Bernd vor.

»Lassie und Fury, Winnetou und Old Shatterhand, Tim und Struppi, Asterix und Obelix, Fix und Foxi, Bonnie und Clyde«, sagte Joe. Seine Verwirrung rührte sie. »War nur ein Witz, Bernd. Also, welches Muster liest du aus den Fragebögen heraus?«

Bernd setzte sich aufrecht hin und sah Joe aufmerksam an, ganz Musterschüler in voller Konzentration. »Dazu müsste ich jetzt erst die Antworten statistisch auswerten und sie in einem Koordinatensystem darstellen.«

»Okay. Kannst du heute Nacht machen. Geh jetzt mal rein intuitiv vor.«

»Annahmen sind ...

»... der Feind des Ermittlers. Ich weiß, ich weiß. Also stellen wir jetzt einfach eine Arbeitshypothese auf.«

»Du meinst, wir machen ein Profiling?«

Diese amerikanischen Fernsehserien. Joe staunte in regelmäßigen Abständen über Bernds Identifikationsbestreben mit seinen Filmvorbildern. Der übermäßige Konsum von Heldenepen hatte in ihm den Berufswunsch »irgendwas mit Polizei« geweckt und jetzt steckte er fest im braven deutschen Beamtengärtchen und fragte sich, wo sich Glamour und Action versteckt hielten. »Nein«, sagte sie, »wir machen nicht mal eine Fallanalyse, wir stellen uns nur eine Frage. Irgendjemand hat aus irgendeinem Grund diese Blätter kopiert. Wer und warum? Mehr wollen wir im Moment nicht wissen. Der Witz effizienter Theorien besteht darin, sich auf das zu konzentrieren, was auf der jeweiligen Stufe interessant ist.«

»Äh.«

Kurz darauf meldete sich Volker erneut, mit der wissenschaftlichen Bestätigung von Joes intuitiver Erkenntnis bezüglich der Selbstauskünfte der Spender. Er hatte einen Graphologen kontaktiert, rein zufällig Rechtsaußen im Fussballteam der Polizei, also ein alter Sportfreund von ihm. Inoffiziell, der Antrag konnte nachgereicht werden, hatte der Experte schnell mal einen Blick auf die Handschriften in den Fragebögen geworfen. Aufgrund seiner Erfahrung, »also intuitiv«, warf Joe ein, hatte er die Möglichkeit eines einzelnen Verfassers bestätigt. Genaueres würde eine intensive Analyse ergeben, mit einem fundierten schriftlichen Bericht sei nicht vor Ablauf von 15 Arbeitstagen zu rechnen. »Weibliche Intuition ist doch immer wieder zu erstaunlichen Leistungen fähig«, räumte Volker noch großzügig ein.

Joe drückte die Austaste.

Ob es noch schneite?

»Kennst du Juno und Izumo?« Bernd schaute aus seiner Lektüre hoch. »Die stehen hier auch drin. Grob geschätzt zehnmal. Unter ›Ihre Lieblingsnamen?‹. Nie gehört, diese Namen. Die klingen doch eher asiatisch. Hat Cäsar in Bayrischzell so viele japanische Samenspender gebraucht?«

Joe zog Google zu Rate. »Juno ist die römische Göttin der Fruchtbarkeit. Izumo ein japanischer Hochzeitsschrein. Schreib das auf für Volker, das bringt ihn vielleicht auf eine Idee für eine Symbolik.« Joe stieg in ihre gefütterten Winterstiefel, die sie im Büro immer auszog, weil die Füße darin so schwitzten, verzwirbelte umständlich den Schal am Hals, zog den Mantel an, zurrte die Mütze über die Ohren und schlüpfte in nagelneue Handschuhe.

»Machen wir Feierabend?« Bernd legte bereitwillig die Fragebögen zu einem ordentlichen Stoß.

»Im Gegenteil«, sagte Joe, »wir holen in Doktor Cäsars Praxis irgendwas Handschriftliches von ihm und du bringst es zum Graphologen nach München. Er soll das mit der Schriftprobe vergleichen, die Volker ihm gebracht hat. Ich fahre zu Lottchen, wozu habe ich Kinder, wenn ich sie nie sehe, aber ich will möglichst heute noch wissen, ob der Doktor alle diese Fragebögen selbst ausgefüllt hat.«

9

Luis kämpfte. Mit sich und mit den Umständen. Stellas Anruf mit der Nachricht von Doktor Cäsars Tod hatte ihn am Gardasee bei einer Yoga-Fortbildung erwischt. Impulsiv, auch das völlig untypisch für ihn, hatte er einen Abstecher nach Schliersee beschlossen. Dafür musste er, auf dem Weg zurück nach Bern, nicht mal einen großen Umweg auf sich nehmen. Unterwegs im Auto staunte er, wie sehr der Mord an dem Samenspenderdoktor ihn beschäftigte. Er kannte den Mann doch gar nicht, hatte ihn nur einmal getroffen. Und dann dieser Tod. Womit hatte der Mann das verdient?

Schon nach Mitternacht. Keine gute Zeit im Niemandsland zwischen Thiersee und Bayrischzell, unterwegs auf einer nicht geräumten Straße, die der ständige dichte Schneefall immer mehr in eine Rutschbahn verwandelte. Ein rotes Licht, das Luis vorher noch nie aufgefallen war, flackerte bedrohlich auf dem Armaturenbrett. Er betete, dass sein alter Renault wenigstens noch bis zum nächsten bewohnten Haus durchhielt.

Den Blick starr auf die wirbelnden Flocken im Scheinwerferlicht geheftet, versuchte er sich vorzustellen, was aus seinen spätpubertären Spermien geworden war. Ob unter den 28-jährigen Züricher Neohippies mit Ziegenbärtchen und Haarknoten überdurchschnittlich viele von ihm abstammten? Oder verfolgten sie eher eine Karriere bei der Credit Suisse, wie er selbst, als er noch jung und dumm war?

Und seine Töchter? Hatten sie den breiten Hintern seiner Mutter geerbt, das berüchtigte Gerda-Gen seiner Familie, von dem er glücklicherweise verschont geblieben war? Wie würden sie in einer modernen Welt zurechtkommen, mit Gerdas devoter Freundlichkeit. Vor ihrer Liebe für Kalbsgeschnetzeltes mit Rösti hatte er sich bis ans andere Ende der Welt absetzen müssen. Wurde auch eine Abneigung gegen Kalbsgeschnetzeltes vererbt?

Trotz vorsichtigem Bremsen kam der Kastenwagen ins Schlingern. Vielleicht übernachtete er besser im Auto und fuhr erst am nächsten Morgen weiter. Unschlüssig beobachtete er das flackernde Lämpchen. Die Temperaturanzeige stieg auf 100 Grad. Kein Kühlwasser mehr. Im Motor musste es kochen. Sollte er Stella anrufen, sie bitten, ihn abzuholen? Unmöglich. Viel zu gefährlich, so spät und bei diesem Wetter.

Er drosselte das Tempo, fuhr so langsam, dass der Motor hustete. Beim Anblick des roten Hubbels mitten auf der Straße trat er so abrupt auf die Bremse, dass der Wagen auf dem frischen Schnee schlitterte. Schuhe. Knallrote Stöckelschuhe. Fast schon zugeschneit, aber eben noch nicht ganz. Keine Spuren zu sehen. Irgendjemand hatte die Schuhe aus dem Autofenster geworfen. Blutstropfen auf weißem Grund. Fotokalenderpoesie. Zu unwirklich, um unachtsam daran vorbeizufahren.

Sicher verwahrt im Auto schoss er ein Foto aus dem Seitenfenster. Zu weit weg. Er fuhr ein paar Meter näher ran, aber jetzt stimmte der Ausschnitt nicht mehr. Er nahm seine Kamera und stieg aus. Die Stille überraschte ihn. Eine Landstraße im Schneetreiben bei Nacht. Kniend, im Scheinwerferlicht seines Autos fotografierte er die roten Schuhe. Die Kamera klickte. Sachlich, ungerührt, zuverlässig. Ein Geräusch, das ihn immer beruhigte. Luis bei der Arbeit. Die Schneeflocken schmeckten nach einem neuen Tag.

Das leise Wimmern hätte er fast überhört.

Die junge Frau lag neben der Straße. Zusammengekauert wie ein Embryo. Ein Schatten im Mondlicht. Fast nicht zu erkennen in den Schneewänden, die der Räumdienst entlang der Straße aufgetürmt hatte.

»Kann ich Ihnen helfen?« Luis legte ihr vorsichtig die Hand auf die Schulter, damit sie sich nicht erschreckte.

»Nach Hause.« Kaum zu verstehen. Luis schob den Schnee von der Kapuze ihres Wintermantels. Sie klammerte sich mit eisigen Fingern an sein Handgelenk.

»Können Sie gehen?«

Sie nickte, schüttelte aber seine helfenden Hände ab. Unter ihren zerrissenen Nylonstrümpfen klebte Blut an ihren Beinen. Ihre Füße blau vor Kälte. Auf allen Vieren kroch sie über den aufgetürmten Schnee bis zur Straßenmitte, hob schwankend die roten Schuhe hoch, steckte sie rechts und links in ihre Manteltaschen und schwankte zum Auto. Ohne ein Wort zu sagen öffnete sie die Beifahrertür und setzte sich. Mit einem leisen Klack fiel die Tür hinter ihr ins Schloss.

Luis unterdrückte den Impuls, sie zu fotografieren. Er wäre sich wie ein Schuft vorgekommen. Einen Menschen einfach mit der Kamera hinterrücks abzuschießen, ging gegen seine Berufsehre. Das erlaubten sich nur Amateure. Dennoch bedauerte er die verpasste Gelegenheit.

»Schön warm«, sagte die Frau, als er neben ihr saß. Erst jetzt roch er den Alkohol. Sie rieb ihre Füße, um sie aufzuwärmen. Luis schaltete das Gebläse der Heizung in den Fußraum.

»Wie lange lagen Sie schon da?«

Sie hob die Schultern.

»Wo wohnen Sie?«

Sie hob die Schultern.

»Sie müssen doch irgendwo zu Hause sein.«

Sie rülpste.

»Ich bin Luis.«

»Cleo.« Sie streckte ihm die Hand hin. Immer noch kalt.

Den Kopf auf der Rückenlehne schlief sie ein. Offener Mund. Speichel floss über ihr Kinn. Sie war jung. Mitte zwanzig. Höchstens. Er knipste die Innenbeleuchtung an, um sie genauer betrachten zu können, aber das Licht weckte sie auf. Seufzend öffnete sie den Mantel und drehte sich auf ihrem Sitz in eine bequemere Position. Möglich, dass sie schwanger war. Für eine so zierliche Frau zeichnete sich ein erstaunlich runder Bauch unter ihrem Kleid ab. Aber vielleicht irrte er sich. Seit er einmal eine Frau irrtümlich zu ihrem Baby beglückwünscht hatte, war er in Bezug auf Frauenbäuche vorsichtig. Vielleicht hatte auch nur der Alkohol sie aufgebläht.

Und wenn doch? Eine betrunkene Schwangere. Glücklich konnte sie nicht sein. Ihr Kopf rutschte immer weiter nach vorn. Damit sie nicht auf dem Armaturenbrett aufschlug, schubste er sie zurück in die Ecke an der Fahrertür. Was sollte er mit ihr tun? Sie bei der Polizei abladen? Wo gab es die nächste Polizeistation? In Schliersee?

Er rüttelte sie sanft, aber hartnäckig. »Wo fahren wir jetzt hin, Cleo?«

»Nach Hause.« Sie zeigte Richtung Bayrischzell.

Das rote Licht flackerte auf, erlosch aber wieder. Er fuhr langsam und vorsichtig, trotzdem schlingerte der Wagen. Sie schlug die Augen auf. »Mein Papa ist tot.« Sie schlief wieder ein und schnarchte rasselnd.

An der Kreuzung nach Bayrischzell weckte er sie, sie deutete schläfrig hoch zum Sudelfeld. Er hielt ihren Oberarm fest, während er lenkte, damit sie nicht wieder einschlief und tatsächlich, sie wusste den Weg. Er stoppte vor einem Einfamilienhaus, das Dach mit einem halben Meter Schnee bedeckt. Alle Fenster dunkel. Ihre blauen Augen erinnerten ihn an jemanden, aber er konnte sich nicht erinnern, an wen.

Sie zog ihre roten Pumps an, stieg aus und steuerte in der aufrechten Haltung der Betrunkenen, die auf keinen Fall klein beigeben wollen, die Treppe zur Eingangstür an. Sechs Stufen. Die erste schaffte sie, dann fiel sie hin und krabbelte auf allen vieren hoch. Nach zwei Stufen gab sie auf, blieb einfach liegen.

Es schneite immer noch. Luis konnte sie nicht allein lassen.

Er verließ das Auto, packte sie an den Schultern und schleifte sie mehr als dass er sie trug die restlichen Stufen hoch. Sie verlor wieder ihre Schuhe, aber er achtete nicht darauf. In ihrer rechten Manteltasche fand er einen Schlüsselbund.

Im Haus war es kalt, als ob seit Tagen nicht geheizt worden war. Cleo zitterte, das spürte er durch ihren Mantel. Irgendwo im Haus quietschte etwas. Ein kleines, aber eindringliches Geräusch, das er nicht identifizieren konnte. Er drückte im Flur alle Lichtschalter auf der Leiste. Das Licht an der Treppe zum ersten Stock ging an und die Lampen in einem großen Wohnzimmer mit einem Sofa. Dort legte er Cleo ab. Sie wurde wach genug, um selbst ihren Mantel auszuziehen. »Papa«, murmelte sie und war schon wieder eingeschlafen. Er wickelte sie in die teure Kamelhaardecke, die auf dem Sofa lag und stellte die Heizung auf die höchste Stufe.

Die Wohnung überraschte ihn. Biedermeiermöbel, Perserteppiche, farblich fein ausbalancierte abstrakte Malerei an den Wänden. Wie kam ein schwangeres Mädchen aus gutbürgerlichem Haus dazu, mitten in einer Winternacht betrunken neben der Straße zu stranden?

»Hallo. Jemand da?«

Nichts. Nur das Quietschen.

Er ging dem eigentümlichen Geräusch nach und landete in einem Büro mit englischen Mahagonimöbeln. Auf keinen Fall das Büro eines jungen Menschen. Eher das von Papa, nahm Luis an.

In einer Ecke rannten in einem großen Käfig zwei weiße Ratten in quietschenden Laufrädern. Jede in einem eigenen.

Als sie ihn bemerkten, setzten sie sich und beäugten ihn.

Dass er Ratten mochte, wäre übertrieben, aber seine langen Jahre in Asien hatten ihn an ihren Anblick gewöhnt. Er sah, dass der Wasserspender leer war. Vielleicht hatten sie Durst. Er ging in die Küche, um ihn aufzufüllen. Die Frau hörte er erst, als sie schon hinter ihm stand.

»Luis«, sagte Joe, »um Himmels willen. Was machst du denn mitten in der Nacht in Doktor Cäsars Wohnung?«

10

Wegen ihres üblichen postmortalen Pflichtbewusstseins hatte Joe nicht einschlafen können. Graphologe, Code dechiffrieren, die Einkäufe an Kasse vier, rätselhafte Buchstabenreihen, 368 nicht identifizierte Elternpaare, Einzelheiten des Falles wirbelten ungeordnet durch ihren Kopf und gaben keine Ruhe. Da Lotte schlief, als sie nach Hause kam, hatte sie im Fernsehen die Disziplin von Sardinenschwärmen bestaunt, die sich bei Haiangriffen in bewundernswerten Formationen zusammenschlossen.

In ihren eigenen gedanklichen Schwärmen herrschte dagegen das reine Chaos.

Obwohl Bernd aus München angerufen hatte, mit der vorläufigen graphologischen Bestätigung, dass tatsächlich alle Fragebögen von Doktor Cäsar selbst ausgefüllt sein konnten. Erkennbar an Charakteristika der Privatkorrespondenz des Doktors, außer dem spitzen A auch immer gleiche Querstriche am T und geschwungene Unterlängen des kleinen g.

Nach dieser Auskunft verabschiedete er sich auf die Sonnenstraße, wo er einen neuen Club testen wollte.

Morgen um neun stehst du auf der Matte, dachte Joe, biss sich aber auf die Zunge, um den Satz nicht auszusprechen. Lächerlich, einem Kollegen die Mama zu geben. Sollte er seine Erfahrungen mit Volker selbst machen.

Aber warum hatte Doktor Cäsar diese 368 Fragebögen selbst ausgefüllt? Und warum mit gefälschter Handschrift?

Die mögliche Antwort auf diese beiden Fragen ließ leider fast nur eine Schlussfolgerung zu. Doktor Cäsar hatte in 368 Fällen die zukünftigen Mütter mit seinem eigenen Samen befruchtet. Bewusst hatte er über Jahre seine Patientinnen getäuscht und betrogen. Ihr Vertrauen missbraucht. Die hysterische Mechthild hatte auf monströse Weise recht.

Nach dem momentanen Stand der Ermittlungen wiesen immer mehr Details auf diese Möglichkeit hin. Doch wie konnte sie bewiesen werden?

Und welche Auswirkungen hatte diese Möglichkeit auf den Täterkreis?

Musste der Mörder unter den Babyrasselkindern oder in ihrem Umfeld gesucht werden? Hatten getäuschte Mütter oder rachsüchtige Väter ein Motiv? Was bedeutete es für ein Samenspenderkind, wenn es erfährt, wer sein wirklicher Vater ist? Oder nicht ist? Entstand aus Enttäuschung genügend Energie für einen Mord?

Am Tag zuvor hatte der IT-Experte der Kripo vergeblich versucht, Doktor Cäsars Luftschutzkeller zu öffnen. Zwar war es ihm gelungen, den Eingangscode zu entschlüsseln. Auch das aufwendige BUS-System konnte er deaktivieren. Aber die scheinbare Fantasielosigkeit, mit der Doktor Cäsar seinen Keller versperrte, hatte ihren Grund. Das Lämpchen am Eingabegerät an der Tür blinkte nur zur Tarnung. Als das elektronische Sicherungssystem ausgeschaltet war, erwies sich, dass mit einem herkömmlichen Tresorschlüssel zugesperrt worden war. Niemand wusste, wo Doktor Cäsar den Schlüssel aufbewahrte. Nicht mal seine Frau. Und leider befand sich der Schlüsselexperte der Kripo in seinem Ferienhaus in der Bretagne. Typisch. Immer war der wichtige Mann gerade in Urlaub oder auf Fortbildung.

Sich unruhig im Bett wälzend hatte Joe das dringende Bedürfnis gespürt, Doktor Cäsars Keller aufzusuchen. Jetzt gleich. Irgendetwas hatte sie angezogen. Vielleicht war es nur ihre von zu vielen Fernsehkrimis verdorbene Phantasie. Jedenfalls war sie aufgestanden, hatte Stella geweckt und ihr ohne Rücksicht auf Etikette und Höflichkeit die Frage ins verschlafene Gesicht geschmettert. »Wo würde Doktor Cäsar die Schlüssel zu seinem Luftschutzbunker verstecken?«

»Im Rattenkäfig«, hatte Stella im Halbschlaf gemurmelt. Und auf die Bitte, auf Lotte aufzupassen, nur genickt. Schon war sie wieder abgetaucht.

Joe schob Lotte im Kinderbettchen zu Stella ins Schlafzimmer. In der Küche stellte sie ein Fläschchen warm und fuhr los.

Und so stieß sie um vier Uhr nachts in Doktor Cäsars Wohnung auf Luis. Sie betrachtete das schlafende Mädchen auf der Couch. Ein Kokon aus Alkoholatem hüllte es ein. Sein Schnarchen hätte auch ein Bauarbeiter in der Mittagspause nicht besser hingekriegt. »Ist sie schwanger?«

»Möglich.«

»Cleo, sagst du?«

Luis nickte.

»Cleo wie Cleopatra?«

»Scheint so.«

Eine blutjunge werdende Mutter, die unzureichend bekleidet und betrunken mitten in einer frostigen Winternacht auf der Straße aufgelesen wurde, das sprach nicht für eine harmonische Beziehung zu dem Vater ihres Kindes. Gab es etwas Traurigeres als eine unglückliche Schwangere?

Schade, dass Irma nicht zugegen war. Sie hätte Cleo ziemlich sicher identifizieren können. Vielleicht nicht gleich, aber nach ein, zwei Telefonaten. Schon allein der Name Cleo musste irgendwem aufgefallen sein.

Joe kannte sich in Bayrischzell nicht besonders gut aus. Der Ort passte selbst auf sich auf, die Kripo hatte dort wenig zu tun. Aber eines wusste sie sicher, es gab keine amtlich registrierte Tochter von Doktor Cäsar. Was zusätzliche Fragen bezüglich seiner Samenspenderaktivitäten aufwarf. Nahm das denn nie ein Ende?

»Was machen wir jetzt mit ihr?«

»Erst mal ausschlafen lassen«, sagte Luis.

Selbst todmüde, nach einer Fahrt im Schneetreiben über die Alpen, verlor er den Sinn fürs Praktische nicht. Joe fragte ihn nicht, warum er seine Yogalehrerfortbildung für einen Ausflug nach Schliersee abgebrochen hatte. Seine Sache. Später vielleicht. Ein Polizist musste auch ein Gespür für die richtige Frage zur richtigen Zeit entwickeln. »Ekelst du dich vor Ratten?«

»Ekeln wäre übertrieben«, sagte Luis. Ihm war eine Ratte so groß wie eine fette Katze nachts in einem Hotelbett in Kalkutta übers Gesicht gehetzt. Er hatte im Rattentempel von Deshnoke in Rajasthan das Gewusel um seine Füße ertragen. Sogar im Luxushotel in Bombay hatte er ein wohlgenährtes Nagetier seelenruhig durch die Lobby spazieren sehen. Zwei gepflegte, relativ schlanke Laborratten brachten ihn nicht aus der Fassung.

Joe hatte sich nach ein paar Wochen bei der Kripo, nach der Begegnung mit ihrem ersten Toten, einem alten Mann, der seit Wochen in seiner Wohnung vor sich hin gammelte, in einer Art Selbstsuggestion entschlossen, sich nichts mehr mit

Abscheu zu nähern. Kripobeamter war mit einem sensiblen Magen der falsche Beruf. Ekel war ein Luxus, den sie sich fortan nicht mehr leistete.

Beim Anblick der Tiere konzentrierte sie sich auf die positiven Aspekte. Eigentlich niedlich, diese Barthaare und die Knopfaugen. Und dann das saubere Fell, mindestens genauso streichelweich wie bei einer Perserkatze. Die Schwänze? Nun ja, äh … »Also, wer holt die Schlüssel raus. Du oder ich?«

»Ich mach das schon«, sagte Luis, mit dem tapferen Unterton eines Mannes, der eine Frau vor ihrem eigenen Mut beschützen will. »Aber wo fangen wir an?«

Die Ratten wohnten luxuriös in einem fast zimmerhohen Käfig mit mehreren Etagen und allem ausgestattet, was ihre Spezies gemütlich findet. Hängematten, Schlupfrohre, Äste und Leitern zum Klettern, Graskugeln und Weidenkörbe zum Verstecken, ein in skandinavisch Rot und Weiß angemaltes Holzhaus zum Repräsentieren und ein liebevoll hingepinseltes *Juno & Izumo* über dem größten Einstiegsloch.

Noch ein Hinweis auf Doktor Cäsars fragwürdiges Verhalten, erkannte Joe beim Anblick der beiden Namen. »Wo er die Schlüssel wohl versteckt hat?«

Luis deutete auf die schwedische Wohneinheit.

Juno und Izumo flitzten unruhig am Rand ihres Käfigs entlang. Luis öffnete die Klappe in der Mitte des Käfigs und griff beherzt nach dem Dach des Holzhauses. Es ließ sich leider nicht abnehmen, wie er gehofft hatte. Ein weißer Schatten flitzte über seinen Unterarm, den er so schnell aus dem Käfig in Sicherheit brachte, dass ihm die Türklappe fast die Hand abhackte.

»Nimm das ganze Holzhaus raus«, schlug Joe vor.

Der gesamte Käfig roch auf eine dezente Weise ziemlich streng. Nach dem Ableben des Tierhalters hatte sich keiner von der Polizei so weit erbarmt, Hand ans Heim der possierlichen Tierchen zu legen. Trotz Volkers Anweisung. Auch der Futternapf war leer. »Die haben wahrscheinlich Hunger.« In einer Kommode neben dem Käfig fand Joe eine Körnermischung für Nager. »Hier, gib ihnen das. Dann beruhigen sie sich vielleicht.«

Luis schüttete das Futter in die Keramikschüssel. Joes Mutterinstinkt hatte richtig funktioniert. Juno und Izumo stürzten sich auf ihr Nachtessen und ermöglichten Luis, ungestört das Holzhaus aus dem Käfig zu entfernen.

Bis auf eine Sammlung Baumwollfetzen und die unvermeidlichen Köddelchen war es leer.

Auch nachdem ihr Hunger gestillt war, zeigten sich die Tiere wenig kooperativ. In verbissenen Abwehrattacken versuchten sie die Eindringlinge aus ihrer Behausung fernzuhalten. Was Luis eine Wunde am Daumen eintrug. »Scheiß Mistviecher« blieb sein einziger Redebeitrag.

Schließlich fanden sie den Schlüssel in einem Astloch des Kletterbaums.

Joe suchte im Bad vergeblich nach Desinfizierungsspray. Typisch Ärztehaushalt. Entweder horteten sie zu Hause eine Apotheke oder sie gehörten zu der medikamentenabstinenten Fraktion, die sich privat nicht mal eine Kopfschmerztablette erlaubte. Nur eine Hämorrhoidencreme trieb sie auf, aber Luis weigerte sich, etwas davon auf den blutenden Biss aufzutragen. Auch eine sofortige Versorgung mit Tetanus- und Tollwutspritze fand er unnötig. Er vertraute auf Doktor Cäsars sorgfältige Pflege seiner Haustiere.

Viel wichtiger war der Luftschutzbunker. Warum hatte Doktor Cäsar es für nötig befunden, ihn doppelt abzusichern? Welche Geheimnisse barg er? Höchste Zeit, den Schlüssel endlich zu benutzen.

11

Der Bunker öffnete sich mit zwei leichten Klickgeräuschen. Das Innere enttäuschte. Ein kühler Raum mit weißen Labormöbeln und einem Gefrierschrank, der seinem altertümlichen Brummen nach zu urteilen nicht mehr den aktuellen Treibgasnormen entsprach. Auch das Mikroskop war noch da. So ähnlich hatte Stella den Raum beschrieben. Nur die Strickjacke hing nicht mehr an ihrem Haken.

Der Kalender einer Pharmafirma an der Wand zeigte den Fudschijama vor blauem Himmel. August 1998. Auch schon ein Weilchen her. Doktor Gebhardt und Frau Malinowskowa hatten übereinstimmend ausgesagt, der Bunker werde nicht mehr als Samenbank benutzt. Obwohl Doktor Cäsar Stella doch lebende Spermien unter seinem Mikroskop gezeigt hatte.

»Artists are not a prerequisite for the survival of mankind«, las Luis von einer vergilbten Karte ab, die mit einem Magneten am Kühlschrank klebte. »Floyd C. Kimble, Foundation for the Continuity of Mankind«

Joes Schulenglisch wurde während ihrer Arbeit im Landkreis Miesbach in der Regel nicht gefordert. »Prerequisite?«

Luis dagegen hielt seine Yogakurse sogar öfter auf Englisch als auf Schwyzerdütsch. »Künstler sind keine Voraussetzung für das Überleben der Menschheit.« Er wusste auch, wer Floyd C. Kimble war. Ein exzentrischer kalifornischer Millionär, der in den 70er-Jahren eine Spermabank gegründet hatte, die exklusiv von hochintelligenten, bevorzugt weißen Männern beliefert werden sollte, um die drohende Weltherrschaft der Unterschicht zu verhindern.

»Und warum hängte sich Doktor Cäsar ein Zitat dieses Rassisten an die Wand?«

Auf diese Frage wusste Luis keine Antwort. »Ironie?«

Den Zugang zum versteckten Zimmer fanden sie nur, weil Joe hartnäckig blieb. Beim Mahjong-Spielen am Computer hatte sie gelernt, auch bei scheinbar aussichtslosen Spielen konzentriert bei der Sache zu bleiben und nicht voreilig aufzugeben. Irgendwo versteckte sich meist noch ein Steinchen, das zu einem anderen passte. Meist eines von den unauffälligen, die man schnell übersah. Kein Spiel vorzeitig aufgeben, so ihre Erkenntnis. Man konnte es eventuell doch noch gewinnen.

Warum hatte Doktor Cäsar seinen Bunker mit einem elaborierten Zugangssystem gesichert, das sogar den Spezialisten für Sicherungstechnik im LKA überforderte. Und den Schlüssel dazu in seinem Rattenkäfig versteckt? Hätte er nichts zu verbergen, hätte er ihn einfach zu seinem Kellerschlüsseln im Flur hängen können.

Den Keller im Haus hatte Joe gecheckt. Viele Rotweinflaschen mit französischen Etiketten, lange nicht benutzte Skier und ähnliches nicht weiter Bemerkenswertes.

In Indiana-Jones-Manier, auf der Suche nach einem geheimen Schatz, rüttelte sie energisch an den Regalen im Bunker. Luis inspizierte derweil die tiefgefrorenen Samenröhrchen mit einer Nachdenklichkeit, die Joe verwunderte. Wie fasziniert Männer doch von Ejakulat waren, als ob darin schon kleine Lebewesen schwämmen.

Der schwere Eisenschrank mit dem Laborzubehör erinnerte sie an eines dieser unauffälligen Mahjong-Steinchen. Um Luis in seinen Betrachtungen nicht zu stören, stemmte sie sich allein gegen eine Seitenwand. Und siehe da, der Schrank rollte lautlos zur Seite.

Die Tür dahinter ließ sich mit dem Schlüssel aus dem Rattenkäfig problemlos öffnen. Der Beweis, dass Mahjong daddeln auch für deutsche Beamte sinnvoll sein kann. Wortlos steckte Joe das schwyzerdütsch akzentuierte Lob über ihren kriminalistischen Spürsinn ein. »Chapeau.«

Wie es sich für einen Bunker gehört, gab es keine Fenster, aber immerhin einen handelsüblichen Lichtschalter, der einwandfrei funktionierte. Das heimelige Licht einer verbotenen, total unökologischen 100-Watt-Glühbirne beleuchtete Doktor Cäsars Geheimnis. Sie standen in einem über und über mit Fotos zugepinnten Kellerraum.

»Das Kabinett des Doktor Caligari.« Luis flüsterte ehrfürchtig, als sei er überwältigt von der Großartigkeit einer gotischen Kathedrale.

Wie ein Teenie sein Zimmer mit Postern von Filmstars schmückt oder ein Gefängnisinsasse seine Zelle, hatte Doktor Cäsar Wände und Decken mit vergrößerten Bildern zugeklebt. Aber sein Interesse galt nicht Schauspielern. Er umgab sich mit Bildern von in seiner Praxis gezeugten Kindern. Dabei begnügte er sich nicht mit von den Eltern eingesandten Babybildern in Postkartengröße, wie in seinem Sprechzimmer. Als Dokumentation seiner Arbeit. Die Tapezierung seines Bunkers zeugte von anderen Ambitionen. Größeren, gefährlicheren.

Ähnlich jenem Starschnitt von Abba, den Joe einst in der ›Bravo‹ über sechs Wochen gesammelt, ausgeschnitten und zusammengeklebt hatte, nahm nun ein Foto, das Nike von sich im Internet veröffentlicht hatte, eine halbe Wand ein. Am Computer auf acht Din-A3-Blättern fast in Lebensgröße ausgedruckt und zusammengesetzt.

Nike im Bikini, was auf der Website einer Stuntfrau sinnvoll war, weil potenzielle Auftraggeber ihre durchtrainierte, erstklassige Figur sehr gut studieren konnten, was im Kabinett des Doktor Cäsar aber einen Hautgout bekam. Als vermische sich väterlicher Stolz mit sexuellem Interesse.

Nike war noch mehrmals im Din-A-3-Format vertreten.

Einmal kam sie aus einem Supermarkt mit zwei Tüten in der Hand, einmal zeigte sie Figur beim Stand-up-Paddeling auf einem See, der sehr gut der Schliersee sein konnte, mit Zappa auf einem kleineren Board im Schlepptau. Auch Wahan zierte mehrfach die Wände. Fotogen sperrte er mit einer Fernbedienung das elterliche Mercedes-Cabrio auf, dann saß er mit zwei unbekannten jungen Frauen, die ihn anhimmelten, in einem Münchner Straßencafé. Und schließlich sah man ihn noch mit seiner Schwester beim Blumenpflücken auf einer Wiese. Daisy hielt einen Strauß Margeriten und Kuckucksblumen in der Hand und Wahan überreichte ihr gerade ein paar Vergissmeinnicht. Daisy war auch solo vertreten. Mit einem liebevoll eingefangenen breiten Lachen. Auch Mechthilds Zwillinge entdeckte Joe. Beim Besteigen eines Fahrgeschäftes auf dem Oktoberfest. Und dann gab es da noch die Fotos vieler anderer Kinder, die Joe nicht kannte. Nie Babys, immer Kinder ab etwa fünf Jahren. Jedes in unterschiedlichen Lebensaltern. Als ob der Fotograf sie über die Jahre begleitet hatte. Keine einzige Studioaufnahme, sondern alle in der Öffentlichkeit geschossen, wie von einem Paparazzo. Die meisten, ohne dass die Kinder die Kamera bemerkten. Beim Gang in die Schule, beim Baden am See oder beim Einkaufen. Ein kleines Mädchen winkte im Dirndl aus einem Trachtenzug heraus. Ein kleiner Junge saß auf einem Pferd und klammerte sich ängstlich an der Mähne fest. Ein anderer Junge im Anzug wie ein erwachsener Banker schleppte eine Einkaufstüte, auf der »Chanel« stand, die Münchner Maximilianstraße entlang.

»Ob er die alle selbst fotografiert hat?«, fragte Joe.

Luis öffnete die Schublade einer Kommode, neben einem orangefarbenen Sofa und einem kleinen Beistelltisch die gesamte Möblierung des Raums, und hielt eine imposante Kamera mit Teleobjektiv in die Höhe. Aus der zweiten Schublade zog er eine Schachtel Kleenex.

Joe schaute ihn fragend an, aber er zuckte nur mit den Schultern. Es war klar, was er dachte. Der gute Doktor masturbierte inmitten seiner Kinderschar und fror im vorderen Raum das Ejakulat für zukünftige Einsätze ein.

Joe, die bislang immer noch gehofft hatte, alle Vermutungen über die Eigenleistung Doktor Cäsars als überspannte Phantasie einer gestressten Patientin einstufen zu können, gestand sich vor den vielen Kinderbildern endgültig ein, dass alle Verdächtigungen mit größter Wahrscheinlichkeit berechtigt waren. Doktor Cäsar, ein stolzer Papi, der die öffentliche Zurschaustellung seines Nachwuchses auf Nachttisch und im Flur scheute, hatte die Ausstellungsfläche in seinen Bunker verlegt. Der bot genügend Platz und Geheimhaltung.

»Schau, da ist Cleo.« Luis strich vorsichtig über das Foto der jungen Frau, die auf einer Bank vor einer Almhütte in der Sonne saß. Sie posierte ganz bewusst, mit leicht schräg gestellten Beinen und vorgerecktem Kinn, aber ohne auch nur den Anflug eines Lächelns, vielleicht weil sie sich mit ernster Miene hübscher fand. Sie war barfuß, die Wanderschuhe standen neben ihr, die Nase schälte sich unter einem leichten Sonnenbrand. Da sie sich die Haare streng nach hinten gebunden hatte, leuchteten ihre abstehenden Ohren im Licht.

Soweit Joe das überblickte, war Cleo die einzige, die Doktor Cäsar nie heimlich fotografiert hatte.

»Von ihrer Schwangerschaft ist noch nichts zu sehen«, sagte sie. »Cleo und Cäsar? Findest du diese Vornamenkombination nicht merkwürdig?«

»Selbstverständlich«, sagte Luis.

Sie verließen Doktor Cäsars Samenspenderrefugium, schoben auch wieder den Schrank vor die Tür und schlossen den Bunker hinter sich zu.

Inzwischen war es fast sechs Uhr morgens. In den Häusern ringsum strahlten vereinzelt die Fenster der Frühaufsteher. Es schneite nicht mehr. Joe atmete die kalte Luft ein und bewunderte den fast vollen Mond, der über dem schwarzen Schatten des Seebergs hing. Wie von einer dekowütigen Hausfrau hingenagelt. Der Schnee auf dem Weg zurück ins Haus knirschte unter ihren Füßen. Das Sofa im Wohnzimmer war leer. »Cleo ist abgehauen.« Luis wunderte sich.

Joe zog ihr Handy aus der Tasche und rief Irma an.

»Kennst du in Bayrischzell eine Cleo?«

»Klar.« Irma war schon ihr übliches hellwaches Selbst. Morgens um sechs, mit der ersten Tasse Kaffee vielleicht sogar noch etwas wacher als sonst. »Cleo heißt eigentlich Kerstin und ist die Tochter von Frau Malinowskowa. Was hat sie denn angestellt?«

12

Elf Minuten später klingelte Joe an Frau Malinowskowas Haustür. Allein. Luis hatte ihrem Befehl gehorcht, eine Flasche Wasser aus Doktor Cäsars Küche in den Kühler gekippt und sich zu Stella verabschiedet, bevor er wegen Übermüdung zum Verkehrshindernis wurde.

Irmas Wegbeschreibung war unkompliziert. Rechts von Doktor Cäsar die Straße hoch bis zum Ende, das hübsche alte Haus mit der Lüftlmalerei.

In der aufgehenden Morgendämmerung sah Joe schon von fern, dass Frau Malinowskowa zu der eifrigen Sorte Hausbesitzer mit einem weitverbreiteten Hang zur Überdekoration gehörte. In Anbetracht ihres strengen Äußeren eine überraschende Entdeckung. Wer hätte gedacht, dass eine Frau, die keiner Haarsträhne erlaubte, aus der Reihe zu tanzen, in ihrem winterlich verschneiten Garten bunte Glaskugeln aufstellte, in einem verschnörkelt geschnitzten Vogelhäuschen Körnermischungen servierte, Leuchtgirlanden um Eingangstür und Fenster drapierte und einen Nikolaus samt Schlitten und Rentieren an der Balkonbalustrade blinken ließ. Auch die unvermeidliche Fichte strahlte im Glanz elektrischer Kerzen.

Joe hörte das Dingdong der Klingel durchs Haus schallen. Niemand öffnete. Offenbar hatte Frau Malinowskowa einen guten Schlaf. Obwohl es noch dunkel war, konnte sie im Schein der Gartenbeleuchtung Spuren erkennen, die links um das Haus herum in den Garten führten. Möglicherweise in den Schnee getrampelt von einer spätnachts betrunken heimkehrenden Tochter. Joe folgte ihnen in den Garten. Die Terrassentür stand offen.

Sie betrat mit lauten Rufen nach Frau Malinowskowa das Wohnzimmer. Eine Stehlampe brannte, aber nichts rührte sich. Der mit Bücherregalen und abgenutzten Polstermöbeln vollgestellte Raum bot eine gutbürgerliche Kulisse für die silbern gerahmten Fotos der Damen Malinowskowa in diversen Lebensaltern. Nie mit männlicher Begleitperson. Einzig Doktor Cäsar schmückte zweimal das Bücherregal. Im Kreis seiner Praxismannschaft, die vor Doktor Gebhardts Eintritt nur aus Frauen bestanden hatte, und während einer Ehrung. Ein verflossener bayerischer Ministerpräsident heftete Doktor Cäsar einen Orden ans Revers. Frau Malinowskowa im Festtagsdirndl und mit Blumenstrauß hielt sich ebenfalls auf der Bühne auf.

Alle Lampen anknipsend wanderte Joe durch das Erdgeschoss, das sowohl von Frau Malinowskowas Vorliebe für handbemaltes Porzellan wie auch von ihrem geübten Umgang mit Staubtuch und Wischlappen erzählte. Überfüllt, aber aufgeräumt, doch nirgends war die Hausbesitzerin zu sehen.

Joe ging die Treppe hoch ins Obergeschoß. Zwischendurch immer mal wieder nach Frau Malinowskowa rufend. Cleos Zimmer erkannte sie an dem mit Strass bestickten rosa Sari als Vorhang und ausgeschnittenen Zeitschriftenfotos ihr unbekannter junger Männer an den Wänden, Film- oder Popstars höchstwahrscheinlich. Typisch für eine junge Frau von Anfang 20, auch wenn man bei einer Schwangeren zumindest einen kleinen Hinweis auf den Erzeuger ihres Umstandes vermutet hätte. Ein Filmstar war es eher nicht. Auch hier lächelte Doktor Cäsar von einem Foto auf dem Nachttisch. Schon in den Dimensionen, die Joe vom Friedensengel kannte. Er hielt sich ein Lebkuchenherz mit »Schatzl« aus Zuckerguss vor den Bauch.

Nach dem Besuch vieler fremder Schlafzimmer hätte Joe inzwischen einen Artikel verfassen können über die vom Oktoberfest beeinflusste private Ikonographie des 21. Jahrhunderts. Meist total harmlos. Aber Joe betrachtete Doktor Cäsar mit den Augen einer Frau, die in seinem Samenspenderkabinett gestanden hatte. Ein Mann mit Untiefen hinter einer Fassade, die in Bayern gern als urig bezeichnet wurde. Durchaus keine Seltenheit im Milieu der Gesetzesbrecher. Auf wen bezog sich das Schatzl, fragte sie sich. Hatte hier ein Vater seiner Tochter ein Foto von sich geschenkt? Oder vielleicht doch eher ein werdender Vater der Mutter seines Kindes? Und war dieses Kind per Samenspende gezeugt worden? Oder auf konventionelle Art und Weise? Cäsar und Cleopatra, das Liebespaar. Immer mehr fragwürdige Facetten eines komplizierten Falls.

Leider trug Cleo nicht zur Aufklärung bei. Ihr Bett war töchterlich vorschriftsmäßig gemacht. Wohin auch immer sie aus Doktor Cäsars Wohnzimmer geflohen war, jedenfalls nicht zu Mama.

Schon während Joe die zweite, nur angelehnte Tür öffnete,

wusste sie, dass etwas nicht stimmte, obwohl auf den ersten Blick auch hier alles normal wirkte. Frau Malinowskowa lag im Bett, den Rücken zur Tür gedreht und schlief. Bei dem Lärm, den Joe veranstaltet hatte, um auf sich aufmerksam zu machen, eigentlich unmöglich.

Sie drückte die einzige Tastenkombination ihres altmodischen Handybriketts, die sie blind in ihrer Manteltasche beherrschte. Bernd meldete sich aus dem Bett einer im Münchner Klub abgeschleppten, nagelneuen Bekannten in Holzkirchen. Darauf konnte sie keine Rücksicht nehmen. »Komm sofort und bring die Spurensicherung mit. Frau Malinowskowa ist tot.« Vorsichtig stieg sie über das Kopfkissen, das auf dem Boden lag. »Ob sie ermordet wurde? Sieht ganz danach aus.«

13

Volker steigerte sich zur Höchstleistung. Nach dem Auffinden von Frau Malinowskowas Leiche stand die sechsköpfige Soko innerhalb eines Tages. Kein Vorgesetzter wollte sich dem Vorwurf aussetzen, zwei Mordfälle in einer unter Touristen besonders beliebten Ecke Bayerns nicht mit der gebotenen Dringlichkeit aufklären zu wollen.

Frau Malinowskowa war im Schlaf mit einem Kopfkissen erstickt worden. Als Frischluftfanatikerin hatte sie die Terrassentür trotz der winterlichen Kälte einen Spalt breit offen gelassen. Der Täter hatte auch ohne Kenntnisse in Einbruchstechniken das Haus einfach betreten können. Leider hatte Joe seine Spuren im 30 Zentimeter tiefen Neuschnee zerstört, weil sie bei ihrem Gang durch den Garten der Bequemlichkeit halber seine Fußstapfen benutzt hatte. So sorgfältig, dass kein einziger brauchbarer Schuhabdruck übrig blieb. Nicht mal, ob die Schuhgröße eher einem Mann oder einer Frau zuzuordnen war, konnte noch festgestellt werden.

Volker enthielt sich jeglicher Vorwürfe, war ja klar, dass Joe nicht wissen konnte, dass sie ein Haus betrat, in dem ein Mord passiert war. »Aber in Zukunft mehr Vorsicht«, mahnte er. »Und Alleingänge sind verboten. Verstanden. VERBOTEN.«

Durch Frau Malinowskowas Tod erhielt seine These vom Serienkiller neue Nahrung. Auf diesen zweiten Mord hatte er die ganze Zeit, fast könnte man sagen, gehofft. Leider war die Tat enttäuschend unspektakulär verlaufen. Einer Frau im Schlaf ein Kissen aufs Gesicht zu drücken konnte jeder durchschnittliche Erwachsene. Dafür bedurfte es keiner besonderen körperlichen Kräfte. Der Täter brauchte auch kein Chloroform einzusetzen, um sein Opfer zu betäuben wie bei der Strangulierung von Doktor Cäsar. Und auch symbolisch gab der Mord an Frau Malinowskowa überhaupt nichts her. Zumindest nicht beim bisherigen Stand der Ermittlungen.

Trotzdem sah Volker die Tat eindeutig im Zusammenhang mit Doktor Cäsars Tod. Wäre es ein normaler Einbruch mit Todesfolge gewesen, hätte der Täter das Haus nach Wertsachen durchsucht. Frau Malinowskowas Bargelddepot aber, knapp 200 Euro in kleinen Scheinen, steckte noch in der Zuckerdose im Küchenschrank. Auch ihr Portemonnaie hatte den Mörder nicht interessiert. Die offene Terrassentür hätte vielleicht einen Junkie zum Einsteigen verleitet, aber dies war Bayrischzell, nicht München. In Bayrischzell gab es keine Junkies.

»Auch wenn das Wort Serientäter noch etwas verfrüht erscheint«, sagte Volker bei der Besprechung mit der neuen Soko, »müssen wir doch von einem Doppelmord ausgehen, mit eindeutig rituellem Charakter. Aber noch kein Wort davon zur Presse.«

»Was meinst du mit rituell?«, fragte Joe.

Volker las von seinem I-Pad vor. »Ein Ritualmord ist eine Tötung, die in einer besonderen Gegebenheit, in einer vorgegebenen und stereotypen Weise und mit einer kommunikativen Funktion irgendeiner Art durchgeführt wird. Mit anderen Worten, der Mörder will uns was sagen.«

In den folgenden Nachhilfestunden in Sachen Ermittlungen informierte er seine Fangemeinde in der Soko über die Erkenntnisse seiner gerade abgeschlossenen Fortbildung ViCLAS (Violent Crime Linkage Analysis System) als Ermittlungstool in Cold Cases.

Dass die Morde an Doktor Cäsar und Frau Malinowskowa nicht als Cold Case einzustufen waren, sondern sehr, sehr *hot* waren, machte die Sache umso interessanter. Ganz im Stil klassischen FBI-Frontalunterrichts ließ er seine Leute die Gemeinsamkeiten der beiden Fälle herausarbeiten, mit dem Ziel, am Ende ein Täterprofil zu erstellen, das den Ermittlern auf die Sprünge half.

Joe brauchte Zeit, um ihren Widerstand gegen Volkers Demonstration seines Könnens abzulegen. Vorher hatte sie schon erfolgreich seinen Versuch abgewehrt, sie als einzige weibliche Person im Raum als Protokollantin festzunageln. »Du schreibst mit, Joe.«

»Nein.«

Volker stutzte, lächelte dann aber verständnisvoll. »Ach so, ja, du bist ja Feministin.« Und schon hatte Bernd die Aufgabe an der Backe. »Und dass mir keine Kopie des Protokolls an die Presse geht. Ist das klar?«

Die Soko nickte wie ein Mann.

Volker erwies sich als Rampensau, der seinen Platz vor dem Flipchart sichtlich genoss, auch wenn er, den glasigen Blicken der Zuhörer nach zu urteilen, für den durchschnittlichen bayerischen Kripobeamten zu schnell redete und sich seine Fragen am liebsten selbst beantwortete. Aber das waren wohl die Kehrseiten einer Rampensau.

Anfangs skeptisch musste Joe sich dann doch eingestehen, dass die Fragen, zu denen Volker sich vom ViCLAS-Fragebogen inspirieren ließ, halfen, sich eine Vorstellung vom Täter zu machen. Zumindest theoretisch und trotz der Tatsache, dass der Mörder mit an Sicherheit grenzender Wahrscheinlichkeit keine kriminalanalytische Vorbildung besaß und sich deshalb einige Freiheiten erlaubte, die ViCLAS nicht vorsah.

Am Ende eines relativ kurzweiligen Vormittags stand fest, wenn auch wieder nur theoretisch, dass der Doppelmörder sich seine Opfer sorgfältig aussuchte und gezielt tötete, mit genauer Überlegung, wie das am besten zu bewerkstelligen war.

Gemäß der ViCLAS-Statistiken deutete dieses planvolle Vorgehen darauf hin, dass der Mörder einen überdurchschnittlichen IQ besaß, in einer festen Partnerschaft lebte, einen Job hatte und in keiner Weise als merkwürdiger oder unangenehmer Zeitgenosse den Verdacht auf sich lenkte. Ganz im Gegenteil, als ganz normaler Nachbar, Freund und Ehemann gab er seinem mörderischen Trieb nur heimlich nach, behielt aber auch da die Kontrolle über sein Verhalten.

Zwar hatte er, untypisch für seine Täterkategorie, beide Male die Mordwaffen (Seil und Kissen) am Tatort zurückgelassen, aber auch das deutete in diesem Fall auf seinen IQ und sein kontrolliertes Verhalten hin. Zu unpersönlich die Tatwaffen, zu weit verbreitet und ohne Fingerabdrücke oder sonstige DNA-taugliche Körperpartikel.

Nicht einmal auf dem Dior-Taschentuch fanden sich forensisch interessante Details. Circa 50 000 verkaufte Exemplare gab es davon, nur in Europa. Ausgeliefert vor etwa zehn Jahren. Es zeigte die üblichen Verschleissspuren vom Waschen. Getränkt mit Chloroform. Keine Spermaspuren. Der Täter war sich sicher, die Polizei konnte daraus keine Rückschlüsse auf ihn ziehen.

»Oder sie«, wagte Bernd, Volkers Monolog zu unterbrechen.

»Wie bitte?« Volker war gerade nicht auf Zuhörmodus.

»Oder sie. Es könnte auch eine Frau gewesen sein. Nichts gegen Frauen, aber einen betäubten Mann erwürgen oder eine schlafende Frau ersticken, das schafft man auch mit 50 Kilo Lebendgewicht.«

Wieder nickten alle.

Sogar Joe, obwohl ihr feministischer Impuls sie dazu drängte, darauf hinzuweisen, dass statistisch gesehen auf hundert männliche Täter acht Frauen kamen und ihre bevorzugten Tötungsarten mit Schusswaffen oder Gift zu tun hatten. Messer, Seile, Hammer, stumpfe Gegenstände wie ein Kissen waren dagegen eine Spezialität von Tätern mit Kraft in den Armen. Andererseits konnte wegen Doktor Cäsars Kontakten in die Mütterszene eine Täterin nicht von vorneherein ausgeschlossen werden. Das Herumtragen von Kleinkindern kräftigte die Oberarmmuskulatur effektiver als Liegestütze.

Volker schloss eine Frau als Täter »nach dem bisherigen Erkenntnisstand« nicht aus, aber auch nicht wirklich ein. »Tut mir leid, Leute, aber das würde mein Weltbild nachhaltig beschädigen. Ich hätte Bedenken, in Zukunft eine Frau mit ins Schlafzimmer zu nehmen, aus Angst, sie könnte mir ein Kissen über den Kopf stülpen.«

Alle lachten. Jeder kannte Volkers Ruf, den er seit seiner Scheidung mit noch größerer Hingabe pflegte.

Joe hatte als einzige im Raum hinter die Kulisse des im polizeilichen Fitnessraum erschufteten Sixpacks geblickt und hätte den anwesenden Männern einiges über den Unterschied von Schein und Sein erzählen können, aber das war hier nicht Thema.

»Was sagt uns das alles über den Täterkreis?«, fragte Volker rein rhetorisch in das Gelächter hinein. Weil es schneller ging, gab er auch gleich selbst die Antwort. Der Datenvergleich hatte ein Täterprofil ergeben, das ungefähr dem Patientenkreis von Doktor Cäsar entsprach. Gebildet, mobil, mittleren Alters, vielleicht auch jünger, männlich, vielleicht auch weiblich, das galt für ungefähr jeden aus seiner Kartei.

Eine erste Maßnahme bestand nun darin, sich auf die Fotos in Doktor Cäsars unterirdischer Samenbank zu konzentrieren. Mit Hilfe der Angestellten in der Praxis müsste es gelingen, alle abgelichteten Kinder zu identifizieren. Einschließlich der Eltern. Grob geschätzt 700 Personen. Für die Soko von sechs Leuten eine nicht zu bewältigende Größenordnung.

»Alle Ideen, die eine weitere Einengung des Täterkreises ermöglichen, sind also hochwillkommen.«

Stille. Die Platte mit Butterbrezn leerte sich. Nur das Geräusch kauender Kripobeamter war zu hören.

»Statistiken gut und schön«. Joe reichte die Leberkässemmelplatte voller toter Kalorien weiter, ohne sich zu bedienen, obwohl sie kurz damit geliebäugelt hatte. »Aber wenn sie uns nur helfen, den Täter auf jene 700 Personen einzuengen, auf die wir auch ohne die Statistiken gekommen wären, nur mit gesundem Menschenverstand, kann man sich doch fragen, was machen die da beim LKA eigentlich?«

»Den philosophischen Ansatz von ViCLAS in Frage zu stellen, ist nicht zielführend.« Volker ignorierte die Platte mit den Leberkässemmeln, die ihm ein fürsorglicher Kollege reichen wollte. »Denken müssen wir immer noch selbst. Das hat auch niemand bestritten.«

»Ob er noch mal zuschlägt?« Bernd war mit vollem Mund kaum verständlich.

»Davon ist bei einem Serientäter auszugehen.« Volker nahm sich doch eine Butterbreze.

»Wir können schon mal mit den Personen in Doktor Cäsars Kabinett beginnen, die ich persönlich kenne. Nike, Wahan, Ethan und Eddie und Cleo.« Joe stand auf, nahm Volker den Filzstift aus der Hand und malte eine große Babyrassel auf den Flipchart. Den ziselierten Griff, das silberne Glöckchen in seinem Gehäuse aus Gitterstäben, so genau, wie sie sich daran erinnern konnte. »Sie alle haben zur Geburt von Doktor Cäsar diese silberne Babyrassel geschenkt bekommen.«

»Die sieht ja fast aus wie der Stempel auf den Akten«, sagte Bernd.

»Genau.« Joe nickte. »Gehen wir nun mal davon aus, dass die Akten mit dem Babyrassel-Stempel den Kindern zuzuordnen sind, die tatsächlich auch eine Babyrassel von Doktor Cäsar als Geschenk erhalten haben. Gehen wir zweitens davon aus, dass Doktor Cäsar die Fragebögen in diesen Akten selbst ausgefüllt hat.« Joe hielt ein Deckblatt hoch. »Dann können wir annehmen, dass die drei Nummernfolgen auf jedem Deckblatt die chiffrierten Namen des Kindes, der Mutter und des Vaters sind.«

»Und was soll uns das bringen?«, fragte Volker.

»Den Beweis, dass Doktor Cäsar der Vater dieser Kinder ist.«

»Wie kommst du auf die Idee?«

»Zwei Nummern sind auf jedem Deckblatt anders, die Dritte ist immer gleich. Hinter der Dritten versteckt sich Doktor Cäsar, da bin ich mir sicher. Das müssen wir nur dechiffrieren.«

»Verstehe, du hast auch das im Gefühl«, sagte Volker süffisant.

14

Luis fand Cleo noch während Joe mit der Soko tagte. Einfach, indem er bei einem verspäteten Frühstück Irma in seine Überlegungen einbezog.

Er befürchtete, Cleo könnte sich etwas angetan haben. Eine sturzbetrunkene, unzureichend für eine Winternacht bekleidete werdende Mutter weckte den Ritter in ihm. Er wollte der jungen Frau helfen, sich vor sich selbst zu schützen. Jetzt, da ihre Mutter tot war, hatte sie niemand mehr, der sich um sie kümmerte. Ganz unabhängig davon, was die Ermittlungen der Polizei alles an unerquicklichen Verknüpfungen zutage fördern würden. Auch wenn sie schuldig war, brauchte sie Hilfe.

Also gewährte er Irma ein paar Informationen, nicht nur, um sich für die ausgezeichneten Rühreier zu bedanken, die er nach der anstrengenden Nacht dringend brauchte, sondern auch um ihre Neugierde so weit anzustacheln, dass sie mitdachte. »Aber das bleibt unter uns. Kein Wort zu Joe.«

»Versprochen.« Irma hielt die Schwurhand hoch.

»Was hast du versprochen?« Stella betrat das Wohnzimmer. Der Vorteil einer prekären Existenz war, dass man ausschlafen konnte, wenn man Lust dazu hatte. Was sie meist fast ohne schlechtes Gewissen nutzte.

Luis weihte sie in die Geschehnisse der vergangenen Nacht ein.

Beim Aufbrühen des dritten doppelten Espresso gegen seine Müdigkeit sondierte Irma vor ihrem inneren Auge die Lage in Bayrischzell. »Die Cleo arbeitet doch als Verkäuferin in der Metzgerei Wimmer. Vielleicht haben die eine Idee, wo sie abgeblieben ist.«

Als Luis und Stella eine halbe Stunde später die Metzgerei betraten, bediente Cleo gerade einen kleinen pummeligen

Mann in Trachtenjanker und Lederhose, der 150 Gramm »Negerbeitel« verlangte. Cleo schnitt von einer runden, schwarzgeräucherten Blutwurst ein Stück ab, es waren 20 Gramm zu viel, aber der kleine Mann nickte nur. »Bast scho, Kerstin«.

Die katastrophale Nacht hatte bei Cleo nicht die geringsten Spuren hinterlassen. Im blütenweißen Metzgereifachverkäuferinnenkittel, der ihre Schwangerschaft locker überspielte, sah sie frisch geduscht und putzmunter aus. Mit Grandezza präsentierte sie dem kleinen Mann Schwartenmagen und Leberwurst, »besondersch guat, mit Rosmarin«, packte Bratwürste ein und schnitt perfekte Schnitzel aus der Lende. Ein Talent in ihrem Metier, voller Hingabe und Begeisterung. Ihre abstehenden Ohren leuchteten vor Eifer ganz rosig. Noch zusätzlich betont durch die streng nach hinten gekämmten, zu einem Knoten zusammengedrehten Haare, aus dem kein Härchen sich löste.

Luis starrte sie an. Völlig fasziniert von dieser Verwandlung. Wo war Cleos Verzweiflung geblieben, die er in der Nacht so stark gespürt hatte? Brauchte dieses Mädchen überhaupt sein Mitleid?

Sie spürte seinen Blick während sie sich über das Wurstsortiment beugte und schaute ihm lächelnd ins Gesicht. »Nur noch einen Moment. Mir hams glei, gell Kaschbi?«

Kaschbi bezahlte.

»Was darf's denn sei?« Cleos klarer Blick wurde von keiner Erkenntnis getrübt. Luis war einfach nur ein Kunde für sie. Offen und aufmerksam sah sie ihn an, bereit, seine Bestellung entgegenzunehmen.

Luis brachte kein Wort heraus.

»Haben Sie einen Moment Zeit? Wir würden gern mit Ihnen sprechen.« Stella sprang für ihn ein. Wusste aber nach ihrer Einleitung auch nicht mehr weiter. Die Eingangstür bimmelte. Cleo schaute fragend.

»Erkennst du mich nicht mehr?« Luis klang wie ein verliebter Mann, der hofft, dass der One-Night-Stand von letzter Nacht vielleicht doch keinen Filmriss hat.

Beneidenswert, wie gut ein junger Körper Alkohol verarbeiten konnte. Cleo rückte mit einer großen Gabel einen Stapel aufgeschnittene Gelbwurst gerade.

»Luis, du schon wieder?« Das Bimmeln der Ladentür war von Joe verursacht worden, mit Bernd im Schlepptau. Überrascht musste sie feststellen, dass ihre beiden Journalistenfreunde noch schneller recherchierten als sie selbst. Eine Erkenntnis, die ihr nicht behagte. »Fräulein Malinowskowa«, sagte sie, »lassen Sie sich eine Weile von einer Kollegin vertreten. Wir sind von der Kripo und möchten Sie jetzt mitnehmen aufs Revier, wo wir ungestört reden können. Den beiden Journalisten hier müssen Sie keinerlei Auskunft geben.«

Cleo wischte ihre Hände an der Kittelschürze ab. Dann nahm sie das Messer, mit dem sie vorher die Schnitzel aufgeschnitten hatte, fixierte Bernd nur ganz kurz und warf es in einer zirkusreifen Leistung genau in seinen Bizeps. Den allgemeinen Tumult, den sie damit auslöste, nutzte sie, um im Hinterzimmer zu verschwinden.

Die dauergewellte Kundin, die als Nächste an der Reihe gewesen wäre, schrie in ungefähr derselben Tonlage, wie Stella die der Schweine des Nachbarbauern am Schlachttag aus ihrer Kindheit in Erinnerung hatte.

Joe rannte hinter die Theke und blieb dann doch stehen, sichtlich in eine Entscheidungsfalle eingeklemmt. Sollte sie sich um Bernd kümmern oder Cleo hinterherhetzen? Sie entschied sich zuerst für das eine und zog Bernd das Messer aus dem Arm. Als Luis ebenfalls die Wunde begutachtete, besann sie sich auf ihre andere Aufgabe als Polizistin und rannte Cleo hinterher, die die wertvollen Sekunden Vorsprung gut genutzt hatte. Ein Auto war zu hören, das mit quietschenden Reifen vom Parkplatz in die Hauptstraße einbog und dabei noch mehr Reifenquietschen fremder Autos verursachte und einen dumpfen Knall, der sich nach Auffahrunfall anhörte.

Stella, aus Sorge, es könnte Joe erwischt haben, öffnete die Ladentür. Die Einfahrt zur Metzgerei war mit drei ineinander verkeilten Kleinwagen und einer Handvoll zeternder Einheimischer blockiert, die Joe im Ford mit einem rotierenden Blaulicht auf dem Dach vergeblich zu animieren versuchte, den Weg freizugeben. Sie war nicht in den Unfall verwickelt und unverletzt.

Bernd wimmerte leise. Mit Hilfe der hinzueilenden Metzgersgattin verpasste Luis ihm einen professionellen Oberarmverband, auf dem sich schnell ein Blutfleck entwickelte.

Vor der Tür verschlimmerte ein für seine forschen Fahrkünste berühmt-berüchtigter Notarzt die Verkehrssituation.

Cleo war verschwunden. Ihre Chefin hatte auch keine Ahnung, was mit ihrer früher so zuverlässigen Angestellten los war. »Das macht die Schwangerschaft. Da drehen die Weibsbilder durch.«

Cleos Messerwurf und die darauffolgende Flucht gab Volker die hochwillkommene Gelegenheit, seine Tatkraft unter Beweis zu stellen. Innerhalb einer halben Stunde hallte Bayrischzell wider vom Tatütata der bereitschaftspolizeilichen Streifenwagen der angrenzenden Landkreise. Eine Hundestaffel aus München und ein Sondereinsatzkommando aus Rosenheim mitsamt Helikopter wurden auf den Weg gebracht. »Wir haben jetzt eine Mordverdächtige«, rechtfertigte Volker den Aufwand und verdonnerte seine Mannen, mit Schneeschuhen die umliegenden Almen abzusuchen. Eine nicht ganz abwegige Entscheidung, da Cleos altersschwacher Fiat eine knappe Stunde später auf einem Parkplatz am Sudelfeld gefunden wurde. Das war an sich schon eine bemerkenswerte Leistung, da wegen des herrlichen Skiwetters halb München auf dem Weg zur Sudelfeldabfahrt war. Die andere Hälfte bog hinter Schliersee Richtung Spitzingsee ab. Was dazu führte, dass zwischen Miesbach und Bayrischzell der gesamte Verkehr nur schleppend vorankam, auch die Streifenwagen. Hindernisse, die Volkers Ehrgeiz noch mehr anstachelten.

Bernd war nach dem Genuss eines Enzians gegen den Schock wieder einsatzfähig. Der Notarzt hatte ihm eine Tetanusspritze verpasst und sich der Bereitschaftspolizei angeschlossen. Immerhin suchte man eine Schwangere in tiefverschneitem Gelände, da wurden seine Dienste gebraucht. Den Verletzten schickte er in die Notaufnahme nach Agatharied, wo die Wunde kompetent vernäht werden würde.

Joe entzog sich Volkers Organisationstalent mit dem Angebot, sie werde Bernd im Krankenhaus abliefern, und sich bei der Gelegenheit die Videos im Oberlandmarkt ansehen. Das sei längst fällig.

15

Auf dem Weg zwischen der Notaufnahme und dem Supermarkt übersah Joe den Ford Transit am Straßenrand. Das Rosenheimer Kennzeichen hätte sie in einem aufmerksameren Moment zum Abbremsen gezwungen. Aber in Gedanken beschäftigte sie Cleos Flucht mehr als ein Tempolimit. Erst das Blitzlicht aus dem Rückfenster des Transit erinnerte sie daran, dass sie schneller als erlaubt durch Agatharied preschte.

Die Kollegen von der kommunalen Verkehrsüberwachung bei der Arbeit. Sogar im Winter, damit die teuren neuen Geräte sich amortisierten.

Der Geschäftsführer des Oberlandmarktes, Herr Busch, saß

selbst an einer seiner Kassen. Im Winter fielen immer ungewöhnlich viele Kassiererinnen wegen Erkältung aus, angesteckt von ständig hustenden Kunden, erklärte er. Auf das Murren in der Schlange, die sich bis in die Süßwarenabteilung hinzog, reagierte er mit Hektik. Normalerweise saß er im Büro und nicht an der Kasse. Ohne einen Blick auf Joes Dienstausweis zu werfen, weigerte er sich, seinen Posten zu verlassen. »Sie sehen doch selbst, was hier los ist. Kommen Sie nach 19 Uhr wieder. Dann kann ich nachsehen, ob die Videos noch da sind.«

»Was heißt, ob die Videos noch da sind.«

»Meinen Sie, wir bewahren die auf?« Herr Busch suchte ohne aufzuschauen den Strichcode einer Großpackung Chips mit Käsegeschmack und schob ihn über den Scanner. Es piepste nicht.

»Stellen Sie sich gefälligst hinten an, wie alle anderen auch.« Diese Aufforderung aus der Schlange galt Joe. Sie widerstand dem Impuls, ihren Dienstausweis in die Runde zu halten, schon deshalb, weil Volker so gehandelt hätte. Sie wollte keinesfalls mit ihm verglichen werden, ganz besonders nicht von sich selbst.

»Ruhig Leute. Die Dame ist von der Polizei und hat nur ein paar Fragen.« Herr Busch tippte umständlich die Nummer des Strichcodes in den Computer. »Wir stellen jeden Tag die Videogeräte auf null.« Er schaute Joe über seine Lesebrille an. »Wäre viel zu teuer, die Aufnahmen zu archivieren. Unnötige Kosten.«

Joe konnte den Hass, der sich in der Schlange auf ihr Abbremsmanöver hin bildete, körperlich spüren. Sie nahm sich vor, nie mehr wieder einer langsamen Supermarktkassiererin böse Blicke zuzuwerfen. Verständlich, dass jemand, der jeden Tag solchen feindlichen Vibrationen ausgeliefert war, sich gerne mal mit einer Erkältung entzog. Aber auch eine Kripobeamtin durfte sich nicht durch zu viel Sensibilität in der Arbeit behindern lassen. »Das heißt, es gibt vom Silvestertag keinerlei Aufzeichnungen mehr?«

»Keine Ahnung.« Herr Busch schob mehrere Sixpacks Coca-Cola Light über den Scanner. »Da müsste ich erst nachsehen. Ich war Silvester in Urlaub. Vielleicht hat Frau Heller, meine Vertretung, die Geräte nicht vorschriftsmäßig bedient. Die kommt damit nicht so gut klar. Die lässt da gern die Finger von.«

»Wo ist Frau Heller jetzt?«

»Grippe.«

»Hört endlich auf zu quatschen, da vorn. Sogar bei Norma geht es schneller.«

»Genau.« Ein Murrender reichte, um die ganze Schlange zu infizieren.

»Ich kann jetzt nichts für Sie tun.« Die Erwähnung der Konkurrenz steigerte Herrn Buschs Hektik zur Panik.

Der Lautsprecher knarrte. »Kasse vier, bitte. Kasse vier. Storno.«

»Auch das noch.« Herr Busch suchte mit zitternden Fingern in der Gemüseliste die Nummer für Knoblauch im Körbchen.

»1 Euro 98.« Die Kundin konnte seiner Hilflosigkeit nicht länger zusehen.

Herr Busch glaubte ihr nicht. Er suchte, bis er den Knoblauch fand. »1 Euro 98.«

»Storno bitte, Kasse vier.« Die Lautsprecherstimme drängelte.

Herr Busch zerrte sich ein Band mit einem Schlüsselbund über den Kopf und gab ihn Joe. »Können Sie den der Sondermeierin an Kasse vier bringen. Sie soll das Storno selber machen. Die kann das.«

Frau Sondermeier erwies sich als der Glücksfall, ohne den

auch die Kripo auf der Stelle treten würde. Sie machte an Kasse vier nicht nur das Storno, sondern gleich danach auch Feierabend. Sie hatte am Silvestertag Dienst gehabt und sie kannte sich mit den Überwachungskameras aus. Nach der Übergabe an die Kollegin winkte sie Joe, ihr zu folgen. »Der Busch hat sowieso keine Ahnung von der Technik.« Ihr riesiger Busen vibrierte in einem karierten Männeroberhemd, während sie Bargeld in den Safe schloss, dessen Zahlencode sie selbstverständlich ebenfalls wusste. »Ich kenn mich in dem Laden hier am besten aus, aber der Busch hat ja diese Schnepfe von Heller zu seiner Stellvertreterin gemacht. Nur weil sie zwanzig Jahre jünger und dreißig Kilo leichter ist als ich. Als ob es in dem Job darauf ankäme.« Bestens gelaunt schlurfte sie zu den Aufnahmegeräten. »Seither klappt gar nichts mehr. Das hat er jetzt davon.« Sie drückte ein paar Tasten, Filme liefen im Schnelldurchlauf über den Bildschirm des Videogerätes. »Pech«, resümierte sie nach einer Minute. »Die Heller hat dazugelernt. Kasse vier ist wirklich überspielt. Wen suchen Sie eigentlich?«

»Das wüsste ich selber gern.« Joe unterdrückte einen Seufzer. »Können Sie sich erinnern, ob Ihnen am Silvestertag irgendetwas Besonderes aufgefallen ist? Jemand der viele Fruchtzwerge gekauft hat, zum Beispiel.«

»Fruchtzwerge?« Frau Sondermeier fummelte immer noch am Videogerät herum. »Die gehen gut. Kaufen meistens Großeltern für die Enkel. Ich hab da so einen alten Mann, der kommt fast jeden Tag. Etwas gaga, aber die Fruchtzwerge findet er ohne Probleme. Oh, Scheiße, was ist das denn?« Sie setzte die Brille auf, die an einem rosa Band um ihren Hals hing. »Klaut einer schon wieder Cognac in der Alkecke.« Sie ließ zur Demonstration das Video in Zeitlupe ablaufen. Eine Person mit Kapuze über dem Kopf, die sich an einem Regal voller Flaschen bediente und die Beute statt im Einkaufswagen unter dem Sweatshirt verschwinden ließ. »Immer Asbach«, sagte Frau Sondermeier, »wenn es wenigstens Remy wäre. Wir kriegen den Kerl einfach nicht zu fassen.«

Joe ließ sich die Sequenz noch mal zeigen. Eine zweite Person hatte ihre Aufmerksamkeit erregt. »Stopp.«

Frau Sondermeier drückte mit Schwung die richtige Taste. »Kennen Sie den?« Joe zeigte auf die breite Silhouette eines Mannes, der einen vollbeladenen Einkaufskorb vor sich herschob.

»Könnte Doktor Cäsar sein«, sagte Frau Sondermeier. »Charmanter Mann, ist ja nun leider tot, hab ich im ›Alpenboten‹ gelesen. War ein guter Kunde. Platinkarte.«

»Was holt er da aus dem Regal?« Joe stieß fast mit der Nase auf den Bildschirm.

Auch Frau Sondermeier rückte noch näher. »Könnte Noilly Prat sein. Französischer Wermut. Mir ist ein guter Cinzano lieber. Aber der Doktor hat sich immer nur das Beste vom Besten geleistet. Feiner Mann. Echter Gentleman.« Sie ließ den Film langsam weiterlaufen. Doktor Cäsar legte die Flasche vorschriftsmäßig in seinen Korb und drehte sich dann um, weil ein Kind in seinem Blickfeld erschien. Dann noch ein zweites. Zwei etwa zehnjährige Jungs, mit denen er sich kurz unterhielt. Nur ein paar Sätze. Plötzlich drehten sich die beiden um, als hätte jemand nach ihnen gerufen. Doktor Cäsar strich ihnen zum Abschied liebevoll über die Haare, dann verschwanden sie wieder. »Kennen Sie die Kinder auch?«

Frau Sondermeier schüttelte den Kopf. »Ich merk mir nur die Stammkunden.«

»Von welchem Tag ist denn die Aufnahme?«, fragte Joe

»Von Silvester natürlich. Sie wollten doch die Aufnahmen von dem Tag sehen. Wir haben nicht nur an den Kassen Kameras, sondern auch in den Ecken, in denen viel geklaut wird. Alkohol und Parfüm. Die Filme von den Kassen hat Frau

Heller gelöscht. Aber den Asbach-Klau hat sie aufbewahrt. Wir hoffen immer noch, den Saukerl mal zu erwischen.«

»Gibt es auch eine Kamera am Joghurt-Regal?«

»Joghurt klaut kein Mensch.«

»Wären Sie so nett, mir alle Aufnahmen, die Sie noch vom Silvestertag haben, mitzugeben.«

Frau Sondermeier ließ das Gerät eine CD ausspucken. »Die Alkabteilung. Sonst ist alles gelöscht. Erstaunlich, dass die Heller inzwischen weiß, wie das geht. Sie ist auch technisch eine absolute Niete.«

Joe sperrte gerade ihr Auto auf, als Frau Sondermeier noch einmal hinter ihr herrief. Eine zweite CD in der Hand galoppierte sie durch den Schneematsch. »Die Kamera vom Parkplatz. Die hat die Heller vergessen. Vielleicht nutzen Ihnen die Aufnahmen noch was.«

16

Bernd wartete schon vor dem Krankenhaus. Topfit. Leicht beleidigt lehnte er ab, sich in den Krankenstand abschieben zu lassen. So fragwürdig seine Arbeitsauffassung in ruhigen Zeiten war, zwei Morde hatten sein Pflichtgefühl, sein Arbeitsethos, seinen Ehrgeiz und seine Zuverlässigkeit geweckt.

Warum Mechthilds Zwillinge sich an Silvester im Supermarkt aufgehalten hatten, konnte Bernd sich genauso wenig erklären wie Joe. Dieses Rätsel musste die Mutter persönlich lösen. Zwar hatte Bernd sie schon einmal aufgesucht und ihr Alibi abgeklärt, schließlich hatte Mechthild in diesem Fall von Anfang an die Aufmerksamkeit der Polizei auf sich gelenkt. Von einem Besuch im Oberlandmarkt war aber nie die Rede gewesen. Mechthild hatte mit Kindern und Au-pair Silvester auf einer Hütte verbracht. Weitab von München. Rick, der möglicherweise nicht biologische Vater der Kinder, hatte sich zu diesem Zeitpunkt in Schottland aufgehalten und konnte zu den Ermittlungen wenig beitragen.

»Obwohl«, sagte Joe, »woher wissen wir eigentlich, dass das stimmt? Denk dran, dass wir uns sein Flugticket zeigen lassen.« Sie fuhr mit 48 kmh an der Stelle vorbei, an der auf dem Herweg noch die Überwachungskamera Wegezoll eingetrieben hatte. Der Porsche Cayenne hinter ihr fuhr so dicht auf, dass die Haifischzähne seines Kühlergrills drohend das Rückfenster ausfüllten.

Bernd schrieb mit, damit in dem Ermittlungskuddelmuddel nicht wertvolle Erkenntnisse verloren gingen.

»Ach ja und noch was.« Joe beschleunigte nach Passieren der Gefahrenstelle auf sechzig, trotz innerörtlichem Bereich, aber der Porsche blieb stur am Heck kleben. »Wir brauchen ein Foto von Viktor Huber. Frau Sondermeier soll mal einen Blick drauf werfen, ob das der gaga alte Mann ist, der ständig Fruchtzwerge kauft.«

»Das wär ja ein Ding.« Bernd notierte. »Aber allein findet der nie den Weg zum Friedensengel.«

»Friedensengel? Du meinst Oberlandmarkt?«

»Das auch. Aber wenn er mit dem Mord an Cäsar was zu tun hat, kann er das nicht allein getan haben. Ob er noch weiß, wie erdrosseln geht?«

»Gute Frage. Notieren.«

Joe nahm in letzter Sekunde in Agatharied die Abzweigung nach Gmund. »Fühlen wir diesem Doktor Gebhardt auch endlich auf den Zahn. Ich hab heut meinen impulsiven Tag.«

»Du bist doch immer impulsiv.«

17

Doktor Gebhardt wohnte auf seinem Gestüt in Ostin, mit teuer bezahltem Blick auf den Tegernsee. Beim Anblick noch eines dieser einfühlsam renovierten Bauernhöfe aus dem 19. Jahrhundert, die weitläufigen Stallungen neu dazu gebaut, stellte Joe wieder mal fest, dass sich in dieser Gegend Deutschlands unglaublich viel Geld angesiedelt hatte und dass sie sich, einkommensmäßig betrachtet, für den falschen Beruf entschieden hatte. Immerhin konnte sie den Anblick von Leichen ertragen, eine Laufbahn als Medizinerin wäre durchaus im Bereich des Möglichen gewesen. Die Spezialisierung auf Reproduktionsmedizin hatte Doktor Gebhardt einen veritablen Wohlstand ermöglicht.

Er habe nur sein Hobby zum Beruf gemacht, erklärte er Joe. Pferde züchtete er schon länger als Menschen. Die Araberzucht hatte er von seinen Eltern geerbt. Aufgewachsen mit Gesprächen am Frühstücktisch über Vererbungslinien, Abstammungsmerkmale, Zuchterfolge und Misserfolge, also Genealogie im weitesten Sinne, war ihm schon als Schüler klar geworden, dass man das Denken eines Pferdezüchters ohne Weiteres auf Menschen übertragen konnte. Mit nur wenigen Modifikationen. Ein zukunftsträchtiger Bereich der Medizin, und ein lukrativer.

Seine frühen Visionen hatten ihn nicht getrogen. Zusätzlich zur Reproduktionsmedizin bescherte ihm die Araberzucht schöne Nebeneinkünfte, da seine Erfahrungen aus der Humanmedizin auch seine Arbeit bei der Pferdevermehrung inspirierten. Qualifikationen, die vor allem Scheichs, die sich seine Pferde leisten konnten, hoch schätzten. Sein Wettbewerbsvorteil, um den ihn andere Züchter beneideten. Er besamte alle seine Stuten persönlich.

Das erfuhr Joe, während sie an einem Paddock ein paar feingliedrigen, in Decken gehüllten Araberpferden zusah, wie sie elegant durch den Schnee galoppierten und sich über die frische Luft freuten.

Im Grunde sei Züchten wie Lottospielen, erklärte der Doktor, je höher der Einsatz desto höher die Erfolgschancen. Man könne zwei Spitzenpferde kreuzen und eine Mähre bekommen, aber immerhin, die Chancen seien größer als aus zwei Mähren eine feurige Schönheit zu erwischen. Deshalb koste die Zucht so viel Geld. Und deshalb seien auch die Eizellen amerikanischer Elite-Studentinnen teurer als die einer ukrainischen Arbeitslosen. Breithüftige Arbeitstiere eigneten sich aber hervorragend als Leihmütter. Auch dies sei bei Menschen dasselbe wie in der Pferdezucht. »Aber natürlich kann auch ich das Spiel des Lebens nicht steuern, nur ein klein wenig am Rad drehen.«

Doktor Gebhardts Lachen hörte sich kokett an. Lässig und zart nach Pferden duftend stand er in Reithosen mit angeschmutztem Wildlederbesatz an der Paddockeinzäunung. Obwohl der Leiter der Sonderkommission ihn schon kurz nach Doktor Cäsars Tod persönlich befragt hatte, nahm er den wiederholten Besuch der Kripo gelassen plaudernd hin.

Über den Tod von Frau Malinowskowa wusste er Bescheid. »So bedauerlich das ist«, sagte Doktor Gebhardt und klopfte den Schnee von seinen maßgefertigten, in diesen Kreisen wieder geschnürten Reitstiefeln, »aber in meiner Klinik hätte Frau Malinowskowa keine Zukunft gehabt. Das wusste sie auch.«

»Ach ja?«, sagte Joe.

Bernd zog eine Karotte aus der Anoraktasche und hielt sie einem Rappen hin, der zögernd auf ihn zutrabte.

»Sind Sie verrückt.« Doktor Gebhardt riss ihm das Gemüse aus der Hand. »Wissen Sie, wie viel ein Pferd wie Sheik Yerbouti wert ist? Er ist an den Sultan von Brunei verkauft. So ein Pferd füttert man nicht mit einer Supermarkt-Karotte.«

»Ist aber Bio«, beteuerte Bernd.

Doktor Gebhardt musterte ihn derart verächtlich, dass jeder Mensch mit einem normalen Ego Richtung Australien im Erdboden verschwunden wäre. Bernd stapfte nur beleidigt in Richtung Stallungen. »Ich schau mich mal um, Chef.« Das »Chef« signalisierte, dass ihn Doktor Gebhardts Wutausbruch immerhin so irritiert hatte, dass er für die Konsequenzen seiner Handlungen nicht in vollem Umfang verantwortlich gemacht zu werden wünschte.

»Aber rühren Sie nichts an«, rief ihm Doktor Gebhardt nach. »Vielleicht sollte ich ….« Alarmiert wollte er Bernd nacheilen.

Joe hielt ihn am Ärmel seiner Daunenjacke fest. »Sie haben Frau Malinowskowa gekündigt, sagen Sie?«

Er besann sich auf sein Image als kooperierender Manager einer medizinischen Einrichtung. »Noch nicht. Doktor Cäsars Tod konnte ja niemand voraussehen. Außer dem Mörder natürlich. Aber in dessen Pläne war ich nicht eingeweiht.« Er streichelte Sheik Yerbouti zärtlich über die Nüstern und schnaubte leise im Duett mit ihm.

»Warum wollten Sie ihr kündigen?«

Doktor Gebhardt holte ein pestizidfreies Bröckchen aus der Tasche, das der Hengst misstrauisch beschnupperte, bevor er es vorsichtig mit den Lippen von der Handfläche klaubte. »Das ist eine Angelegenheit zwischen mir und dieser Frau, die jetzt, da sie verstorben ist, ihre Bedeutung verloren hat. Alles relativiert sich, nichts ist mehr wichtig im Angesicht des Todes. Der Tod heilt alle Wunden, ich …«

»Doktor Gebhardt, bitte. Warum wollten Sie Frau Malinowskowa kündigen? Was hat sie getan?«

In der kalten Luft stieß Doktor Gebhardt kleine, weiße

Atemwolken aus. »Man soll Tote in Ehren ruhen lassen, aber diese Frau hat meine Rücksicht nicht verdient. Sie war eine hinterhältige, intrigante, bösartige Erpresserin, die über Jahre Doktor Cäsar ausgesaugt hat und dachte, das geht so weiter, auch mit mir könnte sie ihre Spielchen treiben. Aber da hat sie sich getäuscht. Ich habe mir nichts vorzuwerfen. In meiner Praxis halte ich mich streng an die Gesetzeslage. Ich ...«

»Was hat Frau Malinowskowa getan?«

»Ach, es lohnt sich gar nicht, darüber zu reden. Ich rege mich nur unnötig auf. Jetzt ist sie ja Gott sei Dank tot. Jemand hat mir einen großen Gefallen getan und diese Bürde von meiner Seele genommen. Komm mein Guter.« Er streichelte dem Hengst über den Hals, als würde er bei ihm Trost suchen, nahm ihn am Halfter und führte ihn Richtung Stall.

»Doktor Gebhardt.« Joe stapfte hinter ihm her, viel zu wütend, um sich noch zu beherrschen. Sie riss ihn am Arm und drehte ihn zu sich herum. Das Pferd hüpfte erschrocken zur Seite. »Beantworten Sie meine Frage oder ich stelle mit einem Durchsuchungsbefehl alle Ihre Immobilien auf den Kopf.«

»Sehr geehrte Frau Hauptkommissar, Sie echauffieren sich ganz unnötig. Natürlich kooperiere ich mit der Polizei. Das ist doch selbstverständlich. Ich werde alles in meiner Macht Stehende tun, um Ihnen bei Ihren Ermittlungen behilflich zu sein.« Er betrachtete die Stelle am Ärmel, an der ihn Joe herumgerissen hatte. Nichts kaputt. Der Hengst trippelte aufgeregt. »Die Antwort auf Ihre Frage ist zu komplex, um sie hier zwischen Tür und Angel zu beantworten. Dafür möchte ich die Rechtsberatung meines Anwalts in Anspruch nehmen. Mein Sekretariat wird sich bei Ihnen melden, bezüglich eines Termins.« Er übergab das Pferd einem Stallknecht und steuerte zügig auf seinen Maserati zu. »Sie hören von uns.« Das Streugut gegen Schneeglätte prasselte gegen Joes Beine, als er im Kavaliersstart vom Hof fuhr.

18

Der Mord an Frau Malinowskowa schockierte nicht nur Bayrischzell, er schreckte bundesweit auch die Redaktionen aus ihrem Winterschlaf. Als hätten die Journalisten ein schlechtes Gewissen, weil sie der Polizei die ganze Arbeit allein überließen, entwickelten sie nach dem Dreikönigstag beeindruckende Aktivitäten. Die Ü-Wagen der Privatsender, die Leihwagen der Klatsch- und investigativen Reporter aus Hamburg und Berlin verstopften die sowieso schon mit Skifahrern überlastete Bundesstraße zwischen Weyarn und Bayrischzell. Jens Müller vom ›Alpenboten‹ quartierte sich im Birkenhof ein, auf Rechnung des Hauses. Als Gegenleistung bot er einen Artikel im Reiseteil an.

Selbstverständlich wurde auch Otto in der kosmopolitischen Enklave in München von der Aufregung erfasst. Er bestellte Stella ein. Anders konnte man das nicht nennen. Seine Sekretärin rief morgens um fünf nach acht an, sprach von einer dringenden Angelegenheit, die zu erörtern sei, nannte einen Termin am Nachmittag und schmetterte Stellas Alternativvorschläge mit dem Hinweis ab, der Chef sei so kurz nach den Feiertagen noch mehr im Stress als üblich.

Wegen der angespannten Parksituation in der Münchner Innenstadt und dem Zwang zu einem teuren Parkticket nahm Stella die BOB. Vom Hauptbahnhof aus konnte sie gut in Ottos schickes Bürogebäude laufen.

Er arbeitete in dem einzigen Verlag, der noch repräsentative Gründe über wirtschaftliche stellte und trotz horrender Mieten tapfer in der Innenstadt ausharrte. Anders als die Münchner Zeitungen, die in der anhaltenden Medienkrise in die billigeren Stadtrandlagen geflüchtet waren.

Stella musste eine Stunde warten, aber das kannte sie

schon. Wichtige Menschen beiderlei Geschlechts zeigten ihre Bedeutung gern, in dem sie Besuchern und Mitarbeitern ihr Zeitverständnis aufdrückten. Eine populäre Form von Machtdemonstration.

Als sie endlich in Ottos Büro geführt wurde, war er nicht allein. Isolde Schumann saß besitzergreifend mitten auf seiner Besuchercouch und verbreitete eine so eisige Atmosphäre, dass Stella sich vorsichtshalber ans andere Ende des Couchtisches auf einen Sessel setzte. Obwohl schon Jahrzehnte über das Verfallsdatum einer Chefredakteurin einer Frauenzeitschrift hinaus, verteidigte sie mit kompromisslosem Karrierewillen ihren Posten. Was ihr den Spitznamen »die Kakerlake« eingebracht hatte. »Wenn die Welt untergeht, bleiben nur die Kakerlaken übrig. Die sind sogar gegen einen Atomschlag immun. Das haben Wissenschaftler rausgefunden«, hatte eine ihrer Redakteurinnen Stella mal erklärt.

Trainiert im Umgang mit subalternen freien Journalisten, dachte Isolde nicht daran, zur Begrüßung Hände zu schütteln, sondern nickte nur hochheitsvoll.

Stella hatte ein paar Mal notgedrungen mit ihr zu tun gehabt. Beim Versuch, ihr eine Geschichte zu verkaufen, sich aber immer Ablehnungen eingeholt. Ihre Themenvorschläge waren als zu bieder abgeschmettert worden, oder nicht modern, kalter Kaffee, gerade nicht angesagt oder überholt. Isa, wie sie sich nennen ließ, verabscheute menschliches Fleisch, selbständiges Denken und Bekleidung, die weniger kostete als das durchschnittliche Monatseinkommen ihrer Redakteurinnen. Was ihre Angestellten in Magersucht und Schuldenfalle führte. Die Chefin bekam die Designerfummel entweder zum Einkaufspreis oder gleich ganz geschenkt, ihre Mädels mussten sie zum Ladenpreis kaufen. Isolde Schumann war, kurz gesagt, ein Kotzbrocken. Leider ein erfolgreicher. Ihr Heft verkaufte sich gut.

Sogar noch besser als das von Otto. Da beide im selben Verlag arbeiteten, hatten sie eine Art Notgemeinschaft gebildet, gegen all die Neider, die versuchten, an ihren Stühlen zu sägen. Eine Notgemeinschaft, die wahrscheinlich genau so lange hielt, bis einer von ihnen an Auflage und damit auch den Job verlor. Aber bis es soweit war, unterdrückte Isolde ihren Ekel vor gut gepolsterten Männerbäuchen und Otto seine Abneigung gegen Zwerge mit starken Gewichtsschwankungen. Offiziell waren die beiden ein Herz und eine Seele.

Isolde war ledig, hatte aber ein Kind von einem sehr hübschen, gut fünfzehn Jahre jüngeren Moderedakteur, worüber sich die ganze Branche wunderte. Denn sehr hübsche Moderedakteure waren in der Regel schwul. Aber vielleicht konnten auch Männer ohne sexuelles Interesse für Frauen den Avancen ihrer Chefin nicht widerstehen.

Dass Isolde ihr Kind per Kaiserschnitt auf die Welt gebracht hatte, galt in ihrer Branche als imagegerecht. Zwar wurde ein Baby als ultimatives Accessoire gehyped, aber eine natürliche Geburt wurde als vulgär abgelehnt. Obwohl ein Kaiserschnitt hässliche Narben hinterließ, durfte auf keinen Fall eine natürliche Geburt den Verdacht nahelegen, die frisch gebackene Mutter verfüge statt der angesagten, todschicken schmalen Hüften über ein gebärfreudiges Becken. Eine imageschädigende Katastrophe für einen Styleguru wie Isa. *Too posh to push,* in ihrer Welt ein Kompliment. Und doch nichts weiter als kaschierte Feigheit vor dem Gebärschmerz. Stella wappnete sich mit Häme für die Konfrontation.

Isolde nippte an einem Glas stillem isländischen Gletscherwasser, lauwarm temperiert. Ihr cremefarbenes Cashmerecape hätte auch einer Schwangeren gute Dienste geleistet, sollte aber nur den knochigen Oberkörper auspolstern. Sie knetete ihre manikürten Hände und schaute über Stella hinweg.

Blöde Ziege, dachte Stella und entschuldigte sich für diese Gemeinheit gleich bei allen Tieren.

Otto plumpste mitleidlos neben Isolde aufs Sofa. Was sie zwang, etwas zur Seite zu rücken.

»Was wir hier bereden, bleibt unter uns«, stellte er als Erstes klar. Der Virtuose raffinierter Eröffnungstaktiken. »Was weißt du über die Ermittlungen im Fall Doktor Cäsar?«

»Ich? Nichts.«

Otto seufzte.

Isolde schaute Stella mit ihrem berüchtigten Chefredakteurinnenblick an, der sehr leicht zu lesen war, trotz dreifarbigem Lidschatten, Kajal und zwei Lagen Wimperntusche. Hab ich doch gleich gewusst, dass ich hier meine Zeit vergeude.

»Die Kommissarin, die in dem Fall ermittelt, hat das Appartement bei deiner Mutter gemietet, hab ich gehört. Joe Lautenschlager. Außerdem kennst du sicher diese Nike, die wohl an einer Doku über Cäsar bastelt. Ganz abgesehen davon, dass deine Mutter das Gras wachsen hört. Mir kannst du nicht erzählen, dass du nichts weißt.« Otto bewies mal wieder die Effizienz seiner Beziehungen. »Darf ich dich außerdem daran erinnern, dass wir über eine Geschichte zum Thema Spenderkinder gesprochen haben.«

»Aber das ist ewig her. Und außerdem warst du nicht gerade begeistert.« Stella dachte nicht daran, in Anwesenheit dieser bescheuerten Kuh, deren einziger Gesprächsbeitrag aus genervten Blicken bestand, auch nur eine Info preiszugeben. Schon aus Rache nicht. Und ohne Honorar gleich gar nicht.

»Stella, ich brauche Ihre Unterstützung. Ich weiß mir anders nicht mehr zu helfen.« Die bescheuerte Kuh klang merkwürdig rau. Gar nicht nach der von ihr kultivierten Blattmacherschroffheit, die Kontrolle, Überlegenheit und Energie signalisierte, eher schienen Gefühlsaufwallung und drohender Kontrollverlust Isolde auf die Stimme zu schlagen. Stella schaute sie verblüfft an. Diese Geschichte entwickelte sich überraschend gefühlig, auch an Stellen, an denen niemand damit rechnete.

»Isa hat Leander, ihren vierjährigen Sohn, mit Hilfe von Doktor Cäsar empfangen. Leanders Schwesterchen wird gerade von einer Leihmutter ausgetragen. Der Termin für den Kaiserschnitt steht schon fest. Du kannst dir vorstellen, dass Isa jetzt natürlich besorgt ist, was der ganze Aufruhr um die beiden Morde für ihre Kinder bedeutet.« Otto hielt Isolde eine Kleenexschachtel hin, die sie aber ignorierte. So weit, tatsächlich in Tränen auszubrechen, würde sie sich nicht gehen lassen.

»Keine Sorge, das Ärztegeheimnis wird gewahrt. Nicht mal die Polizei darf die Akten einsehen.« Erstaunt registrierte Stella plötzlich sogar so etwas wie Mitleid für Isolde. Noch eine verwirrte Seele, die sich irgendwie durchs Gestrüpp schlug und sich dabei ein paar Kratzer holte. Willkommen im Klub, Herzchen, dachte Stella. »Leander ist doch noch klein«, versuchte sie zu trösten. »Der wird von den Ermittlungen der Polizei nichts mitkriegen. Sie haben ja nichts Verbotenes getan.«

»Aber ich habe eine Vorladung zur Vernehmung. Wie ein Schwerverbrecher.« Isolde klopfte auf ein Papier, das vor ihr auf dem Couchtisch lag.

»Na ja, eine Vorladung ist das nicht wirklich, meine Liebe.« Auch Otto versuchte, tröstend auf Isolde einzuwirken. »Auch keine Vernehmung.« Er nahm das Blatt und fasste zusammen. »Nur ein sehr höflicher Brief der Kriminalhauptkommissarin Lautenschlager. Im Zuge der Ermittlungen im Mordfall Doktor Jakob Cäsar seien gewisse Unregelmäßigkeiten aufgefallen, woraus sich bestimmte Verdachtsmomente ergäben, die die Herkunft mancher Kinder beträfen und ob sie daran interessiert sei, in Begleitung eines Psychologen von der Polizei mit Frau Lautenschlager zu sprechen.«

»Verdachtsmomente?« Stella Neugierde war geweckt. »Fragt sie nach dem Samenspender?« Im letzten Moment konnte sie sich bremsen, Otto den Brief aus der Hand zu reißen.

Er las ihn noch einmal von vorn bis hinten durch und murmelte dabei jedes Wort mit. Leider so leise, dass er nicht zu verstehen war. »Nö. Das Wort steht hier nirgends. Du kennst doch den Vater deiner Kinder oder, Isa?«

»Selbstverständlich.« Isa nahm einen Schluck Wasser. »Ein guter Freund. Kultiviert, mit erstklassigem Geschmack und einem großartigen Style. Attraktiv, sehr schlank. Auf dem Weg zu einer außergewöhnlichen Karriere. Leider hat sein neuer Lebensgefährte wahnsinnige Eifersuchtsanfälle und verbreitet die schlimmsten Gerüchte über mich. Es gab so hässliche Szenen, dass ich den Kontakt abbrechen musste.« Isa stellte das Glas so heftig zurück auf den Couchtisch, dass es überschwappte. »Frau Malinowskowa hat mir versprochen, sich vermittelnd einzuschalten. Ich hielt sehr viel von ihr. Aber sie hatte noch keine Gelegenheit dazu. Und jetzt ist sie auch tot.«

Stella staunte wieder mal über die unverfrorene Eigen-PR mancher Menschen. Der Moderedakteur auf Erfolgskurs in Paris? Das würde sie gern mal verifizieren. Immerhin, jetzt waren seine Homosexualität und seine Samenspende offiziell bestätigt. Sie gestattete sich kurz die Überlegung, welche Summe Isas Konkurrenz für diese Info springen lassen würde, verwarf den Gedanken aber sofort wieder, mangels Talent zum Charakterschwein.

»Welche Verdachtsmomente könnte es denn noch geben?« Otto zog ein Papiertuch aus der Box und tupfte das Wasser weg. »Da du mit Frau Lautenschlager befreundet bist, Stella, könntest du doch mal vorfühlen, um was es eigentlich geht.«

Stella schob sich unbehaglich tiefer in ihren Sessel. Joe ein bisschen aushorchen? Als ob das so einfach wäre. Niemandem war es bislang gelungen, auch nur eine einzige Info mehr von ihr zu bekommen, als sowieso im ›Alpenboten‹ stand. Nicht mal Irma beim Abendbrot. Jens Müllers Artikel merkte man die Verzweiflung über die vorbildliche Pressearbeit der Soko an. Er versuchte, mit Angriffen auf den Leiter die dürre Faktenlage zu kaschieren. Nur dass der Trick nicht funktionierte. Volker ließ sich nicht provozieren. Und die Kripo Schliersee stand verschwiegen hinter ihm. Einschließlich Joe. »Frau Lautenschlager hält sich streng an ihre Dienstvorschriften«.

Otto betrachtete Stella wie ein Insekt kurz vor dem Zerquetschen. »Dienstvorschriften? Ach was. Du schaffst das schon. Wir verlassen uns auf dich. Andernfalls sähe ich mich gezwungen, Jens Müller einzuschalten.«

Miststück. Stella hoffte, dass dieses Wort sich über ihre Aura Otto mitteilte, ohne dass sie es auszusprechen brauchte. »Ich werde sehen, was ich tun kann.«

»Vor allem würde ich gern wissen, warum die Kommissarin in ihrem Brief eine silberne Babyrassel erwähnt.« Isolde hatte ihre Gefühlsaufwallung überwunden.

»Babyrassel? Haben Sie denn eine für Leander gekriegt?«

»Eine? Tonnenweise habe ich diese unhygienischen Dinger erhalten. Von Cartier, Prada, Gucci, Chanel, *you name it.* Ist mir ein Rätsel, warum die wieder so angesagt sind.«

»Auch eine von Doktor Cäsar. Ein von Navajos handgeschmiedetes Modell aus den USA?«

»Das müsste ich meine Sekretärin fragen.« Isolde stand auf, nahm ihren Schlüsselbund, auf dessen rotem Gurt ›New York Times‹ stand, und hielt Stella die Hand hin wie Gretel in ihrem Käfig der Hexe ein Knöchelchen. Audienz beendet.

»Wo sind die Rasseln jetzt?« Stella schüttelte die kalten Knochen.

»Keine Ahnung. Vielleicht im Depot. Vielleicht weiterverschenkt. Ich hab Leander nur eine von Karl gegeben. Das ästhetisch ansprechendste Design, in Lyon gefertigt. Aus recyceltem Silber.« Sie hauchte Otto rechts und links ein Küsschen am Gesicht vorbei. »Ethno-Design sagen Sie? Wenn ich mich recht erinnere, hing so ein Etikett an Chiaras Babyrassel. Sie kam erst gestern mit der Post, obwohl Doktor Cäsar sie doch noch vor seinem Tod abgeschickt haben muss. Dazu eine handgeschriebene Karte von ihm mit herzlichen Glückwünschen zur Geburt. Hatte er Alzheimer? Chiara ist ja noch nicht geboren.«

19

Die Identifizierung der Kinderbilder aus Doktor Cäsars Bunker zog sich hin. Niemand aus seiner Praxis konnte zur Aufklärung beitragen. Niemand hatte von dem Kellerkabinett gewusst. Jeder zeigte sich schockiert über die Untiefen in Doktor Cäsars Charakter, von denen keiner etwas geahnt hatte.

Einzig Stella trug ein Detail bei. Sie bestätigte, eine im Kleiderschrank von Frau Malinowskowa gefundene apricotfarbene Armanijacke mit leichtem Mimosenduft zuvor im Kellerraum mit dem Gefrierschrank gesehen zu haben. Ob daraus abgeleitet werden konnte, dass Frau Malinowskowa über Doktor Cäsars Machenschaften Bescheid wusste und ob die beiden eventuell vielleicht sogar Komplizen waren, wollte sie so nicht bestätigen. Auch keiner, der die beiden näher kannte, konnte darüber Auskunft geben. Umso wichtiger war es, ihre Tochter Cleo aufzutreiben, die immer noch verschwunden war.

Aufgrund der sich insgesamt nur schleppend entwickelnden Ermittlungen überzeugte Volker seinen Vorgesetzten davon, eine weltberühmte Knotenexpertin der University of California einzuschalten. An ihrem Kostenvoranschlag wäre die Sache allerdings fast gescheitert, aber Volker argumentierte überzeugend. Wann hatte man in Bayern schon mal Gelegenheit, mit einer internationalen Koryphäe der Kriminalistik, einer Professorin noch dazu, zusammenzuarbeiten.

Nach Lektüre der 20-seitigen Expertise war er dann auch nicht schlauer als vorher. »Sogenannter Galgenknoten. Keine Technik erforderlich, einfach in der Anwendung. Das hätte ich mir auch selbst denken können.« Die historische Entwicklung vom ersten Nachweis aus einem steinzeitlichen Grab in Ostanatolien bis zur zeitgenössischen, allgemein üblichen Methode einen Schal zu binden, übersprang er. »Insgesamt kann davon ausgegangen werden, dass der Täter aus keinem Milieu stammt, in dem Kenntnisse spezieller Knotentechniken notwendig sind«, las er laut das Fazit der Expertin vor. »Seeleute, Bergsteiger, Angler oder Teppichknüpfer können ausgeschlossen werden.«

»Na, das engt den Täterkreis ja schon mal beachtlich ein.« Joes Sarkasmus wollte im Moment niemand goutieren. Zwischendurch fragte sie sich immer mal wieder, wie sie in diese Kriminalkomödie geraten war, fand aber keine Antwort. Vielleicht lag es einfach nur an ihrer Art, ihr Augenmerk auf das Humorige im Leben zu richten, einfach damit allgemein alles etwas erträglicher wurde. In ihrem Beruf eine notwendige Distanzierungsmaßnahme, wie sie fand. Ihre Kollegen bevorzugten andere Perspektiven. Polizisten konnten auch mit Strenge, Zynismus, Naivität, Sadismus oder Fanatismus sehr gute Ermittlungsergebnisse liefern, aber das entsprach nun mal nicht ihrem Charakter. Die Gefahr, dass sie wegen ihrer Neigung zum Scherzen nicht ernst genommen wurde, war ihr bewusst, und trotzdem konnte sie nicht anders.

Das Honorar für die amerikanische Knotenexpertin hätte Volker, in gebrauchten Scheinen, fein säuberlich gebündelt, auch im Schliersee versenken können. Dort wäre es genauso sinnvoll angelegt. In etwa diesen Worten äußerte Joe ihre Meinung. Was Volker gelassen konterte. »Hast du eine bessere Idee?«

Nein, hatte sie nicht.

Sie hätte genau das getan, was Volker tat. Die Spurensicherung noch ein zweites Mal durch die Wohnung von Frau Malinowskowa schicken, auf der Suche nach einem Hinweis über Cleos Aufenthaltsort.

Nichts.

Ein Ergebnis, das Volker immer noch nicht hinnehmen wollte. Höchstpersönlich durchsuchte er die Wohnung ein drittes Mal. Diese Vorgehensweise verärgerte allerdings den Chef der Spurensicherung, da er sie als Kritik an der Arbeit seines Teams interpretierte. In einem lautstark geführten Gespräch, von Kripochef Mayer moderiert, beschwerte er sich über die Arbeitsüberlastung infolge der Sonderwünsche des Leiters der Soko, die mit den eigentlichen Aufgaben der Spurensicherung nichts mehr zu tun hätten. Als Beispiele nannte er die Fütterung unzumutbarer Haustiere.

So kam es, dass Ute-Marie Cäsar endlich Juno und Izumo zu sich nehmen durfte. Traumatisiert von der Ermordung ihres Ehemannes, weigerte sie sich allerdings, das gemeinsame Haus noch einmal zu betreten. Mit Bayrischzell insgesamt sei sie fertig, ließ sie die Kripo wissen. Sie werde dieses Kaff nie wieder aufsuchen.

Volker zeigte sich verständnisvoll. Er beauftragte Joe und Bernd, die Ratten nach München zu bringen. »Das ist eine Bitte, keine Anweisung.« Seit seiner Kindheit auf einem Bauernhof im Allgäu war ihm der Anblick von Nagetieren aller Art ein Gräuel. Er müsse sich sogar bei Hamstern beherrschen, erklärte er Joe.

Obwohl furchtbar in Eile, »Opernkarten heute Abend, Parsifal, Kent Nagano dirigiert, das kann ich mir nicht entgehen lassen«, bat Frau Cäsar die Herrschaften von der Polizei in die Wohnung. Beim Anblick ihrer Lieblinge im Käfig, den Bernd neben dem Fernseher abstellte, brach sie in Tränen aus. Nach Volkers Beschwerde hatte die Spurensicherung die Tiere zwar gefüttert, aber strikt unter Käfigarrest gehalten. Wegen mangelnder Bewegung hatten sie so viel Fett angesetzt, dass Frau Cäsar umgehend handelte. Energisch wählte sie die Telefonnummer ihres Tierarztes, der eine streng vegetarische Diät aus bestem Almwiesenheu empfahl.

Trotz der turbulenten Ereignisse in ihrem Leben machte Frau Cäsar eine gute Figur. Gepflegt, parfümiert, dezent geschminkt, ordentlich gebürsteter, blond gesträhnter Pagenkopf, ein beiges Twinset, diverse mittelgroße Brillantringe. Nicht mal die Hausschuhe störten den gesitteten Gesamteindruck. Dunkelblauer handgewalkter Filz von Manufactum, das sah Joe auch ohne Blick aufs Etikett.

Die personifizierte Arztgattin alter Schule, die nichts dagegen hatte, von der Bedienung bei Käfer mit Frau Doktor angeredet zu werden, obwohl sie ihr Medizinstudium ohne Abschluss schon vor gut 40 Jahren ad acta gelegt hatte. Eine typische Bewohnerin des Großbürgergettos Bogenhausen.

Ob Frau Cäsar von Herrn Cäsar altersgemäß entsorgt worden war, fragte sich Joe, oder doch wegen Unfruchtbarkeit? Allem Anschein nach kam die Kinderlosigkeit in der Ehe der Cäsars von der weiblichen Seite. Er hatte sich etwa 368-fach getröstet. Auch wenn das noch nicht bewiesen war. Vielleicht die wahren Gründe für die atmosphärischen Störungen in der Ehe von Herrn und Frau Cäsar. Und nicht das Opern-Abo.

Frau Cäsar bat die beiden Gäste von der Kripo, auf der Couch Platz zu nehmen. Über die Sofakultur der Deutschen hätte Joe ebenfalls eine soziokulturelle Abhandlung schreiben können. Dieses hier war rosa, ein sehr dezentes Altrosa. Frau

Cäsar setzte sich auf einen Biedermeiersessel, dessen Pendant in Doktor Cäsars Wohnzimmer stand. »Was kann ich noch für Sie tun?« Die personifizierte Höflichkeit, wenn auch mit einem leicht zittrigen Unterton.

»Frau Cäsar, wir haben in der Praxis ihres Mannes Patientenunterlagen sichergestellt, die zwei Gemeinsamkeiten haben. Die Namen sind verschlüsselt und alle tragen den Stempel einer Kinderrassel auf dem Deckblatt. Insgesamt sind es die Akten von 368 Spenderkindern. Wissen Sie, warum Ihr Mann diese Akten gesondert aufbewahrt hat.«

Frau Cäsar schüttelte den Kopf. »Darf die Polizei das überhaupt, die Patientenunterlagen meines Mannes konfiszieren?«

Joe ignorierte die Frage. Die Antwort würde später eventuell einen Anwalt beschäftigen.

»Wann waren Sie zum letzten Mal in dem Luftschutzbunker, den ihr Mann zur Samenbank ausgebaut hat?«

»Ach, seit ewigen Zeiten nicht mehr. Es ist ja auch nicht wirklich ein spannender Ort.«

»Hat Ihr Mann Ihnen verboten, den Raum zu betreten?«

»Aber nein, wie kommen Sie denn darauf?«

»Weil er sehr gut verschlossen war, selbst unser Experte hatte Mühe, ihn zu öffnen.«

»Mein Mann spürte immer eine große Verantwortung für seine Spender. Er wollte sicherstellen, dass kein Missbrauch mit dem Samen getrieben werden konnte. Ein Verbot hat er nicht konkret ausgesprochen, er vertraute mir vollkommen, aber er mochte es nicht, wenn jemand das Labor betrat. Das habe ich respektiert.«

»Hatte außer ihm noch jemand Zugang?«

»Frau Malinowskowa selbstverständlich, als zuständige Embryologin.«

»Wussten Sie, dass die Samenbank inzwischen in die Praxisräume in Bayrischzell umgelagert worden ist?«

»Nein. Mein Mann hat mich schon lange nicht mehr über Details seiner Arbeit informiert. Ehrlich gesagt, sie interessierten mich noch nie. Ich habe selbst Medizin studiert. Reproduktionsmedizin empfinde ich als ethisch sehr bedenklich. Wohin soll das führen? Sind wir Gott? Hätte ich mein Studium beendet, wäre ich Anästhesistin geworden.«

»Wusste Ihr Mann, dass Sie seine Arbeit kritisch sahen?«

»Selbstverständlich. Aber er war Kritik gewohnt. Er hat sich davon nie beirren lassen. Er wollte seinen Patientinnen helfen. Ein Überzeugungstäter. Seinen Willen und seine Klarheit habe ich immer an ihm bewundert.«

»Darf ich Sie fragen, warum ihre Ehe kinderlos geblieben ist?«

Frau Cäsar lächelte. »Weil ich mich Gottes Willen gebeugt habe. Oder dem Schicksal, wenn Sie das Wort bevorzugen. Ja, wir wollten Kinder haben, aber als keine kamen, haben sowohl Jakob als auch ich akzeptiert, dass das Leben andere Pläne mit uns hatte. Er hat mich nie gedrängt. Er hat die Entscheidung mir überlassen. Dafür werde ich ihm immer dankbar sein.«

»Er hätte Ihnen helfen können, Kinder zu bekommen?«

»Ich nehme es an, aber ich habe es nie überprüfen lassen.« Sie lächelte immer noch. Eisern. »Ich bin religiös, im Gegensatz zu Jakob. Ich glaube daran, dass Menschen Gott nicht ins Handwerk pfuschen sollten. Das kann nur böse enden.«

»Gehen wir noch einmal zurück zum Labor im Luftschutzbunker. Wieviel Räume hat es?«

»Einen, wenn ich mich recht erinnere.«

»Kennen Sie das Geheimzimmer, dessen Eingang hinter einem Kühlschrank verborgen war?«

»Geheimzimmer?« Frau Cäsar rutschte kaum merklich auf ihrem Sessel nach vorne. Kein Lächeln mehr.

Bernd zog aus dem Umschlag, den er neben seine Teetasse

gelegt hatte, einen Stapel Fotos und legte sie vor Frau Cäsar auf dem Couchtisch aus. Eine Panoramaansicht von Doktor Cäsars Kabinett.

»Wir haben Grund zur Annahme, dass alle Kinder auf diesen Bildern aus dem Samen ihres Mannes entstanden sind«, sagte Joe.

Frau Cäsar sah den ganzen Stapel durch. Der rosafarbene Nagellack glitzerte sacht. »Also hatte Nike recht«, murmelte sie, so leise, dass Joe sich fragte, ob sie richtig gehört hatte.

»Inwiefern hatte Nike recht?«

Frau Cäsar lehnte sich wieder in ihrem Sessel zurück, um sich so weit wie möglich von ihren Befragern zu entfernen, ohne unhöflich zu wirken. Sie schloss die Augen, aber die Lider flatterten, als würden sich darunter Bilder jagen.

Joe wartete eine Weile. »Inwiefern hatte Nike recht?«

Frau Cäsar seufzte. »Sie erschien eines Tages hier und sagte, sie sei Jakobs Tochter. Was sollte ich davon halten? Sie hatte keine Beweise. Nur diese Babyrassel. Als Ehefrau eines Arztes kennt man das Phänomen, dass Patientinnen sich verlieben. Es kam gar nicht so selten vor, dass die Frauen ihm auf den Anrufbeantworter sprachen, ihm Briefe und Mails schickten. Auch SMS nehme ich an. Er erwähnte das nie, dafür war er zu diskret. Ein guter Arzt wie Jakob geht fürsorglich mit seinen Patientinnen um, da ist es doch kein Wunder, wenn die eine oder andere einsame Seele diese professionelle Zuwendung mit Liebe verwechselt. Als Nike mich dann mit ihrem Vorwurf konfrontierte, sah ich darin einen ähnlichen Mechanismus. Nur dass es nicht um Sehnsucht nach Partnerschaft oder um sexuelles Verlangen ging, sondern um väterliche Fürsorge. Sie war verliebt in ihre Fantasie von einem gesunden, vitalen Vater, nachdem ihr eigener so krank ist, dass er sie kaum noch wiedererkennt. Alles nicht weiter schlimm, nur leider hat sie auch andere mit ihrer Fantasie angesteckt.«

»Wahan zum Beispiel.«

Frau Cäsar nickte. »Und diese Bildhauerin mit den Zwillingen. Ihren Namen habe ich vergessen. Sie wollten Jakobs DNA von mir. Gespenstisch.«

»Sind die Vorwürfe wirklich so abwegig?«

»Frau Hauptkommissar, darüber habe ich viel nachgedacht, das können sie mir glauben.« Sie beugte sich so weit vor, dass Joe die grauen Einsprengsel in ihren grünen Augen sah. »Hat mein Mann mich betrogen, wenn er ohne mein Wissen anderen Frauen seinen Samen spendete? Ist das genauso zu bewerten wie ein Beischlaf? Und wenn er es getan hat, ist er dann ein Schuft oder nicht doch ein rücksichtsvoller Ehemann? Ist mein Mann ein Betrüger, der die Frauen, die sich ihm anvertrauten, schamlos ausnutzte für seine geheimen Perversionen oder ist er ein Wohltäter, der sich für die Frauen, die seine Hilfe brauchten, selbstlos aufopferte? Andere mögen über ihn urteilen, ich habe für mich diese Fragen beantwortet. Als seine Frau, die ihn trotz aller Meinungsverschiedenheiten immer geliebt und respektiert hat und ihn als verantwortungsvollen Arzt und Ehemann kennt. Meine Antwort wird sie schockieren, aber es ist die Antwort, die ich in der Tiefe meines Herzens gefunden habe.« Sie starrte Joe an, als wollte sie ihr Gegenüber per Blickkontakt überzeugen. »Jede Frau, die ein Kind von Jakob hat, kann stolz darauf sein.«

Sie stand auf. »Würden Sie mich nun bitte entschuldigen. Ich muss mich noch umziehen.«

Bernd wollte ebenfalls aufstehen, aber Joe hielt ihn am Arm zurück. »Kennen Sie Cleo, Frau Malinowskowas Tochter? Auch sie ist eines der Kinder aus dem Keller ihres Mannes.«

Frau Cäsar blieb kühl und kontrolliert. »Frau Malinowskowa hat Jakob immer bewundert. Wenn er eine Spendentätigkeit auch in ihrem Fall verheimlichte, hatte er seine Gründe. Die respektiere ich ebenfalls.«

20

»Tolle Frau.« Auf dem Flur schnupperte Bernd dem leicht pudrigen Parfümduft Frau Cäsars nach, der sogar im Flur vor ihrer Wohnung hing. Seine Bewunderung für das weibliche Geschlecht dehnte er tolerant auch auf ältere, rattophile Damen aus. »Wenn der alte Cäsar wirklich heimlich an die 400 Kinder gezeugt hat, haben die dann alle einen Erbschaftsanspruch?«

Eine Frage, die Joe im Moment weniger beschäftigte. Überhaupt fand sie die Rolle der Samenspender im Bereich künstlicher Befruchtung übertrieben. Offenbar heizte die Möglichkeit, unbegrenzt Nachkommen in die Welt zu setzen, die männliche Phantasie ungemein an. Sogar von Männern, die nie auf die Idee kommen würden, ihr Sperma anderen Frauen als denen, die sie liebten, zugutekommen zu lassen. Auch auf sie übte die Möglichkeit zur Massenverbreitung ihrer Gene eine gigantische Faszination aus. Oder wie sonst war zu erklären, dass Filme über ultrapotente Loser, die sorglos die Welt bevölkern, sich zu Weltbestsellern entwickelten. Kleine Mädchen träumen davon, Prinzessin zu sein, dachte Joe, große Jungs erregt der Gedanke, einen Harem zu befruchten. Noch dazu, dank moderner Technologie, ohne die üblichen, vorwiegend emotionalen Komplikationen mit weiblichen Wesen.

»Seid fruchtbar und mehret euch und füllet die Erde«, dieser Bibelspruch konnte nur von einem Mann stammen. Frauen, die noch bis vor Kurzem bei jeder Schwangerschaft den Tod vor Augen hatten, wären nie auf diese Idee gekommen.

Auch in der modernen Reproduktionsmedizin verrichteten sie bis auf Weiteres die Hauptarbeit. Das Kinderaustragen und Gebären. Merkwürdig, dachte Joe, Frauen dürfen dabei arm, ohne Schulbildung und aus einem Entwicklungsland sein.

Macht alles nichts, Hauptsache billig. Aber jeder anonyme Samenspender muss den elitären Wünschen der zukünftigen Eltern entsprechen. Galten Frauen nach wie vor nur als Gefäß, in das Männer ihren Geist gossen?

»Wir nehmen die Treppe«, sagte sie zu Bernd, der den Knopf am Lift malträtierte, weil die Leuchtanzeige bei UG 2 verharrte.

»Sind aber vier Stockwerke«, protestierte er.

»Ich denke jetzt mal laut.« Joe hielt ihm einladend die Tür zum Treppenhaus auf. »Mal angenommen, Doktor Cäsar war tatsächlich in all den 368 Fällen mit dem Babyrasselstempel der anonyme Samenspender, fühlen sich dann alle Eltern auch wirklich von ihm betrogen? Hat nicht Frau Cäsar recht? Sind viele Elternpaare nicht einfach froh, dass er ihnen zu einem Kind verholfen hat? Egal mit welchem Samen?«

»Du stellst Fragen.« Hinter ihr schnaufte Bernd. Sogar Treppen absteigen brachte ihn außer Atem.

»Die Eltern wissen doch vor ihrer Entscheidung für eine donogene Insemination, dass der Genpool eines anonymen Spenders noch mehr Überraschungen bereithalten kann als der eigene. Sie haben ja überhaupt keine Ahnung, was dabei rauskommt. Wenn sie ehrlich mit der Situation umgehen würden, müssten sie sich vornehmen, das Kind so zu akzeptieren wie es ist.« Joe sprang leichtfüßig die Stufen hinunter. In den hochherrschaftlichen Bogenhausener Jugendstilhäusern gab es hohe Decken und dementsprechend lange Treppen.

»Aber vielleicht nicht, wenn sie sich einen gut aussehenden dünnen ausgesucht haben und einen beleibten Doktor Cäsar kriegen.« Bernd hatte Mühe, Schritt zu halten.

»Da ist was dran.« Joe blieb mitleidig stehen und wartete, bis Bernd aufgeholt hatte. Sie betrachtete ihn besorgt. »Du solltest mal dein Herz checken lassen. Oder mehr Radfahren.«

»Jetzt im Winter?«

Wenn Bernd weiter jede sportliche Betätigung verweigerte, würde er figürlich wie Churchill enden. Oder Doktor Cäsar.

»Denken wir über die Kinder nach.« Joe stieg weiter ab. »Kann das Kind eines anonymen Samenspenders sich betrogen fühlen, wenn sich herausstellt, dass statt dem von den Eltern ausgesuchten Spender A der Spender B sein biologischer Vater ist? Juckt ein Kind das irgendwie?«

»Du meinst, so sehr, dass es den Betrüger umbringt?«

Joe nickte. »Kinder aus einer anonymen Samenspende suchen ihren biologischen Vater, weil sie wissen wollen, woher sie kommen. Wissenschaftler streiten noch, ob diese genetische Sehnsucht physisch oder doch psychisch bedingt ist. Verständlich ist sie jedenfalls. Es wird also Zeit, anonyme Spenden zu verbieten. Wenn ein Mann sich vermehren will, ohne eine Familie zu gründen, soll er zumindest seinen Pflichtteil der Verantwortung einbringen. Da bin ich absolut dafür.«

Bernds Freude am Philosophieren war noch nie sehr ausgeprägt gewesen, erst recht nicht, wenn damit auch noch körperliche Anstrengung verbunden war. Das Thema beschäftige ihn nur als Kriminalfall, er sehe das völlig emotionslos, erklärte er, während er hinter Joe die Treppe hinunterpolterte. Als Single könne er sowieso nur wenig zum Thema beitragen. Seine Spermaqualität sei vollkommen in Ordnung, nehme er an, aber er fühle sich noch zu jung für eine Familiengründung.

Da er im Moment der einzige greifbare Mann war, bat Joe ihn, sich trotzdem in die Sachlage hineinzudenken. »Alle reden immer von den Spendern. Was das für Männer sind. Wie sie sich fühlen. Ob und wie sie mit den Konsequenzen ihres Handelns umgehen.«

»Über Mütter wird auch viel geredet«, sagte Bernd. »Sind ja auch die unterschiedlichsten Sorten daran beteiligt.«

»Nur von den sozialen Vätern ist kaum die Rede.« Joe blieb am Treppenansatz stehen und wartete, bis Bernd aufgeholt hatte. »Wie kommen die eigentlich klar damit, dass ihr Samen nicht zur Fortpflanzung taugte? Dass ein anderer Mann ihnen aushelfen musste und sie nun dessen Kind ernähren. Heutzutage in Oberbayern eine Familie durchzubringen ist eine echte Herausforderung, selbst mit zwei Einkommen.« Sie öffnete die Haustür und atmete die kalte Münchner Abendluft ein. Vielleicht half das gegen das Gefühl, sich ungenau auszudrücken. Die herumsausenden Gedankenfetzen in ihrem Kopf ließen sich einfach nicht in eine bessere Ordnung zwingen.

»Du hast doch selbst gesagt, die sozialen Väter haben sich mit der Tatsache abgefunden, dass sie ihre Gene nicht weitergeben.«

Bernd öffnete seinen Mantel, um sich etwas Kühlung zu verschaffen. »Außer natürlich, der Vater dachte, seine Frau wird mit seinem Sperma befruchtet.« Er spürte die kalte Luft nicht, so sehr war er in Gedanken versunken. »Vielleicht sollten wir nach den Vätern suchen, die den stärksten Grund hatten, sich von Doktor Cäsar betrogen zu fühlen.«

21

Obwohl er alle Hände voll damit zu tun hatte, sich um seine Patientinnen zu kümmern, die, das könne man sich vorstellen, durch den Tod von Doktor Cäsar in heller Aufregung seien, fanden sich Doktor Gebhardt und sein Anwalt nach dem Dreikönigstag und dem darauffolgenden Wochenende zu einem Gespräch bei der Kripo ein. Aus einem einzigen Grund, stellte der Anwalt klar. Um die Unschuld seines Mandanten fürs Protokoll festzuhalten. Die sei eindeutig, da er sich zum Zeitpunkt des Todes von Doktor Cäsar in Kanada aufgehalten habe und zum Zeitpunkt des Todes von Frau Malinowskowa im Hotel Vier Jahreszeiten in München mit einem königlichen Pferdefreund aus Katar dinierte.

Auf Seiten der Soko Sperminator nahmen Joe, Bernd und Kripochef Mayer teil, der nur ungern die Gesprächsleitung Volker überließ.

Der Anwalt wirkte kühl, trotz frischer Sonnenbräune aus dem Weihnachtsurlaub in Florida. An Doktor Gebhardt erstaunten die Schweißperlen auf der Stirn und der nervöse Gesamteindruck. Beim Händeschütteln schien sein ganzer Körper zu vibrieren. Als er eine große Anzahl eng beschriebener Seiten aus seinem Aktenkoffer zog, raschelte das Papier wie Ahornblätter im Föhnsturm. Die Nervosität lag vielleicht am Vernehmungszimmer, einer für einen Arzt ungewöhnlichen Lokalität.

Er las viele Antworten ab oder wandte sich gleich Hilfe suchend an seinen Anwalt, der gern die Gelegenheit nutzte, rhetorisch zu brillieren. In Sätzen, die lange nachhallen mussten, um einen Sinn zu ergeben. Am Ende der zweistündigen Befragung wurde fürs Gesprächsprotokoll freigegeben, dass Frau Malinowskowa nicht nur versucht hatte, Doktor Gebhardt zu erpressen, sondern dass ihr dies vorher schon mit dem verstorbenen Kollegen Doktor Cäsar gelungen war.

Seit wann genau, konnte Doktor Gebhardt nicht nachvollziehen, aber seit gut zwei Jahrzehnten nahm er an. Fast so lange wie Frau Malinowskowa in Doktor Cäsars Praxis gearbeitet hatte.

Um das Ausmaß und die Art und Weise der Erpressung zu verstehen, musste er bis in die Anfänge der Praxis in den Achtzigerjahren zurückgehen, als eine IUI, also eine Intrauterine Insemination, bei der der Samen wie beim Geschlechtsakt direkt in den Uterus gespritzt wird, die gängigste Therapie gegen weibliche Unfruchtbarkeit war.

Der legendäre Ruf des Reproduktionsmediziners aus der bayerischen Provinz basierte nicht zuletzt auf den erstaunlich hohen Schwangerschaftsquoten, die er in Fachpublikationen der Verwendung von frischem Samen zuschrieb. Doktor Cäsars Tick, wie Gebhardt diese Gepflogenheit rückblickend nannte. Auch Cäsars Überzeugung von der Mitwirkung des weiblichen Orgasmus bei der Zeugung erwähnte er und reichte zum besseren Verständnis eine in Plastik eingeschweißte Broschüre in die Runde. Ein Original aus den Achtzigerjahren, das Doktor Cäsar damals seinen Patientinnen auszuhändigen pflegte.

»Ein Verfechter des Märchens vom klitoralen Orgasmus als allein selig machende Befriedigung von Frauen. Typischer Achtzigerjahre-Feminismus und Doktor Cäsar ist darauf hereingefallen«, warf der Anwalt ein. Alle Männer außer Doktor Gebhardt lachten.

Joe verdächtigte den einen oder anderen, durch das Studium des Faltblattes gerade etwas Neues zu lernen. Bei ihrem Encounter mit Volker hatte sein Wissen über stimulierende Techniken sich vor allem auf ihn selbst beschränkt. Über seinen aktuellen Wissensstand wusste sie nicht Bescheid. Sie nahm aber an, dass er sich dank des Internetzugangs in seinem Büro inzwischen hatte weiterbilden können.

Der Anwalt als Nichtmediziner erging sich in der Spekulation, ob die Patientinnen vielleicht dank der medizinisch verbrämten Sextipps Doktor Cäsar die Bude einliefen, weil er ihren Männern endlich das beibrachte, was sie ihnen seit Jahren vergeblich durch die Blume mitzuteilen versuchten.

Joe fasste diesen Gesprächsbeitrag als den Versuch auf, den Zuhörern zu signalisieren, er, obwohl Jurist, wisse, wie er eine Frau zum Höhepunkt bringe. Er schaute Joe sogar in die Augen dabei.

Doktor Gebhardt raschelte mit seinen Blättern. Im Übrigen,

auch darauf wies er in kollegialer Fairness hin, sei die Bedeutung des weiblichen Orgasmus bei der Zeugung von der modernen Wissenschaft erst kürzlich bestätigt worden. Demnach entwickele die Gebärmutter beim Orgasmus einen Sog, der das männliche Sperma nach der Ejakulation quasi aufsauge. »Sie müssen sich das vorstellen wie im Bermudadreieck, wenn die Schiffe in den Abgrund gezogen werden«, bemühte er sich um einen anschaulichen Vergleich. »Je frischer das Sperma, desto kräftiger die Schwimmbewegungen der im Sog befindlichen Samenfäden.«

»Zurück zu Frau Malinowskowa und der Erpressung«, mahnte Mayer, der als Vater von vier Töchtern seine sexuellen Kenntnisse nicht unter Beweis stellen musste. »Was hatte Frau Malinowskowa eigentlich in der Hand, um Doktor Cäsar zu erpressen?«

»Mein Mandant …«, der Anwalt holte tief Luft.

Doktor Gebhardt war schneller. Die Empörung, die er so lange mühsam in Schach gehalten hatte, ließ sich nicht länger unterdrücken. In einer Tirade, die verdächtig nach Wutausbruch klang, stellte er klar, dass Frau Malinowskowa Doktor Cäsar unterstellte, seit Beginn seiner Praxistätigkeit die Patientinnen mit seinem eigenen Samen zu befruchten.

Als damals einzige Laborantin in der Praxis hatte Frau Malinowskowa von Anfang an einen guten Überblick über die Behandlungsmethoden ihres Chefs. Immer wenn eine Insemination anstand, verschwand der Doktor auf der Toilette. Mal kurz, mal länger, aber nie länger als eine Viertelstunde. Ein merkwürdiges Verhalten. »Der Chef macht sich in die Hose« juxten damals die Sprechstundenhilfen, aber nur Frau Malinowskowa zog daraus die richtigen Schlussfolgerungen.

Anfangs war sie vor allem mit Blutuntersuchungen und Zellabstrichen, also mit ganz normalen Routinetätigkeiten, beschäftigt. Um die Samendepots kümmerte Doktor Cäsar sich noch selbst. Spermiogramme erstellen, zentrifugieren, einfrieren, beschriften. Die Diskrepanz zwischen der Anzahl der spendenwilligen männlichen Personen in der Praxis und der Anzahl der besamten Mütter war ihr relativ früh aufgefallen.

Sie konfrontierte Doktor Cäsar mit ihren Beobachtungen.

»Konfrontieren«, sagte Joe. »Wie meinen Sie das?«

Doktor Gebhardt schaute seinen Anwalt an.

»Frau Malinowskowa berichtete Doktor Cäsar über ihren Verdacht, den der Beschuldigte weder abstritt noch bestätigte.«

»Und? Hat sie Geld verlangt oder irgendwelche anderen Forderungen gestellt, die den Strafbestand der Erpressung erfüllen?«

»In gewisser Weise ja.« Der Anwalt legte in einem längeren Monolog dar, dass diese Dinge sich lange vor dem Eintritt seines Mandanten in die Praxis in Bayrischzell zugetragen hatten. Sein Mandant habe lediglich durch Dritte davon Kenntnis erhalten. Über deren Identität könne er aufgrund der ärztlichen Schweigepflicht keine Auskunft geben. Sein Mandant sei lediglich in der Lage, über die direkt erfolgte Erpressung seitens Frau Malinowskowas gegen seinen Mandanten auszusagen. Alle Ereignisse vor diesem Zeitpunkt entzögen sich seiner genauen Kenntnis und seien daher für die Befragung irrelevant.

»Häh?«, sagte Bernd.

»Ich habe von all dem nichts gewusst«, präzisierte Doktor Gebhardt.

Nachdem er sich mit einer beträchtlichen Summe in Doktor Cäsars Praxis eingekauft hatte, wurden noch einmal zusätzliche Investitionen notwendig, um die Technologie auf den neuesten Stand zu bringen. Ausgaben, die sich dank Doktor Cäsars gutem Ruf langfristig rechneten. Von den fragwürdigen Befruchtungsmethoden seines Kompagnons habe er erst einen Tag nach dem Auffinden von Doktor Cäsars Leiche erfahren. Frau Malinowskowa suchte gleich nach Doktor Gebhardts Rückkehr aus Kanada das Gespräch mit ihm und konfrontierte ihn anhand zweier Aktenordner fein säuberlich abgehefteter Unterlagen von 368 Patientinnen mit ihrem Verdacht.

»Ist nicht wahr.« Kripochef Mayer, den bislang noch niemand über die Kopien aus dem Drucker informiert hatte, da sie auf rechtlich fragwürdige Weise beschafft worden waren, konnte es nicht fassen. »368 Kinder.«

»Die Dunkelziffer kann noch weit höher liegen.« Doktor Gebhardt ignorierte das Kopfschütteln seines Anwalts, mit dem er die Plauderfreudigkeit seines Mandanten zu stoppen versuchte. »Medizinisch ist das möglich.« Frau Malinowskowa sammelte alle Akten mit Babyrassel, deren sie habhaft werden konnte. Die Namen der Betroffenen hatte Doktor Cäsar leider verschlüsselt, so dass die Embryologin sie nicht mit den offiziellen Unterlagen abgleichen und verifizieren konnte. Wie sie an die Papiere gelangen konnte, war nach ihrem Tod nicht mehr festzustellen.

Eine Durchsuchung der Praxis nach Doktor Cäsars Tod und noch einmal nach Frau Malinowskowas Ableben hatte nichts erbracht. Die Originale blieben verschwunden. Ihr gemeinsames Geheimnis nahmen die beiden Toten mit ins Grab.

Die Aussagefreude seines Mandanten beunruhigte den Anwalt nun dermaßen, dass er präzisierte, Frau Malinowskowa habe lediglich »Verdachtsmomente« geliefert, »die in keinster Weise als Beweise aufgefasst werden können«. Er erklärte sich aber damit einverstanden, im Protokoll festzuhalten, sollten sich diese Verdächtigungen als haltbar herausstellen, sei Doktor Cäsar in der Tat ein empörend unethisches Verhalten vorzuwerfen, für das der Verstorbene die Verantwortung allein trage, bzw. hätte tragen müssen, würde er noch leben.

Er wies auch darauf hin, dass allerdings rechtlich kaum Mittel zur Verfügung stünden, mit denen Doktor Cäsar vor seinem Ableben zur Verantwortung hätte gezogen werden können. Am ehesten käme noch Betrug in Betracht, wenn er den Eltern falsche Angaben über den Samenspender gemacht hatte. Aber so falsch dann auch wieder nicht, dass ein erstklassiger Anwalt diese Klage nicht würde abschmettern können. Mediziner, überdurchschnittlich intelligent, ausgebildet an Eliteuniversitäten, das traf auch auf Doktor Cäsar zu. Gut aussehend lag im Auge des Betrachters, in dieser Hinsicht verstand kein Mensch die Frauen. Deren Kriterien für gutaussehend waren generell höchst rätselhaft. Lediglich beim musischen Talent sei Doktor Cäsar den Wünschen seiner Patientinnen entgegengekommen.

»Und dass er sich als Student ausgegeben hat, was war das? Optische Täuschung?« Auf Volkers eigenwillige Art der Befragung ging der Anwalt nicht ein.

»Was hat denn Frau Malinowskowa Ihnen in erpresserischer Absicht angedroht?« Joe fand Doktor Gebhardts Informationen ermittlungsrelevanter als Volkers Witze.

»Der Erpressungsversuch ist gescheitert«, warf der Anwalt noch schnell ein, bevor er seinem Mandanten wieder das Wort überlassen musste.

Die Empörung über Frau Malinowskowas Drohung, den jahrzehntelangen Betrug in dem vormaligen Kinderwunschzentrum Oberbayern publik zu machen, war Doktor Gebhardt auch nach dem Tod der Erpresserin noch anzuhören. Sie verfüge dafür über die nötigen Kontakte zur lokalen Presse, besonders ein Redakteur des ›Alpenboten‹ gehöre zu ihrem engeren Freundeskreis. Doktor Gebhardt könne dies nur verhindern, wenn er ihr schriftlich bestätige, sie bis zum Erreichen des Rentenalters weiter als Chefembryologin zu beschäftigen und ihr außerdem eine Gehaltserhöhung in nicht unbeträchtlichem Ausmaß bewillige.

Ihr Verhältnis zueinander sei schon vor diesem Erpressungsversuch nicht gerade von großer Sympathie getragen gewesen, gestand Doktor Gebhardt. Diese Bissgurkn »so darf man das mal salopp formulieren« auch weiterhin in der Praxis ertragen zu müssen, sei für ihn unvorstellbar gewesen.

»Wenn Cäsars Spritztouren posthum öffentlich gemacht worden wären, wäre Ihre feine Praxis doch erledigt gewesen.« Volker wurde erneut seinem Ruf als Polizistenrambo gerecht. »Haben Sie deshalb die gute Frau aus dem Weg geräumt?«

»Na, na«, tadelte der Anwalt.

»Wenn ich Frau Malinowskowa getötet hätte, säße ich nicht hier«, gab Doktor Gebhardt zu bedenken.

Geeinigt hatte er sich mit seiner erpresserischen Laborantin allerdings auch nicht. Sich nur einige Tage Bedenkzeit erbeten. In der Frau Malinowskowa nun tatsächlich beseitigt worden war. Eine höchst unerfreuliche Angelegenheit, wenn auch im Endergebnis nicht unbefriedigend, gestand Doktor Gebhardt zum Entsetzen seines Anwaltes. »Das streichen wir aus dem Protokoll.«

22

Da soll noch mal jemand über Europa meckern, dachte Joe, als sie drei Tage später am Münchner Flughafen Volker und die mit Handschellen an ihn gekettete Cleo abholte.

Der entscheidende Hinweis über den Aufenthaltsort war von Stella gekommen. Schon wieder war sie schneller gewesen als die Polizei, worüber Joe sich verhalten ärgerte. Journalisten konnten schnüffeln wie sie wollten, solange ihnen niemand die Nase einschlug. Beamte hatten sich an gültiges Recht zu halten. Leider, konnte Joe in schwachen Momenten sich nicht verkneifen zu denken. Regeln und Gesetze erschwerten die Arbeit der Polizei. Und das ist gut so, gestand sie sich in starken Momenten ein.

Bei einem privaten Besuch in Nikes Wohnung, wo sie in deren Abwesenheit die Blumen gießen sollte, hatte Stella im Wäschekorb eine weiße Schütze mit Rüschen am Oberteil gefunden und einigen Blutspritzern direkt darunter. Auf dem Latz der Schürze leuchtete ein rot gesticktes Ferkel, hübsch eingerahmt von einer schwungvollen Schrift. Metzgerei Wimmer. Cleos Arbeitgeber in Bayrischzell.

Warum Stella beim Blumengießen in den Wäschekorb geschaut hatte? Geschenkt.

Stellas Fund hatte den gesamten Apparat der europäischen Exekutive in Gang gesetzt und zu Cleos Verhaftung auf der Insel Islay geführt. In Mechthilds Ferienhaus. Volker hatte es sich nicht nehmen lassen, seine Verdächtige persönlich in Schottland abzuholen.

Mechthild war bei ihrem Mann vor Ort geblieben. Nike, die mit Cleo im VW-Bus in zwei Tagen Europa durchquert hatte, kam im selben Flugzeug wie Volker zurück. Der Anwalt wartete neben Joe am Gate. Sein Protest, »die bislang ermittelten Indizien bilden keine ausreichende Grundlage für eine Verhaftung«, konnte nicht verhindern, dass Cleo in die Justizvollzugsanstalt München-Stadelheim transportiert wurde.

Joe und Bernd nahmen Cleo im Streifenwagen in die Mitte. Volker schloss höchstpersönlich die Handschellen zwischen Bernd und Cleo, »Vorschrift«, dann fuhr er erst einmal nach Hause, ausschlafen. Die schottischen Kollegen und der Whisky hatten ihm über Gebühr zugesetzt. Außerdem ärgerte ihn, dass seine Verdächtige sich mit weiblicher Sturheit an den Rat des Anwalts hielt. Sie schwieg.

Auch im Streifenwagen entzog sich Cleo durch Schlafen den Konversationsversuchen der begleitenden Polizisten.

Sie schnarchte in der Lautstärke einer mittelgroßen Motorsäge. Schwangerschaftsbedingt nahm Joe an, das hormonell gelockerte Bindegewebe würde ihr eine leichtere Geburt bescheren.

Joe rüttelte Cleo, die an Bernds Schulter hing und ihm seine Jacke vollsabberte, am Ärmel.

»Lass sie schlafen. Es geht ihr nicht gut.« Bernd strich seiner Gefangenen mit unprofessioneller Zärtlichkeit die Haare aus dem Gesicht. »Sie ist doch noch ein kleines Mädchen.«

Aber wenn Joe in ihren Ermittlungsrausch geriet, blieb Mitleid auf der Strecke. Sie rüttelte so lange, bis Cleo die Augen aufschlug und verwirrt das fremde Gesicht betrachtete. »Durst«, sagte sie.

So blau wie der Eibsee hatte Stella die Augenfarbe von Doktor Cäsar beschrieben. Joe, die ihm zu seinen Lebzeiten nie persönlich begegnet war, konnte sich darunter nichts vorstellen, bis sie in Cleos Augen blickte. »Wer ist denn der Vater Ihres Kindes?« Sie sah zu, wie die Bergseen in misstrauischen Augenschlitzen fast versanken.

Der Rat des von Nike angeheuerten Anwalts, nur in seinem Beisein den Mund aufzumachen, wirkte immer noch.

»Hat der Idiot dich sitzen gelassen?« Frauen, die an seiner Schulter Schutz suchten, hatte Bernd noch nie widerstehen können. Sogar dann nicht, wenn sie nur ein paar Tage zuvor ein Messer nach ihm geworfen hatten. Er legte seine Hand neben ihre, damit sie sich an den engen Handschellen keine blauen Flecken holte, aber sie verstand die Fürsorglichkeit nicht. »Fassen Sie mich nicht an«, fauchte sie.

Bernd rückte erschrocken in seine Ecke zurück.

Eine messerwerfende Mordverdächtige musste nicht mit Samthandschuhen angepackt werden, fand Joe. Nicht mal in schwangerem Zustand. »Ist Doktor Cäsar der Vater?«

»Sind Sie verrückt?« Cleo setzte sich so abrupt hoch, dass Bernd aufjaulte, weil die Handschellen an seinem Gelenk zerrten. »Ich habe ihm nur einen Gefallen getan.« Sie zitterte vor Empörung. Der beste Gefühlszustand, um die Kontrolle zu verlieren und sich zu Aussagen hinreißen zu lassen, die man später bereuen würde, wusste Joe aus bitterer Erfahrung. Jetzt galt es, die Situation professionell zu nutzen, so, dass kein Verteidiger später daraus einen Verfahrensfehler ableiten konnte, aber wiederum auch so geschickt, dass trotzdem schon mal ein paar Brocken ermittlungsrelevante Erkenntnisse abfielen. »Also stimmt es, dass Doktor Cäsar Ihr Vater ist?«

Aber Cleo war auf der Hut. Sie schnaubte nur wütend und schloss genervt die Augen.

»Welchen Gefallen haben Sie Doktor Cäsar denn erwiesen?«

Cleo suchte bei Bernd Schutz, der einfühlsam seine freie Hand auf ihre legte. Aber auch er war Polizist genug, um ihre Schwäche zu nutzen. »Jetzt sag's ihr halt, dass du das Kind für eine andere kriegst.«

»Woher wissen Sie das? Hat diese dumme Ziege den Mund nicht halten können?«

Bernds Frage war ein Schuss ins Blaue, aber sie traf ins Schwarze. Empörung ließ Cleo reden. Die dumme Ziege hatte einen Namen. Isolde Schumann, die Chefredakteurin von Cleos Lieblingszeitschrift ›Fashionqueen‹. Auch wenn das bei einer Metzgereifachverkäuferin nicht sofort zu vermuten war, Cleo liebte Mode. Als das Schlimmste an ihrem Beruf empfand sie nicht das Hantieren mit blutigen Fleischstücken, wie die meisten ihrer Altersgenossinnen, sondern die geschmacklose weiße Schürze, die sie im Laden tragen musste. Die Vorliebe für schöne Dinge hatte sie von ihrer Mutter geerbt.

Cleo träumte von einer Anstellung in einer Moderedaktion. Ein verwegener Traum für ein Mädchen aus Bayrischzell, das mit Ach und Krach die mittlere Reife geschafft hatte und die Ausbildung in der Metzgerei begann, weil die Lehrstelle gerade frei war. Das wusste sie selbst. »Aber wo ein Wille ist, ist auch ein Weg«, hatte ihre Mama immer gesagt.

In München gab es eine Privatschule, die zur Moderedakteurin ausbildete. Teuer zwar, aber vielleicht gerade deshalb mit moderaten Aufnahmebedingungen. Doktor Cäsar, »mein Paps«, wie Cleo ihn nannte, ohne dass Joe in diesem Moment nachfragte, da sie Cleo nicht ablenken wollte, ihr Paps also schlug Cleo vor, sich mit einer Leihmutterschaft die Schule zu finanzieren. Eine passende Auftraggeberin wusste er. Cleo zögerte keine Sekunde. 20 000 Euro Honorar, nicht der einzige und auch nicht der wichtigste Grund, warum sie einwilligte, mit Isolde zu reden.

Beim Treffen in Doktor Cäsars Praxis erkundigte sie sich als Erstes nach einer Praktikantenstelle in der ›Fashionqueen‹-Redaktion. Isa versprach Cleo ein sechswöchiges Praktikum ein Jahr später. Zeit genug, das Kind auszutragen. Sollte Cleo sich als talentiert erweisen, würde sie sich auch für ein Volontariat einsetzen. Aber versprechen konnte sie angesichts der Medienkrise gar nichts. Einen der raren Ausbildungsplätze ergatterten wirklich nur die Allerbesten. Für Cleo mehr als genug Hoffnung.

»20 000 Euro und ein Praktikumsplatz?« Joe schwankte zwischen Mitleid und Bewunderung für den Pragmatismus einer 20-Jährigen, fand das Honorar für eine Schwangerschaft aber unanständig niedrig. Hormonbehandlung, neun Monate Ausnahmezustand, Monate, wenn nicht Jahre, bis die Figur wieder in Form gebracht war. Summa summarum nicht mal 1000 Euro im Monat für das Austragen eines neuen Menschen. Wahrlich ein Schnäppchen.

Der Embryo aus Isoldes Eizelle und Spendersamen war Cleo in der Filiale des Kinderwunschzentrums auf Mallorca eingepflanzt worden. Ob Paps für seine Vermittlungsdienste ein Honorar erhielt, wusste Cleo nicht, aber er übernahm in Bayrischzell die medizinische Überwachung der Schwangerschaft. Die psychologische Betreuung lag in Händen von Frau Malinowskowa. Ihre Tochter wohnte weiterhin bei ihr im Kinderzimmer, da die Münchner Wohnungspreise es selbst einer Chefredakteurin nicht ermöglichten, eine Unterkunft nur für die Leihmutter zu halten.

Joe betrachtete Cleo, die blass und erschöpft Bernds breiter Brust nicht hatte widerstehen können und fast schon wieder schlief. Anders als in der Metzgerei wirkte sie jetzt aufgedunsen, als würden ihr die Hormone doch schwer zusetzen. Mit unreiner Haut, geplatzten Äderchen und fettigen Haaren strahlte sie keine Spur dieser glückseligen Selbstzufriedenheit aus, die viele schwangere Frauen erfasst, in dem Bewusstsein, ihre wahre weibliche Bestimmung zu erfüllen und nebenbei die Menschheit noch vor dem Aussterben zu bewahren.

Schon die volltrunkene Begegnung mit Luis mitten in der Nacht hatte auf eine nicht planmäßig verlaufende emotionale Entwicklung hingewiesen. Cleo trauerte um ihren Paps und auch um ihre Mutter, das sicher. Aber war es nicht ein Unterschied, ob eine junge Frau ein Kind von einem Mann austrug, den sie liebte, im Gegensatz zu jener, die sich als gekaufte Gebärmaschine auf die reine Produktion eingelassen hatte?

Und was löste dieses Geschäft in den Produkten selbst aus? Was würde in einer Welt geschehen, in der Kinder nicht von liebenden Müttern von der ersten Sekunde an von positiven emotionalen Schwingungen gestützt und gestreichelt wurden, sondern zumindest in den neun Monaten der Schwangerschaft vielleicht von Gleichgültigkeit oder auch von Verzweiflung oder Hoffnungslosigkeit. Sie wusste es nicht. Auch nicht jede auf natürliche Weise schwangere Frau war gut für das Kind, das sie in sich trug.

Aber dann dachte Joe an ihre eigenen drei Kinder und fragte sich, wie eine Leihmutter es überhaupt schaffte, ein Kind, das sie ausgetragen hatte, herzugeben. War die Medizin gerade dabei, das beeindruckendste Ereignis im Leben einer Frau durch eine Art Fließbandproduktion zu ersetzen? Oder war eine klassische Schwangerschaft nur romantische Gefühlsduselei, die durch eine sachlichere Lösung ersetzt werden konnte. So dass Frauen, die ein Kind haben, aber keine Geburt über sich ergehen lassen wollten, das vermeiden konnten. Und Frauen, die keine Kinder bekommen konnten, aus welchen Gründen auch immer, die Chance hatten, eine Familie zu gründen. Oder auch schwule Männer.

»Woran denkst du?« Bernd hatte Joes langes Schweigen und ihr gedankenverlorenes Aufatmen wortlos beobachtet.

»Wir haben doch diese Isolde Schumann angeschrieben«, sagte Joe.

Bernd nickte. »Sie hat sich aber nie gemeldet.«

Die Briefe waren eine Initiative von Volker und dem ermittelnden Staatsanwalt gewesen, die sich beide kurzzeitig für die Idee begeisterten, mit DNA-Tests Doktor Cäsars fragwürdige Besamungsmethoden aufzudecken. Der zuständige Richter hatte sie dann aber ausgebremst. Er hielt eine Aufhebung des Ärztegeheimnisses weder für angemessen noch für notwendig, um eine drohende Gefahr abzuwenden. Volkers These vom Serienkiller hatte ihn auch nach dem Mord an Frau Malinowskowa nicht überzeugt. Nachdrücklich hatte er an das hohe Gut des Arztgeheimnisses erinnert, das zum Wohl und Schutz der Kinder gewahrt gehöre. Der Mörder von Doktor Cäsar und Frau Malinowskowa müsse mit konservativen Ermittlungsmethoden gefunden werden, ohne die Herkunft der

Spenderkinder gegen deren Willen zu klären. Dies sei nicht im Interesse des Allgemeinwohls.

Eine Argumentation, die Joe nachvollziehen konnte. Fast dankbar registrierte sie, dass Isolde Schumann nicht daran dachte, sich auf den Brief von der Kripo zu melden. Aber immerhin lag Cleos Einschätzung, die Chefredakteurin sei eine blöde Ziege, nicht weit von der Wahrheit entfernt. Stella hatte sie mit fast gleichlautenden Worten beschrieben.

Da man davon ausgehen konnte, dass eine Frau sich mit der Leihmutter ihres Kindes um ein freundliches Verhältnis bemühen sollte, blieb die Frage: Welchen Grund hatte Cleo, ihre Auftraggeberin Isolde Schumann als blöde Ziege zu bezeichnen? Aber als sie Cleo wachzurütteln versuchte, hielt Bernd sie zurück. »Lass sie schlafen. Sie muss wieder zu Kräften kommen, bevor Volker sie in die Mangel nimmt.«

23

Vom Küchenfenster aus sah Stella zu, wie Viktors roter, alter Mercedes langsam die Auffahrt zu Irmas Haus hochrollte und so abrupt bremste, dass er auf dem vereisten Asphalt nach vorn schlidderte und sich mit der Motorhaube in die vom Räumdienst aufgetürmte Schneewand bohrte. Glücklicherweise ohne sichtbaren Schaden zu nehmen. Gute deutsche Wertarbeit. Viktor saß vorschriftswidrig am Steuer, hatte sich aber immerhin anschnallen lassen.

Nike stieg an der Beifahrerseite aus, Zappa sprang vom Rücksitz. »Komm Paps. Zappa muss Pipi.« Sie hielt Viktor die Hundeleine hin. Nur die Aussicht auf einen Spaziergang mit dem Tier konnte Viktor zum Verlassen des hart erkämpften

Platzes hinter dem Steuer bewegen. Nike hauchte zwei Begrüßungsküsschen mit Kältewölkchen auf Stellas Wangen. »Ist Joe hier?«

»In der Arbeit.« Stella versuchte Viktor die Hand zu geben, aber er schien sich nicht mehr an die üblichen Begrüßungsrituale zu erinnern. Den Autoschlüssel abziehen und in die Hosentasche stecken, das konnte er jedoch noch. Von Zappa an der Leine ließ er sich die Auffahrt hinunterführen.

Dass Joe sich an einem normalen Werktag am frühen Nachmittag an ihrem Arbeitsplatz befand und nicht zu Hause, hatte Nike von einer Beamtin erwartet. Deswegen war sie hier.

Cleos Verhaftung hatte sie dermaßen empört, dass sie mit Joe nur noch »auf Vorladung« zu kommunizieren gedachte und in Begleitung eines Anwalts. Sie sei fassungslos über diesen Missbrauch einer Freundschaft, erklärte sie Stella, während sie Viktor folgte und Stella am Arm mitzog. Selbstverständlich sei ihr klar, eine Polizistin habe Vorschriften und Dienstwege einzuhalten, aber so ohne Vorwarnung, mit sechs bis an die Zähne bewaffneten Männern in einem schottischen Dorf aufzutauchen und Cleo in Handschellen abzuführen, sei eine Unverschämtheit. Mechtilds Zwillinge schreckten seither nachts aus Alpträumen hoch.

Sie wunderte sich, wie die Polizei von Cleos Flucht nach Schottland erfahren hatte. Anfangs vermutete sie Rick, Mechthilds Mann, als Tippgeber, da er sich gern wichtig machte und prinzipiell Probleme mit starken Frauen hatte. Aber nachdem Rick überlegte, Anzeige gegen die deutschen und die schottischen Polizisten zu erstatten, Hausfriedensbruch, seelische Grausamkeit, so in der Art, glaubte sie an seine Unschuld.

Offenbar hatte Nike die Schürze in ihrem Wäschekorb vergessen. Da Stella wusste, dass Empörung durch sachliche Gegenargumente nur noch weiter angeheizt wurde, hütete sie sich, den wahren Tippgeber preiszugeben. Aus Angst, sich dem Vorwurf der Illoyalität ausgesetzt zu sehen. Schweigend wunderte sie sich nur, wieso die immer coole Nike plötzlich so emotional reagierte. Mitfühlend schob sie es auf die erst vor Kurzem entdeckte schwesterliche Verbundenheit mit Cleo.

Die Polizei hielt Cleo für die Mörderin ihrer Mutter. Dass sie im Vollrausch in der Mordnacht auf der Landstraße Richtung Ausland, was in Bayrischzell Richtung Thiersee hieß, von Luis aufgegabelt worden war, machte sie verdächtig. Dass sie sich aus Trauer über den Tod von Doktor Cäsar betrunken hatte, so ganz ohne Zeugen, klang für die ermittelnden Beamten nicht plausibel, auch nicht, als sie erfuhren, dass Doktor Cäsar Cleos Vater sein sollte. Eine Behauptung, die wegen des Ablebens beider Elternteile nur mit DNA zu beweisen war. Die war zwar noch vorhanden, aber »im momentanen Stadium der Ermittlungen nicht zu verwerten«.

Der Leiter der Ermittlung, »dieser Volker irgendwer«, hatte im Gespräch mit Nikes Anwalt durchblicken lassen, bei so vielen Kindern, die Doktor Cäsar angeblich gezeugt habe, sei es unwahrscheinlich, dass er ausgerechnet zu einer Metzgereiverkäuferin eine besondere Beziehung aufgebaut hatte. Da gab es weiß Gott andere Nachkommen, auf die ein Vater stolz sein konnte. Schönere, klügere, erfolgreichere. Nike war empört über diese arrogante Denkweise. Wusste sie doch aus ihrer unmittelbaren Umgebung, dass viele Eltern die problematischen Kinder besonders lieben und ihnen in der Familie oft einen Sonderstatus gewähren. Wahans Eltern waren ganz vernarrt in Daisy. Bei Gott kein Vorzeigekind. Also warum sollte Doktor Cäsar sein Kuckuckskind nicht mehr geliebt haben als alle anderen?

»Kuckuckskind?«, fragte Stella, deren Rolle sich bei den Treffen mit Nike meist auf Zuhören beschränkte. Selbstbewusstsein und Intelligenz ergaben oft einen Hang zur Egomanie, der sich häufig in viel Reden manifestierte, bei Männern und bei Frauen, hatte sie beobachtet. Nike machte da keine Ausnahme. Wegen ihrer Schönheit schaute man ihr zumindest gern zu beim Plappern.

Der altmodische Ausdruck Kuckuckskind traf die Möglichkeiten in der modernen Fortpflanzungstechnologie nicht genau, gab Nike zu. Cleos Variante sei nur verständlich im Zusammenhang mit einem anderen, moderneren Wort. Samenraub.

»Ach so«, sagte Stella.

Nike erklärte, wie aus einem Samenraub ein Kuckuckskind entstehen konnte.

Frau Malinowskowa hatte sich vor fast 25 Jahren, als sie in Doktor Cäsars Praxis als Laborantin eingestellt wurde, in ihren Arbeitgeber verliebt. Eine an sich nicht außergewöhnliche Gefühlsaufwallung, die, auch das nicht außergewöhnlich, von ihrem Arbeitgeber nicht erwidert wurde.

»Er fand, dass sie lesbisch aussieht«, erinnerte sich Stella.

Das wolle sie nicht beurteilen, wehrte Nike ab. Jedenfalls dachte Doktor Cäsar nicht daran, auf die Avancen seiner unglücklich verliebten Laborantin einzugehen. Er präsentierte sich der Öffentlichkeit bis zum Auszug von Ute-Marie Cäsar als aufopferungsvoller Ehemann. Über Affären des Doktors munkelte man zwar in Bayrischzell, aber nie konnte jemand etwas beweisen, nie wurde er in flagranti erwischt. Erst nach Ute-Maries Auszug sah man ihn in wechselnder Damenbegleitung, aber das ist das gute Recht eines verlassenen Ehemannes, selbst in einem so katholischen Ort wie Bayrischzell. Jedenfalls war Frau Malinowskowa wohl einfach nicht Doktor Cäsars Typ. Aber er schätzte sie als Mitarbeiterin.

Cleos Entstehungsgeschichte basierte nun auf verschiedenen Versionen, je nachdem, wem man Glauben schenkte.

Doktor Cäsar zufolge, der diese Version seiner Tochter erzählt hatte, bat ihn Frau Malinowskowa eines Tages um eine

Samenspende, da sie nun mal in der Praxis eines Reproduktionsmediziners arbeitete und wahnsinnig gerne ein Kind gehabt hätte. Doktor Cäsar tat ihr gern den Gefallen. Auch wenn Sex mit Frau Malinowskowa ihn nicht interessierte, so respektierte er sie doch in hohem Maß und konnte sich ein gemeinsames Kind sehr gut vorstellen. Es würde vielleicht nicht gerade eine Schönheit werden, aber sicher gesegnet sein mit viel praktischer Intelligenz.

Um seine Ehe nicht zu gefährden, bestand er lediglich auf der Geheimhaltung seiner Vaterschaft. Frau Malinowskowa zog ihr Kind allein auf, allerdings überwies Doktor Cäsar freiwillig den Unterhalt für Cleo, den sie vor Gericht hätte erstreiten können. Sogar über das gesetzlich vorgeschriebene Alter von 21 Jahren hinaus. Der Unterhalt wurde einfach auf ihren Lohn aufgeschlagen.

Erst als Doktor Gebhardt Teilhaber in der Praxis wurde, mokierte er sich über Frau Malinowskowa als bestbezahlte medizinisch-technische Assistentin Deutschlands. Bei Neuverhandlungen versuchte er, ihr Gehalt zu drücken. Mit dem Argument, in finanziell schwierigen Zeiten müssten eben auch die Mitarbeiter ihren Teil dazu beitragen, ein Unternehmen weiterhin konkurrenzfähig zu halten.

Aber Frau Malinowskowa hatte sich an die finanziellen Zuwendungen von Doktor Cäsar so gewöhnt, dass sie sich nicht vorstellen konnte, ohne die zusätzlichen Einnahmen auszukommen. Sie informierte ihn über die Ungerechtigkeit seines Kompagnons. Doktor Cäsar übernahm den Unterhalt aus seinem Privatvermögen.

Da er inzwischen getrennt von seiner Frau lebte, hielt er es nicht länger für notwendig, die Vaterschaft für Cleo zu verheimlichen. Eine glückliche Vater-Tochter-Beziehung kam in Gang. Doktor Cäsar kümmerte sich, als sei ihm eine große Last von der Seele gefallen. Bekochte Cleo, gab ihr Bücher zu lesen, fuhr mit ihr nach München in klassische Konzerte und zum Shoppen, redete ihr zu, die Lehre zu beenden, versprach sogar, sie zu adoptieren.

So weit wollte Frau Malinowskowa dann doch nicht gehen. Sie verweigerte ihre Zustimmung. Also legte Cleo ihren Vornamen Kerstin ab und nannte sich fortan nach Julius Cäsars ägyptischer Königin, um ihre Verbundenheit mit ihrem Vater auszudrücken.

In Bayrischzell kein leichtes Unterfangen. Die Leute lachten und gewöhnten sich nur langsam um, aber Cleo blieb stur.

Und dann kam Isolde Schumann in Doktor Cäsars Praxis. Der zweite Embryo lag ungenutzt auf Eis. Schade, ihn verderben zu lassen. Leander sollte nicht als Einzelkind aufwachsen, aber Isolde wollte sich auf keinen Fall mit einer erneuten Schwangerschaft die Karriere verderben. Doktor Cäsar schlug Cleo als Leihmutter vor. Eine Win-win-Situation für alle Beteiligten, wenn auch juristisch etwas heikel, da Leihmutterschaft in Deutschland verboten war. Aber Doktor Cäsar war gut vernetzt. Es wurde ein Leihmutterschaftsvertrag mit der neuen Klinikfiliale auf Mallorca »Conceptual Varities« abgeschlossen, er übernahm in Bayrischzell das Handling der Embryoverpflanzung.

»Warum hat er ihr das Geld für die Modeschule nicht einfach gegeben, statt Cleo so einem Prozedere auszusetzen?« Stella fand die Lösung kompliziert und für alle Beteiligten belastend. Am meisten für Cleo.

Über Doktor Cäsars wahre Beweggründe konnte Nike nur spekulieren. Sie nahm an, dass er, gemeinsam mit Frau Malinowskowa, die weit verbreitete elterliche Überzeugung vertrat, dass Kinder nicht zu sehr verwöhnt werden durften. Ihr einfach das Geld für die Modeschule zu schenken oder es vorzustrecken hätte die falschen Signale für ihren weiteren Lebensweg gesetzt. Nur wenn sie sich mit Leidenschaft und

Hingabe für ihren Beruf einsetzte, würde sie es darin zu etwas bringen, das sollte sie gleich am Anfang verstehen.

»Schön und gut.« Stella war nicht wirklich überzeugt. »Aber das alles macht Cleo doch nicht zum Kuckuckskind.«

»Diese Geschichte ist ja auch nur Doktor Cäsars Version. Es gibt noch eine andere,« sagte Nike.

Die zweite Version über Cleos Entstehung stimmte in einem wichtigen Detail nicht mit der ersten überein. Demnach hatte Frau Malinowskowa Doktor Cäsar nicht um eine Samenspende gebeten, sondern sie im Labor einfach geklaut. Freien Zugang dazu hatte sie ja.

Auch wenn Doktor Cäsar bisher nicht nachgewiesen werden konnte, dass er seinen Samen spendete, benutzte er ihn sicherlich für seine Forschungen. Schon aus Neugierde und als Sparmaßnahme. Frau Malinowskowa wusste darüber Bescheid und mopste vor 22 Jahren in ihrer Verliebtheit einfach eine Portion.

»Deshalb also Samenraub.« Stella überlegte. »Aber das mit dem Kuckuckskind kommt nicht ganz hin. Sie ist ja unverheiratet. Und sie hat Doktor Cäsar sein eigenes Kind untergeschoben. Damit ist er doch kein Scheinvater.«

»Aber faktisch war er der Willkür der Kindsmutter ausgesetzt, wie ein Mann, dem seine Frau ein Kuckuckskind unterschiebt. Ich sag ja, die Sache ist kompliziert.«

Beim berühmten Samenraub von dem Tennisspieler in der Besenkammer war es vorher zum einvernehmlichen Sex beider Partner gekommen, deswegen konnte die Kindesmutter Unterhalt einklagen. Aber ein Kind aus einem Samenraub ohne Sex, dafür gab es bisher in der Rechtsprechung noch kein Beispiel. Doktor Cäsar hätte also möglicherweise gewonnen, wäre es zu einem Prozess gegen Frau Malinowskowa gekommen.

Dass er stattdessen brav zahlte, deutete darauf hin, dass er die Gepflogenheiten in seiner Praxis keinen Ermittlungen ausgesetzt sehen wollte. Da sie die Herkunft seines Spendersamens kannte oder zumindest ahnte, konnte das Geld, das Frau Malinowskowa regelmäßig von Doktor Cäsar erhielt, auch Schweigegeld genannt werden. Sie hatte im Labor Zugang zu allen Daten, sie konnte DNA-Analysen in Auftrag geben, alle Mutmaßungen verifizieren und Doktor Cäsar mit den Ergebnissen konfrontieren. Sie hatte erstklassiges Erpressungsmaterial in der Hand. Damit hätte sie Doktor Cäsars Existenz vernichten können. So gesehen waren eine gemeinsame Tochter und 800 Euro im Monat eine bescheidene Forderung.

»Weiß Cleo das denn alles?«

»Natürlich nicht. Hältst du mich für eine Sadistin?«

Cleo verehrte ihren Vater und respektierte ihre Mutter, sie hatte nicht den geringsten Grund, einen von ihnen zu töten, geschweige denn beide. »Deswegen sind die Mordvorwürfe der Polizei total absurd«, fasste Nike das Fazit ihrer Erzählungen zusammen.

Stella überlegte. »Von wem stammt eigentlich die zweite Version der Geschichte. Wer glaubt, dass Cleos Mutter Doktor Cäsars Sperma gestohlen und ihn dann erpresst hat?«

»Na, wer wohl?« Nike lachte, als sei die Antwort auf diese Frage nun wirklich kinderleicht. »Seine Frau natürlich. Ute-Marie Cäsar.«

24

Nachts träumte Stella von James Bond. Er sah aus wie der junge Sean Connery, allerdings mit zwei Zentnern Lebendgewicht. Was nichts an seiner Eleganz änderte. Sie konnte sich an kein einziges Detail des Traums erinnern, war sich aber sicher, dass keine Detonation stattgefunden hatte, keine Verfolgungsjagd und keine Feuersbrunst. Sie hatte sich wohlgefühlt, beschützt von einer starken männlichen Aura. Zufrieden war sie aufgewacht, nur um sich in einer enttäuschenden Realität wiederzufinden, in der es solche Männer nicht gab. Sie wusste nicht, woran das lag. An der Gesellschaft, an der Zeit, an den Männern oder an ihr selbst?

Mit dem Bedürfnis, noch ein wenig den Nachhall dieser Geborgenheit auszukosten, blieb sie liegen. Es schneite, graues Dämmerlicht beflügelte nicht gerade das Bedürfnis aufzustehen. Sie wartete auf die vertrauten Geräusche, wenn sich Joe im Bad für ihren Arbeitstag fertig machte.

Stattdessen fing Lotte an zu weinen. Das beunruhigte Stella. Die Stunde mit ihrer Tochter, vor der Abfahrt ins Büro, war Joe heilig. Den Kummer, ihre beiden Söhne nur unregelmäßig zu sehen, verbarg sie, aber sie erlaubte sich morgens und abends, ihre Muttergefühle an ihrer Tochter auszuleben. Für zwei Stunden am Tag, mehr war wegen der momentanen Arbeitsbelastung nicht möglich. Stella stand auf, um nach der weinenden Lotte zu sehen. Auf dem Flur begegnete sie Irma, die sich ebenfalls Sorgen machte.

Joe lag im Bett, die Decke bis zur Nasenspitze hochgezogen. Ein Magen-Darm-Virus hatte sie erwischt, der sie die ganze Nacht immer wieder auf die Toilette getrieben hatte, was Stella in ihrer James-Bond-Verzückung nicht gehört hatte. Nun lag sie da, leer und wackelig, mit starken Gliederschmerzen, und konnte sich kaum auf den Beinen halten, lehnte aber den Besuch eines Arztes strikt ab.

Stella kochte Kamillentee und rief im Kommissariat an, um Joe zu entschuldigen. »Das wird Volker aber überhaupt nicht gefallen«, kommentierte die Sekretärin Knöllchen ungefragt. »Die Kleine schweigt wie ein Grab. Deshalb ist heute PDCA-Meeting. Ganz wichtig.«

»Ein Jammer, dass ich das verpasse.« Joe klang so ironisch, wie es ihr in ihrem Zustand möglich war. Dann schlief sie wieder ein.

Mittags war sie so weit wieder hergestellt, dass sie sich vorstellen konnte, einen Joghurt zu sich zu nehmen. Sie verlangte nach Fruchtzwergen, was Stella als absonderliches Bedürfnis einer Kranken zur Kenntnis nahm und ungerührt besorgte. »Bei Nike steht der ganze Kühlschrank voll mit dem Zeug.« Sie überreichte Joe eines der bunten Plastikbecherchen. »Wundert mich, dieser aromatisierte Kinderkram. Außerdem ist sie Veganerin. Steht da drauf, dass die Dinger vegan sind?«

Es stand nicht darauf. Joe las das Etikett von Anfang bis Ende, als enthielte es das Geheimnis eines Zauberelixiers, war danach aber auch nicht schlauer. Immerhin machten Fruchtzwerge nicht dick. »Bei Nike im Kühlschrank, sagst du? Interessant.«

Was daran interessant sein sollte, entzog sich Stellas Verständnis. Die kargen Reaktionen von Joe kamen immer dann, wenn ihr Gewissen als Polizistin anschlug, weil etwas angesprochen wurde, was direkt mit ihrer Arbeit zu tun hatte. Aus Vorsicht, nur ja nicht zu viel über irgendwelche Ermittlungsbröckchen unters gemeine Volk zu streuen, wurde sie einsilbig.

Stella wusste, es war sinnlos, Joe auszufragen. Trotzdem konnte sie, wider besseres Wissen, der Versuchung manchmal nicht widerstehen. »Cleo schweigt wie ein Grab,« zitierte sie Knöllchen.

»Woher weißt du das?«

Stella legte ihre Quelle offen.

»Ratschkatel.« Joe war nicht weiter überrascht.

»Unschuldige brechen nach einer Verhaftung im Gefängnis zusammen. Schuldige nicht. Unschuldige fangen an zu quasseln, um sich zu verteidigen. Schuldige schweigen«, fasste Stella ein langes Interview mit einem Staatsanwalt zusammen, das sie im Stau auf der A 8 im Autoradio gehört hatte. »Heißt das, Cleo ist schuldig?«

Joe probierte vorsichtig mit einem Löffelchen von dem Fruchtzwerg.

»Na ja, wenn ihr sie verhaftet habt, müsst ihr ja davon ausgehen«, beantwortete Stella sich ihre Frage selbst.

Joe löffelte den ganzen Fruchtzwerg aus.

»Glaubst du auch, dass Cleo ihre Eltern umgebracht hat?«

»Keine Ahnung.«

Das wiederum glaubte Stella keinen Moment. Joe und keine Ahnung war so unvorstellbar wie James Bond ohne sexuelles Interesse. Nicht in einem Mordfall.

25

Den Nachmittag verbrachte Joe auf dem Sofa im Gästeapartement. Die Meisen am Vogelhaus beanspruchten zwar ihre Aufmerksamkeit, aber nicht so sehr, um nicht gleichzeitig über ein paar Fragen epischen Ausmaßes zu sinnieren.

Was ging in Männern vor, die dem menschlichen Bedürfnis, die eigenen Gene weiterzugeben, nicht nachkommen konnten und einwilligten, dass ihre Frau ein Kind aus dem Sperma eines fremden Mannes empfing. Und ihr halfen, es großzuziehen. Was war das Motiv dieser Selbstaufopferung? Liebe?

Oder war es vielleicht keine Selbstaufopferung?

Dominik, Joes Noch-Mann, hatte sich nie auch nur vorstellen wollen, ein Kind zu adoptieren. Sein Bedürfnis, den Fortbestand der Menschheit zu sichern, sei mit drei Kindern gestillt, er habe sein Soll damit schon übererfüllt, war seine Ansicht. Sollten sich doch die Kino- und Popstars dieser Welt um die armen, elternlosen Würmer kümmern. Mit Hollywood-Gagen sei es einfach, sich Gutmenschentum zu leisten. Eigene Kinder hielten ihren Eltern den Spiegel vor. Mit ein bisschen Einsicht erkenne man in deren Fehlern die eigenen. Es bleibe einem also nichts anderes übrig, als sich beim Blick auf seine Kinder selbst zu erkennen. Der Herausforderung, die Fehler eines fremden Kindes, wenn schon nicht zu lieben, dann doch wenigstens zu tolerieren, fühlte er sich nicht gewachsen.

Diese Gedankengänge von Dominik hatte Joe immer problemlos nachvollziehen können. Andere dagegen überhaupt nicht. Warum er sich so schnell mit dieser Schnepfe Sabine trösten konnte, statt darum zu kämpfen, dass seine Frau wieder zu ihm zurückkam, das blieb ihr zum Beispiel nach wie vor ein Rätsel.

An diesem Stand der Überlegungen kam Bernd und brachte einen Schuhkarton voller Papiere.

»Wie war das PDCA-Meeting?« Joe streckte verlangend die Arme nach dem Karton aus.

Bernd rollte die Augen. »Plan. Do. Check. Act. Soll die Erfolgsquote bei den Ermittlungen erhöhen.«

Joe lächelte. »Gehe zurück an den Ort des Geschehens. Hast du gewusst, dass Tatort auf japanisch Gemba heißt?« Sie öffnete den Karton. »Hast du bei Nike die Fruchtzwerge gefunden?«

»Jede Menge im Kühlschrank. Sie hat mich völlig ohne Probleme reinschauen lassen. Weil ihr Vater ganz wild drauf ist, sagte sie. Sie selbst hat Fructose-Intoleranz und isst das Zeug nicht. Übrigens kauft er sich die gern selbst. Palettenweise. Das ist im Großen und Ganzen das Einzige, was er im Supermarkt noch findet.«

»Welches Deo benutzt er eigentlich?« Joe packte die Papiere auf den Couchtisch.

»Keines, sagt sie. Die Pflegerinnen haben schon genug damit zu tun, ihn zu waschen. Er hasst Wasser. Und unter den Achseln ist er kitzelig. Wozu brauchst du eigentlich die Kopien aus Doktor Cäsars Drucker? Wir dürfen sie doch nicht nutzen.«

»Was niemand weiß, kann auch niemand verbieten.«

»Ob Richter und Staatsanwalt das auch so sehen?« Bernd schaute zwar skeptisch, aber Loyalitätskonflikte waren noch nie seine Sache gewesen. Als Romantiker hatte er sich irgendwann entschlossen, Joe treu zur Seite zu stehen. Dabei blieb es, egal wer sonst noch als Vorgesetzter sein Mitdenken beanspruchte.

»Am Ende interessiert alle nur, ob ein Täter vor Gericht gestellt wird. Als Kaizen-Anhänger strebe ich eben nach ständiger Verbesserung der Aufklärungsquote,« sagte Joe.

»Kaizen? Ich versteh nur Bahnhof.«

»Für einen deutschen Beamten reicht das vollkommen.« Joe nahm ihr Handy. »Hast du die Nummer?«

Die kryptischen Buchstabenfolgen in Doktor Cäsars Patientenunterlagen ärgerten sie. Noch mehr ärgerte sie aber das LKA, dessen Entschlüsselungsexperten nicht in der Lage waren, bei zwei unbedeutenden Mordfällen in der Provinz auszuhelfen. Getrieben von immer neuen Internet-Leaks jagten sie hin und her zwischen panischen Politikern, die ihren E-Mail-Verkehr verschlüsseln wollten, der IT-Sicherheitskonferenz »Black hat«, auf der Suche nach genialen Dechiffrierungstools und Interviews mit Journalisten, die grundsätzlich keine Ahnung hatten.

Nach vergeblichen Versuchen der Kontaktaufnahme per E-Mail wollte sie es noch ein letztes Mal telefonisch versuchen. Knöllchen hatte ihr, dank geheimnisvoller Kontakte ins bayerische Innenministerium, die Nummer eines Cybercops verschafft. Und tatsächlich, sie erwischte »Sleazeball«, wie er sich nannte, im Intercity, auf dem Weg zu einem Hacker-Meeting in Rotterdam. »Heutzutage bewegt sich jeder Gauner im Internet. Können Sie sich vorstellen, wie stressig es bei uns zugeht.« Er wirkte so unkonzentriert am Handy, mit überlangen Pausen zwischen den einzelnen Sätzen, dass Joe ihn verdächtigte, sein Computerspiel spannender zu finden als das Gespräch mit ihr. Trotzdem konnte sie ihn überreden, einen Blick auf eine verschlüsselte Patientenakte zu werfen, die sie ihm auf der Stelle mailte. »Kinderkram« verstand Joe im Rauschen und Knattern der labilen Verbindung in dem Zug. »Amateur. Pipifax. Cäsar-Verschiebung. Probieren Sie Rot 13.« Rauschen, Knattern, Todesstille.

»Herr Sleazeball, hören Sie mich«, versuchte Joe, an Verzweiflung grenzend, die Verbindung wiederherzustellen. Vergebens. Die Leitung war tot.

Bernd hatte nur mit einem Ohr mitgehört. Er saß schon am Computer. Angespornt durch die schleppende Zusammenarbeit mit dem LKA hatte er in seiner freien Zeit eine Kryptoparty besucht. Dort hatte er nicht nur gelernt, seine politischen Überzeugungen in Frage zu stellen, was sich zuungunsten der herrschenden bayerischen Partei auswirkte, sondern sich auch so viele Chiffrier-Kenntnisse angeeignet, dass er auf Sleazeballs Anmerkungen beleidigt reagieren konnte. »Cäsar-Verschiebung, Rot 13, hält der uns für Idioten?«

Joe sah ihn an. »Sind wir es nicht?«

Eine Frage, die Bernd mit einem längeren Exkurs in sein neu erworbenes Wissensgebiet beantwortete. Im Wesentlichen stellte er dabei die These auf, dass Doktor Cäsar sich für seine Patientenunterlagen Verschlüsselungsspielchen hatte einfallen lassen, die jenen der Briten im Kampf gegen die Nazis und jenen der Nazis im Kampf gegen den Rest der Welt ähnelten. Deutsche hatten sich schon im Ersten Weltkrieg als erfindungsreiche Codierer gezeigt. Noch vor wenigen Jahren hatte in den USA der sogenannte BTK-Killer in Kansas die Polizei mit einem Brief im deutschen Verschlüsselungsstil aus dem Ersten Weltkrieg darauf hingewiesen, dass er nicht für neun, sondern für zehn Morde die Verantwortung trage.

»BTK-Killer? Ein Codename?«, erkundigte sich Joe.

»Bind, torture, kill. Das polizeiliche Kürzel für die Arbeitsweise des Mörders.«

Joes berufliche Neugierde war geweckt. »Wie hat man ihn gefasst?« Bernd erinnerte sich nicht genau an die Umstände seiner Festnahme. Nur daran, dass das FBI zwar den Brief des BTK-Killers nicht decodieren konnte, es aber immerhin schaffte, seine Eitelkeit zu nutzen. Er schickte Fotos vom Tatort auf einer damals üblichen Floppy Disk. Wie sich herausstellte, war der Mörder weder IT-Experte noch ein versierter Kryptologe. Die Metaebene der Floppy Disk enthielt seinen Vornamen und die Adresse seiner Kirchengemeinde. Ein Kinderspiel, ihn ausfindig zu machen. Die Entschlüsselung seines Briefes dauerte ein paar Jahre länger, da er sich selbst nicht mehr genau an seine Chiffre erinnern konnte. Außerdem waren ihm ein paar Fehler unterlaufen. »Einem Computer wäre das nicht passiert«, sagte Bernd. »Die machen keine Fehler. Wo waren wir stehen geblieben?«

»Doktor Cäsars Verschiebung.«

»Nicht Doktor Cäsars Verschiebung, sondern die Cäsar-Verschiebung. Eine ganz banale monoalphabetische Substitution, benannt nach dem römischen Feldherren Gaius Julius Cäsar, der sie fast 2000 Jahre vor Christus erfand und damit sogar …«

»Bernd, bitte. Fass dich kurz.«

»… seine Liebesbriefe an Cleopatra verschlüsselte. Wieso? Ist doch interessant.« Die Mimose verstummte eingeschnappt.

Joe konnte darauf keine Rücksicht nehmen. »Was verdammt noch mal ist eine Cäsar-Verschiebung.«

Bernd nahm sich zusammen. So kurz wie möglich legte er dar, dass er längst schon alles ausprobiert habe, was diese Flasche von Sleazeball vorgeschlagen hatte. Das Alphabet um einen Buchstaben verschoben, wie damals Cäsar. Auch Rot-13, die im Internet beliebte Variante der Cäsar-Chiffre. Beides ohne Erfolg. Sogar eine Häufigkeitsanalyse der benutzten Buchstaben hatte nichts gebracht, was vielleicht an der unzureichenden Programmierung der im Internet zugänglichen Kryptotools lag, vielleicht aber auch an ihm, als Autodidakt. Ehrlich gesagt.

»Mal ein Beispiel, für die ganz Blöden. So wie mich.« Joe reichte ihm uncooles Papier und einen Filzstift.

Bernd brauchte ein paar Minuten. »KPF. Dein Vorname mit dem einfachen Cäsar verschlüsselt.« Er zählte an den Fingern ab und schrieb WBR. »Alle Buchstaben um 13 Plätze im Alphabet weitergerückt oder rotiert. Das hat Sleazeball mit Rot-13 gemeint.« Er betrachtete sein Werk kritisch. »Leider hat es uns Doktor Cäsar nicht so leicht gemacht. Eine Brute-Force-Analyse würde vielleicht was bringen, aber dafür brauche ich Zeit. Die Viginère-Chiffre könnte man auch ausprobieren. Aber dafür fehlt mir das Codewort.«

Bernd holte Luft, auch ohne dass Joe ein Fragewort wie Viginère oder Brut Force zu benutzen brauchte. Er nahm völlig zu Recht an, dass sie auch davon keine Ahnung hatte.

Der französische Kryptograf Blaise de Viginère, erfuhr sie,

hatte im 16. Jahrhundert einen Chiffrieralgorithmus entwickelt, der als unlösbar galt. Bis er 300 Jahre später doch geknackt wurde. Trotzdem blieb die Viginère-Chiffre populär. Vor allem die europäischen Geheimdienste erfanden in beiden Weltkriegen unendliche Varianten. Viginère benutzte ein Codewort beim Verschlüsseln, statt einer einfachen Verschiebung des Alphabets wie Cäsar. Die Nazis bedienten sich zur Codewortgewinnung gerne bei Texten von Ernst Jünger, die Briten bevorzugten Churchill, was, fand Bernd, nun doch einiges über die Nationalcharaktere verriet. »Das Codewort gibt die Anzahl der Verschiebungen vor und die Rotationen. Deshalb wird die Viginère-Chiffre auch polyalphabetisch genannt.«

»Zum Beispiel?«

Bernd musste wieder auf seine altmodischen Kommunikationsmittel zurückgreifen. *JOE = Codewort (keyword)* schrieb er und *BERND = Geheimtext.* Nach zur Sicherheit zweimaligem Abzählen an den Fingern, schrieb er darunter, KSVWR = *verschlüsselter Text.* Stolz betrachtete er sein Werk. »In dieser Kürze unlösbar. Nur zu knacken, wenn Sender und Empfänger das Codewort kennen.«

Bernds Gekrakel erinnerte Joe an das Brieftaubenskelett, das beim Umbau eines Hauses in Cornwall im Kamin entdeckt worden war. Seit dem Zweiten Weltkrieg steckte es dort, gut mumifiziert, die Kapsel mit der Geheimbotschaft noch am Fuß. MI5, der britische Geheimdienst, operierte vor dem Computerzeitalter gern mit Hilfe der unauffälligen gefiederten Agenten in feindlichem Terrain. Folterungsresistent. Abhörsicherer als Funkverkehr, solange Absender oder Empfänger den Code nicht verrieten. Die britischen Kryptologen konnten 60 Jahre später das Rätsel nicht lösen. Niemand wusste mehr, wer die Brieftaube losgeschickt hatte und welche Botschaft sie wem übermitteln sollte.

»Wir brauchen ein Passwort. Wer könnte uns da einen Hinweis geben?« »Stella«, beantwortete Bernd sich die Frage selbst.

26

Ein unbekannter Porsche raste Irmas Auffahrt so schnell hoch, dass der asthmatische Dackel der Nachbarin fast unter die Räder kam. Stella wurde erst von den quietschenden Reifen beim zu abrupten Bremsen auf einer Eisplatte aufmerksam. Der Porsche stand sofort wie eine Eins. Ohne Bernds Dienstwagen auch nur zu touchieren. Sie verfolgte die filmreife Leistung von der Küche aus. Mit leichtem Schrecken sah sie Isolde Schumann in einem zarten Chiffonkleid aussteigen. Die Volants am Kleid zitterten in der Kälte. Mit energischem Griff zerrte sie einen voluminösen, für Schliersee viel zu ambitionierten Pelzmantel, der verdächtig nach Chinchilla aussah, vom Beifahrersitz, zog ihn über, nahm ihre gleichermaßen voluminöse Handtasche, deren großes C als Schließe dem letzten Ignoranten seinen überhöhten Verkaufspreis entgegenschrie, und marschierte energisch auf hochhackigen Stiefeln, deren Schönheit sich nur auf gut geräumtem Großstadtasphalt voll entfalten konnte, in Richtung Haus. Der Hund der Nachbarin hatte sich so weit erholt, dass er als kläffendes Fellbündel um Isoldes Beine kreiste, was sie aber in keiner Weise beeindruckte. Sie schaffte es, trotz der tückischen Eisplatte auch noch, eine Sonnenbrille mit glitzerndem D&C an den Bügeln aufzusetzen und ihr I-Phone zu checken.

Irma stand schon in der Eingangstür.

»Ist Stella zu Hause?«

Der Fluchtweg über die Treppe in den ersten Stock war schon versperrt.

»Kommen Sie doch rein. Wen darf ich melden?« Irmas Wortwahl verriet, wie sehr dieser Auftritt sie beeindruckte. »Stella!«, brüllte sie.

Nachdem Isolde mit einem Glas Wasser, »still und nicht zu kalt«, das Stella heimlich aus der Leitung zapfte, bewirtet war, kam sie ohne Umschweife auf den Grund ihres Besuchs zu sprechen. Die Festnahme ihrer für teures Geld angeheuerten Tragemutter.

Das Wort Leihmutter lehnte sie aus ethischen Gründen ab, »das klingt, als ob ich sie bei Sixt gemietet hätte«.

Dass die Polizei sich anmaßte, Cleo in hochschwangerem Zustand in Untersuchungshaft zu stecken, ließ sie an ihrem Weltbild verzweifeln. Die Dinge liefen nicht so, wie Isolde Schumann wollte. Sie konnte sich nicht erinnern, dass ihr so etwas schon einmal passiert war. Noch dazu in so einem katastrophalen Ausmaß.

Cleo hatte es nicht nur abgelehnt, mit ihrer Auftraggeberin zu sprechen, sie hatte auch den von Isolde angeheuerten Promi-Anwalt nicht empfangen und sich stattdessen der von Nike eingeschalteten »provinziellen Niete« anvertraut.

Da Cleo zwar Isoldes Kind austrug, aber mit ihr nicht über eine Blutsverwandtschaft verbunden war, lief Isoldes gefürchtete Energie ins Leere. Sie konnte nichts tun, um das ungeborene Kind zu schützen. Sogar Ottos Netzwerk hatte versagt. Er konnte nur mit einem Polizeireporter dienen, dessen Namen Isolde schon wieder vergessen hatte.

»Jens Müller«, sagte Stella.

»Kann sein.« Isolde beschrieb ihn als aufdringlichen, ungepflegten Schmierlappen in Billigjeans, dessen Themenvorschläge sie diverse Male hatte abschmettern müssen. »So jemand schreibt nicht für mein Blatt.« Völlig unmöglich, ihn um Hilfe zu bitten. »Ich bin verzweifelt, völlig verzweifelt.« Mit fahrigen Händen zündete Isolde sich die dritte Zigarette an, obwohl sie in ihrem Blatt eindringlich vor der gefährlichen Wirkung von Tabak auf die Faltenbildung warnen ließ.

»Dieser Stress macht mich fertig.« Isolde blies den Rauch gegen die Wohnzimmerdecke. »Haben Sie eine Vorstellung, was mich diese Schwangerschaft schon gekostet hat? Dafür hätte ich in der Ukraine eine halbe Schulklasse in die Welt setzen können.« Sie drückte brutal die halb ausgerauchte Zigarette mit fetten roten Lippenstiftspuren am Mundstück auf einem Unterteller aus. »Sie müssen mir helfen, Stella.«

Ich muss gar nichts, dachte Stella. Schon wieder trotzig. Ihre impulsive Reaktion auf Frauen wie Isolde, die all die schönen Kleider, teuren Autos und Karrierestationen, ganz zu schweigen von den immer noch überdurchschnittlichen Chefredakteursgehältern für sich beanspruchten, als sei das ein von Gott persönlich festgelegtes Bonusystem für seine Musterschüler. Trotzdem fragte sie brav »Wie denn?« und ärgerte sich über ihre Feigheit.

Über die Art der Hilfe hatte Isolde als geübte Führungskraft feste Vorstellungen. Nachdem es ihrer Sekretärin nicht gelungen war, den Leiter der Ermittlungen am Telefon zu ihr durchzustellen, musste Stella jetzt sofort mit ihr ins Kommissariat zu dieser Josefa Lautenschlager mitkommen. Die Hauptkommissarin, die den Brief mit der Aufforderung, sich bei der Polizei zu melden, unterschrieben hatte. Hätte Isolde gewusst, was auf sie zukommt, hätte sie dieser Aufforderung selbstverständlich Folge geleistet. Jetzt bedauerte sie ihr Schweigen.

Isolde sorgte sich um das kleine Mädchen, das Cleo in ihrem Bauch beherbergte. Allein schon die Vorstellung, welche Traumata dieses ungeborene Kind durch die Flucht der Leihmutter und die polizeiliche Hetzjagd bis nach Schottland davongetragen haben konnte, erschütterte sie. Bei dem Gedanken daran füllten sich ihre Augen schon wieder fast mit Tränen. Sie musste ihre Sonnenbrille aufsetzen, um ihren Kummer zu verbergen.

»Kinder halten viel aus.« Irma, die bislang untypisch schweigsam in ihrem Sessel zugehört hatte, versuchte, mit ihren Möglichkeiten zu trösten.

Isolde nahm ihre Sonnenbrille wieder herunter und strafte die Kommentatorin mit einem so vernichtenden Blick, dass diese, auch wieder untypisch, beschämt den Unterteller mit der Kippe nahm, um ihn in der Küche abzuwaschen.

»Waren Sie schon mal auf den Malediven?« Die Frage irritierte Stella. Sie passte so überhaupt nicht zu den bislang erörterten Themen. Sie schüttelte den Kopf.

»Ein Traum. Die muss man gesehen haben, bevor sie untergehen.« Isolde holte ein paar Blätter Papier aus ihrer Handtasche und legte sie vor Stella auf den Couchtisch. »Das Angebot einer Hotelkette, eine Pressereise. Fünf Tage im Luxusresort. Johnny Depp und Brad Pitt machen dort regelmäßig Urlaub. Eigentlich wollte ich mich für die paar Tage aus der Redaktion ausklinken, aber jetzt ist meine Stellvertreterin krank. Burn-out, Reha. Ich bezweifle, dass sie zurückkommen wird. Meine Redaktion braucht mich. Außerdem kenne ich die Malediven sehr gut. Hätten Sie Lust?«

Was für eine Frage. Natürlich hatte Stella Lust. Schnorcheln auf den Malediven. Sie hatte nur das Beste darüber gehört. Sie betrachtete die Fotos palmgedeckter Hütten auf Stelzen in türkisblauem Meer. Fünf-Sterne. Luxusresort. Auch das sah gut aus. Sogar ohne Johnny Depp.

»Wir zahlen für die Geschichte 400 Euro. Ich denke, ich kann da eventuell noch etwas drauflegen. Die Reise ist in zwei Wochen. Bis dahin ist Cleo sicher wieder frei. Aber ich muss *jetzt* mit ihr sprechen. Sie braucht dringend psychologische Betreuung. Jemand muss ihre Ernährung überwachen. Gefängniskost für eine Schwangere, können Sie sich vorstellen, welche Verheerungen diese mit Chemikalien verseuchten Billigprodukte bei einem Ungeborenen anstellen? Erst kürzlich wurde in einer Adipositas-Studie nachgewiesen, dass dicke Kinder schon im Mutterleib schlecht ernährt wurden. Limonaden, Pommes Frites, Chips, Hamburger, Leberwurst, ihre Mütter stopfen all das ungesunde Zeug sogar in der Schwangerschaft in sich hinein.« Der Gedanke an fetthaltige Lebensmittel regte Isolde so auf, dass sie sich noch eine Zigarette anzündete.

Irma brachte den gesäuberten Unterteller zurück. »Auf die Malediven wollte ich auch schon immer mal.«

Stella fragte sich, ob Isolde über Cleos alkoholisierten Zustand in der Nacht, als Frau Malinowskowa ermordet wurde, informiert war.

»Obst, Gemüse, ballaststoffreiche Ernährung, wenig und nur das allerbeste Fleisch, regelmäßige Einnahme der von meinem Arzt verschriebenen natürlichen Aufbaustoffe, keinen Tropfen Alkohol, 10 Gramm 70-prozentige Schokolade pro Tag, all das ist im Vertrag mit Cleo festgelegt. Ihre Mutter hat mir versichert, sie werde sich persönlich darum kümmern, dass ihre Tochter sich an die Abmachungen hält. Cleo wurde streng kontrolliert. Ihr ist bewusst, welche Verpflichtung sie mit der Tragemutterschaft eingegangen ist. Ich war immer sehr entgegenkommend. Ich habe ihr sogar erlaubt, ihre Stelle in der Metzgerei zu behalten. Wegen ihrer Rentenansprüche. Das muss man sich vorstellen.« Isolde lachte. »Sie macht diesen grässlichen Job gern. Weil sonst angeblich in Bayrischzell nichts los ist. Und natürlich werden wir Cleos bezahlten Mutterschaftsurlaub in Anspruch nehmen. Sie wird das Baby stillen, da kann sie nicht gleichzeitig in einer Metzgerei arbeiten.«

»Ich dachte, Cleo möchte nach der Geburt eine Ausbildung zur Moderedakteurin beginnen«, sagte Stella.

»Eine fixe Idee von ihr.« Isolde seufzte. »Für diesen Beruf, und ich sage bewusst Beruf, weil darin die Berufung mitschwingt, die man unbedingt in sich spüren muss, dafür braucht man neben einem absolut stilsicheren Geschmack ein unumstößliches Selbstbewusstsein und ein kosmopolitisches Auftreten, ganz zu schweigen von Sprachkenntnissen. Englisch, Französisch, Italienisch. Fließend. Das bekommen sie alles nur in einer erstklassigen Familie und nur in den besten Schulen mit. Ein Dorfmädchen wie Cleo, das nicht mal richtig Englisch kann, eine Fleischfachverkäuferin, nein, beim besten Willen, so jemand kann ich nicht zu Karl oder Miuccia in die Show schicken.«

»Noch ein Wasser?«, fragte Irma.

Isolde überhörte sie. »Ich kann Cleo eventuell ein Schnupperpraktikum in der Kleiderkammer anbieten. Aber ehrlich, ich bin mir nicht mal sicher, ob ich das in der Verlagsleitung durchsetzen kann. Bei diesen Sparmaßnahmen heutzutage sowieso höchstens unbezahlt.« Sie ließ in einem erneuten Seufzer ihren Stress anklingen.

»Weiß Cleo das?« Nur unter Aufbietung all ihrer Höflichkeit gelang es Stella, sachlich zu bleiben. Am liebsten hätte sie diese überhebliche Gans mit einem Fußtritt vor die Tür gesetzt. Trotz des Angebots, auf die Malediven zu reisen. Ein Erpressungsversuch, der Stella zwar reizte, aber auch ärgerte. Dachte diese dumme Kuh, sie mit einer PR-Reise, die sie keinen Cent kosten würde, kaufen zu können? Und 400 Euro Honorar für eine Geschichte, die inklusive Reise und Schreiben mindestens zwei Wochen Zeit beanspruchte, zeugte nur wieder von der stetigen Verrohung der Sitten in diesem Gewerbe. Man ging immer mehr dazu über, die Veröffentlichung von Autorennamen in den Blättern als geldwerte Leistung zu sehen, als Kompensation für unanständig niedrige Honorare.

Irma hatte in der Küche ihre Fassung zurückgewonnen. Sie

knallte das Glas Wasser mit so viel Schwung vor Isolde auf den Tisch, dass es bis auf das Chiffonkleid schwappte.

»Ich wüsste wirklich nicht, wie ich Ihnen helfen könnte«, übte sich Stella in einer höflichen Absage.

»Sie sind doch gut befreundet mit dieser Kommissarin. Sie muss mir einen Zugang zu Cleo verschaffen. Ich muss an ihr Pflichtgefühl appellieren.« Isolde schob die Malediven-Werbung näher zu Stella hin. »Hier, die können Sie behalten. Das Angebot steht. Überlegen Sie es sich. Wenn uns die Geschichte gefällt, können wir auch über eine weitergehende Zusammenarbeit nachdenken. Wir brauchen immer mal wieder Verstärkung in der Redaktion. Otto hält ja große Stücke auf sie.«

»Ich kenne Frau Lautenschlager kaum. Nur vom Sehen. Außerdem ist sie von der Kripo. Sie hält auf Distanz.«

In der darauffolgenden Stille glaubte Stella, die gut trainierten Gehirnwindungen einer Führungsperson surren zu hören. Vermutlich prüfte Isolde gerade, ob in der Kleiderkammer der Moderedaktion ein geeignetes Erpressungsgeschenk herumhing, mit dem sie sich das Wohlwollen einer unterbezahlten Kripobeamtin sichern konnte.

In diesem Moment flog die Wohnzimmertür auf. Joe in ihrem schon sehr verwaschenen, karierten Lieblingspyjama von Tchibo stürmte ins Wohnzimmer. »Stella, wir brauchen deine Hilfe. Sleazeball ist ein Schnarchzapfen. Und Bernd kommt auch nicht weiter.« Sie hielt einen Packen beschrifteter Blätter in die Höhe. »Dieser Buchstabensalat ergibt keinen Sinn. Wir brauchen ein Passwort. Vielleicht hast du eine Idee.«

»Ich komme gleich zu dir hoch, Roswitha. Ich bringe nur noch schnell unseren Gast zur Tür. Sie wollte sowieso gerade gehen«, sagte Stella. Roswitha. Wie sie auf solche Namen kam?

27

Bernd suchte nach den richtigen Worten, um Stellas besonderes Verhältnis zu Doktor Cäsar zu umschreiben. Da sie den Toten »intimer kannte« als die meisten, habe sie vielleicht eine Idee, welchen Text er zur Verschlüsselung seiner Patientenunterlagen benutzt haben könnte. Es sei wie die Suche nach der berühmten Nadel im Heuhaufen. Er hatte sogar schon Doktor Cäsars Zuhause nach einem geeigneten Buch durchsucht. Vielleicht, hatte er gehofft, gab es irgendwo eine gelb oder rosa markierte Textstelle, einen Zettel mit einem Zitat, vielleicht auch irgendwas in einem Kochbuch. Er war ja bekannt für seine Kochkünste. Nichts. Also nahm Bernd an, dass der Doktor den Text auswendig kannte. Ein Lied vielleicht. Bob Dylan kam ihm in den Sinn, weil Doktor Cäsar eine ganze Sammlung uralter, tipptopp gepflegter Platten von ihm besaß. Aber wo sollte man in den Hunderten von Dylan-Texten beginnen. Hatte er vielleicht einen Lieblingssong?

»Keine Ahnung«, sagte Stella.

Das hatte Bernd befürchtet. »Ein Gedicht vielleicht«, schlug er vor.

»Mir fällt tatsächlich ein Gedicht ein, das Cäsar mir mal auswendig aufgesagt hat.« Stella verschwieg allerdings, dass sie dabei nackt im Bett lag, nach vollzogenem Koitus und der Doktor ihr zärtlich »schöne Jugend« ins Ohr geflüstert hatte. Ein Kompliment, hatte sie anfangs noch gedacht. Cäsar war Ende 60, sie Mitte 30, da konnte er wahrlich noch von ihr als Jugend reden. »Das Gedicht heißt ›Schöne Jugend‹, ist von Gottfried Benn und ziemlich eklig. Mehr weiß ich nicht mehr.«

Zwei Sekunden später hatte Bernd die Zeilen mit Googles Hilfe gefunden. Offenbar im Deutschunterricht an Gymnasien ein beliebtes Beispiel für die Interpretation expressionistischer Lyrik. Er begann vorzulesen.

»Schöne Jugend«, las er vor.
»Der Mund des Mädchens, das lange im Schilf gelegen hatte,
sah so angeknabbert aus.
Als man die Brust aufbrach, war die Speiseröhre so löcherig.
Schließlich in einer Laube unter dem Zwerchfell
fand man ein Nest von jungen Ratten.
Ein kleines Schwesterchen lag tot.
Die anderen lebten von Leber und Niere,
tranken das kalte Blut und hatten
hier eine schöne Jugend verlebt.
Und schön und schnell kam auch ihr Tod:
Man warf sie allesamt ins Wasser.
Ach, wie die kleinen Schnauzen quietschten.«

Die Stille, die folgte, erinnerte Stella an ihren eigenen Schock, nachdem Cäsar ihr die Zeilen ins Ohr geflüstert hatte.

»Ist ja pervers«, sagte Joe schließlich.

»Das soll ein Gedicht sein?«, sagte Bernd.

»Pathologenpoesie. Benn war Arzt, wie Cäsar. Vielleicht finden Ärzte Verse über die Obduktion von Wasserleichen erbaulich.« Stella lachte, trotz der Gänsehaut auf ihren Armen, die sich immer bei dem Wort Ratte bildete.

In Erinnerung an Cäsar und ihre Empörung, weil er ihre romantische Stimmung so brutal zerstört hatte. Inzwischen fand sie es tatsächlich lustig, aber damals hatte sie wie Joe reagiert und auf dem Nachhauseweg für sich beschlossen, dass Cäsar nicht der richtige Mann für sie war und diese Affäre keine Zukunft hatte. Ihre Neugierde auf einen älteren, verheirateten Mann mit Geld war gestillt. Sie hatte sich danach nie mehr bei ihm gemeldet. Er sprach ihr noch zweimal auf die

Mailbox, dann ließ auch er es bleiben. Das unspektakuläre Ende einer halbherzig begonnenen Affäre.

»Und was machen wir nun damit?« Joe schaute Bernd an. »Welchen Satz oder welches Wort aus dem Gedicht könnte Doktor Cäsar daraus benutzt haben?«

»Ratte«, schlug Stella vor. »Cäsar liebte seine Ratten. Wenn er jemand Ratte nannte, war das sein höchstes Kompliment. Mich hat er mal seine niedliche, kleine Kanalratte genannt.« Dabei hatte er ihr anerkennend in den Po gekniffen, was sie jetzt aus der Distanz ebenfalls mit wesentlich mehr Humor betrachten konnte. Er mochte vielleicht ein wenig sonderbar gewesen sein, aber er hatte es nett gemeint. Das sah sie jetzt ganz deutlich. »Möglich wären allerdings auch Juno oder Izumo. Oder beide.«

»Ratte«, sagte Joe. »Er verschlüsselt seine Akten seit über zwanzig Jahren. So alt sind seine beiden Haustiere noch nicht.«

»Außerdem entwickeln die meisten Menschen nicht wahnsinnig viel Phantasie bei der Erfindung ihrer Passwörter. Das häufigste, das im Internet benutzt wird, ist 123 456.« Bernd gab Ratte in sein Dechiffrierprogramm ein. »Wenn er die Codewörter immer mal wieder gewechselt hat, sind wir aufgeschmissen.«

Stella und Joe schauten ihm über die Schulter. Der Computer schnaufte ein wenig, als müsse er sich mehr anstrengen als üblich, dann schaltete sich auch noch der Ventilator ein, um ihn mit Frischluft zu versorgen. Es dauerte geschlagene acht Sekunden, bis die Terabytes auf Bernds superschnellem Laptop ein Ergebnis produzierten. TRUXGXENYHATZES-NOGXX-NINSIEMRA.

»Interessant«, sagte Joe.

»Ein Satz mit x. Das war wohl nix.« Stella betrachtete die Buchstaben lange, als wollte sie ihnen ihr Geheimnis entreißen. Sie tippte auf die Mitte der Reihe. »YHA. Wisst ihr, woran mich das erinnert?«

»Bind, torture, kill«, sagte Joe. »BTK-Mörder.«

»Wahan hat so ein Kürzel auf dem Hals tätowiert«, sagte Stella. »YHA8. Das weiß ich genau. Ich habe ihn noch gefragt, was es bedeutet. Unendliche Liebe. Angeblich. Wahan sieht toll aus, aber ziemlich albern, die Tätowierung.«

»Oder krank«, sagte Joe.

»Vielleicht ist es eine simple Rot-8.« Bernd tippte Wahans Kürzel ein. Für das Dechiffrierprogramm kinderleicht: *rat.*

»Das kann doch kein Zufall sein«, sagte Stella.

»Wieso?« Bernd dachte nicht ganz so schnell wie sein Computer.

»Wahan studiert in Harvard«, sagte Joe. »Die Vermutung ist also nicht ganz abwegig, dass er sich das verschlüsselte englische Wort für Ratte auf den Hals hat tätowieren lassen.«

Stella, sensibilisiert für dreistellige Buchstabenreihen, deutete auf das Kürzel, das auf allen Patientenunterlagen als Spendername eingetragen war. VGH. »Doktor Cäsar hat doch in England studiert. Kannst du das Kürzel mit *rat* als Codewort entschlüsseln?«

Bernd war skeptisch. Den Ideen eines weiblichen IT-Laien vertraute er nicht wirklich. Aber sein Computer produzierte ein Ergebnis: EGO.

»Na bitte«, sagte Stella.

Joe verstand sofort, Bernd brauchte eine Sekunde länger, obwohl er als einziger von ihnen das Latinum vorweisen konnte. Wenn auch nur mit einer gnädigen Vier minus. »Ego. Ich?«

Ein kurzer Abgleich der Unterlagen bestätigte, dass Doktor Cäsar sich auf allen mit EGO als Samenspender eingetragen hatte. Eine Erkenntnis, die alle drei mit einer gewissen Genugtuung zur Kenntnis nahmen. Schließlich hatten sie es geahnt.

Keine große Überraschung mehr. Aber endlich lag nun der Beweis vor. Handschriftlich. Von Cäsar persönlich eingetragen.

Mit *rat* als Codewort versuchte Bernd auch die Klarnamen der Eltern zu enträtseln. Leider ohne Erfolg. Offenbar hatte Doktor Cäsar dafür einen anderen Schlüssel benutzt. Bernd war aber zuversichtlich, dass irgendwo im BKA ein Computerprogramm existierte, das stark genug war, Doktor Cäsar auszutricksen und auch das Rätsel zu knacken. Aber dafür musste Sleazeball aus Rotterdam zurück sein und geneigt, zu helfen. Auf dem kleinen Dienstweg.

Joe ging es auf einen Schlag blendend. Sie tauschte ihren Pyjama gegen ein dunkelblaues, hochgeschlossenes Kostüm, das sie selten trug, weil sie sich darin wie eine karrieregeile KZ-Wächterin fühlte. Sie wollte sich »endlich mal diesen Wahan zur Brust nehmen.« Auch wenn anzunehmen war, dass Wahan eine Verwicklung in den Mordfall Cäsar schlicht abstreiten würde.

Bernd erinnerte noch daran, dass Stanley Kubrick auch immer behauptet hatte, HAL-1, der legendäre Computer in seinem noch legendäreren Film ›Odyssee im Weltraum‹ sei keineswegs eine Rot-1-Verschiebung von IBM, sondern nur eine Phantasie seiner Fans. Aber das hörte Joe schon nicht mehr, so schnell war sie weg.

Bernds Phantasie kam nun langsam in Gang. Inspiriert von seinen rudimentären Lateinkenntnissen. »Haus- oder Wanderratte?«, fragte er Stella, die nicht verstand. Was entsprach mehr Doktor Cäsars Psyche, präzisierte er, womit konnte Doktor Cäsar sich eher identifizieren? *Rattus rattus* oder *rattus norvegicus*? Wie hatte er sich selbst gesehen? Für welche Ratten hatte er die größeren Sympathien.

»Für Ratatouille«, sagte Stella.

Aber Bernd fand die Comicfilmratte nicht seriös genug, um

als Codewort in Frage zu kommen. Er bat Stella, die Sache bitte ernst zu nehmen. Nur so kam man dem Verbrecher auf die Spur.

Stella vermied es, ihm zu erklären, dass Doktor Cäsars EGO mit Ironie am leichtesten zu ertragen war. Keine schöne Vorstellung, mit einem Psychopathen im Bett gewesen zu sein. Das zwang ihr ein paar unangenehme Fragen auf. War sie so naiv gewesen, seinen Zynismus nicht wahrzunehmen? Oder meinte er allen Ernstes, mit seinem Qualitätssperma die Menschheit retten zu müssen. Ein eitler, geiler Bock, getarnt als Überzeugungstäter? Und sie hatte nichts davon gemerkt, nicht mal ein leichtes Unbehagen, obwohl sie kein bisschen verliebt in ihn war.

Sie dachte an den Mann, der viel in der Welt herumgekommen war, bevor er sich in seinem Bunker im letzten Winkel von Bayern verschanzt hatte. Ein Mann, der sich einen Panzer aus Fett zugelegt hatte, ein verheirateter Mann, der sich aber mit dem einen oder anderen Seitensprung die Illusion offen hielt, frei zu sein. Ein Mann, der seinen Samen in der Welt verstreute, statt sich selbst zu bewegen. Ein neugieriger Geist, gefangen in Konventionen, Ethikdebatten und in Bayrischzell. Im Grunde seines Herzens eine Wanderratte. Eine vom Aussterben bedrohte *rattus norvegicus*.

Bernd tippte die beiden Codewörter ohne Leerstelle dazwischen in seinen Computer ein. Dazu die Buchstabenreihe aus einer Akte, die er blind aus dem Stapel zog. Der Computer brauchte eine Sekunde, eher weniger: Nike Huber.

Buchstabenreihe um Buchstabenreihe ließ Bernd von seinem Computer entschlüsseln. Kommentarlos. Ohne Anzeichen von Triumph oder Stolz.

Auch diese Ergebnisse überraschten nicht wirklich. Sie zeigten nur, was sie sich längst gedacht hatten. EGO alias Doktor Cäsar war der Samenspender aller Babyrasselkinder.

368 Namen. Wahan und Nike, die beiden ältesten. Aber auch Kerstin alias Cleo, Daisy und Mechthilds Zwillinge Ethan und Eddie. Lindas Viola war nicht dabei.

Dazwischen gab es immer wieder Pausen von mehreren Jahren, wie bei einem Süchtigen, der es einfach nicht schafft, seine alten Verhaltensmuster endgültig zu überwinden.

Die Eltern lebten verstreut zwischen Flensburg und Rosenheim. Einige im Ausland. Leute, deren Vertrauen Doktor Cäsar missbraucht hatte. Wie würden sie reagieren, wenn sie erfuhren, dass ihre Kinder von einem anderen Spender abstammten als bisher angenommen? Würden sie ihren Kindern die Liebe entziehen, die sie ihnen unter falschen Voraussetzungen geschenkt hatten? Oder war Elternliebe stark genug, um diese Enttäuschung zu verkraften. Sie überlebte ja auch schlechte Noten, dicke Beine, Rauschgiftsucht, abstehende Ohren oder Studienabbrüche. Würde diese Liebe auch Doktor Cäsars Gene tolerieren?

»Die alle zu befragen. Da kommt ja unheimlich viel Arbeit auf euch zu«, sagte Stella.

»Joe hat jede Menge Workshops mitgemacht, sie wird sich was einfallen lassen.« Bernd scrollte ratlos die vielen Namen auf seinem Bildschirm rauf und runter.

Stella schaute ihm über die Schulter. »Isolde Schumann fehlt. Kein Leander dabei und auch keine Chiara. Trotz Babyrassel.«

»Der Tussi würde ich auch kein Kind machen wollen«, sagte Bernd. »Geschweige denn zwei.«

28

Der Entschlüsselungscoup des jüngsten Kollegen in der SK sprach sich schnell herum. In einer ad hoc einberufenen Konferenz klopfte Volker ihm »für diesen entscheidenden Hinweis auf einen möglichen Täterkreis« anerkennend auf die Schultern und empfahl ihn vor versammelter Beamtenschaft als leuchtendes Beispiel kriminalistischen Spürsinns. Nur Joe meinte mal wieder, die Anwesenheitspflicht ignorieren zu können, um im Alleingang die Ermittlungen voranzutreiben. In Abwesenheit erteilte Volker ihr vor der ganzen Mannschaft einen Tadel, da die Kollegin Lautenschlager es offenbar immer noch nicht gelernt habe, sich an ihre Vorschriften zu halten.

Joe kam dann doch mitten in der Sitzung zurück. Ohne Ergebnis. Wahan erklärte seine Halstätowierung als bösartige Erinnerung an eine längst verflossene Liebesgeschichte, eine Rachegeste, die er längst bereue. Die Entschlüsselung sei nichts weiter als »blöder Zufall«.

Für den Umgang mit den Ermittlungsergebnissen aus den dechiffrierten Akten sowie den möglicherweise geschockten Eltern und Kindern hatte Volker schon einen Kriminalpsychologen angefordert, der demnächst eintreffen würde.

Bernd beamte die Liste der Klarnamen aus den Babyrassel-Akten an die Wand. Eltern, Kinder und den Namen des einzigen Spenders. EGO.

»Wie all diese Verdächtigen jetzt eingrenzen?« Er sah Joe erwartungsvoll an. Aber die kaute noch an ihrer beleidigten Leberwurst.

Erst mal alle Kleinkinder aussortieren, schlug Volker vor, dann mittels der klassischen Frage nach dem Alibi vorgehen. Wer von den Verdächtigen war an Silvester überhaupt in München. Viel Arbeit, aber machbar. Die Alibis von 368 El-

hat? Und wer wurde deshalb so wütend, dass er deswegen einen, wenn nicht zwei Morde beging?

»Sie meinen«, der Professor stand auf, »wessen angeborenes Reaktionsmuster wurde durch dieses Ereignis so gereizt, dass die kognitiv-rationalen Mechanismen versagten und die Affekte eine energetisierende Dynamik mit negativen Folgen entwickelten?«

Einerseits fühlte Joe sich für eine psychologische Fachsimpelei nicht genügend vorbereitet, andererseits waren zwei Mordfälle zu lösen. Da sie auf der fachlichen Ebene mit dem Professor nicht mithalten konnte, wagte sie sich bewusst in die Gefahrenzone der Lächerlichkeit. »Wenn ich als Mann erfahren würde, dass meine Kinder nicht von mir sind, würde ich den Samenbetrüger auch umbringen wollen.«

»Frau Lautenschlager, mäßigen Sie sich.« Neugierig auf die Arbeitsweise des berühmten Kriminologen hatte Mayer seine drängenden Termine von Knöllchen absagen lassen und sich neben Professor Kraft an das Kopfende des Tisches gesetzt. Joe betrachtete ihn hasserfüllt. Unnötig Steuergelder für das Seminar »Kreatives Führen« verschwendet.

»Hier haben wir ein schönes Beispiel für einen affektauslösenden Reiz.« Der Professor lächelte Joe an. »Frau Lautenschlager, kann es sein, dass Sie einen strengen, herrischen Vater haben, auf dessen Bevormundungen Sie allergisch reagieren?«

»Was hat mein Vater jetzt damit zu tun?«

»Um Himmelswillen, Frau Lautenschlager. Ich wollte Sie doch nicht beleidigen.« Offenbar war das Führungsseminar doch nicht wirkungslos an Mayer vorbeigerauscht. »Das war doch nicht persönlich gemeint. Ganz allgemein sollte eine Polizistin sich nicht erlauben, hier gleich an Mord zu denken. Überlegen Sie doch mal, welche Möglichkeiten hat ein Mann noch, außer mit einem Tötungsdelikt auf diesen Samenbetrug zu reagieren? Also ich würde den Betrüger zur Anzeige bringen. Ihn auf Unterhalt verklagen. Rückwirkend. Bis zur Geburt des Kindes. Und Schmerzensgeld. Selbstverständlich ohne dass das Kind etwas davon merkt und an seiner Seele Schaden nimmt. Das muss man trennen können. Das ist eine Geschichte von Mann zu Mann.«

»Ach, und die Frauen sollen es einfach so hinnehmen, dass sie ein Kind von einem fremden, ungewollten Mann ausgetragen haben?« Joe ärgerte sich schon wieder, sich vollkommen bewusst darüber, dass ihr angeborenes Reaktionsmuster bei entsprechendem männlichem Verhalten ihre kognitiven Fähigkeiten negativ beeinflusste und sie vom eigentlichen Thema ablenkte.

»Bedenken Sie doch, Frau Lautenschlager, die Frauen haben ja auch etwas davon, wenn von dem eingeklagten Geld zum Beispiel das Reihenhaus früher abbezahlt werden kann.«

»In gewissem Sinne haben Sie beide recht.« Der Professor schaltete seinen Computer wieder ein. Stehend klickte er auf der Tastatur herum, bis an der Wand eine türkisfarbene Schrift aufleuchtete. *Modifizierte Version der Differentiellen Affekt Skala (DAS) zur Erfassung von Emotionen in der polizeilichen Vernehmungssituation.*

»Eine gesunde Person ist normalerweise in der Lage, einen stimulierten Affekt, Wut etwa, wie im vorliegenden Fall, so lange auszuhalten, bis dieser Affekt mit Abklingen seiner Brisanz durch kognitive Interpretationsprozesse zu einer ausbalancierten Emotion und einer Veränderung der interpersonellen Beziehungseinstellung im psychosozialen System gefunden hat. Schauen wir uns einmal die basalen Emotionsdimensionen an.«

Mit einem Klick stand eine Tabelle an der Wand, jede Menge Zahlen, eingezwängt in kleine Vierecke.

»Herr Professor.« Mayer stand auf und schob seinen Stuhl

quietschend unter den Tisch. »Es tut mir wahnsinnig leid, Ihren äußerst interessanten Ausführungen nicht länger folgen zu können, aber die Termine. Immer die leidigen Termine.«

Er schüttelte Professor Kraft kräftig die Hand und schloss mit einem fröhlichen Winken an die Übriggebliebenen behutsam die Tür.

Der Professor schaute ihm sinnend nach. Dann klappte er seinen Laptop zu und betrachtete Joe. »Frau Lautenschlager, gehe ich richtig in der Annahme, dass Sie schon längst eine Theorie über den Mörder von Doktor Cäsar entwickelt haben?«

Joe nickte.

»Aber Ihnen fehlen die Beweise?«

Joe nickte wieder.

»Joe ist der Meister der Intuitionen«, konnte Volker sich nicht verkneifen einzuwerfen. »Allerdings ist brave polizeiliche Ermittlungsarbeit nicht gerade ihre Stärke. Da nutzen auch die originellsten weiblichen Eingebungen nichts.«

Der Professor betrachtete Volker kritisch, was an diesem allerdings abperlte, ohne den leisesten Anklang eines Affektes auszulösen. Sein Selbstbewusstsein hielt solch einem Blick locker stand. »Joe verdächtigt aus rein emotionalen Gründen einen renommierten Pädagogen. Die Sache hat nur einen Haken. Professor Werner hielt sich zur Tatzeit in Schottland auf. Wo er übrigens immer noch ist, da er dort ein Ferienhaus besitzt und wo ich ihn auch kennenlernen konnte. Ein äußerst intelligenter Mann und pflichtbewusster Vater, der seine Zwillinge über alles liebt. Eher als Professor Werner kommt seine Frau als Täterin in Frage. Zwar nur eine Hobbybildhauerin, aber mit prachtvollem Bizeps. Sie hat kein Alibi und war zur Tatzeit in Deutschland. Das sollte Joe viel mehr zu denken geben. Aber in ihrer Männerfeindlichkeit vergaloppiert sie sich wieder mal total.« Volker hatte sich nun doch in Rage geredet.

Professor Kraft hörte sich den Ausbruch emotionslos an. »Lassen Sie uns ihren Verdächtigen mal anschauen, Frau Lautenschlager. Ein Pädagoge und Privatdozent? Nun handeln auch hochintelligente Menschen im Affekt häufig ausgesprochen unintelligent. Anstatt ein Problem produktiv zu überwachen und zu lösen, regen sie sich auf. Sie suchen nach Sündenböcken. Warum könnte der Tote ein Sündenbock für Herrn Werner gewesen sein?«

Nun hob Bernd die Hand. »Der Verdächtige ging bislang davon aus, dass für die Zeugung seiner Kinder sein eigenes Sperma verwendet wurde. Nach Akteneinsicht ergibt sich aber eine veränderte Faktenlage. Demnach hat das Opfer, das sich EGO nannte, den Verdächtigen vorsätzlich getäuscht. Daraus ergäben sich bestimmte Verdachtsmomente, die aus ermittlungstaktischen Erwägungen einen Hinweis darauf geben könnten, dass der Verdächtige tatsächlich unter Verdacht steht.«

»Jetzt mal in die Tüte gesprochen«, sprang Joe Bernd bei. »Wenn ein Mann seinen eigenen kostbaren, hochintelligenten Supersamen mit extra für diese Aufgabe ausgesuchten superschlauen, teuer eingekauften, amerikanischen Eizellen vereinigen und die in vitro befruchteten Zwillingsembryonen von einer Qualitätsleihmutter austragen lässt, wenn dieser Mann nun erfährt, dass sein wunderbarer Plan zur Erzeugung von ganz besonderen, hochintelligenten Kindern teuflisch hintergangen wurde, der sieht doch sein Lebenswerk zerstört. Der hat doch einen tausendprozentigen Grund sich zu rächen.«

»Einleuchtend«, sagte Professor Kraft. »Weiß der Vater der Zwillinge denn, dass er nicht der biologische Vater seiner Kinder ist?«

»Nach dem momentanen Stand der Ermittlungen: nein.«

»Gibt es Hinweise auf andere Väter, die auf diese Weise um ihre eigene Nachkommenschaft betrogen wurden?«

Bernd blätterte in den Unterlagen. »Wir wissen nur von drei. Der Vater von Nike Huber und die Väter von Wahan und Daisy Krikorian. Viktor Huber ist dement, Calouste Krikorian, der Vater von Wahan, lebt die meiste Zeit des Jahres auf Bali, Daisys Vater Erwin ebenso. Er ist der Lebensgefährte von Herrn Krikorian.«

»Und wie soll Professor Werner von Schottland aus den Mord bewerkstelligt haben?« So schnell gab Volker nicht auf. »Per Telepathie?«

Der Professor klappte den Laptop wieder zusammen. »Bevor Sie nun Hunderte von Eltern mit in der Tat traumatisierenden Ergebnissen konfrontieren, schlage ich vor, Sie konzentrieren sich, wie von Frau Lautenschlager vorgeschlagen, auf die vier Verdächtigen, die sich bislang als die biologischen Väter ihrer Kinder fühlten. Und vergessen Sie nicht, neben den Vätern auch die Mütter und, falls in handlungsfähigem Alter, auch die Kinder als affektgesteuerte Individuen in Betracht zu ziehen.«

29

Den Rüffel bei Mayer holte Joe sich gleich nach der Sitzung ab. Er stärkte sich gerade mit einer Leberkässemmel und schob ihr einen Brief der Verkehrsüberwachung Oberland über den Schreibtisch. Ein Knöllchen über 15 Euro wegen Überschreitung der zulässigen Ortsgeschwindigkeit um 8,7 Kilometer. Gemessen in der Ortsdurchfahrt Agatharied. Joe konnte sich sehr gut an einen Blitz erinnern, den sie allerdings hoffnungsvoll für einen verirrten Sonnenstrahl gehalten hatte, trotz ihres sehr abrupten Abbremsens. Den Brief schmückte ein aufgedrucktes Foto ihres Kopfes, das sie mehr schockierte, als der morgendliche Blick in den Spiegel. Diese mittelalte Matrone mit Ansatz zum Doppelkinn, war das tatsächlich sie?

»Können Sie mir sagen, warum Sie den Kollegen von der Verkehrskontrolle die Zunge rausstrecken?« Mayer war mit dem Mund voller Leberkäs nur schwer zu verstehen. »Beleidigt«, »Unverschämtheit« und »Dienstaufsichtsbeschwerde« konnte Joe trotzdem gut heraushören. Sie lachte.

»Was ist da dran so lustig? Frau Lautenschlager, Sie lassen es an dem nötigen Ernst für Ihren Beruf fehlen. Das fällt mir immer wieder auf.« Mayer hatte endlich den Leberkäs bewältigt und artikulierte wieder klar und zackig.

Joe erklärte ihm ihr Prinzip der Faltenbekämpfung durch Gesichtsgymnastik, das sie in einem Buch vom Flohmarkt kennengelernt hatte. Sie demonstrierte. OOOO gegen Nasolabialfalten, AAAAA gegen Oberlippenfalten und Zunge rausstrecken gegen Doppelkinn. Völlig nutzlos, das hätte ihr schon das Verramschen des Buches auf dem Flohmarkt signalisieren können. Das Foto vom Blitzer bestätigte nun leider die Wirkungslosigkeit der Übungen. Doppelkinn trotz rausgestreckter Zunge.

»Also ich find's ganz ordentlich.« Mayer verglich das Bild mit der vor ihm sitzenden Person. »Obwohl Sie in natura natürlich viel hübscher sind, Frau Lautenschlager.« Er glaubte ihr die Geschichte. Als Vater von vier Töchtern wusste er, dass weibliche Wesen immer für Überraschungen gut sind, dass ihre Gehirnwindungen Wege nahmen, die kein Mann nachvollziehen konnte, und dass sie alle immer von der Besorgnis gequält wurden, nicht schön genug zu sein. »Was in ihrem Fall wirklich nicht angebracht ist, Frau Lautenschlager.«

Joe bedachte ihn mit ihrem strahlendsten Lächeln.

»Also abgemacht, ich lasse Knöllchen das Knöllchen bereinigen«, sagte Mayer. »Wohin waren Sie denn da eigentlich schon wieder unterwegs?«

Zum Oberlandmarkt erinnerte sich Joe. Auf der Suche nach Videobändern von Silvester. Sie sah Doktor Cäsar beim Betrachten von Flaschen in der Alkoholecke. Sie sah die dicke Verkäuferin, wie hieß sie noch mal, die mit einem Videoband vom Parkplatz hinter Joe hergerannt kam. Sie sah, wie im selben Moment der alte Viktor Huber seinen Benz auf dem Behindertenparkplatz abstellte und beim Aussteigen das Auto daneben touchierte. Was ein größeres Gezeter der darin sitzenden Fahrerin auslöste, das Viktor Huber ignorierte, als sei er nicht gemeint. Joe erinnerte sich auch an ihre Verwunderung, weil Viktor Huber trotz seiner Alzheimererkrankung noch ziemlich einwandfrei Auto fuhr und dass er gern Fruchtzwerge aß. Sie erinnerte sich auch noch, wie sie im Ford vom Parkplatz fuhr und anhalten musste, um auf der Hauptstraße einen Transporter von Bofrost vorbeizulassen. Aber sie erinnerte sich nicht mehr, was sie mit der CD gemacht hatte. Wo war die abgeblieben? Auf den Beifahrersitz gelegt, zum Chaos auf der Rückbank, zu dem im Handschuhfach oder doch zu dem in der Handtasche?

»Gymnastik fürs Gesicht haben Sie wirklich noch nicht nötig«, hörte sie noch, bevor sie »ja« sagte, »danke« und »Entschuldigung, Chef.« Das Letzte was sie sah, als sie die Tür zu Mayers Büro hinter sich schloss, war sein Blick, der davon zeugte, dass die Gehirnwindungen weiblicher Wesen ihm auch weiterhin ein Rätsel bleiben würden.

30

Die CD fand sich im Handschuhfach des Ford. Auf Bernds Computer lieferte sie Bilder in einwandfreier Qualität. Den Parkplatz aus zwei Perspektiven. Beide leicht von oben herab, da die Kameras unauffällig direkt unter den Lampen auf den Lichtpfosten saßen. Einmal die Situation an den Behindertenparkplätzen, direkt neben dem Eingang, was erklärte, wieso dort zu verkehrsreichen Zeiten wie Wespen von Marmelade angezogen die Politessen mit ihren Knöllchenmaschinen auftauchten. Auf Kosten bequemer Supermarktkunden fuhren sie eine reiche Ernte ein.

Die zweite Kamera observierte die Parkreihen hinter dem Haus. Nicht bis in jeden Winkel, dafür reichte ihre Brennweite nicht, aber doch die am häufigsten frequentierten Plätze, die dem Eingang am nächsten lagen, rund um das Einstellhäuschen für die Einkaufswagen.

Der Film begann um sieben Uhr mit der Öffnungszeit des Ladens und endete kurz nach seiner Schließung am Silvestertag um 14 Uhr. Joe sah zu, wie leere Parklücken sich langsam füllten, wieder leerten und wieder füllten. Bernd experimentierte mit der Geschwindigkeit. Lief der Film zu schnell, war nichts mehr zu erkennen, lief er in Normalzeit, verursachte die Aussicht auf stundenlange Parkplatzbetrachtung sofortiges Wegdösen.

Um acht kamen die alten Leute mit der senilen Bettflucht, um neun eifrige Hausfrauen, um zehn ganze Familien. Joe erkannte viele Gesichter wieder, auch die ihrer eigenen Kinder, Andy und Tobi, die sich darüber stritten, wer den Einkaufswagen schieben durfte, während ihr Vater tatenlos zusah und eine dralle Blondine in enger Steppjacke befingerte. Der Ärger über diesen Anblick lenkte sie so sehr ab, dass sie erst aufmerkte als Bernd den Film anhielt und auf einen Mann zeigte, der um 11 Uhr 14 aus einem schwarzen Mercedes stieg. Doktor Cäsar. Unverkennbar, eingehüllt in den Lodenmantel, den Joe vom Tatort am Friedensengel kannte. Langsam schob der Doktor einen Einkaufswagen zum Eingang und lüftete dabei zweimal den Hut, um Bekannte zu grüßen. Bernd schaffte es, sie näher heranzuzoomen, aber leider verschwanden in den Pixeln die Konturen ihrer Gesichter. Weder Joe noch Bernd hatten eine Idee, wer das sein konnte.

Die Ausschnitte des Parkplatzes, die von den Kameras überwacht wurden, waren jetzt alle besetzt. Den einzigen noch freien Behindertenparkplatz belegte zuletzt ein alter Mercedes, wie Nike Huber einer gehörte. Dem abrupten Fahrstil nach möglicherweise mit Viktor Huber am Steuer. Aber niemand stieg aus.

Um 11 Uhr 47 ging Doktor Cäsar zurück zu seinem Auto. Im Einkaufswagen lagen die vier Flaschen, die er aus dem Alkoholregal geholt hatte, Noilly Prat und drei Flaschen Champagner. Das Mitbringsel eines großzügigen Gastes zu Silvester, aber Doktor Cäsar sollte selbst Gastgeber sein, erinnerte sich Joe. An seinem Tisch mit seinen Patientinnen im Birkenhof. Nur, dass er dort nie aufgetaucht war. Für wen also hatte er die drei teuren Flaschen gekauft? Oder wollte der alte Schwerenöter nur einen Vorrat zu Hause haben, falls sich über die Feiertage die Möglichkeit einer Affäre herauskristallisierte? Aber die Spusi hatte nichts von Champagner in seinem Kühlschrank oder Auto vermerkt.

Doktor Cäsar lud die Flaschen in den Kofferraum seines Mercedes, fuhr den Einkaufswagen in den Unterstand, steckte die Ein-Euro-Münze in seine Manteltasche, drehte sich um, und wumm, erhielt er eine Ohrfeige.

»Stopp!«, schrie Joe. Bernd stoppte das Band, noch mit der Hand des Täters in der Luft.

Wahan Krikorian. Eindeutig. Trotz der Vermummung mit einer schwarzen Skimütze und einem Schal.

»Mit dem hab ich jetzt aber überhaupt nicht gerechnet«, sagte Bernd. Joe auch nicht. Sie ließen die CD mehrmals vor- und zurücklaufen. Wahan tauchte vom Rand des Geschehens auf, eine Materialisierung aus dem Nichts.

Dorthin verschwand er auch nach der Ohrfeige. Doktor Cäsar versuchte noch, ihn am Arm festzuhalten, aber Wahan befreite sich mit einem energischen Schütteln und rannte aus dem Blickfeld. Im selben Moment stieß auch der rote Mercedes rückwärts aus der Parklücke und verfehlte dabei nur knapp die Politesse, die sich heimtückisch dem Heck näherte.

Doktor Cäsar rieb sich die Wange und schaute kopfschüttelnd in die Richtung, in die Wahan verschwunden war. Eine Frau kam dazu, legte ihm die Hand auf den Arm und redete auf ihn ein. Er nickte.

»Mechthild.« Joe und Bernd erkannten sie gleichzeitig.

Perfekt ausgeleuchtet klopfte sie mit der ganzen Kraft einer sägeschwingenden Bildhauerin Doktor Cäsar auf den Rücken, als sei der nicht schon geschlagen genug. Sie meinte das tröstend. Zwischenzeitlich schoben Ethan und Eddie einen Einkaufswagen ins Bild und stellten sich neben ihre Mutter, die sie nicht beachtete. Aber Doktor Cäsar. Trotz der Attacke zuvor strich er ihnen über die Haare, wie schon in der Alkecke, und beugte sich freundlich zu ihnen hinunter, während er mit ihnen redete.

»Zoom mal den Einkaufswagen näher.« Joe rückte bis auf zwei Zentimeter an den Bildschirm ran, aber leider ließ sich der Einkauf trotzdem nicht genau erkennen. »Warum kaufen die an Silvester in Agatharied ein, wenn sie im Chiemgau wohnen?«

»Das könnten Fruchtzwerge sein«, sagte Bernd.

»Und ein Deo«, sagte Joe. »Aber kauft eine Millionärin ein

Billigdeo für ihren Mann, obwohl der schon seit ewigen Zeiten in Schottland rumhängt?«

»Vielleicht für den Au-pair?« Bernd deutete auf den Mann, der nun dazukam. Ärgerlicherweise wurde er von der Kamera nur in Rückenansicht erfasst. Doktor Cäsar schüttelte ihm ebenfalls die Hand.

»Au-pair?« Joe drückte nun selbst die Stopp-Taste. »Der bewegt sich nicht wie ein junger Mann. Die schlurfen doch alle so cool. Der hier läuft, als hätte er einen Stock verschluckt.« Nachdenklich strich sie mit dem Finger über den Mantel des Mannes. »Stella muss sich das ansehen. Vielleicht hat sie eine Idee, wer das sein könnte.«

31

Stella hätte nicht mal reinen Gewissens bestätigen können, dass der schwarze Schatten vom Parkplatz ein Mann war. Die undeutlichen Aufnahmen forderten die Phantasie genauso wie prähistorische Einritzungen in Steine, die Archäologen 150 000 Jahre später als Darstellungen weiblicher Wesen identifizierten, etwa als »älteste Venus östlich des Rheins«.

Joe ließ den Schatten zum hundertsten Mal Doktor Cäsar die Hand schütteln. Er trug eine Mütze, und geschneit hatte es auch noch. So viel sah Stella eindeutig, trotz schlechter Beleuchtung und grober Unschärfe im für die Ermittlungen relevanten Bereich. Trotzdem rang sie sich zu einer Meinung durch. »Stimmt, das könnte eventuell Rick sein.«

»Er hat seinen Mantelkragen hochgestellt.« Joe tippte auf einen grauen Fleck auf dem schwarzen Schatten.

»Rick stellt auch gern den Kragen seiner Jacke hoch«, sagte

Stella. Sich bewusst, dass diese Aussage einem Freundschaftsdienst näher kam als Ehrlichkeit.

Joe hoffte, dass es Rick war. Das würde so schön zu ihrer Theorie passen.

Bernd schlug vor, das LKA um eine Bildbearbeitung zu bitten. Wenn die Spezialisten ein Satellitenfoto mit Drogenbossen auf einer Dachterrasse in Afghanistan scharf stellen konnten, dann doch sicherlich auch den Schnappschuss einer Kamera, die an einem Laternenmast in nur drei Metern Höhe über den verdächtigen Subjekten auf einem Parkplatz der Bundesrepublik montiert war.

Joe gab zu bedenken, dass die Kollegen vom LKA sich bislang nicht gerade mit einer zügigen Arbeitsweise profiliert hatten. Ricks Abreisedaten abzuklären, würde schneller gehen. Wie war er nach Schottland gereist? Wann war er dort angekommen? Niemand hatte sein Alibi je genau überprüft, da Volker ihn persönlich in St. Andrews befragt und als glaubwürdig abgehakt hatte. Nach den neuen Erkenntnissen waren zumindest Zweifel an diesen Angaben erlaubt.

Joe zog ihre fellgefütterten Stiefel an. Sie öffnete die Tür. Drei Minuten später sah Stella vom Eingang aus die Bremsleuchten eines nur unvollständig vom Schnee befreiten Autos aufleuchten. Sie schaute zu, wie es schräg über den Parkplatz des Kommissariats rutschte, sich einmal um die eigene Achse drehte und in ein zugeschneites Auto krachte, das ein blauer Schimmer unter der Schneedecke auf dem Dach als Streifenwagen auswies. Joe stieg aus und landete mit dem Po in dem Matsch, den sie beim Schleudern über die Schneemassen selbst produziert hatte. »Scheiße«, Joes Lieblingsfluch konnte Stella von den Lippen ablesen.

Bernd umrundete rutschend das ineinander verkeilte Blech. Das einzige noch fahrbereite Auto aus dem Fuhrpark der Kripo brauchte Volker. Dringende Termine in München hielten ihn davon ab, es auszuleihen. Er nahm Bernd mit, der ein Ersatzfahrzeug bei den Kollegen in Miesbach besorgen sollte. In der Zwischenzeit konnte Joe mit der angeforderten Verkehrspolizei den Unfall aufnehmen.

Aber Joe dachte nicht daran, Zeit mit Warten zu vergeuden. Kaum waren Volker und Bernd außer Sichtweite, bat sie Stella um die Schlüssel von Irmas Ford und öffnete einladend die Beifahrertür. »Steig ein. Benzin zahlt der Staat.«

32

Mechthild, Rick und die Zwillinge waren nicht zu Hause. Aber James, der Au-pair, reagierte auf mehrmaliges Klingeln und führte den Besuch nach ausgiebigem Studium des Polizistenausweises ins Wohnzimmer. Auf dem Laptop auf dem Couchtisch zerbröselte ein leicht bekleidetes Mädchen mit Patronengurtdrapierung um den üppigen Busen und zwei Maschinengewehren im Anschlag Feinde im Sekundentakt. Ein Mann im grauen Tarnanzug half ihr mit Handgranaten.

Mit einem Blick, der sowohl Sehnsucht wie auch Bedauern bedeuten konnte, stellte James den Bildschirm still.

»Stören wir?« Eine Frage, auf die Joe selbstverständlich die Antwort wusste. Knaben jeden Alters fühlten sich beim Ballern am Computer grundsätzlich gestört. Als sie noch mit Dominik und den Kindern zusammenlebte, war sie beim Aufruf zum Abendessen regelmäßig mit einem Wall an männlicher Ablehnung konfrontiert gewesen.

James schüttelte höflich den Kopf und erkundigte sich, ob Rick, Mechthild und den Kindern etwas passiert sei? Joes beruhigendes »No« nahm er mit Erleichterung zur Kenntnis. Er bot sogar etwas zu trinken an und öffnete einladend Ricks Minibar im Bücherregal. »Whisky, Wodka, Gin, Schnaps?«

»Water«, sagte Joe. Mit Stella folgte sie ihm in die ambitionierte Küche reicher Leute, in der leere Schachteln von Tiefkühlpizzen den Abfalleimer verstopften. Ihre Frage nach dem Verbleib seiner Gasteltern beantwortete er mit einem Schulterzucken. Während er Wasser in zwei Gläser füllte, sprach er davon, *scared to death* zu sein. Rick, Mechthild und die Zwillinge seien verschwunden. Mit dem Range Rover weggefahren, ohne eine Nachricht zu hinterlassen, das sei nicht ihr Stil. Mechthild hätte ihn auf jeden Fall über eine Abwesenheit informiert. Sie wusste, dass er sich allein in dem einsamen Haus fürchtete. Hoffentlich sei ihnen nichts passiert.

»Jetzt mal der Reihe nach«, sagte Joe. Auf seinen verständnislosen Blick versuchte sie sich in Englisch. »What happened?«

Angelehnt an den Küchentresen, beide Hände tief in die Taschen geschoben, soweit das in den engen Jeans möglich war, fasste James in fein artikuliertem Englisch die Ereignisse zusammen. Zum besseren Verständnis seiner beiden Zuhörerinnen angereichert mit deutschen Einsprengseln, wenn sie ihm an der richtigen Stelle gerade einfielen.

Demnach hatte James am Tag zuvor mit Mechthilds Erlaubnis eine Disco in Traunstein besucht. Das tat er manchmal, obwohl weder die Musik noch die Girls an die Standards seiner Heimatstadt Oxford heranreichten. Bevor er gegen 18 Uhr das Haus verließ, weil der Klub in Traunstein viel früher loslegte als die in England, hatte er noch mitbekommen, dass Mechthild und Rick sich in Mechthilds Schlafzimmer stritten. Sie schrien sich an, das konnte er in seinem Zimmer direkt über dem von Mechthild hören, aber trotz der Lautstärke verstand er kein Wort. »My German is considered to be not quite fluent.« Jedenfalls war James froh, dem Ehestreit für die Nacht entfliehen zu können. Die Zwillinge saßen vor ihren Computern. In der Disco trank er »a couple of steins«, die Traunsteiner Mädels erwiesen sich als »surprisingly charming«, besonders eine Burgl. Er blieb, trotz der »geriatric music, Abba and that shit«. Burgl erklärte ihm auch, warum »Ü-30-Party« auf den Plakaten stand. Was sie ihm in dieser Nacht sonst noch beibrachte, darüber schwieg er gentlemanlike. Als er gegen sechs Uhr morgens zurück zu Mechthilds Familie kam, war das Haus dunkel und alle schliefen, so wie er gehofft hatte.

Er wachte gegen Mittag auf, verwundert, dass Mechthild ihn nicht geweckt hatte, was sie immer tat, wenn er nicht rechtzeitig um neun seinen Dienst antrat. Er suchte sie im Haus und fand sie nicht. Ihr Zimmer war abgeschlossen. Auch Rick war nicht aufzutreiben, das Zimmer der Zwillinge ebenfalls leer. Also taute er sich eine Pizza auf, die Mechthild für Notfälle in der Tiefkühltruhe bunkerte. Madame Fleuris, die Haushälterin, war noch in Urlaub in der Bretagne. Seine Gastfamilie blieb verschwunden.

James machte sich inzwischen ernstlich Sorgen. Wen konnte er anrufen und um Hilfe bitten? Die Polizei? Verstand die Englisch? Wie rief man die Polizei an? »I'm an alien, I'm an englishboy in Bavaria« sang er gut gelaunt, weil gerade noch rechtzeitig, bevor Pizza und Coca-Cola zur Neige gingen, Menschen im fürsorgenden Alter aufgetaucht waren, um ihn zu retten.

Mechthilds Zimmer war tatsächlich abgeschlossen. Ricks Zimmer ließ sich problemlos öffnen. Eine karge Klause, in der außer einem ungemachten Einzelbett nur ein Schreibtisch stand. Der Kleiderschrank ordentlich aufgeräumt. Ein Drucker, aber kein Computer. In den Bücherregalen pädagogische Fachliteratur. Joe blätterte in einem Stapel Rechnungen. Eine Bose-Musikanlage mit einem altmodischen Plattenspieler und die LPs dazu nahmen eine ganze Wand ein. Europäische Freejazzer, offenbarte der Blick auf die Plattencover. Vorwiegend überschlanke, leicht verlotterte weiße Männer, meist mit einem Musikinstrument in der Hand und eher skandinavischen Namen. Die Musikrichtung passte zu Rick. Joe hegte Misstrauen gegen Fans von europäischem Freejazz, schon deswegen, weil nur Männer sich dafür begeistern konnten. Selbstverliebtes, autistisches Gedudel, ihrer Meinung nach, Kunstquatsch, der die Ohren quälte. Nichts, was einen Hinweis darauf gab, warum Rick seit zwei Tagen verschwunden war. Auch James studierte verächtlich die Plattensammlung. »Totally boring.« Ob Kleider fehlten, wusste er nicht. Er habe Rick selten gesehen, erklärte er, da der sich meist entweder in seiner »Shooting box« in den Bergen oder in Schottland aufhalte.

In einer Schublade der Regalwand fand Joe eine Packung Staubtücher und ein kleines braunes Fläschchen mit einem Aufkleber einer Traunsteiner Apotheke, auf dem ein Totenkopf vor dem Inhalt warnte. »Chloroform«, las sie vor. Sie öffnete das Fläschchen und schnupperte.

James nahm es ihr weg. »Verboten.« Er rollte das R wie Charlie Chaplin als großer Diktator. »Rick used it for cleaning his Schallplatten.« Das Tippen mit dem Finger gegen die Stirn zeigte, was er von Rick hielt.

Joe zauberte ein Plastiktütchen aus der Manteltasche und packte das Fläschchen hinein. »James, weißt du, wo Rick seine Taschentücher aufbewahrt?«

James kannte das Wort Taschentücher nicht.

»Handkerchief«, sagte Stella. »Wir sollten die Tür zu Mechthilds Zimmer aufbrechen.« Joes polizeiliche Ermittlungen kamen ihr nicht aggressiv genug vor.

James hatte keine Ahnung, ob Rick überhaupt Stofftaschentücher besaß. Er selbst hielt große Stücke auf dieses blau verpackte »tissue«, das zur freien Verfügung in einem Schrank im Flur lag.

»Aufbrechen? Wie stellst du dir denn das vor?« Joe steckte die Plastiktüte mit dem Chloroform in die Manteltasche.

»Mit einer Axt.« Stella rüttelte an der Klinke. Die Tür bewegte sich keinen Millimeter. Ein altes Prachtstück, Massivholz, handgeschnitzt, mit Blumengirlanden bemalt, fachgerecht restauriert.

»Bist du verrückt?«, fragte Joe leicht entsetzt.

»Oder mit der Kettensäge.« Stella trat gegen die Tür. Wenn auch nicht mit voller Wucht. »Vielleicht liegt Mechthild tot da drin.«

Eine Möglichkeit, die auch Joe schon in Betracht gezogen hatte. Aber was, wenn das nicht der Fall war, aber das historische Stück unwiderruflich in seine Einzelteile zerlegt war. Den Ärger wollte sie sich nicht vorstellen.

»Die Kettensäge ist in Mechthilds Werkstatt. Die bearbeitet damit ihre Skulpturen.« Stella ging schon mal suchen.

Joe warf in der Küche ermittlungsbedingt einen zweiten Blick in den Abfalleimer. Jede Menge leere Fruchtzwerge. »The twins love that shit«, sagte James.

Wenn die Haushälterin urlaubt, zeigt sich die Charakterschwäche reicher Mütter, dachte Joe hämisch. Zu faul, um was Anständiges zu kochen. Sie fragte nach dem Bad. Wessen Bad, wollte James wissen. Es gab ein Bad für Rick, eines für Mechthild, ein Bad für die Zwillinge, eines für Gäste, eines für die Haushälterin und er selbst unter dem Dach verfügte auch über eine Dusche mit Klo.

»Yours first«, sagte Joe. Unsicher, ob das Englisch korrekt war. Er verstand sie trotzdem. Sie ignorierte die ungewaschenen Hemden, Unterhosen und Socken auf dem Fußboden und vergewisserte sich mit einem Blick. Axel-Deo.

»It stinks«, sagte James. Zumindest ein ausbaufähiges olfaktorisches Talent hatte der Knabe.

Was die Frage nicht beantwortete, wie ein mutmaßlicher

Einkaufszettel aus dem Haushalt der Professorenfamilie an den Tatort am Friedensengel gelangen konnte.

»Weißt du, wie so ein Ding funktioniert?« Stella stand mit der Kettensäge in der Tür.

»Nein«, log Joe.

»I know it«, sagte James. »Theoretically.«

Joe verhinderte, dass er sich an der Kettensäge versuchte, indem sie ihn zurückschickte zu seiner digitalen Virtuosin am MG. Sie sperrte die Säge in einen Schrank im Flur, zog den Schlüssel ab und rief die Kollegen in Rosenheim an. In einen eventuellen Tatort einzubrechen fiel in deren Zuständigkeitsbereich. Sollten die sich kümmern. Leider würde es dauern, bis die sich zum Hof durchgekämpft hätten, beschied man ihr. Ein Schneesturm lege gerade den Verkehr im Chiemgau lahm. Sie informierte Volker über ihren Aufenthaltsort. Vielleicht schaffte er es von München aus schneller. »Du bleibst vor Ort bis ich da bin«, brüllte er durchs Telefon. Joe verdrehte die Augen.

»Und jetzt?« Stella setzte sich in einen Korbsessel neben den Schrank mit der Kettensäge.

Der feine Duft eines Joints zog durchs Haus, ungeachtet der Tatsache, dass Kiffen in Anwesenheit einer Polizeibeamtin nie eine gute Idee war.

In der stressigen Realität hatte James den Ablenkungsfaktor seiner Ballerexpertin überschätzt. Joe fand ihn rauchend auf seinem Bett. Sie kippte das Fenster und übte sich in Großzügigkeit. Vielleicht wusste er mehr über das Verschwinden von Rick, Mechthild und den Zwillingen als er ahnte. Zeit, seinem Gedächtnis auf die Sprünge zu helfen. Da sie ihrem Englisch genauso wenig vertraute wie James' Deutschkenntnissen, entschied sie sich, die Sprache spontan zu wählen.

»James, do you like Germany?«

James nahm mit glitzernden Augen noch einen Zug.

»The snow and all?«

James drehte sich auf die Seite und schaute aus dem Fenster. Die Flocken wirbelten heftig.

»Do you miss your family?«

Stille.

»How long have you been here, with Mechthilds family?«

Keine Reaktion.

Ein unaufgeregter Zeuge bei einer Vernehmung liegt auf der Nulllinie, erinnerte sich Joe an den Workshop in Vernehmungstechniken. Wenn dem so war, lag dieser bekiffte Jüngling weit unter der Nulllinie. Erst jetzt sah sie die Tränen in seinen Augen. Sofort tat er ihr leid. Ein kleiner Engländer in einem fremden, kalten Land. Sie streichelte ihm den Fuß. »You're okay?«

»Maybe they went to the shooting box«, sagte James. »With the twins.«

»Shooting box?«

»Something like a hunting lodge. Rick called it Jagdhütte.«

»Jagdhütte? Do you know where it is?«

»Of course.«

Aufgrund der kriminalistischen Vorbildung des Zeugen am heimischen Computer erwies sich dieser Teil der Ermittlungen als problemlos. Per Google-Maps fand James die genaue Position der Jagdhütte, in die sich Rick zum Schreiben seines demnächst zweiten Bestsellers zurückzog.

Knapp unterhalb des Soinsees, im Gebiet der Spitzingseer Berge. Joes Heimatrevier sozusagen und eine mögliche Erklärung, warum Familie Werner sich mit Fruchtzwergen und Deos aus dem Oberlandmarkt in Agatharied eindeckte. Der lag auf dem Weg zwischen Autobahn und Soinsee. Außerdem steuerte James auf seinem Smartphone ein paar Fotos der Hütte bei. Regionaltypischer Holzbau zwischen Tannen, ein Hirschgeweih über dem Eingang, viel Schnee drumherum.

Mechthild winkend in der Tür, die Zwillinge mürrisch unter Strickmützen. Laut eingeblendeter Datumsanzeige aufgenommen am 31.12.

»Silvester?« Joe deutete auf die Zahlen. »This year?«

»New years eve. Last year to be correct«, sagte James.

»Rick was in Scotland that day?«

»Scotland? Not at all. He had a big fight with the kids that day.«

»A big fight?«

»Verschwindet! Ich will euch nie wieder sehen.« James brüllte zur Demonstration. »Mechthild weinen. Never before I've seen her in tears.« Er schob sich ein Kissen unter den Kopf. »He left the Jagdhütte in the afternoon.«

Joe rief Bernd an. Er saß kurz vor Unterhöslwang fest. Ein umgekippter Kran verhinderte die Weiterfahrt. Im Stau steckte irgendwo auch Volker. »Und stell dir vor«, schrie Bernd in sein Handy, da die Feuerwehr gerade lautstark anrückte, um die Straße freizuräumen. »Rick ist im ganzen Dezember weder auf einer Fähre und auf einem Flughafen in Großbritannien als Einreisender verzeichnet. Erst am ersten Januar ist er mit seinem Zweitwagen, einem Passat, mit der Fähre von Cherbourg kommend in Bournemouth im Computer. Drei Tage später flog er, wie er angegeben hat, von Edinburgh aus zurück.«

»Erzähl das gleich mal Volker«, schrie sie zurück. »Soviel zu seiner Verifizierung von Alibis.«

Inzwischen war es früher Nachmittag. Der Schneesturm ging in ein sanftes Schneerieseln über. Zum Autofahren immer noch schwierig, aber dank effektiv organisierter bayerischer Schneepflugtruppen schon wieder möglich. »Ich mach mir Sorgen um die Zwillinge.« Joe zog ihren Mantel an. »Ich fahr zum Soinsee.«

»Ich komme mit.« Stella deckte den schlafenden James mit der Bettdecke zu.

»Auf keinen Fall.« Joe stand schon im Hof.

Stella zog den Autoschlüssel aus ihrer Manteltasche und öffnete die Autotür. »Mein Schlüssel, mein Auto, meine Freundin.«

33

Volker und Bernd trafen gleichzeitig auf Mechthilds Hof ein. Jetzt zeigte sich der Nutzen von Bernds Fortbildung in Kriminaltechnik. Er brauchte knapp zehn Minuten, um Mechthilds Schlafzimmertür zu öffnen. Ohne Säge, nur mittels eines Messers aus einer Küchenschublade.

Der Raum erwies sich als auf eine Weise unaufgeräumt, die zweierlei bedeuten konnte: entweder hatte die Bewohnerin eine angeborene Abneigung gegen jede Art von weiblich-bürgerlicher Ordnung oder es hatte ein Kampf stattgefunden. Das Blut auf ihrem zerwühlten Bett sprach für die zweite Theorie. Da es vor allem auf dem Kopfkissen vorgefunden wurde, stammte es wahrscheinlich aus einer Kopfwunde. Da es sich zwar um einige fette Spritzer handelte, aber nicht wirklich um eine besorgniserregende Menge, konnte ein Gemetzel mit großer Wahrscheinlichkeit ausgeschlossen werden. Was allerdings nicht bedeutete, dass es keine Toten gegeben hatte. Morde gab es auch in unblutigen Varianten. Nach Begutachtung der Lage kamen Volker und Bernd zu einer Erkenntnis, die Volker Joe per Handy übermittelte. »Sieh dich vor. Irgendwas stimmt hier ganz und gar nicht.«

Er hielt Joe für eine fähige Ermittlerin, keine Frage, trotzdem alarmierte er zur Sicherheit das Sondereinsatzkommando in Rosenheim. Allerdings gab es ein Problem.

Im Erotikklub Zipfelalm am Irschenberg lieferten sich gerade acht bulgarische Lastwagenfahrer einen Faustkampf mit den Damen des Hauses. Die anderen anwesenden Männer teilten ihre Sympathien gerecht zwischen beiden Parteien. Mit anderen Worten, es gab eine Riesenschlägerei, sogar ein Schuss war gefallen. Das SEK stand knapp 60 Meter vor dem Ort des Geschehens, bereit, sich einzumischen. In den nächsten vierzig Minuten hatte es keine Kapazitäten frei, um auch noch eine Jagdhütte am Soinsee zu stürmen. Nach Beendigung des Einsatzes in der Zipflalm würde es bei diesen Witterungsverhältnissen mindestens eine halbe Stunde vom Irschenberg bis zum Soinsee dauern, eher länger. In der ganzen Gegend nutzten die Bauern mit ihren Schneepflügen die Witterungsverhältnisse zur Erhöhung ihrer Jahreseinnahmen. Da kam man selbst mit allem polizeilichen Tamtam nur schwer durch. Ewig war überhaupt nichts los, und dann gleich zwei Einsätze auf einmal. Der Leiter des SEK reagierte gereizt. »Hab ich richtig gehört, sie wissen nicht mal, ob die Flüchtigen sich in der Hütte aufhalten?«

Volkers Bestätigung konterte er mit dem Rat »Sie schauen sich die Sache an und wenn ihnen irgendwas nicht koscher vorkommt, melden Sie sich noch mal.«

Der Vorschlag erschien auch Joe sinnvoll.

»Versprich mir, dass du da nicht allein reingehst.« Volker am Handy klang immer noch besorgt. Ihr legendärer Hang zu Alleingängen trug nicht gerade zu seiner Beruhigung bei.

»Klar«, sagte Joe. Süß, dass er sich immer solche Sorgen um sie machte. Wenn er mal aus seinen Macho-Allüren rausgewachsen war, würde er einen brauchbaren Mann abgeben. »Außerdem hab ich Stella dabei.«

In Osterhofen ignorierten sie das Durchfahrt-verboten-Schild und bogen ab auf die Forststraße Richtung Soinsee. Eine Zufahrtsstraße für die Almen der Gegend und im Sommer Zubringer für wandernde und mountainbikende Touristen auf den Spuren des legendären Braunbären Bruno. Auf der Flucht vor der bayerischen Jagdlust hatte es ihn in die Almwiesen rund um die Ruchenköpfe verschlagen, was keine gute Idee war.

Stella am Steuer versuchte, die ideale Geschwindigkeit zwischen nicht abwürgen und genügend Schwung zu finden. Der Schnee war von Wild fütternden Förstern und Waldarbeitern mit schwerem Gerät festgefahren. Solange der Weg sich in gemäßigten Serpentinen nach oben bequemte, alles kein Problem. Aber von ihren sommerlichen Wanderungen wusste sie, dass er kurz vor dem Soinsee in eine unangenehme Steigung überging. Sehr wahrscheinlich zuviel Herausforderung für einen PS-armen Ford mit ziemlich abgefahrenen Winterreifen.

Joe, die sich aus Zeit- und damit verbundenem Konditionsmangel nur in sanfterem Gelände herumtrieb, wollte von Zweifeln nichts wissen. »Wir fahren so weit wie's geht und dann fällt uns schon was ein.«

Obwohl erst knapp drei Uhr, verschwand die Sonne schon hinter den verwitterten Felswänden der Ruchenköpfe, die aussahen, als hätte Mechthilds göttliches Alter Ego seine Säge an ihnen ausprobiert. Fast unsichtbar duckte sich die Schellenbergalm im Tiefschnee. Die Fichten verschmolzen mit der aufziehenden Finsternis.

»Brr, ganz schönes Schattenloch hier.« Joe gruselte sich gutgelaunt. Auch der Blick in die steilen Hänge, an denen der Ford sich entlanghangelte, konnte sie nicht entmutigen. Die starken Männer vom SEK würden sich rechtzeitig einfinden und sie beschützen. Unter allen Umständen. Und egal, was Rick angestellt hatte, er würde seiner gerechten Strafe nicht entgehen.

Stella hatte keine Zeit, sich zu fürchten. Sie war mit Gas geben, kuppeln, bremsen, kuppeln, Gas geben beschäftigt.

Ein paar Minuten später, in der zweiten Kurve hinter der Schellenbergalm, kurz vor dem Stich hinauf zum Soinsee, verweigerte der Ford die weitere Zusammenarbeit. Der Motor stotterte ungehalten. Um nicht rückwärts den Berg wieder runterzurollen trat Stella so abrupt auf die Bremse, dass der Wagen auf die falsche Seite schlitterte. Aber die Winterreifen waren doch noch nicht ganz zu Slicks degeneriert. Kurz vor dem Abgrund ins Tal kam der Wagen zum Stehen. Eindeutig, weiter den Berg hinauf ging nicht. Nicht mit diesem Auto. Noch während Stella ihren hämmernden Puls zu beruhigen versuchte, war Joe schon ausgestiegen. Zügig stapfte sie zum Licht. Dorthin, wo die letzten Sonnenstrahlen hinter den Bergen herausblitzten. Stella rannte hinter ihr her. Joes Ehrgeiz konnte nerven.

Das Grummeln, das aus den Bergen kam, irritierte sie nur kurz. Das SEK bei der Anreise. Jetzt schon?

Die Lawine verfehlte sie um einen knappen Meter.

Schnee. Kribbeln der Flocken auf der Haut. Ein eisiger Hauch. Die Tannen im Hang zitterten, aber hielten stand. In drei Sekunden war alles vorbei.

Stille.

Die Sonne ging noch immer hinter den Ruchenköpfen unter.

Stella schaute zurück. Dort, wo eben noch ihr Auto gestanden hatte, breitete sich eine weiße Fläche aus. Der Schock traf sie mit solcher Wucht, dass sie taumelte. Sie setzte sich.

Zehn Sekunden später losgelaufen und sie wäre jetzt unter Schnee begraben.

»Stella?« Die Angst ließ Joes Stimme ganz schrill klingen. »Bis du okay?«

»Knapp daneben.« Von ihrem Sitzplatz auf der Straße beobachtete Stella die menschliche Silhouette, die auf sie zurannte, ins Rutschen kam, sich in einem wenig eleganten Manöver einmal überschlug und auf den Rücken legte, begleitet von einem Schrei, der sich verdammt nach »Scheiße« anhörte.

Stella vergaß die Lawine und ihre Zittrigkeit. Jetzt zahlte sich die Grundkondition vom sommerlichen Wandern aus. Sie flog den Berg hinauf. Joe lag im Schnee, mit einem merkwürdig verdrehten Bein. Sie stöhnte.

»Das kommt davon, wenn du hier so rumhetzt.« Stella hatte keine Zeit für Mitleid. Sie versuchte vorsichtig, das Bein gerade zu rücken, unterließ den Versuch aber, als sie Joes weißes Gesicht sah.

»Gib mir mal dein Handy. Ich muss Volker alarmieren. Das SEK muss sich beeilen. Die müssen uns hier rausholen.« Joes klassisches Befehlsvokabular, aber ihr energischer Grundton hatte sich beim Sturz verflüchtigt.

»Handy? Du hast doch selbst eins. Ich hab meins heute Morgen zu Hause vergessen.«

Joes Handy lag im Auto. Verschüttet. Unzugänglich. Nach dem letzten Telefonat mit Volker im Ablagefach deponiert. »Und jetzt?«

Diese Frage konnte Stella nicht auf die Schnelle beantworten. Keine der möglichen Handlungsalternativen kam ihr verlockend vor.

Ohne Joe mindestens eine Stunde zurücklaufen bis zum nächsten Bauernhof? Dafür musste sie die Lawine überqueren, die jetzt die Straßentrasse zwischen oberem und unterem Hang ausfüllte. Ein ungemütlicher Steilhang war entstanden. Eisig und rutschig. Viel zu gefährlich. Selbst wenn ihr die Überquerung der Lawine gelang, Joe einfach liegenzulassen kam nicht in Frage.

Blieb nur die Möglichkeit, Mechthild und Rick aufzusuchen. Zumindest die Hütte bot Schutz.

Stella dachte an die Blutstropfen auf Mechthilds Kopfkissen und fragte sich, in welcher Situation sie die Familie in der

Hütte antreffen würden. Sie hegte grundsätzliche Zweifel an Ricks Talent zum Samariter.

Joe auch. »Hilf mir hoch. Wir müssen in die Hütte. Das ist unsere einzige Möglichkeit«, sagte sie trotzdem. Auf Stella gestützt, schaffte sie humpelnd und mit zusammengebissenen Zähnen in zwanzig Minuten immerhin zweihundert Meter. Bis zu den gelben Wegweisern, die Wanderer im Sommer in drei verschiedene Richtungen schickten. Jetzt lagen alle Wege unter Schnee begraben. Auch den See, nur zu orten an den Baumgerippen, die in sanftem Bogen das Ufer markierten, verhüllte eine weiße Decke. Neben den Wegweisern stand Ricks roter Range Rover.

Trotz der Schmerzen im Knie, die sie als »Sehnenzerrung« zu verniedlichen versuchte, umrundete Joe die Spuren im Schnee um das Auto. »Vater, Mutter, zwei Kinder.« Diese Interpretation wurde durch Anzahl und Größe der Schuhabdrücke gestützt. Außerdem verrieten sie auch noch, dass Mechthild, Rick und die Zwillinge den Aufstieg zur Hütte mit Tourenski fortgesetzt hatten. Angesichts einem halben Meter Schnee die sinnvollste Art der Fortbewegung.

Die Verwendung von Tourenski ließ auch darauf schließen, dass alle Beteiligten ihren Aufstieg freiwillig angetreten hatten. Entführungen auf Skiern gelangen vielleicht James Bond, aber bei einem Pädagogikprofessor aus dem Chiemgau waren Zweifel angebracht. Das weckte bei Stella einen sanften Optimismus. Die Chance, dass Rick ihnen half, statt sie abzumurksen, stieg. Vielleicht war er ja doch nicht so böse, wie sie alle befürchteten. Angst und Hoffnung sind die größten Feinde der Menschheit, erinnerte sie sich an ein Zitat, das sie in der Kälte nicht mehr zuordnen konnte. Stammte es von Marx, Lenin, Freud, Gandhi, Goethe oder Einstein?

Ein nur noch schwacher roter Schimmer im Grau hinter den Ruchenköpfen mahnte zur Eile. Bald würde es zu dunkel sein, um in dieser Einöde voran zu kommen. Links vom Soinsee, auf der Anhöhe Richtung Auerspitz, war der Giebel einer Hütte zu sehen, in dessen Fenster ein Licht flackerte. Ricks »Shooting box«. Von dort übersah er das gesamte Gelände, das sie zu überqueren hatten. Fünfhundert Meter Hügel mit geschlossener Schneedecke. Sollte er der Mörder sein, konnte er sie so ungerührt abknallen, wie der Jäger auf der nahen Kümpflalm einst Bruno von der Eingangstür aus erlegt hatte.

Wie sie Rick einschätzte, besaß er ein Nachtsichtgerät an seiner Jagdflinte. Sollte er aber, entgegen einer Reihe erdrückender Indizien, sich doch als netter Mann entpuppen, konnte nur von dort die Hilfe kommen, die sie brauchten. Wärme. Sicherheit. Sie stieg in die Skispur. Das Gewicht von vier Läufern hintereinander hatte den Schnee etwas zusammengepresst und würde sie tragen. Hoffentlich. Wie lange würde es bis zur Hütte dauern? Eine halbe Stunde? In der Zeit erfror Joe nicht. Sie musste es wagen. Unter einer Kiefer fand Stella einen kaum verschneiten Felsbrocken, den sie gerade noch hochheben konnte. Sie warf ihn in das Seitenfenster des Range Rovers.

»Spinnst du.« Mitten in Joes Kommentar klirrte das Glas. Die Warnanlage veranstaltete einen Höllenlärm, der wahrscheinlich ein paar Rehe aus der Winterruhe hochschreckte. Darauf konnte Stella genauso wenig Rücksicht nehmen wie auf die Möglichkeit, dass Rick nun vorgewarnt war. Manche Situationen im Leben verlangten Action, ohne Rücksicht auf die Konsequenzen. Sie öffnete die Tür. »Einsteigen. Ich gehe rauf zur Hütte.« Auch Joes wütende Proteste hielten sie nicht auf.

Das erleuchtete Fenster wies ihr den Weg.

34

Beeilen ging nicht. Die Skispur hielt nur, wenn Stella sich vorsichtig vorantastete. Ab und zu gab der Schnee nach. Fest gefroren an der Oberfläche, weiche Flocken im Innern. Bruchharsch. Der gefürchtete Haxnbrecher der Tourengeher. Heimtückisch. Wenn sie bis zu den Knien einsackte, bestand die Gefahr hinzufallen, Sehnen und Muskeln zu überdehnen oder zu reißen.

Blieb der Schnee an seinem Platz, konnte sie es schaffen.

Gut auch, dass es hier keinen einzigen Bären mehr gab. Besorgt registrierte sie, wie das letzte Zipfelchen Röte hinter den Ruchenköpfen von einem Grau verschluckt wurde, das sich immer mehr in Schwarz verwandelte. Der Range Rover war hinter den Tannen am Soinsee nicht mehr zu sehen. Die Dunkelheit kam so schnell, dass die Spur zur Hütte kaum noch zu erkennen war. Aber das Fenster leuchtete.

Was tun, wenn Rick sein Nachtsichtgerät aktivierte und sein Jagdgewehr entsicherte? Hinterher konnte er immer noch behaupten, er habe aus Notwehr geschossen. Besser, sie schlich sich erst mal an die Hütte ran und verschaffte sich einen Überblick über die Gesamtsituation. Und atmen. Immer an den Atem denken.

Die drei Stufen vor der Hütte waren sauber gefegt und gestreut. Sie hochzustolpern, dafür reichte Stellas Kraft gerade noch aus. Durch das erleuchtete Fenster sah sie Mechthild mit dem Rücken zum Eingang an einem altmodischen Eisenherd stehen und Spiegeleier braten. Stella stampfte ein paar Mal auf, um den Schnee von den Schuhen zu schütteln und öffnete die Tür ohne anzuklopfen. Die Kälte folgte ihr

»Du bist aber schnell zurück.« Mechthild briet nur zwei Eier. So richtig mollig warm war es auch in der Hütte nicht, aber immerhin wärmer als draußen. Stella blieb in der Tür stehen und hauchte in ihre blau gefrorenen Hände. »Wo sind denn Rick und die Zwillinge?«

Mechthild drehte sich so schnell um, dass die Pfanne auf der Herdplatte schepperte. »Wo kommst *du* denn her?«

Wortlos machte Stella die Tür zu und setzte sich auf eine Eckbank mit einem Kruzifix an der Wand.

»Du bist ja völlig durchgefroren. Willst du warme Milch mit Honig?« Mechthild deutete auf einen Kochtopf. »Ist noch von den Kindern übrig.«

»Ein Tee wäre mir lieber«, sagte Stella.

»Dauert ein Weilchen.« Mechthild schüttete die warme Milch in ein Glas und stellte es auf den Tisch. »Hier, trink erst mal das. Wird dir guttun.« Sie setzte einen Wasserkessel auf.

Stella umschloss mit den Händen das Glas. Die Wärme tat ihr wirklich gut. Auf der Milch bildete sich eine Haut, die hatte sie als Kind schon gehasst. Sie blies die Haut weg, konnte sich aber nicht überwinden zu trinken. Solange Joe da draußen vom Erfrierungstod bedroht war, brachte sie sowas erst recht nicht runter. »Wie ist die Nummer vom Notruf? Gib mir bitte mal dein Handy.«

»Funkloch.«

Stella suchte mit den Augen den Raum nach verwertbarem Material für die Rettung eines vom Kältetod bedrohten Menschen ab. Ein typisches Hüttenzimmer, Küche und Wohnraum in einem. Dunkelbraun geräuchertes Holz, nur das nötigste für ein paar Tage Ferien oder einen Jagdausflug. Eine Treppe, die nach oben führte. In zwei Schlafräume vermutlich. An der Rückwand eine Tür zu Toilette und Aufbewahrungskammer. »Wo ist Rick? Ihr müsst mir helfen, Joe hier hochzuholen. Sie erfriert sonst.«

»Vielleicht ist es besser so.« Mechthild kippte die Eier auf einen Teller. Der Wasserkessel dampfte.

»Bist du von allen guten Geistern verlassen?« Stella stand auf.

»Du gehst da nicht wieder raus.« Mechthild öffnete den Oberschrank am Herd.

»Ach ja?«

Mechthild hielt eine Pistole in der Hand, die sie genau auf Stellas Brust richtete.

»Das meinst du nicht ernst.«

»Selbstverständlich.« Mechthild zeigte mit der Pistole auf die Eckbank, aber nur kurz, damit Stella nicht auf dumme Gedanken kam. »Setz dich.«

»Kannst du mir mal erklären, was hier vorgeht?« Stella balancierte auf der äußersten Kante der Bank. Der Jesus am Kreuz hielt die Augen geschlossen. Von ihm war keine Hilfe zu erwarten. »Wo sind die Kinder?«

»Schlafen.«

»Und Rick?«

»Unterwegs.«

Der Wasserkessel pfiff.

»Wir müssen Joe helfen. Das geht auch nur zu zweit.« Aus einem unerklärlichen Grund, der wahrscheinlich mit der Pistole zusammenhing, glaubte Stella nicht, dass dieser Vorschlag auf Gegenliebe stieß.

Mechthild setzte sich Stella gegenüber, nahm den Teller mit den Eiern und aß sie mit einer Geschwindigkeit, die darauf schließen ließ, dass sie sehr hungrig war. Der Ärmel ihres Pullovers schleifte im Eigelb, aber sie bemerkte es nicht. »Eigentlich mag ich keine Kinder«, sagte sie mit vollem Mund. Die Pistole lag neben dem Teller. »Ich habe das schon immer gewusst. Deswegen wollte ich nie Kinder.« Mechthild kaute.

Stella betrachtete den Tropfen Eigelb auf Mechthilds Kinn.

»Ich weiß gar nicht, was das ist. Kinderliebe. Kinder lassen mich völlig kalt.« Mechthild wischte sich mit dem Zeigefinger den Fleck weg. »Trotzdem wäre ich nie auf die Idee gekommen, Kinder als Experimentiermasse zu missbrauchen. Vielleicht können das nur Männer. Doktor Rick, Doktor Cäsar, Doktor Mengele.«

»Wovon redest du eigentlich?« Stella versuchte, die Pistole am anderen Ende des Tisches zu hypnotisieren, aber die dachte nicht daran, sich in ihre Richtung zu bewegen. »Leg das Ding da zurück in den Küchenschrank und dann holen wir Joe hoch.«

Mechthild hörte nicht zu. »Ich dachte, mein Geld kauft den Zwillingen bessere Chancen, als Liebe ihnen geben kann.« In Gedanken versunken ließ Mechthild die Pistole auf dem Tisch kreiseln. »Warum hast du eigentlich keine Kinder? Bei dir tickt doch die Uhr auch längst.« Wenigstens zeigte die Pistole jetzt nicht mehr in Stellas Richtung.

»Weil ich bis jetzt nicht den richtigen Mann dafür gefunden habe,« sagte Stella. Besser, sie ließ sich auf dieses merkwürdige Gespräch ein, vielleicht vergaß Mechthild dann die Waffe in ihrer Reichweite.

»Was ist der richtige Mann für ein Kind?« Mechthild schaute Stella interessiert an.

»Ich schätze, ich merke es, wenn ich ihn treffe.«

»Das ist aber sehr vage.«

»Kann sein.«

»Du kannst ja immer noch aufs Social freezing zurückgreifen.« Mechthild gab ein paar Töne von sich, die man mit etwas Phantasie als Lachen interpretieren konnte. »Wobei ich mich immer gefragt habe, was an dem Einfrieren von Eizellen *social* sein soll? Wie kommen Wissenschaftler auf solche Wortschöpfungen?«

Stella hätte dieser durchgeknallten Nuss am liebsten eine gescheuert. In Anbetracht einer Waffe und Mechthilds unzurechnungsfähigem Geisteszustand allerdings keine gute

Idee. Impulskontrolle war jetzt die bessere Strategie. Auf Zeit spielen, die Standardtaktik von Kriminalpsychologen bei Geiselnahmen, hatte was für sich. Auch wenn man dafür starke Nerven brauchte. »Was ist das eigentlich für eine Pistole?«

»Eine Walter PPK. Gehörte meinem Vater.« Mechthild betrachtete sie liebevoll. »Rick hat keine Ahnung, dass sie seit dem Zweiten Weltkrieg hier versteckt ist.« Sie legte die Pistole auf den Teller mit den Eiresten. »Ich habe die Zwillinge von Anfang an nicht gemocht. Hass wäre übertrieben, nur nicht gemocht. Sie waren mir einfach nicht sympathisch. Warum auch immer. Vielleicht wäre mir das auch mit meinen eigenen Kindern passiert. Vielleicht auch nicht. Ich habe nie etwas von mir in ihnen gesehen. Nichts von meinem Vater, nichts von meiner Mutter. Nichts von meinen Omis und Opis. Sie gehörten nicht zu mir. Sie waren mir fremd. Dicke, hässliche Kinder. Je älter sie wurden, desto weniger konnte ich sie leiden. Auch als ich noch dachte, sie sind Ricks Kinder, mochte ich sie schon nicht. Ich habe immer mein Bestes getan, um meine Abneigung zu verbergen. Aber es hat nichts genutzt. Sie konnten mich auch nicht leiden. Als Babys brauchten sie mich nur zu sehen und schon schrien sie. Die Einzige, bei der sie sich wohlfühlten, war ihre Leihmutter. Sie hätte die Kinder behalten sollen.«

»Mechthild, gib mir die Waffe. Bitte.« Stella versuchte, so unauffällig wie möglich ihre Hand über den Tisch wandern zu lassen. Aber so durchgeknallt, dass sie es nicht bemerkt hätte, war Mechthild doch nicht. Lässig schob sie den Teller mit der Pistole aus Stellas Reichweite.

»Und dann kam Cäsar und forderte seine Kinder zurück. Er fand, das Potenzial der Zwillinge liege brach, sie bräuchten Liebe und Achtung statt Ricks Ehrgeiz und mein Geld. Ricks Buch hatte ihn erschreckt. Konsequenz hielt er in der Kindererziehung für überschätzt. Er wollte sie von uns wegholen, notfalls mit Hilfe des Gerichts. Er fand, wir sind schlechte Eltern, die seinen Kindern schaden.«

»Seinen Kindern?«

»Er sagte immer meine Kinder, obwohl er Rick hartnäckig das Märchen vom heterogenen Samen vorlog. Lächerlich. Ich wusste schon immer die Wahrheit. Diese Babyrasseln. Diese klebrige Fürsorglichkeit. Er rief einmal die Woche an und erkundigte sich, wie es den Kindern geht. Er bestand darauf, sie zweimal im Jahr in seiner Praxis zu sehen. Kostenlos, obwohl ich privat versichert bin. Ich konnte ihn nicht ausstehen, er war mir schon immer so zuwider wie seine Kinder. Ich brauchte keine Gen-Tests um zu verstehen, so ähnlich wie sie ihm sahen. Aber Rick war verknallt in Cäsar, die Wissenschaftskoryphäe. Das beeindruckte ihn. Selbst als die Zwillinge immer mehr Cäsar ähnelten als ihm, weigerte er sich zu sehen. Er glaubte mir einfach nicht. Kein Mensch hat mir geglaubt. Nicht mal Nike.«

»Du hast ihm gesagt, dass Cäsar ihn betrogen hat?«

»Na ja, nicht wirklich. Es ist mir so rausgerutscht, als er wieder mal so stolz war auf seine Musterkinder, die er produziert hat.«

»Obwohl du keine Beweise hattest?«

»Ach, was sind schon Beweise. Ich wusste, dass es stimmt.«

»Und Rick?«

»Er hat den DNA-Test machen lassen. Er ist Wissenschaftler, er muss immer alles 100-prozentig absichern. Oh Mann, wurde der wütend.«

»Und deswegen hat er Cäsar getötet?« Actionhelden würden Mechthild anders ausschalten als durch ein Interview, ganz klar. Aber wie?

Mechthild entdeckte das Eigelb an ihrem Ärmel und wischte daran herum. Die Pistole lag unbeachtet auf dem

Tisch. »Alles genau geplant. Als Intellektueller hat Rick ein Faible für Symbolik. Das Treffen am Friedensengel im Winter, inszeniert als Versöhnungsgeste, damit Cäsar keinen Verdacht schöpft. Das Chloroform für die Ratte. Es hätte gereicht, aber sicherheitshalber hat Rick Cäsar auch noch erdrosselt. Wie gesagt, er ist ein sehr penibler Mann. Und sehr rachsüchtig.«

»Und du?«

»Ich bin viel praktischer veranlagt. Und ich hab mehr Kraft.« Gedankenverloren knabberte Mechthild an ihren Fingernägeln. »Ich hab ihm geholfen. Schließlich sind wir verheiratet.«

»Und Frau Malinowskowa hat er als Mitwisserin ausgeschaltet?«

»Bingo.«

»Welches Symbol hat er sich eigentlich bei ihr ausgedacht?« Gegen ihren Willen war Stella nun doch fasziniert. Eine derart kranke Phantasie hätte sie einem Pädagogen nie zugetraut. Nicht mal einer Bildhauerin.

»Da ist ihm nichts eingefallen. Er fand sie nicht inspirierend. Ziemlich sexistisch, findest du nicht? Er wollte ja auch unbedingt zwei Jungs. Auf keinen Fall seine kostbaren Gene an Mädchen verschwenden. Nicht mal an eines. Ein Junge und ein Mädchen, das hätte Cäsar auch noch bewerkstelligt. Kam nicht in Frage. Wer weiß, mit Mädchen wäre das alles vielleicht nicht passiert. Vielleicht hätte er sich dann nicht so betrogen und hintergangen gefühlt.« Mechthild nahm die Pistole hoch und betrachtete sie. »Es gab Zeiten, da hab ich ihn bewundert.« Sie schob die Pistole über den Tisch hin zu Stella. »Er ist verrückt. Ich wollte ihn aus dem Weg räumen, wenn er zurückkommt, damit er nicht noch mehr Unheil anrichtet, aber ich glaube, ich schaffe es nicht. Ist das nicht komisch? Nimm du sie.«

Stella betrachtete misstrauisch das schwarze Ding neben ihrem Milchglas. So also sah die legendäre Walter PPK aus. Mangels Vergleichen hatte sie keine Vorstellung davon, ob das nun eine besonders gefährliche Waffe war oder eine Antiquität. »Ist die geladen?«

Mechthild hob die Schultern. »Keine Ahnung.« Sie streckte noch mal die Hand danach aus. »Wir können es ja mal ausprobieren.«

Aber Stella war schneller. Sie packte die Pistole, bevor Mechthild zugreifen konnte, legte sie in ihren Schoß, die Mündung schräg gegen die Zimmerdecke gerichtet und verdeckte sie mit einem Kissen von der Eckbank. »Wo ist Rick jetzt?«

»Auf der Rotwand. Wusstest du, dass hier steinzeitliche Stämme gesiedelt haben? Ob die auch Menschen geopfert haben?«

»Wie kommst du denn jetzt da drauf?«

»Ich habe ihnen Milch mit Honig gegeben, mit rosa Wölkchen drin.«

»Rosa Wölkchen?«

Mechthild zog ein Pillendöschen aus der Hosentasche. »Meine Schlaftabletten. Die habe ich immer dabei. Ohne die kriege ich schon seit Jahren kein Auge mehr zu.«

»Wem hast du sie gegeben?«

Statt der Pistole drehte Mechthild jetzt das silberne Pillendöschen auf dem Tisch. »Damit die Zwillinge nicht merken, wenn sie sterben.« Sie öffnete es. Leer. »Er ist mit den beiden da hoch. Rothaarige Kinder, die auf der Rotwand im Schnee erfrieren. Sie dahin zurückbefördern, wo sie hergekommen sind. *Frozen angels*. Gefrorene Engel. Auf immer und ewig.«

Stella saß einfach nur da und spürte die Last der Pistole in ihrem Schoß. Für was war die Waffe jetzt von Nutzen? Für gar nichts. »Was bist du bloß für eine Mutter?«, sagte sie.

»Ich bin keine Mutter«, sagte Mechthild.

Die Tür zur Vorratskammer knarrte und Rick stand da. Durch den Hintereingang hereingekommen. Er dampfte in seinem wattierten Skianzug. Die Schneeflocken in seinen Bartstoppeln zerrannen zu Wasser. Seine Stirnlampe leuchtete Mechthild mitten ins Gesicht und seine Jagdflinte zielte auf ihren Kopf. »Miststück«, sagte er zu seiner Frau, ohne Stella in der Ecke zu beachten. Er schoss.

Aber Mechthild, die nur das Schlechteste von ihrem Ehemann erwartete, hatte sich schon den Bruchteil einer Sekunde zuvor vom Stuhl auf den Boden fallen lassen. Hinter ihr zerschmetterte das Projektil ein Milchkännchen im Oberschrank.

Ohne nachzudenken hob Stella die Pistole hoch, zielte ungefähr in Richtung Rick und drückte ab. Die Kugel schlug an der Wand hinter ihm ein Loch in den Schädelknochen eines Rehbocks, der dort als Dekoration hing. Zum zweiten Mal abgeknallt.

Auf den Schuss hin drehte Rick sich wie ein Balletttänzer um seine eigene Achse und nahm Stella ins Visier. Ihre Schussbereitschaft brachte ihn aus dem Konzept. Er zögerte einen winzigen Moment.

»Hände hoch, nicht bewegen. Polizei!« Die Eingangstür fiel scheppernd aus der Verankerung. Gleichzeitig stolperten vier schwarz gekleidete Männer mit Sturmhauben in den Raum. »Scheiße«, sagte einer, der eine Stahlramme hielt. »Die hat nur geklemmt, die war gar nicht abgesperrt.«

Rick nutzte die allgemeine Verwirrung, um einen Schuss in die übereinanderstürzenden Männer zu feuern. Ohne Erfolg. Ein Polizist riss ihn zu Boden, ein zweiter entriss ihm die Waffe, der dritte ließ Handschellen um seine Handgelenke schnappen.

Dass ein vierter alles gleichzeitig bei Stella vollführte, registrierte sie nur nebenbei. Viel wichtiger waren ihr die Abzeichen auf den schwarzen Kampfanzügen der Männer. Zwei Löwen, die eine Fahne mit blauweißen Rauten hielten. »Polizei« stand darüber in goldener Schrift.

»Hände auf den Rücken.« Der Mann, der sie mit einem schmerzenden Griff festhielt, war unter seiner schwarzen Vermummung kaum zu verstehen.

Joe kam hinkend herein und umarmte sie. Ihre Wangen fühlten sich eiskalt an. Und nass.

»Warum weinst du?«, fragte Stella.

35

Das SEK hatte in Hausham aus mangelnder Ortskenntnis die falsche Abzweigung genommen und war von dem geschlossenen Bahnübergang Richtung Schliersee ausgebremst worden. Vor und hinter ihnen staute es, auf beiden Straßenseiten verwehrten die aufgetürmten Schneemassen den Lastwagen die Möglichkeit zu wenden. Die bereitwilligen Versuche der anderen Autofahrer, Platz zu machen, vergrößerten das Chaos nur noch. Die Suche nach dem Bahnwärter, der die Schranke an seiner altmodischen Anlage heruntergedreht hatte, verlief ergebnislos. Er hatte sich, um der Wut der wartenden Autofahrer zu entgehen, die sich nicht damit trösten wollten, in Hausham die einzige noch manuell zu bedienende Bahnschranke westlich des Balkans zu besichtigen, zu seiner Freundin auf die gegenüberliegende Straßenseite geflüchtet. Versteckt hinter dem Vorhang ihres Wohnzimmerfensters beobachtete er das Durcheinander, das das SEK mit dem Wendemanöver in der engen Ortsdurchfahrt auslöste. Den Mut hinunterzugehen und die Schranke wieder hochzudrehen, brachte er angesichts von zwei Dutzend fluchenden Polizisten nicht auf. Außerdem war der Zug in Miesbach schon losgefahren.

Volker machte sich Sorgen um Joe. Wegen ihrer Vorliebe für Alleingänge, aber auch wegen der berüchtigten Lawinengefahr im Bereich der Ruchenköpfe. Er hörte sich die gebrüllte Beschwerde des Einsatzleiters am Telefon an, verkniff sich aber die Empfehlung, den Kollegen eine Schulung im Lesen von GPS zu spendieren. Während das SEK um Hausham herum raste, dann in der Industriestraße aber wieder im Stau stand, weil nun der Zug durch war und die Schranke wieder offen, weswegen ein wütender Autofahrer hinter dem Bahnübergang beim Abbiegen Richtung Schliersee die Vorfahrt missachtete und einen Auffahrunfall verursachte, während also das SEK immer noch auf der Stelle trat, kam Volker richtig in Fahrt. Am zweiten Telefon forderte er einen Polizeihubschrauber in Fürstenfeldbruck an, am dritten eine Hundestaffel.

Am Soinsee kam alles gleichzeitig an. Der Rettungshubschrauber fand mit Wärmesuchkameras die Zwillinge. Sie lagen dicht aneinandergekuschelt unterhalb der Ruchenköpfe. Mechthilds rosa Wölkchen hatten bewirkt, dass sie dem Ehrgeiz ihres Vaters nicht mehr gerecht werden konnten. Sie waren auf dem Weg auf die Rotwand im Laufen eingeschlafen. Es war ihm nichts Anderes übrig geblieben, als sie unplanmäßig nur ein paar hundert Meter hinter seiner Jagdhütte zurückzulassen. Deswegen seine unangemessene Wortwahl, »Miststück«, für seine Gattin bei seiner Rückkehr in die Hütte und der darauffolgende Schuss. So drückte ein Pädagogikprofessor sein Missfallen aus.

Die beiden besten Skiläufer der SEK-Truppe, Gewinner im Abfahrtslauf und Riesenslalom der Polizeieuropameisterschaften, brauchten nur dem Suchscheinwerfer des Hubschraubers zu folgen. Sie betteten die beiden schlafenden Kinder in Akias und brachten sie sicher zum Hubschrauber. Außer einer Unterkühlung, die aber nicht lebensgefährlich war, hatten die Zwillinge keinen Schaden genommen.

Rick wurde vom selben Hubschrauber, der seine Kinder und Mechthild ins Krankenhaus brachte, im Untersuchungsgefängnis Stadelheim abgeliefert. Joe lehnte ab mitzufliegen. Stattdessen akzeptierte sie das Angebot der Männer vom SEK, sie im Akia zu den wartenden Polizeiautos jenseits der Lawine zu bringen. Stella kam zu Fuß mit, rechts und links gestützt von durchtrainierten Polizisten in sexuell interessantem Alter.

Inmitten von blinkenden Blaulichtern wartete Volker, der in seiner Erleichterung, dass alles glimpflich abgelaufen war, Joe zwei Mal auf den Mund küsste. Ein Foto davon erschien am nächsten Tag im ›Alpenboten‹, unter der Überschrift »Ist es Liebe?«

»Kein Kommentar«, heizte Volker die spekulative Phantasie von Jens Müller an, der wieder mal eine Exklusivgeschichte witterte. »Auf keinen Fall.« Dieses Dementi von Joe verärgerte Volker. »Bin ich so hässlich«, erkundigte er sich vor der Abschlussbesprechung des Falles.

»Keine Sorge, daran liegt es nicht«, versuchte Joe ihn zu beruhigen. »Aber ich bin doch verheiratet.«

Ein Argument, das Volker nicht wirklich einleuchtete.

Auf der Abschlussbesprechung brillierte Kripochef Mayer dann in seiner Lieblingsrolle als gütiger Übervater, voll des Lobes für seine »exzellenten Mannen«. Erst ein mahnender Blick von Knöllchen erinnerte ihn. »Damit sind natürlich auch Sie gemeint, Frau Lautenschlager.«

Dass die These vom Serientäter sich »vollumfänglich« bestätigt hatte, erfüllte Volker mit Stolz, obwohl er mit seinem Verdacht auf Cleo als Täterin sehr danebenlag. Warum sie geflohen war? »Sie hat uns einfach nicht vertraut«, erklärte Bernd.

Herauszufinden, wer alles über Doktor Cäsars Machenschaften Bescheid wusste, sei jetzt, nach Aufklärung des Mordfalles, nicht mehr Aufgabe der Polizei, betonte Mayer.

Angesichts der jüngsten Erkenntnisse wurde auch Wahans Ohrfeige auf dem Parkplatz des Supermarktes verständlich. Wahan hatte schon vor längerer Zeit von Doktor Cäsar das Eingeständnis erhalten, dass seinem Labor bei Daisys Herstellung offenbar ein Fehler unterlaufen war. Wofür er sich entschuldigte. Leider konnte er den Namen des Spenders nicht mehr identifizieren, da ein Brand im Speicher alle Unterlagen vernichtet hatte. Das Einzige, was er mit Hilfe von Frau Malinowskowa noch rekonstruieren konnte, war der verschlüsselte Name des Spenders, YHA8. Aus Solidarität für seine Schwester ließ ihn sich Wahan auf den Hals tätowieren. Die Bekanntschaft mit Nike hatte ihn dazu inspiriert. Die Identität des Spenders hatte er dann von Mechthild erfahren.

Inzwischen bereute Wahan die Ohrfeige. Seine beiden Väter, seit Jahren in asiatischen Ashrams geschult, wollten seine Empörung nicht teilen. Daisy sei glücklich, ein Vorbild für jeden, da sie genau das tue, was die Buddhisten immer predigten. Sich am Augenblick erfreuen. Also wozu die ganze Aufregung.

Wahan hatte sich dazu durchgerungen, diese Ansicht zu teilen. Ob er selbst auch von Doktor Cäsar abstammte, interessierte ihn nicht. Die Vorstellung, ein zufälliges Spermatozon könne ein identitätsstiftender Faktor sein, hielt er für falsch. So einfach sei die Frage *Wer bin ich?* wirklich nicht zu beantworten.

Nike sah die Sache etwas anders. Die alte Debatte, was wichtiger sei für die Entwicklung eines Menschen, seine Biologie oder seine Sozialisierung, beantwortete sie mit »Fifty-fifty«. Aber sie akzeptierte Wahans Recht auf eine eigene Meinung. Verständlich. So wie die Dinge lagen, könnte der Verdacht auf eine inzestuöse Verbindung durchaus einen Staatsanwalt interessieren, erläuterte Mayer.

Zum guten Schluss wies er noch darauf hin, dass Doktor Cäsar zwar für menschliche Verhältnisse in punkto Nachkommen einer Spitzengruppe zugeordnet werden könne, aber das sei alles nichts im Vergleich zu manchen Tieren. Der Besamungsweltmeister der Rinder stamme zwar leider nicht aus dem Oberland, aber aus dem immerhin auch bayerischen Memmingen. Topbulle Ferdl könne über 400 000 Kinder sein eigen nennen. Alle selbstverständlich künstlich besamt.

Bevor er die Bedeutung des Torbogenreflexes für das Prozedere genauer erklären konnte, wurde er von einem Porsche unterbrochen, der draußen auf dem Parkplatz mit typischem Röhren bis zum Eingang hochpreschte und knapp davor im absoluten Halteverbot zum Stehen kam. Eine tief dekolletierte Isolde Schumann entstieg dem Auto.

»Zigarettenpause«, sagte Mayer.

Isolde hielt sich nicht lange mit Höflichkeitsfloskeln auf. Sie wollte den Grund für die Babyrassel wissen, die sie eine Woche nach Doktor Cäsars Tod per Post erhalten hatte, für ein ungeborenes Kind. Jens Müllers Artikel im ›Alpenboten‹ hatte sie aufgeschreckt. »Wenn dieser durchgeknallte Doktor mir seinen Samen angedreht hat, werde ich die Klinik auf so viel Schadenersatz verklagen, dass dort kein Stein mehr auf dem anderen bleibt.«

In dieser Hinsicht konnte Mayer sie beruhigen. Cleo hatte im Verhör gestanden, dass ihre Mutter, Frau Malinowskowa, die Babyrassel für Chiara wider besseres Wissen verschickt hatte. Aus reiner Bosheit, um Isolde Schumann eins auszuwischen, da sie Cleo nicht wie versprochen einen Ausbildungsplatz in der Redaktion von ›Fashionqueen‹ besorgt hatte und sich am Telefon immer verleugnen ließ.

Cleo schluchzte so sehr beim Gedanken an diesen Verrat,

dass während der Vernehmung Wehen bei ihr einsetzten. Das Baby kam im Krankenwagen auf dem Weg nach Agatharied auf die Welt. Im Stau vor der Bahnschranke in Hausham.

Der biologische Vater von Isoldes beiden Kindern, ein schwuler Deutscher, der in Paris als Barmann arbeitete, verklagte sowohl das Kinderwunschzentrum wie auch Isolde Schumann, da der eingefrorene Embryo ohne sein Wissen ausgetragen worden war. Dazu hätte er nie seine Zustimmung gegeben, da schon das erste Kind seine neue Partnerschaft stark belastete. Gleichzeitig wollte er sich aber seiner Verantwortung stellen und beanspruchte das Sorgerecht für Leander, aber nur für den Fall, dass ein DNA-Test seine Vaterschaft eindeutig nachwies.

Isolde Schumann konterte mit einer Gegenklage auf Unterhalt für beide Kinder. Worauf der Barmann drohte, den Fall bis zum Europäischen Gerichtshof zu bringen. Die Aussicht auf einen jahrelangen Rechtsstreit ging über Isoldes Kräfte. Da die Tragemutter in der Schwangerschaft Alkohol zu sich genommen hatte, fühlte auch sie sich nicht mehr an Verträge gebunden und verweigerte die Annahme des zweiten Babys. Sie empfahl Cleo, es zur Adoption freizugeben.

Cleo zeigte kein Interesse für das Kind. Mit Nikes Unterstützung klagte sie auf Einhaltung der Verträge und der Zusage auf einen Volontariatsplatz. Das Baby blieb bis zur Klärung aller rechtlichen Fragen in der Obhut von Pflegeeltern.

Das Kinderwunschzentrum in Bayrischzell meldete Konkurs an.

Doktor Gebhardt bewahrte ein raffiniertes Geflecht von Unterfirmen vor dem finanziellen Ruin. Er werde sich in Zukunft auf das internationale Business konzentrieren wie jeder verantwortungsvolle Unternehmer, erklärte er in einem Interview im Wirtschaftsteil der ›Süddeutschen Zeitung‹. Die deutsche Gesetzgebung sei zu restriktiv und die Gewinnmarge zu niedrig. »Und ja«, gab er zu, »Doktor Cäsar war ein sehr seltsamer Mensch.«

Nike ging zurück nach Hollywood, das war näher dran an Wahan in Harvard als Hausham.

Viktor wurde im Pflegeheim in Miesbach bestens versorgt. Ein Segen, dass er seine Tochter nicht mehr erkannte, fanden alle, die von seiner Nichtvaterschaft wussten. Wäre doch traurig, hätte er erfahren müssen, dass seine wunderschöne, hochtalentierte, einzigartige Nike nicht seine biologische Tochter war. Ob das etwas geändert hätte? »Fakten werden überschätzt.« In Irmas Sitzecke während der Abschiedskaffeetafel schmiegte Nike sich an Wahan. »Für mich fühlt Viktor sich an wie mein Paps. Das allein zählt. Liebe ist doch keine Sache der Gene.«

Kidnapping für Anfänger

Ulrike Herwig im dtv

ISBN 978-3-423-**26084**-8
Auch als eBook!

Seit fast 20 Jahren sind Tina und Markus verheiratet. Die zermürbende Routine des Alltags und die dauernden Geldsorgen belasten sie so, dass bei Markus eines Tages die Sicherungen durchbrennen: Ohne lange zu überlegen überfällt er eine Tankstelle! Tina wird zufällig Zeugin des Überfalls. In Panik flüchten beide mit dem nächstbesten Auto, ausgerechnet einem Krankentransporter, nicht ahnend, dass sie den 87-jährigen Oskar an Bord haben. Und der freut sich, dass endlich mal wieder was los ist …

Ein Gaunermärchen wider Willen.
Ein Roadmovie durch ganz Deutschland.
Eine ganz und gar verrückte Geschichte.

Bitte besuchen Sie uns im Internet: www.dtv.de